레드 스패로우 1

RED SPARROW

레드
스패로우 1
RED SPARROW

제이슨 매튜스 지음
박산호 옮김

오픈하우스

수잔, 알렉산드라, 소피아에게

1

    열두 시간 동안 감시 탐지 루트를 달린 네이트는 허리 아래로 감각이 없어졌다. 자갈이 깔린 모스크바 골목을 달리는 그의 다리와 발이 뻣뻣해졌다. 네이트는 그를 감시하는 자들을 도발하고, 진을 빼고, 울화통이 터지게 해서 스스로 모습을 드러내게 하도록 고안된 감시 탐지 루트를 하루 종일 뛰어다녔다. 날이 어두워진 지 오래였다. 그렇게 달리는 동안 주위에서 소용돌이처럼 빙빙 돌며 그의 뒤를 쫓아서 길모퉁이를 돌아 미친 듯이 달려오는 감시팀은 보이지 않았다. 그들은 네이트의 움직임에 아무 반응도 보이지 않았다. 들키지 않은 걸까? 아니면 보이지 않는 거대한 팀이 그를 감시하고 있는 걸까? 이 게임에서는 미행이 쫙 깔린 걸 확인하는 것보다 하나도 보이지 않는 게 더 소름 끼친다.

    지금은 9월 초지만 네이트가 이 루트를 달리기 시작한 지 세 시간 만에 눈이 내려서 그가 차에서 도망친 흔적을 지워줬다. 그날 오전 느지막이 본부에서 나온 레빗은 라다 콤비를 운전하면서 시간 간격을 계산한 후, 모퉁이를 돌아 산업 시설들이 모여 있는 골목으로 들어갔다. 네이트는 레빗이 말없이 세 손가락을 들어 보이면서 그의 팔을 툭툭 쳤을 때 차에서 뛰어내렸다. FSB(Federal Security Bureau, 러시아 연방보안국)의 미행팀은 그 3초 사이에 네이트가 탈출한 걸 눈치 못 채고 휙 소리를 내며 눈 더미 뒤에 숨은 네이트 옆을 지나쳐서 레빗을 따라갔다. 네이트는 레빗이 운전하는 차에 대사관 경제 부서에서 지급한 신분 위장용 핸드폰을 두고 내렸다. FSB는 그 후 세 시간 동안 모스크바의 여러 기지국 사이를 돌아다니는 그

핸드폰을 실컷 추적하겠지. 차에서 뛰어내려 길바닥에 굴렀을 때 세게 부딪힌 무릎이 세 시간 동안 뻣뻣하게 굳어서 이젠 무릎이고 어디고 감각이 없었다. 밤이 다가오는 동안, 네이트는 모스크바의 절반 정도를 걷고, 미끄러지고, 올라가고, 달렸지만 어디서도 미행팀은 보지 못했다. 완벽하게 따돌린 것 같았다.

네이트는 상대국의 본토에서 그들의 감시를 받으며 CIA(Central Intelligence Agency, 미국 중앙정보국)의 '내부 작전'을 수행하도록 훈련받은 소그룹의 요원 중 하나다. 거리로 나와 그들을 상대로 임무를 수행할 때는 모든 회의와 자의식이 사라진다. 제대로 하지 못하고 실패할 거라는 익숙한 두려움도 사라진다. 오늘 밤 그는 추운 날씨에 온몸에서 열기를 발산하면서 달렸고 훌륭하게 임무를 완수하고 있었다. '가슴을 휘감고 조여드는 추위는 무시해. 온몸을 둘러싼 감각의 방울 안에 머무르면서 그 방울의 크기를 점점 키워보는 거야. 스트레스 받지 말고.' 그의 시력은 예리했다. '중간 정도 거리에 초점을 맞추면서, 반복적으로 나타나는 보행자들과 차들을 찾아. 그 색깔들과 형태들을 머릿속에 새겨. 모자들, 코트들, 차들.' 그는 무의식중에 어두워져가는 도시의 소리들을 의식했다. 머리 위 전선에서 전기버스가 윙윙거리며 달리는 소리들, 젖은 보도 위에서 타이어가 쉭쉭거리며 미끄러지는 소리들, 발밑에서 석탄가루가 탁탁 밟히는 소리들. 네이트는 공기 중의 디젤연료 냄새와 석탄이 타는 쓰디쓴 냄새, 보이지 않는 환기구에서 나는 배기가스 냄새, 근대 수프를 끓이는 뭉근한 냄새를 맡았다. 그는 시리고 차가운 대기 속에서 공명하는 소리굽쇠처럼 바짝 긴장한 채 만반의 준비를 하면서 동시에 기이하게 마음이 고요해지는 걸 느꼈다. 열두 시간이 흐른 후에 네이트는 확신했다. 미행을 완벽하게 다 따돌렸다는 걸.

시간 확인: 22시 17분. 스물일곱 살인 네이트 내쉬는 이 바닥의 전설이

자 가장 큰 보석이며, CIA가 보유한 정보원들 중 가장 중요한 정보원을 만나기 2분 전이었다. 이 한적한 거리에서 300미터만 더 가면 마블을 만나게 된다. KGB(Komitet Gosudarstvennoy Bezopasnosti, 소련의 국가보안위원회) 제1총국의 후신인 SVR, 즉 러시아 해외정보국(크렘린의 해외 스파이들)의 준장인 마블은 세련되고 점잖은 60대 신사다. 마블은 14년이라는 세월 동안 CIA와 긴밀하게 협조해왔는데, 냉전 당시 활약했던 러시아 정보원들의 생존 기간이 평균 18개월이었다는 점을 고려하면 대단한 일이다. 네이트가 거리 주변을 훑어보는 사이에 그의 머릿속에서 역사의 뒤안길로 사라진 스파이들의 흐릿한 사진들이 스쳐 지나갔다. 펜코프스키, 모토린, 톨카쵸프, 폴랴코프 등 다른 스파이들은 모두 죽었다. 이 사람만은 절대 안 돼, 내가 담당하는 한 죽게 놔둘 수 없어. 나는 실패하지 않을 거야.

마블은 현재 SVR에서 미국 담당 부서의 부장으로 막대한 정보를 접할 수 있는 지위에 있다. 그는 과거에 전통적인 KGB 소속이었는데 해외에서 경력을 쌓으면서 장성으로 진급했다. 놀라운 점은 그가 무수한 작전에서 성공했을 뿐만 아니라 과거에 횡행했던 숙청과 정치 개혁과 내부 권력투쟁에서 살아남았다는 것이다. 마블은 자신이 섬기고 있는 공산주의 체제의 본질을 잘 알고 있었고 그 가식적인 면을 점점 더 혐오하게 됐지만, 어쨌든 전문가로서 국가에 충성을 바쳤다. 이미 마흔 살에 대령이 된 그는 뉴욕에서 근무하던 당시에 암에 걸린 아내를 미국의 종양학자에게 데리고 가게 해달라고 요청했지만, 그 요청은 거부됐다. 러시아 정부가 얼마나 비정하고 비타협적인지 잘 보여주는 사례였고, 결국 그의 아내는 모스크바 병원 복도의 이동 침상 위에서 숨을 거뒀다. 그런 일을 당하고도 마블이 마침내 결심하고 자진해서 미국에 안전하게 접근할 수 있는 방법을 준비하기까지는 그로부터 8년의 세월이 걸렸다.

해외 스파이(이쪽 분야에서는 요원이라고 한다)가 된 마블은 아주 조용하고 공손하고 우아하게 행동했다. 그는 CIA에서 그를 담당하는 요원(그의 핸들러)들에게 자신이 제공하는 정보가 얼마 안 돼서 미안하다고 겸손하게 말했다. 랭글리(Langley, CIA 본부-옮긴이)는 경악했다. 외국 정부들을 상대로 하는 KGB와 SVR 작전들에 대한 극히 귀중한 정보들과, 가끔 기회를 잡으면 그중에서도 최상급 정보인 러시아를 위해 일하는 미국 스파이들의 이름까지 제공하는 사람이 이렇게 겸손한 말을 하다니. 마블은 CIA의 가치를 헤아릴 수 없는 극히 중요한 자산이다.

22시 18분. 네이트는 모퉁이를 돌아 양쪽에 아파트 건물들이 늘어선 좁은 거리를 걸어갔다. 울퉁불퉁한 보도에 나란히 서 있는 나무들은 잎이 다 떨어진 채 눈에 덮여 있었다. 거리 끝 너머 교차로 불빛에 윤곽이 드러난 익숙한 형체 하나가 모퉁이를 돌아 그를 향해 걸어오기 시작했다. 그 노인은 프로였다. 그는 단 4분이라는 시간에 딱 맞춰 왔다.

순식간에 네이트의 피로가 증발하면서 활기가 돌아오는 게 느껴졌다. 마블이 다가오는 사이에 네이트는 자동적으로 텅 빈 거리를 훑어보면서 이상한 점이 없는지 찾았다. 차들은 보이지 않았다. 위를 보자 열려 있는 창문도 없고, 아파트들은 모두 어두웠다. '뒤를 돌아봐. 맞은편 거리들도 조용하다. 어둠 속을 훑어봐. 도로 청소부들도 없고, 거리에 축 늘어져 있는 부랑자들도 없다.' 열두 시간 동안 미행팀을 도발했고, 눈과 추위 속에서 덜덜 떨면서 기다리고 지켜봐왔더라도 단 한 번의 실수에 마블을 잃을 수 있다. 네이트에게 그 실수는 단순히 정보원의 상실이나 외교적인 논란의 시작이 아니라 마블의 상실을 의미하는 것이다. 절대로 실패해선 안 된다.

마블이 천천히 그를 향해 걸어왔다. 둘은 지금까지 두 번 만났다. 마블은 그동안 그에게 배정된 핸들러들 하나하나를 다 교육시켰다. 그중 몇 명은 실력이 좋았다. 그리고 몇 명은 소름 끼칠 정도로 멍청한 것 같았다. 그리고 또 한두 명은 암담할 정도로 프로가 되는 데 아무 관심이 없어 보였다. 네이트는 그들과 다르게 흥미로운 청년이었다. 그에게는 일을 제대로 해내려고 하는 적극적인 의지와, 남들보다 뛰어난 면도 보이고, 집중력도 있었다. 다소 미숙하고 충동적인 면이 있지만 이렇게 정열적인 청년도 별로 없어, 마블은 그렇게 생각하면서 네이트에게 합격점을 줬다.

네이트를 보자 마블은 기쁜 마음에 눈이 가늘어졌다. 중키의 날씬한 체격에, 검은 머리는 곧게 뻗어 있고 콧날이 오뚝한 네이트는 다가오는 노인의 어깨 너머를 살펴보며 갈색 눈을 쉴 새 없이 움직이고 있었는데 초조해서가 아니라 그를 보호하기 위해서였다.

"안녕하신가, 네이트." 마블이 말했다. 런던에서 근무하면서 생긴 약한 영국식 억양에 뉴욕에서 보낸 시간이 더해져 그의 억양은 생기가 있었다. 네이트의 러시아어는 거의 완벽했지만 핸들러와 좀 더 가까워지고 싶은 마음에 마블은 순간적으로 영어로 말했다. 마블은 키가 작고 다부진 체격에 깊은 갈색 눈 사이에 살집 좋은 코가 자리 잡고 있었다. 덥수룩한 흰 눈썹은 숱이 많고 구불구불한 흰 머리와 잘 어울려서 거리를 서성이는 우아한 건달처럼 보였다.

그들은 원래 가명을 써야 하지만 사실 별 소용 없는 짓이었다. 마블은 SVR에 있는 해외 외교관 사진첩을 볼 수 있기 때문에 네이트의 이름을 확실하게 알고 있었다. "이렇게 얼굴을 보니 좋군. 잘 지냈나?"

마블은 찬찬히 네이트의 얼굴을 뜯어봤다.

"피곤해? 오늘 몇 시간이나 다녔지?" 마블은 아주 정중했지만 호기심도 여전했다. 그는 어떤 것도 당연하게 받아들이지 않는 사람이었다.

"괜찮아요, 댜댜." 네이트가 대답했다. 마블에게 경의를 표하는 동시에 그를 향한 진실한 애정을 표현하려는 마음에서 '아저씨'라는 뜻의 러시아어로 불렀다. 그러고는 손목시계를 봤다. "열두 시간 됐어요. 거리는 한가한 것 같은데요." 그것은 둘만 아는 암호로, 네이트가 얼마나 철저하게 미

11

행을 따돌렸는지 확인하기 위한 질문이라는 걸 네이트는 알고 있었다.

마블은 아무 말도 하지 않았다. 둘은 보도를 따라 늘어선 나무들의 그늘 속을 같이 걷기 시작했다. 공기는 여전히 시리게 차가웠고 바람은 불지 않았다. 둘이 같이 있을 수 있는 시간은 약 7분 정도였다.

네이트는 주로 마블이 하는 이야기를 주의 깊게 들었다. 노인은 서두르지 않으면서도 신속하게 자신이 근무하는 곳에서 누가 승진하고 누가 물을 먹었는지에 대한 소문과 그곳의 정치 상황을 섞어서 이야기했다. 또한 새로운 작전들과 SVR이 외국에서 성공적으로 포섭한 정보원들에 대한 이야기를 요약해서 들려줬다. 자세한 내용은 디스크에 있을 것이다. 이건 정보 보고인 동시에 두 사람이 나누는 대화다. 둘의 목소리, 눈 맞춤, 껄껄거리는 마블의 낮은 웃음소리. 접선의 핵심은 바로 이것이다.

두 사람은 같이 걸어가면서 부자지간처럼 팔짱을 끼고 싶은 본능적인 충동을 참았다. 접촉해선 안 된다는 걸 서로가 알고 있었다. 그것은 스파이 식별 가루인 멧카에 오염될지 모른다는 두려움과 잔인한 필요성에서 비롯된 것이었다. 그것은 마블이 직접 보고한 러시아의 기밀 프로그램의 일환으로 모스크바에 주재하는 미국 대사관 직원들 중에서 CIA 요원으로 의심되는 사람들에게 몰래 멧카라는 가루를 뿌린다. 노란색 가루인 그 화학물질은 NPPD로 러시아 기술자들이 스포이트를 꾹꾹 쥐어짜서 사람들이 입고 있는 옷, 마룻바닥에 있는 매트, 운전대 등에 뿌린다. NPPD는 수선화에서 나오는 끈적끈적한 꽃가루처럼 악수를 통해 그들이 만지는 종이와 코트 옷깃으로 옮겨진다. 그것은 눈에 보이지 않게 문제의 CIA 요원이 손을 대는 모든 것에 흔적을 남긴다. 그래서 러시아 정보부의 의심을 받는 관료의 손이나 옷, 책상에 압지를 대서 NPPD 형광물질이 검출되면 그 관료는 그날로 끝이다. 마블은 이어서 러시아 정보부가 각각의 NPPD에 다른 화학물질을 넣어서 그 관료가 어느 미국 요원을 만났는지까지 알아볼 수 있는 표식을 만들어냈다고 보고해서 랭글리를 충격에 빠뜨렸다.

마블과 같이 걸어가면서 이야기를 하던 네이트가 주머니에 손을 넣어서 밀봉한 비닐봉지를 하나 꺼냈다. 마블의 비밀통신 장비에 들어가는 새 배터리들을 가져온 것이다. 그것은 푸르스름한 회색 담뱃갑 세 개로 포장되어 있었고 어마어마하게 무거웠다. 그들은 이런 식의 직접적인 만남 사이의 간격이 너무 길어지지 않도록 중간중간 통신 장비를 이용해서 메시지를 교환하고 있다. 하지만 이렇게 목숨을 건 짧고 위험한 만남이 훨씬 더 생산적이었다. 이런 만남에서 마블은 많은 정보를 담은 디스크나 드라이브를 핸들러에게 건네주고 장비와 자금들을 다시 보충받았다. 이렇게 얼굴을 맞대고 몇 마디 나누는 만남들을 통해 두 파트너의 서로에 대한 믿음은 더 깊고 돈독해진다.

네이트가 조심스럽게 비닐 봉투를 벌려서 마블에게 내밀자 마블이 거기서 미리 포장된 벽돌처럼 무거운 배터리들을 꺼냈다. 그것들은 버지니아의 연구소에서 살균 포장한 것이었다. 마블은 그 봉투 속에 디스크 두 장을 떨어뜨렸다. "이 디스크 두 개에 5미터 정도의 파일이 들어 있을 거야. 내 인사말도 같이 들어 있고." 마블이 말했다.

네이트는 이 늙은 스파이가 이제 디지털로 된 기밀을 훔치면서도 여전히 정보 용량을 과거의 수치화된 파일 길이로 생각하고 있다는 게 재미있었다. "감사합니다. 여기에 요약본도 포함됐나요?" 정보부 직원들은 마블이 보내는 따끈따끈한 보고서들 중에서 어떤 걸 제일 먼저 번역해서 처리해야 할지 알려주는 요약본을 제발 첨부해달라는 말을 마블에게 꼭 전해달라고 신신당부했었다.

"아, 이번에는 잊지 않았어. 그리고 두 번째 디스크에 새 사무실 안내 책자도 넣었어. 직원들이 몇 명 바뀌었는데 뭐 충격적인 반전은 없어. 그리고 내년에 갈 내 해외 출장 계획 스케줄도 넣었고, 난 외국으로 출장 갈

구실을 찾고 있는 중이야. 그것도 거기에 자세한 내용이 들어 있어." 마블은 봉투 속에 든 디스크를 향해 고개를 끄덕여 보이면서 말했다.

"시간이 나실 때 모스크바 밖에서 뵐 수 있기를 기대할게요." 네이트가 말했다. 시간이 째깍째깍 흐르고 있었다. 둘은 거리 끝에 이르러서 다시 돌아 천천히 반대편을 향해 걸었다.

마블은 생각에 잠겼다. "자네도 알겠지만 내 경력, 미국 친구들과의 관계, 앞으로 살아갈 내 인생에 대해 생각해왔어. 아마 난 몇 년 후에 은퇴할 거야. 정치판 돌아가는 꼴도 그렇고, 나이도 먹을 만큼 먹었고, 상상할 수도 없는 실수를 하거나 뭐 그러겠지. 한 3, 4년 정도 버틸 수도 있고 아니면 2년이 될 수도 있고. 은퇴하고 뉴욕에서 살면 근사할 거란 생각이 가끔 들어. 어떻게 생각해, 네이트?" 네이트는 멈춰서 마블을 향해 반쯤 돌아섰다. 이건 뭐지? 주위에서 들리던 소음이 희미해졌다. 마블에게 문제가 생긴 걸까? 마블은 네이트의 팔을 잡을 것처럼 손을 들었다가 중간에 멈췄다. "제발 불안해하지 마. 난 그저 마음속에 생각하고 있던 걸 말한 것뿐이니까." 네이트는 곁눈으로 마블을 흘끗 봤다. 노인은 자신만만하고 침착했다. 요원이 은퇴를 생각하는 건 자연스러운 일이다. 위험천만한 이중생활을 끝내고, 문을 두드리는 소리가 들릴까 봐 두려워하는 생활을 그만두는 꿈을 꾸는 것도 당연하다. 이런 삶은 결국 엄청난 피로를 유발하고 그러다 보면 실수하게 된다. 마블의 목소리에 피로한 기색이 있었나? 네이트는 내일 조심스럽게 윗선에 이 대화의 뉘앙스를 보고해야 했다. 사건에 문제가 생기면 문책을 받는 사람은 항상 핸들러다.

"뭐 잘못된 거 있으세요? 안전 문제 같은 거?" 네이트가 말했다. "장군님의 은행 계좌가 있는 거 아시죠? 원하시면 언제든 은퇴하실 수 있어요. 저희가 다 지원해드릴 겁니다."

"아냐, 난 괜찮아. 우리에겐 할 일이 더 있잖아. 그걸 다 하고 쉬면 돼."

마블이 말했다.

"이렇게 같이 일할 수 있어서 영광입니다." 네이트가 말했다. 그는 진심이었다. "장군님이 기여하신 바는 헤아릴 수 없습니다." 어두워진 거리를 따라 걷는 내내 마블은 보도를 내려다보고 있었다. 그들의 만남은 이제 6분이 되어가고 있었다. 헤어져야 할 때였다.

"다른 거 뭐 필요하신 거 있으세요?" 네이트가 물었다. 그는 눈을 감고 생각을 집중했다. 배터리들을 건넸고, 디스크들을 받았고, 거기에 요약본도 첨부됐고, 외국 출장 스케줄도 들어 있다. 유일하게 남은 것은 지금으로부터 석 달 뒤에 다시 만날 약속을 잡는 것이었다.

"3개월 후에 다시 만날까요? 그때쯤이면 한겨울이겠어요, 12월이니까. 강 근처에 새로 생긴 '이글'에서 뵐까요?" 네이트가 물었다.

"그래, 좋지. 그 전주에 내가 문자로 확인해줄게." 그들은 다시 거리 끝에 이르렀고 더 환한 불빛들이 비치는 교차로로 천천히 다가갔다. 네온사인 하나가 거리 맞은편에 있는 지하철역 입구를 밝히고 있었다. 네이트는 갑자기 등 뒤로 불안한 기운이 엄습해오는 걸 느꼈다.

낡은 라다 세단 하나가 천천히 교차로를 지나가고 있었는데 앞좌석에 두 남자가 앉아 있었다. 네이트와 마블은 건물 벽에 등을 찰싹 붙여 어둠 속으로 완벽하게 모습을 감췄다. 마블도 그 차를 봤다. 노인은 젊은 핸들러만큼이나 거리 사정에 훤한 프로였다. 라다 세단보다 훨씬 더 새 차인 오펠이 맞은편에서 교차로를 가로지르며 들어왔다. 그 안에 탄 두 남자는 반대편을 보고 있었다. 네이트는 뒤를 흘끗 봤다. 세 번째 차가 천천히 거리로 들어오고 있었다. 그 차는 주차등만 켠 채 달리고 있었다.

"놈들이 수색하고 있어. 근처에 차를 주차해 두진 않았지?" 마블이 낮은 목소리로 물었다.

네이트는 고개를 흔들어서 아니라고 했다. 아뇨, 그럴 리가요, 망할 아니라고요. 그의 심장이 쿵쿵 소리를 내며 사정없이 뛰고 있었다. 이거 아슬아슬하겠는데. 그는 잠시 마블을 마주 보다가 동시에 하나로 움직였다. 스파이 가루도, 다른 것도 다 무시한 채 네이트는 마블이 입고 있던 짙은 색 코트를 벗는 걸 도와 뒤집어 입게 했다. 코트 안감은 밝은색의 다른 디자인으로 얼룩이 묻어 있고 소매 가장자리와 코트 밑단은 해져서 너덜너덜했다. 네이트는 마블이 그 코트를 입는 걸 도와주고 그 코트 안쪽 주머니에 손을 넣어 좀이 슨 모직 모자를(그건 마블의 분장 도구 중 하나였다) 하나 꺼내서 펼쳐 마블의 대머리에 눌러 씌웠다. 마블은 앞주머니에서 테가 두꺼운 안경을 꺼내 꼈다. 안경다리 한쪽에는 흰색 테이프가 감겨 있었다. 네이트는 또 다른 주머니에 손을 넣어 짧은 지팡이 하나를 꺼내서 가볍게 아래를 향해 흔들었다. 그러자 안쪽에서 고무줄이 튀어나오면서 길이가 세 배로 늘어난 긴 지팡이를 마블의 손에 쥐여줬다.

80초 만에 모스크바의 중년 신사가 사라지고, 싸구려 코트에 지팡이를 짚고 절뚝거리는 노인이 나타났다. 네이트가 교차로와 지하철역이 있는 방향으로 그를 부드럽게 밀었다. 이는 스파이의 철칙을 깨는 행동으로 지하철을 타려다 지하에 갇힐 위험이 있지만 마블이 여기서 벗어날 수 있다면 모험할 만한 가치가 있었다. 지금 한 변장으로 지하철역 플랫폼에 있는 여러 대의 감시 카메라를 속일 수 있어야 했다.

"제가 놈들을 치울게요." 네이트가 그렇게 말하는 사이에 마블은 허리를 숙이고 발을 질질 끌면서 교차로를 건너기 시작했다. 그 늙은 스파이는 심각하면서도 쿨한 표정으로 네이트를 한 번 돌아보고 윙크했다. '역시 전설적인 분이야.' 네이트가 생각했다. 하지만 지금 그의 당면 과제는 미행하는 자들의 주의를 흩뜨려서 마블에게 갈 시선을 그에게 쏠리게 만드는 것이었다. 하지만 놈들에게 잡혀선 안 된다. 그의 주머니에 있는 마블의 디스크들이 발견되면 마블은 놈들에게 체포될 것이고, 그것은 곧 사형선

고나 다름없다.

네이트가 마블의 담당자로 있는 한 그런 일은 용납할 수 없었다. 그의 머리와 목에서 얼음같이 차가운 불길이 타오르기 시작했다. 네이트는 코트 깃을 세우고, 마음을 단단히 먹은 채, 반 블록 떨어진 곳으로부터 그를 향해 천천히 오는 차 앞에서 재빨리 길을 건넜다. 이놈들은 분명 국내 스파이들을 감시하는 FSB 소속 악당들일 것이다. 여긴 놈들의 본거지다.

1200cc 라다 세단의 엔진에서 괴성이 들리더니 불빛이 반짝이는 거리에 반사된 자동차의 상향등 불빛이 네이트의 모습을 환하게 비췄다. 네이트가 다음 블록으로 달려가서 지린내와 보드카 악취가 코를 찌르는 지하실 계단통으로 몸을 숨기는 순간 뒤에서 끼이익 거리는 타이어 소리들이 들렸다. 네이트는 기다렸다가 다시 움직여서 골목길들을 전력 질주했다. 네이트는 소리 없이 육교를 건넜고 다시 쿵쿵 소리를 내며 강가로 이어지는 계단을 뛰어 내려갔다. 장애물들을 써, 철로를 건너, 놈들의 시야에서 일단 벗어나면 방향을 바꿔, 그래서 놈들이 오판하게 만들어서 놈들 옆을 슬쩍 지나치는 거야. 시간을 확인해보니 거의 두 시간째 달리고 있었다.

그는 무시무시한 피로에 온 몸을 덜덜 떨면서 달리다가, 걷다가, 다시 주차된 차들 뒤에 쭈그리고 앉아, 주위를 둘러싼 엔진들의 소음 소리를 들었다. 그를 따라온 차들은 모였다가, 다시 흩어졌다가, 다시 모이면서 그의 얼굴을 볼 수 있을 정도로 가까이 다가오려고, 그를 쳐서 길바닥에 엎어지게 하려고, 그의 주머니에 손을 찔러 넣으려고 안간힘을 쓰고 있었다. 네이트는 브레이크를 끼이익 밟는 소리들, 그들이 무전기에 대고 고함치는 소리들, 절망적으로 변해가는 그들의 목소리를 들을 수 있었다.

그에게 처음 감시에 대해 가르친 교관은 이렇게 말했다.

"자넨 거리를 느끼게 될 것이다, 내쉬 군. 거기가 위스콘신 대로건 트베르스카야건 상관없이 느끼게 될 거야." 이제 네이트는 완벽하게 거리를 느꼈다. 그들은 그가 있는 곳을 알아채진 못했지만 바퀴벌레처럼 그의 주위로 바글바글 모여들고 있는 걸 느낄 수 있었다. 놈들이 속도를 내면서 전진하거나 후진하는 사이에 젖은 자갈길 위에서 타이어들이 끽끽 비명을 지르고 있었다. 놈들이 아직 그를 발견하지 못해서 차에서 내려 달려오진 않았지만 불행히도 시간은 그들 편이었다. 다행히 놈들이 그에게 맹공을 퍼붓고 있다는 건 마블에게 집중하지 않고 있다는 뜻이다. 네이트는 마블이 절뚝거리며 지하철역으로 들어갈 때 제발 들키지 않게 해달라고 기도했다. 그렇다면 이 감시팀은 처음부터 마블을 목표로 한 게 아니라는 뜻이 된다. 만일 그랬다면 두 번째 팀이 지금 마블을 쫓고 있을 테니까. 그들은 네이트의 정보원인 마블을 잡지 못했고, 그의 주머니에 있는 니트로 화합물 같은 폭발력을 지닌 마블의 디스크들도 손에 넣지 못할 것이다. 타이어들의 끽끽거리는 소리가 줄어들었고 거리는 고요해졌다.

시간 확인: 추적이 시작된 지 두 시간이 지났고, 다리와 척추는 지칠 대로 지쳤고, 시야의 가장자리가 흐릿해진 상태에서 네이트는 어둠 속에 있는 좁은 골목길의 벽에 바짝 붙어 걸어갔다. 그는 그들이 돌아갔기를 바라며 상상했다. 여기저기 찌그러져 차고로 들어간 여러 대의 차에서는 진흙이 뚝뚝 떨어지고, 상황실에서는 팀장이 그들에게 고래고래 고함을 지르는 장면을. 몇 분 동안 차를 한 대도 보지 못한 네이트는 그들의 수색 범위를 빠져나왔다고 생각했다. 다시 눈이 내리기 시작했다.

저 위쪽에서 차 한 대가 끽 소리를 내며 멈추더니 후진해서 골목으로 들어왔는데, 헤드라이트 불빛에 골목에 쌓인 눈이 환하게 빛났다. 네이트는 벽을 향해 돌아서면서 몸을 한껏 움츠렸지만, 놈들이 그를 봤다는 걸 알고 있었다. 차의 불빛들이 네이트의 몸을 쓸고 가는 동안 차가 그를 향해 속력을 내며 달려와서, 그가 있는 벽 쪽으로 조금씩 다가왔다. 네이트가 그 상황이 믿기지 않아 경악해서 보는 사이에 차는 계속 그를 향해 오고 있었다.

조수석 문이 벽에서 불과 몇 센티미터 떨어져 있었고 차 안에 있는 남자 두 명이 목이 부러져라 앞으로 쑥 내밀고 그를 바라보고 있었으며, 와이퍼는 미친 듯이 움직이고 있었다. 저 러시아 정보부 새끼들이 그를 못 봤나? 그때였다. 네이트는 놈들이 그를 분명히 봤고, 그를 벽에 대고 납작하게 박아버리려고 한다는 걸 알았다. "외국 외교관들을 쫓아오는 감시팀들은 절대로, 절대로 목표 대상에 폭력을 행사하지 않는 것이 불문율이야." 교관들이 그렇게 말했는데, 저 미친놈들은 대체 무슨 짓을 하고 있는 거야? 네이트는 뒤를 돌아봤다. 골목의 출구가 너무 멀리 떨어져 있었다.

"거리를 느껴봐, 내쉬 군." 여기서 차선책은 네이트로부터 30센티미터 떨어진 벽돌 건물의 주철 배수관을 느껴보는 것이었다. 배수관은 녹슨 금속 잠금장치로 고정돼 있었다. 차가 네이트를 향해 돌진했을 때, 그는 훌쩍 점프해서 그 배수관을 움켜쥐었고, 거기에 달린 금속 잠금장치들을 잡고 더 높이 기어 올라갔다. 차가 벽을 쾅 박자 배수관이 쪼개졌고, 차의 지붕이 네이트의 다리 바로 밑으로 왔다. 차가 거친 소리로 벽을 죽죽 긁으며 가다가 멈췄다. 차의 시동이 꺼졌고, 네이트는 잡고 있던 손의 힘이 풀리면서 차 지붕 위에 떨어졌다가 길바닥으로 굴러 떨어졌다. 운전석 문이 열리면서, 털모자를 쓴 덩치 큰 남자가 하나 나왔지만 그들은 절대로, 절대로 목표 대상에 폭력을 행사하지 않았다. 네이트는 그 차의 문을 어깨로 밀어서 그 악당의 머리와 목을 문으로 치고, 비명 소리를 들은 후에, 그의 얼굴이 고통으로 일그러지는 걸 봤다. 네이트가 차 문으로 그 남자의 머리를 재빨리 두 번 더 치자 그 남자가 차 안쪽으로 쓰러졌다. 조수석 문은 벽에 막혀 열 수 없었다. 또 다른 깡패가 앞쪽의 좌석에서 넘어와 뒤쪽 문을 열려고 하는 게 보였다. 다시 달려야 할 때가 돼서 네이트는 있는 힘껏 어둠 속의 골목길을 달려 모퉁이를 돌았다.

세 집을 지나치자 이렇게 늦은 시간까지 열려 있는 지저분한 식당이 하나 나왔다. 식당의 불빛이 눈이 쌓인 보도까지 쏟아져 비추고 있었다. 네이트는 골목에 있는 차가 후진하면서 내는 끽끽거리는 소리를 들었다. 그는 작고 텅 빈 식당으로 쑥 들어가서 문을 닫았다. 그 식당은 달랑 방 하나로 한쪽 끝에 카운터가 하나 있고 오래 써서 낡은 목재 테이블 몇 개와 의자들이 있었다. 벽지는 군데군데 얼룩져 있었고 창문에는 때 묻은 레이스 커튼이 걸려 있었다. 카운터 뒤에서 큰 앞니 두 개가 보이는 노파가 앉아 지직거리는 소리가 나는 라디오를 들으며 신문을 읽고 있었다. 노파 뒤에는 전기난로 위의 낡은 알루미늄 냄비 두 개에서 수프가 보글보글 끓고 있었다. 익은 양파 냄새가 식당을 가득 채웠다.

손을 떨지 않으려고 무진 애를 쓰면서 네이트는 카운터로 걸어갔다. 무표정한 노파에게 비트 수프를 한 그릇 달라고 러시아어로 주문했다. 그러고 나서 커튼을 친 창문을 등지고 앉아 바깥에서 나는 소리를 들었다. 차한 대가 우르르 소리를 내며 지나갔고, 또 한 대가 지나가고, 아무 소리도 들리지 않았다. 라디오에서 코미디언 하나가 농담을 하고 있었다.

"흐루쇼프(Nikita Sergeevich Khrushchyov, 1894~1971, 소련의 정치가—옮긴이)가 돼지 농장을 방문해서 기념사진을 찍었어요. 그 지방 신문사에서 그 사진에 넣을 제목을 놓고 열띤 토론이 벌어졌죠. '돼지들 사이에 있는 흐루쇼프 동지?' 아니면, '흐루쇼프 동지와 돼지들?' 그것도 아니면 '흐루쇼프 동지 주변에 있는 돼지들?' 뭘 갖다 붙여도 모양새가 좋지 않았어요. 편집장이 마침내 결정했어요. '왼쪽에서 세 번째, 흐루쇼프 동지.'"

카운터 뒤에 앉아 있던 노파가 낄낄 웃었다.

열두 시간 넘게 먹지도 마시지도 못한 네이트는 그의 앞에 나온 걸쭉한 수프를 떨리는 스푼으로 떠서 게걸스럽게 먹어치웠다. 노파가 그를 빤히 보더니, 일어서서, 카운터를 돌아 나와, 앞문으로 갔다. 네이트는 곁눈으로 할머니를 지켜봤다. 노파가 문을 열자 바깥의 찬 공기가 획 들어오는 게 느껴졌다. 노파가 거리를 내다보고, 그 동네를 위아래로 훑어보더니, 문을 쾅 닫았다. 그러고는 카운터 뒤에 있는 걸상으로 돌아와 앉아 신문을 들었다. 네이트는 수프와 빵을 다 먹고 카운터로 가서 몇 코펙(kopek, 러시아의 동전 화폐 단위-옮긴이)을 세서 냈다. 노파가 동전들을 모아 서랍에 쓸어 담았다. 그녀는 서랍을 쾅 닫고 네이트를 봤다.

"다 갔어. 신의 가호가 있길." 노파가 말했다. 네이트는 그녀와 눈을 마주치지 않고 나갔다.

한 시간 후, 네이트는 온몸이 땀으로 흠뻑 젖은 채 지쳐서 덜덜 떨며 대사관의 주택단지 정문에 있는 민병대 초소를 허둥지둥 지나왔다. 마블의 디스크들이 마침내 안전한 곳에 도착했다. 원래 작전의 마무리를 이런 식으로 하면 안 되는데. 네이트는 본부에서 보낸 차를 타기로 한 시각에서 몇 시간이나 늦어버렸다. 대사관으로 들어온 그를 사람들이 주목했고, 그로부터 30분 만에 FSB, 그리고 그 직후 SVR에서 미 대사관의 경제부서에 근무하는 청년 네이트 내쉬가 그날 저녁 대사관에 없었다는 걸 알아냈다. 그들은 그 이유를 짐작했다.

노파의 비트 수프

커다란 냄비에 버터를 녹인다. 그 다음에 다진 양파를 넣고 반투명해질 때까지 살짝 볶는다. 거기에 강판에 간 비트 세 개와 잘게 썬 토마토 하나를 넣어 젓는다. 거기에 소고기 육수, 식초, 설탕, 소금, 후추를 넣는다. 수프는 시큼하면서도 달콤한 맛이 나야 한다. 수프를 센 불에 확 끓였다가 한 시간 정도 뭉근하게 끓인다. 사워크림 약간과 잘게 다진 딜(dill, 미나리과의 허브-옮긴이)과 함께 뜨겁게 데운 수프를 낸다.

　다음 날 아침 모스크바의 반대쪽 끝에 있는 두 개의 사무실 분위기는 살벌하기 그지없었다. 야세네보에 있는 SVR 본부 제1국 부국장인 반야 디미트레비치 예고로프는 FSB의 전날 밤 감시 일지를 읽고 있었다. 희미한 햇빛이 거대한 판유리창으로 들어왔다. 그 아래로 건물을 둘러싼 어두운 소나무숲이 내려다보였다. 키가 아주 작은 라인 KR 방첩팀장 알렉세이 주가노프가 그의 책상 앞에 서 있었지만 예고로프는 그에게 앉으라는 말을 하지 않았다. 주가노프의 친한 친구들이나 그의 어머니는 심술궂은 난쟁이 같은 주가노프를 '로샤'라고 부르곤 하지만 오늘 아침엔 그럴 분위기가 아니었다.

　반야 예고로프는 65세로 본부 내에서 서열이 높은 준장이다. 머리가 큰 예고로프의 귀 주위에 촘촘하게 난 머리는 희끗해져가고 있었지만 그곳을 제외하곤 대머리였다. 미간이 넓은 갈색 눈, 두툼한 입술, 넓은 어깨, 푸짐한 배와 근육질의 큰 손 때문에 예고로프는 서커스의 차력사처럼 보였다. 그는 밀라노의 아우구스토 카라세니가 아름답게 만든 짙은 색의 두툼한 양복에 짙은 파란색 넥타이를 매고 있었다. 런던에서 외교 행낭에 넣어 보내온 윤이 나는 검은색 구두는 에드워드 그린 제품이었다.

　예고로프는 KGB에서 처음 일을 시작했던 초반에는 평범한 현장 담당자였다. 별 열의 없이 아시아에서 몇 번 파견 근무를 하고 난 후 그는 현장에서 하는 일이 그에게 맞지 않다고 확신했다. 모스크바로 돌아온 그는 조직 내에서 벌어지는 정치에 뛰어난 재능을 발휘했다. 그는 사람들의 주목을 받는 내부 업무들을 능숙하게 처리해서 기획부서에서 출발해 행정부로 옮겨갔고, 마침내 새로 만들어진 자리인 감찰관까지 올랐다. 그는 1991년 KGB가 SVR로 바뀌는 데 눈에 띄게 적극적인 역할을 했고, 1992년에는 KGB 의장 크류츠코프가 고르바초프를 상대로 쿠데타를 일으켰다가 실패했을 때 줄을 잘 선 덕에 자리를 보전할 수 있었고, 1999년에는 차분한 성격에 금발머리, 나른한 푸른색의 눈을 가진 전갈자리의 블라디미르 푸틴 총리의 눈에 띄게 됐다. 그다음엔 놀랍고도 믿을 수 없게 옐친이 물러난 후 푸틴이 대통령이 되었고, 반야 예고로프는 기대하고 있었던 전화를 받았다.

"자네가 일을 처리해주기 바라네." 우아한 크렘린 궁의 사무실에서 가진 5분간의 설레는 면담에서 푸틴은 그렇게 말했다. 사무실 벽에 두른 고급 목재판이 새로 취임한 대통령의 눈에 무시무시하게 반사됐다. 둘 다 그 말이 무슨 뜻인지 알고 있었다. 반야는 야세네보 제3국 부국장 사무실로 들어갔다가, 제2국 부국장으로 승진했고, 작년에 국장실 맞은편에 있는 제1국 부국장실로 이동했다.

작년 3월, 선거들을 앞두고 상황이 좀 불안해지면서 망할 놈의 기자 새끼들과 야당들이 역사상 유례없이 제멋대로 날뛰었다. SVR에서 반체제 인사 몇 명을 손봐주었고, 조심스럽게 몇몇 투표소에서 공작을 벌였으며, 몇몇 야당 의원을 감시해서 대통령에게 보고했다. 표를 분산시키고 선거판을 분열시키기 위해 야당을 탈당해서 새로운 당을 만들라는 지시를 여당에 협조적인 한 의원이 받았다.

반야는 모든 걸 걸고, 푸틴에게 제안을 하는 큰 도박을 했다. 선거들을 치르기까지 일어난 시위들의 배후에 서방, 그중에서도 특히 미국이 있다고 비난하라는 제안이었다. 푸틴은 그의 제안을 마음에 들어 했고, 세계 무대로 화려하게 복귀한 러시아를 눈 하나 깜짝 안 하고 상상했다. 그는 반야의 등을 토닥여줬다. 아마도 둘 다 정보부 요원으로서 짧은 해외 근무에서 이뤄낸 성과가 거의 없는 경력의 공통점 때문인지도 모르고 아니면 왕년의 정보원들이 서로의 능력을 알아봐서 그런 건지도 몰랐다. 이유야 어쨌든 푸틴은 그를 좋아했고, 반야 예고로프는 보상을 받게 될 거라는 걸 알고 있었다. 그는 정상에 가까워지고 있었다. 그에겐 계속 위로 올라갈 시간과 힘이 있었다. 그게 바로 그가 원하는 것이었다.

하지만 뱀 농장에서 일하는 조련사는 매사에 극히 조심하지 않으면 필연적으로 뱀에 물리기 마련이다. 현재 크렘린 궁의 주인은 정장과 넥타이를 차려 입고, 언론 담당 비서들을 두고, 정상회담에서 미소를 짓고 있지만 사실 이곳에 잠시라도 머물렀던 사람은 모두 스탈린 이후로 변한 건 하나도 없다는 걸 알고 있었다. 우정? 충성? 후원? 작전에서든 외교 석상에서든 한 번이라도 실수하거나 대통령을 난처하게 만드는 무엄한 짓을 하면 폭풍이 불어 닥칠 것이고 그 폭풍을 피할 곳은 하늘 아래 어디에도 없다. 반야는 고개를 흔들었다. 빌어먹을. 이 내쉬 사건은 그에게 일어나선 안 될 일이었다.

"감시팀 새끼들 관리를 이따위로 해먹을 거야?" 예고로프가 펄펄 뛰며 고함을 질렀다. 그는 평상시에는 부하들 앞에서 온화한 상사인 척 연기하는 버릇이 있었다.

"이 내쉬라는 건방진 새끼가 어젯밤 정보원과 만난 게 분명해. 그런데 어떻게 놈을 열두 시간이 넘게 못 볼 수 있어? 애초에 그 감시팀은 거기서 뭘 하고 있었던 거야?"

"마약 거래 중인 체첸 놈들을 찾고 있었던 모양입니다. 요즘 FSB가 무슨 짓을 하고 다니는지 누가 알겠습니까? 그 바닥은 완전 똥통이거든요." 주가노프가 대답했다.

"그 골목에서 충돌사고 난 건 뭐야? 그건 대체 뭐였냐고?"

"그게 분명하지 않습니다. 그 놈들은 구석에 몰아넣은 놈이 체첸인이라고 생각했답니다. 그리고 그 미국 놈이 무장하고 있다고 믿었다나요. 믿을 수 없지만 그렇게 주장하더군요. 아마 추격전을 벌이다 너무 흥분했던 모양입니다."

"멍청한 새끼들. 깡촌에 사는 농부들이라도 그보단 잘했을 거야. 국장님께 내가 말해서 다음 주 월요일에 대통령 각하께 보고 드리라고 할 거야. 거리에서 외국 외교관들을 다치게 하면 안 돼. 설사 놈들이 러시아 반역자들과 만나고 있더라도 말이야." 그렇게 말하면서 예고로프가 코웃음을 쳤다. "이런 일이 또 일어나면 FBI(Federal Bureau of Investigation, 미국 연방수사국) 새끼들이 조지타운에 있는 우리 요원들을 습격하기 시작할걸."

"저도 제 선에서 말을 전달하겠습니다. 감시팀들은 알아들을 겁니다. 특히 카토르가에서 시간을 좀 보내게 하면 말입니다."

예고로프는 무표정한 얼굴로 방첩팀장을 보면서 그가 축축한 입술로 제정 러시아 당시 강제노동 수용소의 명칭을 아주 즐겁게 내뱉었다는 점에 주목했다. 맙소사. 알렉세이 주가노프는 키가 작고 머리는 검은 색에 얼굴은 프라이팬처럼 납작하고 밋밋하며 귀가 유난히 눈에 띄는 인물이었다. 천막 말뚝같이 생긴 치아에 항상 능글맞게 웃고 다니는 표정이 비밀경찰로선 제격인 얼굴이었다. 그래도 주가노프는 빈틈이 없었고 사악한 앞잡이로 그 나름의 쓸모가 있었다.

"FSB 욕이야 실컷 할 수 있지만 이거 하나는 확실해. 그 미국 놈이 아주 중요한 인물을 만나고 있어. 그런데 그 얼간이들이 놈을 놓친 거라고. 그거 하나는 확실해." 예고로프는 보고서를 책상 위로 던졌다.

"그러니까 이제부터 자네가 해야 할 일이 뭔지 알겠어?" 예고로프는 잠시 말을 멈췄다. "놈이. 누군지. 알아. 와." 그는 한 마디 한 마디 할 때마다 두꺼운 집게손가락으로 책상을 탁탁 쳤다.

"그 배신자의 모가지를 따오란 말이야."

"열 일을 제치고 그것부터 하겠습니다." 주가노프는 수사를 할 만한 뭔가가 더 나오거나, CIA 내부에 심어놓은 스파이를 통해 구체적인 단서가 나오거나, 거리에서 운 좋게 뭔가 얻어걸리지 않는 이상 기다려야 한다는 걸 잘 알면서도 그렇게 대답했다. 그동안 그는 몇 가지 조사를 시작하고, 그냥 예술 한 번 해보자는 의미에서 심문을 할 수도 있을 것이다.

예고로프는 아무 짝에도 쓸모없는 그 보고서를 다시 한 번 봤다. 거기서 유일하게 확인된 사실은 대사관 정문에서 네이트 내쉬의 신원이 밝혀졌다는 것뿐이었다. 그 외에 다른 사람은 보지도 못했고 인상착의도 없었다. 감시 차량 중 한 대를 몰고 있던 기사(골목에서 일어난 그 폭력 사건에 대한 정당한 이유라도 되는 것처럼 왼쪽 눈에 반창고를 붙이고 있는 남자의 사진이 보고서에 첨부돼 있었다)가 대사관 문에서 찍힌 사진 속 남자가 네이트임을 확인했고, 미국 대사관 주택단지에서 근무하는 민병대 대원도 같은 말을 했다.

'이건 축복일수도 있고, 재앙일수도 있겠군.' 예고로프는 생각했다. 사람들의 주목을 받는 스파이 사건을 해결하는 공을 세워서 미국에 망신을 줄 수도 있고, 아니면 치욕스런 대실패를 저질러 남성호르몬이 넘치는 후원자이자 크렘린 궁의 주인의 심기를 거슬려 단번에 모가지가 되는 수도 있다. 대통령의 노여움이 어느 정도냐에 따라 머나먼 감옥에서 썩고 있는 몰락한 정치가 호도르콥스키의 감방 동료가 될 수도 있을 것이다.

잠재적인 기회들을 음산하게 고려해보는 동시에 정치적 여파를 계산하던 예고로프는 그날 아침 네이트의 작전 파일을 확보해서 읽었다.

젊고, 적극적이고, 규율을 잘 지키고, 러시아어를 능숙하게 구사한다. 여자와 술 문제에 관해선 모범적이다. 마약은 하지 않는다. 대사관의 경제부서에서 위장으로 맡은 직책을 열심히 수행하고 있다. 거리로 나오면 쓸 만한 능력을 발휘하지만, 자신이 맡은 작전 의도는 드러내지 않는다.

예고로프는 끙 소리를 냈다. 시건방진 애송이. 그는 고개를 들어 부하를 바라봤다.

주가노프의 모골이 송연해졌다. 그는 좀 더 열성적인 모습을 보여야 한다는 걸 감지했다. 상사인 예고로프는 거리를 주름잡는 현장 요원은 아니지만, 동물의 왕국인 SVR에서 정치적 야심이 넘치는 인물로 유명하다.

"부국장님, 우리 기밀을 팔아먹는 놈을 찾는 열쇠는 이 애송이 양키, 이 미국 영웅에게 수사력을 집중하는 데 있습니다. 놈에게 세 팀을 붙이시죠. 놈을 양파껍질처럼 겹겹이 둘러싸는 겁니다. 하루 24시간 밀착 감시하는 거죠. FSB에게 명령을, 아니 부탁을 하시는 게 낫겠습니다. 놈을 감시하는 인력을 늘리고, 그놈 뒤에 그쪽 애들을 쫙 깔아놓은 다음 우리 팀은 가장자리에 배치하는 겁니다. 놈에게 우리 모습을 슬쩍 비추고 빠지는 거죠. 그러고 나서 놈이 접선 장소를 다시 정하려고 현장을 답사하는지를 보는 겁니다. 놈들은 앞으로 3개월에서 6개월 내에 또 만날 겁니다. 그건 확실합니다."

예고로프는 그 양파껍질 비유가 마음에 들었다. 이따가 국장님에게 보고할 때 써먹어야지.

"좋아, 시작해봐. 국장님께 브리핑할 수 있게 우리 감시 전략을 짜서 보고해." 예고로프는 그렇게 말하고는 손을 흔들어서 팀장을 내보냈다.

'우리 전략을 국장님께 보고한다고.' 주가노프는 사무실을 나가면서 생각했다.

모스크바 주재 미국 대사관은 크렘린과 모스크바 강의 굽이 근처에 있는 프레스넨스키 지구의 야세네보 북서쪽에 있다. 그날 오후 늦게 CIA 모스크바 지부장인 고든 곤도프의 사무실에서 또 다른 불쾌한 대화가 있었다. 러시아 방첩팀장처럼 앉으란 말을 듣지 못한 네이트는 곤도프의 책상 앞에 서 있었다. 전날의 여파로 무릎이 욱신욱신 쑤셨다.

예고로프가 사람들의 눈길을 끄는 큰 체격 덕분에 서커스의 차력사처럼 보인다면 곤도프의 작은 골격과 초췌한 이목구비는 서커스의 개 묘기에 나오는 휘핏(whippet, 사냥이나 경주용으로 쓰이는 소형 개-옮긴이)처럼 보였다. 키가 167센티미터밖에 안 되는 곤도프의 머리칼은 점점 빠지고 있었으며, 돼지같이 작은 두 눈은 바짝 몰려 있었고, 발도 작았다. 그는 작은 키를 넘치는 독기로 보충했다. 그는 누구도 믿지 않았는데 그런 자신이 어느 누구에게도 믿음을 주지 못하고 있다는 아이러니는 전혀 의식하지 못하고 있었다. 곤도프(사람들은 뒤에서 그를 '곤도그'라고 불렀다)는 정보부에서 특정한 부류의 고위직 관리만이 아는 은밀한 지옥에 살고 있었다. 그는 자신의 능력으론 도저히 감당할 수 없는 일을 하고 있었다.

"어젯밤 작전에 대한 자네의 보고서는 읽었네. 자넨 그 결과를 만족스럽다고 생각하는 모양이지?" 곤도프는 생기 없는 목소리로 천천히 말했다. 네이트는 그와의 대결이 임박한 걸 예상했고 순간 속이 뒤틀렸다. '쫄지 말자.'

"그 요원이 안전하다고 생각하는지를 물으시는 거라면 그렇습니다." 네이트가 대답했다. 그는 곤도프가 무슨 말을 할지 알고 있었지만 굳이 나서서 거들 생각은 없었다.

"자넨 어젯밤 우리 정보부에 가장 많은 정보를 제공해주는 일류 정보원을 체포당하게 할 뻔했어. 빌어먹을, 어제 감시팀이 자네가 그 정보원과 만나는 곳을 급습했잖아."

네이트는 치솟는 분노를 꾹꾹 눌러 참았다.

"전 어제 열두 시간이나 감시 탐지 루트를 달렸습니다. 지부장님이 승인하신 바로 그 루트 말입니다. 전 제 상황을 철저하게 확인했습니다. 제가 그 접선 장소에 도착했을 때 미행은 없었고, 마블도 그 점은 마찬가지였습니다." 네이트가 말했다.

"그럼 놈들이 나타난 건 어떻게 설명할 건가? 그 지역에서 무작위로 감시하다가 얻어걸린 거라곤 생각할 수 없잖나. 네 생각은 다르다고 한번 말해보지 그래?" 곤도프의 목소리에서 비꼬는 기색이 역력했다.

"바로 그겁니다. 놈들이 절 찾고 있었을 가능성은 전혀 없습니다. 골목에서 일어난 그 망할 놈의 사건을 보십시오. 놈들은 어쨌든 처음부터 절 미행하고 있었던 게 아닙니다. 놈들이 무작위로 수색하다가 반응한 거니까 제가 조심스럽게 대처할 필요가 없었던 겁니다. 그래서 마블은 무사히 그 자리를 피했고요." 네이트는 놈들이 자신을 벽에 처바르려고 했던 건 곤도프가 아랑곳하지 않는다는 걸 알아챘다. 곤도프가 아닌 다른 사람이 지부장이었다면 지금쯤 대사관 사무실에 쳐들어가 난리를 치면서 러시아 정부에 항의하라고 요구했을 것이다.

공격 무기를 바꾼 곤도프가 말했다.

"터무니없는 소리! 이 모든 게 다 재앙이야. 자넨 어떻게 정보원에게 지하철로 가라고 할 수가 있나? 아예 쥐덫으로 들어가라는 꼴이잖아. 그리고 정보원이 코트를 바꿔 입었을 때 그 코트를 잡아준 건 규정 위반이고. 정보원이 직접 해야 했다고. 자네도 그거 알잖나! 만약 그 사람이 지금 형광물질 검사를 받고 있으면 어쩔 거야?"

"전 그 상황에서 결단을 내렸습니다. 전 그 사람을 변장시켜서 그곳에서 벗어나게 하는 게 가장 중요하다고 생각했습니다. 마블은 프로입니다. 그 코트와 지팡이를 제거해야 한다는 것 정도는 알 겁니다. 그에게 메시지

29

를 보낼 수 있습니다. 다음번 만남에서 그 점을 확인하겠습니다." 네이트가 말했다. 이런 식으로 하나하나 짚어가며 말다툼을 하는 건 참 피곤한 일이었다. 특히나 거리 사정에 대해선 눈 뜬 장님인 지부장과 이야기할 때는 더 그랬다.

"다음번 만남은 없어. 적어도 자네와의 만남은 없다고. 자넨 정체가 너무 많이 노출됐어. 어젯밤 놈들이 너의 정체를 알아낼 기회가 수십 번은 있었어. 경제부서에서 일하는 자네의 위장 신원은 날아가 버렸다고. 이제부터 모스크바에선 자네가 어딜 가든 꽁무니에 러시아 정보부의 절반이 따라다닐 거야." 곤도프가 말했다. 그가 이 순간을 한껏 즐기고 있다는 게 얼굴 표정에 역력히 드러났다.

"놈들은 처음부터 제 직책이 위장이었다는 걸 알고 있었습니다. 제겐 항상 감시팀이 따라다녔습니다. 아시잖아요? 전 제 정보원과 계속 만날 수 있습니다." 네이트는 의자에 기대면서 말했다. 곤도프는 책상 위에 가짜 수류탄을 올려놨는데 그 위에 붙어 있는 명판에 이렇게 새겨져 있었다. '불평 신고 부서. 더 빠른 서비스를 원하면 핀을 뽑으세요.'

"아니, 난 자네가 정보원들을 만날 수 있다고 생각하지 않아. 자넨 이제 놈들을 끌어당기는 자석이 됐어." 곤도프가 말했다.

"놈들이 제게 그렇게 많은 인력을 투입한다면 우리가 그걸 파산시킬 수도 있잖습니까. 제가 앞으로 6개월간 시내를 휩쓸고 다녀서 놈들의 인력을 완전히 바닥내겠습니다. 제게 붙은 놈들이 많을수록, 놈들을 조종할 수 있는 능력도 더 커지게 됩니다." '밀려나지 말고 버텨야 해.'

곤도프는 네이트가 한 말에 별 감동도 받지 않았고 그냥 넘어가지도 않았다. 이 젊고 기운 넘치는 요원 때문에 그의 자리가 위태로워졌다. 곤도프는 내년에 워싱턴으로 돌아갔을 때 본부에서 큰 프로젝트를 맡기를 고대하고 있었다. 이런 상황에서 위험을 무릅쓸 가치가 없었다.

"네이트, 난 자네의 모스크바 파견 근무 기간을 단축시키자고 권고할 거야. 자넨 너무 위험해. 놈들은 자네와 자네가 맡은 정보원을 잡기 위해 모든 수를 다 쓸 거야." 곤도프는 고개를 들었다. "걱정하지 마. 다음에도 좋은 임무를 배정받을 수 있게 내가 손을 써주지."

네이트는 충격을 받았다. 이것은 그의 첫 해외 근무였고 지부장의 지시로 중간에 쫓겨나면 (이유가 뭐든) 그의 경력이 옆길로 샐 수 있다는 건 그도 알고 있었다. 또한 곤도프가 비공식적인 경로들을 통해 네이트가 일을 그르쳤다는 암시를 사방에 흘리고 다닐 거라는 건 거의 확실했다. 네이트의 비공식적인 평판은 큰 타격을 입게 될 것이고, 앞으로 승진에도 지장이 있고 그가 맡게 될 임무에도 영향이 갈 것이다. 검은 모래늪 속에 서 있는 것 같은 오래된 기분이 다시 돌아오기 시작했다.

네이트는 진실을 알고 있었다. 그는 어젯밤 신속하고 정확하게 행동해서 마블을 위기에서 구해냈다. 그는 곤도프의 무표정한 얼굴을 내려다봤다. 둘 다 지금 왜 이런 일이 일어나고 있는지 알고 있었다. 그러니까 굳이 이 대화를 공손하게 끝낼 이유도 없었다. "곤도프, 당신은 배짱도 없고 현장을 무서워하는 계집애 같은 인간이야. 당신은 지금 이 사건에 대한 책임을 회피하려고 날 엿 먹이고 있는 거잖아. 당신 밑에서 일하면서 배운 게 참 많아."

사무실을 나올 때 지부장의 열 받은 고함 소리가 들리지 않는 걸로 봐서 네이트는 그 인간의 그릇이 어느 정도인지 짐작할 수 있었다.

해외 근무를 하다 도중에 쫓겨나는 건 관리하던 정보원을 죽게 하거나, 공금을 훔치거나, 보고서를 위조하는 것만큼 끔찍한 일은 아니지만 그래도 재앙임에는 틀림없다. 이 일이 미래에 배정받게 될 임무와 승진에 어떤 영향을 미치게 될지는 아직 알 수 없지만 곤도프가 보낸 전보가 본부에 도착하는 순간 소문이 돌 것이다. 같이 교육받은 동기 중 몇 명은 벌써 2차 해외 근무지에서 부지런히 경력을 쌓아가고 있었다. 떠도는 소문에 의하면 그 중 하나는 이미 작은 지부의 지부장을 해 보라는 제안이 들어왔다고 했다. 네이트는 모스크바에서 추가 교육을 몇 달 더 받느라 그렇잖아도 동기들에 비해 출발이 늦은 편인데 이런 일까지 생긴 것이다.

네이트는 그런 것에 연연해하지 말자고 스스로를 타일렀지만 속이 타들어가는 건 어쩔 수 없었다. 그는 항상 남들에게 뒤지지 말고, 실패해서는 안 되며, 꼭 이겨야 한다는 말을 듣고 자랐다. 그는 제임스 강의 남쪽 절벽 위에 위치한, 내쉬 가문이 몇 세대에 걸쳐 살아온 팔라디오 양식의 대저택에서, 실내 레슬링을 치르는 것 같은 살벌한 분위기의 고상한 척하는 가정에서 성장했다. 내쉬의 조부가 리치먼드에 '내쉬, 워링, 로열 법률회사'를 설립했고, 내쉬의 아버지가 그 회사에서 막강한 권력을 휘두르는 파트너였다. 그들은 초록색 블라인드를 친 서재에 앉아, 혀를 끌끌 차면서, 위엄 있는 태도를 유지했다. 그들은 네이트의 두 형-율리우스 카이사르(Gaius Julius Caesar, 로마 공화정 말기의 정치가이자 장군-옮긴이)처럼 머리가 꼬불꼬불한 형과 소년처럼 머리를 올려 빗은 또 다른 형-이 땀을 뻘뻘 흘려가며 양복을 입은 몸으로 카펫 위에서 레슬링을 하고, 집에서 운영하는 법률 회사에 겨우 들어올 수 있을 정도의 법만 배우고, 남자들이 방에 들어오면 하던 이야기를 멈추는 순하고 파란 눈에 가슴 큰 미인들과 결혼했을 때 잘했다고 고개를 끄덕였다.

하지만 어린 네이트는 대체 어떻게 하면 좋을까? 그들은 서로에게 물었다. 존스홉킨스 대학에서 러시아문학 전공으로 졸업한 네이트는 고골, 체호프, 투르게네프의 정신적이고 금욕적인 세계, 벽돌로 치장한 리치먼드는 침범할 수 없는 세계로 도피했다. 형들은 그런 네이트에게 소리를 질러댔고 아버지는 네이트가 쓸데없는 짓을 한다고 생각했다. 가족들은 그가 법대에 가서(네이트는 사전에 리치먼드 대학 입학이 승인돼 있었다) 결국 가족 법률회사의 주니어 파트너가 될 것이라고 기대했다. 그래서 저 멀리 미들베리에 있는 대학에서 러시아어로 학사 학위를 받은 건 골칫거리였고, 그 이후에 CIA에 지원한 건 가족의 위기가 됐다.

"공무원으로 살아가는 건 별로 보람이 없을 거야. 솔직히 네가 그런 관료 체제 속에서 행복할 거라고 믿지 않는다." 아버지가 말했다. 네이트의 아버지는 과거 CIA 국장들과 알고 지냈다. 형들은 훨씬 더 노골적으로 네이트의 결정을 비판했다. 다른 때보다 특히 더 떠들썩했던 어느 휴일의 만찬에서 식구들은 네이트가 CIA에서 얼마나 버틸지 예측하는 내기를 했다. 그나마 오래 본 사람들이 3년, 혹은 그보다 약간 못 미칠 거라고 했다.

네이트가 CIA에 지원한 것은 멜빵바지와 커프스단추, 또는 압도적으로 확신에 찬 리치먼드에서의 생활, 강을 내려다보는 콜로네이드(colonnaded, 지붕을 떠받치도록 일렬로 세운 돌기둥-옮긴이) 저택에서 맞게 될 인생을 피하기 위해서가 아니었다. 그는 애국심이 부족하진 않았지만 그렇다고 애국심에 불타 지원한 것도 아니었다. 그것은 그가 열 살 때 저택의 3층 창문 밖 벽에 선반 모양으로 돌출된 곳 위를 혼자서 억지로 걸으면서, 강 위로 날아다니는 매들과 같은 높이에 서서, 쿵쾅거리는 심장박동 소리를 들으며 두려움과 실패라는 맹금들에 정면으로 맞서려 했던 것과 같은 이유에서였다. 그것은 자기들은 멋대로 살면서 그에게 큰소리로 순종을 요구하는 아버지와 할아버지, 잡식동물인 형들이 가하는 압력에 저항하기 위해서였다.

CIA에 지원해서 면접을 볼 때도 그때와 똑같이 사정없이 뛰는 심장을 진정시키면서 네이트는 두려움을 숨기고 자신이 얼마나 사람들과 이야기하는 걸 좋아하는지, 도전에 맞서 한치 앞을 알 수 없는 상황에 대처하는 걸 좋아하는지에 대해 유쾌하게 단언했다. 하지만 서서히 심장박동이 느려지고 목소리의 떨림이 차츰 진정되면서, 그는 자신이 실제로 침착해질 수 있으며 전에는 통제하지 못했던 것들을 통제할 수 있다는 꽤 놀라운 깨달음을 얻게 됐다. 그는 CIA에서 일해야 했다.

하지만 CIA 인사 담당자가 네이트에게 대학을 졸업한 후로 '현실적인 삶을 살아온 경험'이 없기 때문에 아마 채용되기 힘들 거라는 말을 했을 때 진정한 공포가 찾아왔다. 앞의 면접관보다 훨씬 더 낙관적이었던 다른 면접관은 러시아어 성적이 좋아서 합격 가능성이 크다고 자신만만하게 말했다. CIA가 결정을 하기까지 3개월이 걸렸는데 그동안 형들은 그가 CIA에서 돌아올 날짜를 서로 예측하며 요란을 떨었다. CIA에서 편지가 왔을 때 그들은 더 이상 떠들지 않았다. 그는 합격했다.

네이트는 출근해서 끝도 없는 양식에 서명했고, 다른 사람들과 함께 한 줄로 서서 수십 개의 교실로 들어갔고, 본부, 칸막이 사무실들, 회의실들에서 별 흥미 없는 브리핑을 들으며 프로젝터에서 끝없이 나오는 프레젠테이션들을 봤다. 그러다 마침내 모래가 섞인 소나무 숲 속으로 곧게 난 쇄석 도로를 달려 팜(farm, 일종의 첩보원 양성소-옮긴이)에 들어갔다. 그곳에는 리놀륨 장판을 깐 기숙사 방들과 퀴퀴한 냄새가 나는 홈룸(homeroom, 학생들이 출석 점호 등을 위해 등교하면 모이는 교실-옮긴이)들과 회색 카펫이 깔린 교실들이 있었다. 교실에는 번호가 찍힌 의자들이 있었다. 그리고 작년에 그 의자에 앉았던 영웅들, 40년 전에 앉았던 영웅들, 얼굴 없는 신입들이 있었다. 위대한 스파이건 아니건 그중 몇 명은 길을 잘못 들어 배신자가 되었고, 몇 명은 오래전에 죽어서 그들을 기억하는 사람은 몇 명 되지 않았다.

팜에서 그들은 비밀리에 하는 접선을 계획하고, 가상 외교 만찬회에 참석해 목청이 크고 시뻘건 얼굴에 소련 군복이나 인민복을 입은 교관들과 어울리는 연습을 했다. 그들은 무릎까지 축축해지는 소나무 숲을 걷고, 야간 투시경을 보고, 속이 텅 빈 그루터기와 올이 굵은 포장용 삼베로 덮은 벽돌을 발견할 때까지 한 발 한 발 세가면서 걸었다. 그들은 나뭇가지 위에 있던 올빼미들이 은닉처를 찾아낸 걸 축하해줬다. 그들은 가짜 바리케이드 앞에 세운 차들의 소스라치게 뜨거운 보닛 위에 누워, '국경 경비대원' 역을 맡은 교관들이 면전에 대고 서류를 흔들어대면서 설명하라고 외치는 고함 소리를 들었다. 그들은 외딴 시골길에 줄줄이 늘어선 고딕 양식 농가에 앉아, 보드카를 마시면서 횡설수설하는 상대역에게 반역을 저지르라고 설득했다. 소나무 숲 속에 흐르는 자줏빛의 검은 강은 황혼을 몰고 오는 물수리(물고기를 잡아먹고 사는 수릿과의 새-옮긴이)들의 발톱에 긁혀 바닥 여기저기에 고랑이 파여 있었다.

네이트에게 어떤 본능이 있어서 실습에서 그토록 탁월한 능력을 발휘했을까? 이유는 알 수 없었지만 네이트는 일단 거리로 나오면 지겨운 가족과 리치먼드는 떨쳐버리고 적들의 감시를 받는 상황에서 아주 쉽게 달렸고, 코트를 입고 어이없게 생긴 모자를 쓴 교관(요원 역을 맡은)을 침착하게 만났다. 교관들은 네이트에게 거리를 보는 눈이 있다고 말했다. 그 말이 믿겨지기 시작한 와중에도, 형들의 요란한 내기 소리가 그의 머리에 둔기처럼 걸려 있었다. 네이트의 악몽은 교육에서 탈락하고 쫓겨나 리치먼드로 다시 돌아가는 것이었다. CIA는 경고도 없이 교육 도중에 훈련생들을 탈락시켰다.

"우리는 학생들이 솔직하길 바란다. 앞으로 어떤 문제들이 나오는지 보려고 작전 시나리오를 훔치는 학생들은 집으로 돌려보낸다. 연습을 최대한 활용하기 위해 애쓰는 학생들 말이다. 교관의 노트나 제한이 접근된 교재를 가지고 있다가 발각돼도 곧바로 탈락이다." 스파이 활동에 필요한 지식과 기술을 가르치는 교관이 우렁찬 목소리로 말했다.

이 말은 어디 한번 그렇게 '해 보란' 소리잖아, 네이트는 생각했다.

같은 반에서 수업을 들은 신입들은 모두 첫 번째 근무지로 카라카스, 델리, 아테네나 도쿄 같은 곳으로 가길 꿈꿨다. 반 석차와 첫 근무 선택지에 대한 열망은 몹시 치열했고, 그 열망은 CIA 본부의 다양한 부서들이 주최하는 성대한 환영 연회들에서 정점에 달했다. 초짜 스파이들에게 그 연회는 여학생들의 사교클럽 파티처럼 흥분되는 행사였다.

훈련 종료를 축하하는 그런 칵테일파티 중 하나에서, 러시아 담당 부서에서 나온 남녀 한 쌍이 네이트를 한쪽으로 데려가서 그는 이미 러시아 부서에 합격됐으니 다른 곳으로 파견해달라는 요청을 할 필요가 없다고 말했다. 네이트는 자신의 러시아어 능력을 러시아인들을 쫓는 데 쓰는 대신 중동이나 아프리카 부서 같은 다른 나라에서 쓸 수는 없냐고 부드럽게 물었다. 하지만 그들은 미소를 지어 보이면서 이달 말에 러시아 본부에서 만나는 날을 기대하겠다고 말했다.

네이트는 모든 테스트에 통과해서 임시직으로 합격했다. 이제 엘리트 그룹의 일원이 된 것이다.

그다음에는 현대 러시아에 대한 강의들을 들었다. 그들은 러시아가 머리 위에 칼이 달린 다모클레스처럼 천연가스 문제로 유럽과 극히 위태로운 정치게임을 벌이는 문제에 대해 토론했고, 공정한 국제사회라는 미명 아래 테러 지원국들을 후원하고 있지만 사실은 서구에 피해를 입히고 러시아가 아직 죽지 않았다는 걸 보여주기 위해 그런 짓을 하는 러시아의 고질병에 대해 토론했다. 모피를 입은 남자들이 소비에트 체제 후의 러시아의 장래성과 선거, 의료 개혁과 민주주의의 위기에 대해, 그리고 다시 철의 장막이 내려진 현실에 대한 비통함에 대해, 그리고 그 철의 장막 뒤에서 아무것도 놓치지 않고 샅샅이 지켜보고 있는 냉정한 파란 눈들에 대해 강의했다. 검은 땅과 끝없는 하늘로 이뤄진 성스러운 조국 러시아의 상징인 로디나(Rodina, 민족적인 의미의 러시아 조국을 뜻하는 고유명사—옮긴이)

는 좀 더 인내해야 했다. 사슬에 휘감겨 늪에 던져진 소비에트의 시체는 파헤쳐져서 물을 뚝뚝 흘리며 끌려나왔고, 그 심장이 다시 뛰기 시작했다. 오래된 감옥들은 정부와 생각이 다른 사람들로 다시 새롭게 채워졌다.

그리고 냉정한 여자 교관이 새로운 냉전 체제에 대해 강의했다. 그녀는 러시아의 교활한 군비 축소 협상들, 측면 비행을 하는 와중에도 날개에 새긴 붉은 별이 보이는 신형 초음속 전투기들, 중부 유럽에 배치된 서구의 미사일 방어망에 대한 러시아의 격노(우아한 노예 국가들을 잃어서 그들이 얼마나 분노했던가!), 녹슨 칼집 속을 긁어대는 군도들, 브레즈네프(Leonid Ilyich Brezhnev, 1964년~1982년 소련 공산당 서기장-옮긴이)와 체르넨코(Konstantin Ustinovich Chernenko, 1984년~1985년 소련 공산당 서기장-옮긴이) 시절에 듣던 친숙한 음악들에 대해 가르쳤다. 여기서 중요한 점은 그 파란 눈과 금발 눈썹 뒤에 숨겨진 그들의 계획과 의도를 계속 알아내는 것이라고 교관들은 말했다. 과거와는 다른 비밀들이지만 전과 다름없이 그들이 훔쳐야 할 필요가 있는 비밀들이라고.

그다음엔 현역으로 일하다 은퇴한 작전 요원(그는 초록색 눈에 입술 한쪽이 처져 있었을 뿐이지만 실크로드를 누비는 행상인처럼 보였다)이 와서 비공식적인 프레젠테이션을 했다.

"에너지, 인구 감소, 천연자원, 위성국가들. 그런 건 다 잊어. 러시아는 아직도 백악관 맞은편에 있는 라파예트 광장에 ICBM(Inter-Continental Ballistic Missile, 대륙간탄도미사일)을 발사할 수 있는 유일한 나라야. 나라는 하나지만 그들에겐 수천 개의 핵무기들이 있지." 그는 잠시 입을 다물고 코를 문질렀다. 그의 목소리는 굵고 쉰 목소리였다.

"러시아인들. 그 사람들은 자신을 극렬하게 증오하고 그보다 조금 덜 극렬하게 외국인들을 증오해. 그리고 그들은 타고난 모사꾼들이지. 아, 그들은 자신들이 잘났다는 걸 아주 잘 알고 있지만 그와 동시에 자신감이 별로 없어서 과거 소비에트연방 때처럼 전 세계인들의 존경과 두려움을 받고 싶어 하지. 그들은 인정받고 싶어 하고, 초강대국 서열 2위라는 현실을 증오하고 있어. 그래서 푸틴이 제2의 러시아 제국을 건설하고 있지만 아무도 그를 막지 않고 있어."

"사람들의 관심을 끌기 위해 식탁보를 잡아당겨서 그릇들을 다 박살내는 아이가 바로 러시아다. 그들은 무시당하고 싶지 않아서 접시를 깰 거야. 시리아에 화학무기들을 팔고, 이란에 핵 연료봉을 주고, 인도네시아인들에게 원심분리기를 설계하는 법을 가르치고, 미얀마에 경수로를 짓지. 그래, 이들이 저지르는 짓은 한계가 없어."

"하지만 진짜 위험은 이 모든 일들로 인해 일어나는 불안정, 그리고 세계 파괴를 시도하는 차세대 미치광이들에게 주는 미끼다. 학생들, 제2차 냉전의 핵심은 부활하는 러시아 제국이야. 그리고 대만 해협에서 총격이 시작될 때(만약이라는 가정이 아니야) 중국 해군이 어떻게 나올지 러시아가 팔짱 끼고 가만히 앉아서 볼 거라는 착각은 하지 마." 윤기가 흐르는 코트를 입은 그의 어깨가 한 번 으쓱였다.

"이번에는 쉽지 않을 거야. 자네 같은 젊은이들이 그걸 알아내야 해. 자네들이 부럽군." 그는 손을 번쩍 들어 올렸다. "사냥 잘하게나." 그는 그렇게 말하고 교실을 나갔다. 교실이 조용해졌고 모두 자리에서 일어나지 않았다.

네이트는 이제 명성이 자자한 모스크바의 기밀 정보 루트로 들어가 특수 훈련과 내부 작전 훈련을 받았다. 모스크바 근무가 임박했을 땐 러시아어로 된 작전 용어들을 공부했고, 요원 파일들인 '책들'을 검토할 수 있는 승인을 받았다. 네이트는 감시자들이 아주 가까이에서 지켜보고 있는 가운데 거리에서 만나게 될 러시아 정보원들의 이름을 읽고 그들의 여권 사진을 꼼꼼히 뜯어봤다. 눈 속에서 치르게 될 생과 사의 전쟁, 그에게 날아올 창끝은 거대할 것이다. 팜에서 같이 수업받았던 훈련생들은 해산돼서 대개 잊혀졌다. 이제 그들은 다른 사람들의 목숨이 달린 일을 하게 됐다. 네이트는 어떤 일이 있어도 실패해선 안 된다.

곤도프와 이야기한 지 3일 후에 네이트는 모스크바 셰레메티예보 공항의 작은 레스토랑에 앉아 그가 타고 갈 비행기의 탑승 안내 방송이 나오길 기다리고 있었다. 그는 기름기가 번들거리는 메뉴에서 쿠바 샌드위치와 맥주를 주문했다.

대사관에서 비행기 티켓 구입과 출국 수속을 도와줄 직원을 보내주겠다고 제안했지만, 네이트는 공손하게 거절했다. 그 전날 레빗이 퇴근 후 맥주를 몇 병 가져와서 같이 앉아 조용히 이야기를 나눴다. 빤한 화제들은 피하면서. 레빗은 다른 요원들이 네이트의 경력과 특히 평판이 타격을 받을 거라고 생각한다는 이야기는 하지 않았다. 작별 인사를 나누는 것도 불편했다.

그나마 유일하게 좋은 일은 이틀 전에 곤도프가 네이트의 근무 기간을 단축시키겠다고 본부에 통고했을 때 러시아 근처에 있는 헬싱키 지부에 갑자기 자리가 하나 났다는 연락이 들어온 것이다. 네이트의 유창한 러시아어 실력과 핀란드에 러시아인들이 많다는 점을 고려하여 본부에서 그에게 헬싱키 지부로 가서 곧바로 일을 시작하겠는지를 물었다. 곤도프가 자신이 내린 사형 집행이 취소된 것에 분노하면서도 어쩔 수 없이 동의하는 사이에 네이트는 그 제안을 받아들였다. 헬싱키 지부에서 공식 발령장이 도착했고, 이어서 헬싱키 지부장인 톰 포사이스가 비공식적으로 보낸 쪽지가 왔다. 헬싱키 지부에 오게 된 것을 환영한다는 간단한 내용이었다.

네이트가 타고 갈 핀에어의 탑승 안내 방송이 시작돼서 그는 다른 승객들과 함께 비행기가 있는 포장도로로 걸어갔다. 그의 머리 위 높은 곳에 있는 관제탑의 유리로 된 관찰실에서 2인으로 구성된 팀이 장초점렌즈의 프레임을 돌리고 있었다. FSB 감시팀이 네이트를 쫓아 공항까지 작별 인사를 하러 온 것이다. FSB, SVR과 특히 반야 예고로프는 네이트의 갑작스런 출국이 의미심장하다고 확신했다. 네이트가 비행기 계단을 올라가는 모습을 카메라들이 찰칵찰칵 사진을 찍는 동안, 예고로프는 자신의 사무실에 앉아 생각에 잠겨 있었다. 안타깝군. CIA가 굴리고 있는 스파이를 찾을 수 있는 최고의 기회가 사라지고 있었다. 이 사건에서 더 나은 단서를 키우려면 몇 달, 아마도 몇 년이 걸릴 것이다. 만약 그런 단서가 있다면 말이다.

예고로프는 아직도 내쉬가 그 열쇠라고 생각했다. 내쉬는 아마도 러시아 밖에서 계속 그의 정보원을 관리할 것이다. 예고로프는 내쉬에 대한 감시의 강도를 낮추지 않기로 결심했다. 내쉬의 핀란드 근무가 그 시작이 될 것이다. '놈이 헬싱키에서 일하게 하자.' 예고로프는 생각했다. SVR은 핀란드에서 마음대로 작전을 벌일 수 있고, 그보다 더 좋은 건 그들이 외국에서는 최고의 능력을 발휘할 수 있다는 것이다. 더 이상 FSB의 호모 새끼들과 협조할 필요가 없다. '곧 찾아낼 수 있을 거야.' 반야는 생각했다. 세상은 숨기엔 너무 좁은 곳이니까.

모스크바 공항의 쿠바 샌드위치

30센티미터 정도의 쿠바 빵을 세로로 잘라서 납작하게 접는다. 빵 바깥쪽에 올리브오일을 조금 붓고 안쪽에는 노란 겨자를 듬뿍 바른다. 윤기가 흐르는 햄, 구운 돼지고기, 스위스 치즈, 얇게 썬 피클을 차곡차곡 빵 속에 끼운다. 샌드위치를 꼭 눌러서 10분 정도 플란차(요리용 그릴-옮긴이)나 은박지를 씌운 뜨거운 벽돌 두 개 사이에 끼운다(오븐 온도를 500도로 맞춰놓고 벽돌은 한 시간 정도 굽는다). 사선으로 삼등분을 해서 자른다.

3

도미니카 예고로바는 루비안카 광장에서 몇 발자국 떨어진 곳에 크리스털과 대리석으로 화려하게 지은, 모스크바에서 새로 개업한 식당들 중에 가장 우아한 레스토랑인 '바카라'의 구석에 있는 긴 의자에 앉아 있었다. 눈부시게 흰 테이블보 위에 빽빽하게 놓인 크리스털과 은제 그릇들은 그녀가 지금까지 봤던 그 어떤 것과도 달랐다. 그녀는 이 순간을 즐기고 있었고, 오늘 밤 실시해야 할 작전과 상관없이 사악할 정도로 비싼 저녁식사를 즐기겠다고 굳게 결심했다.

디미트리 유스티노프는 그녀의 맞은편에 앉아 있었는데 섹스 생각에 몸이 달아 온몸에 활기가 넘치고 있었다. 키가 크고 육중한 체격에 헝클어진 검은 머리, 홀쭉하고 긴 턱의 유스티노프는 냉전이 끝난 후 찾아온 호경기를 틈타 수십억 달러의 제국을 건설한 석유와 광산 재벌 갱단들 중에서도 우두머리였다. 그는 조직범죄단의 깡패부터 시작해서 이 자리까지 올라왔다.

유스티노프는 파란 다이아몬드 장식 단추들과 커프스단추들이 달린 흰 와이셔츠 위에 옷깃이 한 가닥으로 말린 완벽한 턱시도를 입고 있었다. 그는 코룸(Corum, 스위스 명품 시계 회사—옮긴이)에서 1년에 열 개밖에 안 만드는 시계인 투르비용을 차고 있었다. 곰발바닥 같은 그의 손은 1908년 제정 러시아 황제를 위해 제작된 푸른색 에나멜을 입힌 파베르제 담뱃갑 위에 편하게 얹혀 있었다. 그는 그 담뱃갑에서 담배를 한 개피 꺼내서 순금으로 만든 리뉴 되 듀퐁 라이터로 불을 붙이고 모든 듀퐁 라이터에서 나오는 독특하고도 음악적인 땡 소리를 내며 탁 닫혔다.

유스티노프는 러시아 재계 서열 3위지만 그런 막대한 재력에 비해 머리는 썩 좋지 않았다. 그는 정부와 공개적으로 반목했는데, 그중에서도 특히 블라디미르 푸틴 총리와 가장 크게 싸웠고, 그가 실행하는 정부의 기업 규제를 인정하지도, 받아들이지도 않았다. 3개월 전 이 불화의 절정에서 유스티노프는 모스크바 TV 인터뷰 쇼에 나와서 푸틴을 성적으로 폄하하는 발언을 아무렇지 않게 했다. 푸틴을 잘 아는 사람들은 유스티노프의 목숨이 아직 붙어 있다는 점에 놀랐다.

유스티노프는 이날 저녁 도미니카 말고는 아무것도 생각하지 않고 있었다. 그는 인터뷰가 끝난 지 한 달 후에 TV 방송국에서 그녀를 봤다. 그녀의 미모와 타고난 관능적인 매력에 숨이 멎을 것 같았다. 여차하면 그녀를 다시 만나기 위해 그 자리에서 그 방송국이라도 살 준비가 돼 있었지만 그럴 필요가 없었다. 그녀는 저녁식사를 같이 하자는 그의 초대를 기꺼이 곧바로 수락했다. 테이블 맞은편에 있는 그녀를 보면서 유스티노프는 그녀의 몸 구석구석에 자신의 엄지손가락 지문을 찍고 싶었다.

도미니카는 스물다섯 살로 진한 적갈색 머리를 틀어 올려 검은 리본으로 묶었다. 그녀의 짙은 청록색 눈이 유스티노프의 담뱃갑과 잘 어울려서 그는 그 말을 하고 그녀에게서 눈을 떼지 못한 채 그 비싼 담뱃갑을 그녀에게 밀었다. "이건 당신 겁니다." 도톰한 입술의 그녀는 가늘고 우아한 팔을 드러내고 있었다. 그녀는 심플한 검은 드레스를 입고 있었는데 목선을 따라 깊게 파인 젖가슴 사이의 오목한 골이 아찔했다. 도미니카의 완벽한 가슴 피부 아래 비치는 가늘고 파란 정맥 하나가 흩어진 촛불 빛에 희미하게 보였다. 그녀는 손을 뻗어서 그 아름다운 담뱃갑을 길고 우아한 손으로 만졌다. 그녀의 손톱은 짧고 네모나게 깎여 있었고, 매니큐어는 바르지 않았다. 도미니카가 큰 눈으로 유스티노프를 바라보자 그는 순간 그의 배와 사타구니 사이의 어딘가에서 줄 하나가 뽑힌 것 같은 느낌이 들었다.

도미니카는 본능적으로 치미는 신물을 꿀꺽 삼켜야 한다는 것 정도는 알고 있었다. 그녀는 이 도마뱀 같은 인간에게 미소를 지어 보였다.

"디미트리, 이건 정말 아름다운 선물이지만 도저히 받을 수 없어요. 너무 후한 선물이에요." 도미니카가 말했다.

"당연히 받을 수 있소." 유스티노프는 매력적으로 보이려고 용을 쓰고 있었다. "당신은 내가 지금까지 만난 여자 중에서 가장 아름다운 여자요. 당신이 여기 있는 것 자체가 내겐 가장 근사한 선물이오." 그는 샴페인을 한 모금 마시면서 저 작고 검은 드레스가 그의 침실 한구석에 내팽개쳐진 모습을 상상했다. "난 이미 당신이 아주 좋소." 유스티노프가 말했다.

도미니카는 기분 좋은 냉기가 등을 타고 올라와 다시 팔로 내려오는 걸 느끼는 사이에도 그를 비웃지 않으려고 굳은 의지력을 발휘했다. 이 얼간이는 촌동네의 무식한 깡패 같아. 사실 몇 년 전까지만 해도 정말 그랬지만 맙소사, 지금은 어마어마한 갑부가 됐잖아. 이 작전을 준비하는 일주일 동안 도미니카는 유스티노프에 대한 몇 가지 사실을 들었다. 요트들, 별장들. 펜트하우스 아파트들. 전 세계의 석유회사와 광물회사들. 두둑한 보수를 받은 용병들로 구성된 개인 경호부대. 개인 제트기 세 대.

도미니카는 니나와 바실리 예고로프의 외동딸이다. 니나는 모스크바 국립교향악단의 악장이자 클리모프(Valery Klimov, 러시아의 바이올리니스트-옮긴이)와 같이 공부한 떠오르는 거장이었고, 재능이 대단해서 글린카 음악박물관에 있는 '과르네리 델 제수(Joseph Guarnerius, 이탈리아의 바이올린 제작 장인-옮긴이)'의 바이올린을 받았다. 15년 전, 그녀는 승진해서 러시아 국립교향악단에 합류하길 기대하고 있었는데 그녀보다 재능은 훨씬 떨어지지만 공산당 중앙위원회 위원의 딸과 결혼한 아첨쟁이 바이

올리니스트인 프로호르 발렌코에게 밀려났다. 모두 무슨 일이 일어났는지 알고 있었지만 한마디도 하지 않았다.

니나 예고로바는 붉은색 바이올린을 환상적으로 연주하는 실력뿐만 아니라 불같은 성질로도 유명했다. 그녀는 속을 부글부글 끓이다가 도저히 참을 수 없게 되면 폭발하곤 했다. 그 상황을 재미있어하는 동료 단원들 80명이 보는 앞에서 니나는 발렌코가 모스크바 교향악단과 마지막으로 리허설을 할 때 그의 오른쪽 귀 위쪽을 강타했다. 니나는 그 사건을 뉘우치지 않았다. 또한 그때는 소비에트연방 정부의 시대였다. 정부에서 과르네리를 뺏어갔다. 니나는 과르네리 급의 바이올린이 아니면 연주하지 않겠다고 했다. 그들은 첫 번째 줄에 앉아서 연주하던 그녀를 세 번째 줄로 옮겼다. 니나는 모두 엿 먹으라고 소리를 질렀다. 처음에는 행정상 휴가로 시작됐다가 문화부에서 교향악단 지휘자에게 니나의 경력을 끝내라고 지시했고, 그녀는 해고됐다. 이제 오랜 세월이 지나 예전의 그 우아하던 니나의 목은 굽었고, 강한 손은 움츠러들었고, 갈색 머리는 하얗게 세어서 쪽을 지었다.

도미니카의 아버지 바실리 예고로프는 유명한 학자이자 모스크바 대학에서 역사학 교수로 재직하고 있었다. 그는 뛰어난 학문적 업적을 이뤄 러시아 학계에서 큰 영향력을 지닌 존경받는 교수였다. 그가 받은 성 앤드루 훈장이 푸른 금빛을 내며 벽에 걸려 있었다. 그가 아침마다 매는 암적색 나비매듭은 문학과 교육 분야에서 이룬 업적을 치하하며 주는 푸시킨 훈장이었다. 그러나 아이러니하게도 바실리 예고로프는 위엄이 있거나 영향력이 있어 보이지는 않았다. 키가 작고 여윈 체격의 바실리는 점점 가늘어져가는 머리를 빗으로 조심스럽게 빗어서 머리 위로 넘기고 다녔다.

아내와 달리 바실리 예고로프는 국가에 충성하면서 일체의 정치와 논란을 다 피하는 처세 방식으로 소비에트 시절을 살아냈다. 대학이라는 보호막 안에서 그는 조심스럽게 학구적이고 공정하며, 신중하고, 충성스런 이미지를 키워서 성공했다. 바실리 예고로프 교수 동지가 겉으로 보이는 모습과 다르게 비밀스러운 영혼과 완전히 다른 양심을 가지고 소비에트 정부에 대해 윤리적인 혐오감을 품고 있다는 사실은 아무도 몰랐다. 모든 러시아인들처럼 그는 1930년과 1940년대에 스탈린과 독일군과 정치적 숙청으로 인해 가족을 잃었다. 하지만 그가 그러는 데에는 보다 더 큰 이유가 있었다. 바실리는 소비에트 체제의 불균형과 모순을 거부했고, 당내 윗대가리들의 지나친 편파주의, 인간의 영혼을 짓밟고 러시아인들의 삶과 조국과 유산을 도둑질해간 그들의 태만과 방종을 경멸했다. 그 배신은 오직 니나하고만 공유했다.

모든 러시아인들은 비밀스런 생각을 품고 있고, 그런 삶에 익숙해져 있었다. 그러니까, 바실리와 니나는 현대의 러시아가 과거와 비교해서 하나도 변하지 않았다는 점에 대한 혐오감을 감추고 있는 것뿐이었다. 도미니카가 점점 커가면서 그런 점을 이해할 수 있기 시작했을 때도, 바실리는 감히 그런 감정을 딸에게 말하지 않았다. 도미니카의 부모는 둘 다 그녀에게 세상에 대한 뚜렷한 비전을 주고 싶었고, 그녀가 스스로 진실을 볼 수 있게 해주고 싶었다. 그들이 러시아의 지옥 같은 발자취(볼셰비키 폭력 사태에서 소비에트 폭동을 거쳐 개방 정책인 글라스노스트 시대를 지나 기생충 같은 러시아연방의 탐욕에 이르기까지)를 딸에게 폭로할 수 없다면 최소한 러시아의 진정한 존엄성이라도 서서히 주입시키자고, 바실리와 니나는 굳게 다짐했다.

널찍한 방 세 개가 딸린 아파트(니나가 해고된 후에도 이 아파트를 빼앗기지 않을 수 있었던 건 바실리가 계속 그 지위와 명망을 유지하고 있었기 때문이다)는 책, 음악, 예술과 3개 국어로 하는 대화로 가득 채워졌다. 도미니카가 다섯 살이 됐을 때 그녀의 부모는 딸의 기억력이 굉장하다는 걸 알아챘다. 아이는 푸시킨의 시구를 암송했고 차이콥스키의 협주곡들을 구분할 수 있었다. 그리고 음악이 연주되면 도미니카는 거실에 깔린 오리엔탈 카펫 주위를 맨발로 춤을 추며 돌아다녔다. 아이는 완벽하게 균형을 잡고 음악의 박자에 딱딱 맞춰 빙글빙글 돌고 점프했는데, 아이의 눈은 환하게 빛났고, 손은 획획 움직였다. 바실리와 니나는 서로 마주 보다가, 니나가 도미니카에게 어떻게 이런 걸 다 배웠냐고 물었다.

"난 색깔들을 따라가." 꼬마가 말했다.

"색깔들이라니 무슨 뜻이야?" 엄마가 물었다. 도미니카는 음악이 연주될 때나 아빠가 큰 소리로 책을 읽어줄 때 색깔들이 방 안을 가득 채운다고 진지하게 설명했다. 어떤 것들은 밝고, 어떤 것들은 어두운 색깔들이 가끔 "공기 속에서 펄쩍펄쩍 뛰는데," 도미니카는 그저 그것들을 따라간다고 했다. 그래서 그녀가 그렇게 많이 기억할 수 있다고 했다. 그녀가 춤을 출 때는 선명한 파란색 막대들을 뛰어넘어서, 바닥에서 보글보글 끓는 붉은 점들을 따라간다고 했다. 니나와 바실리는 다시 서로 마주 봤다.

"난 붉은색과 파란색과 보라색이 좋아. 아빠가 책을 읽거나, 엄마가 연주를 할 땐 아름다운 색들이 보여."

"엄마가 너한테 화가 났을 때는?" 바실리가 물었다.

"노란색. 난 노란색이 싫어." 소녀가 책의 페이지를 넘기면서 말했다. "그리고 검은 구름. 그것도 싫어."

바실리는 같은 대학의 동료인 심리학과 교수에게 그 색깔들에 대해 물었다. "나도 비슷한 증상에 대해 읽어본 적이 있어. 글자들을 색깔로 감지하는 사례였지. 자네 이야긴 상당히 흥미로운걸. 한번 아이를 데려오지 그래?" 그 동료가 말했다.

바실리가 그의 사무실에서 기다리고 있는 동안 동료 교수가 근처 강의실에 도미니카와 같이 앉았다. 한 시간이 세 시간으로 늘어났다. 그들이 돌아왔을 때 어린 도미니카는 딴 데 정신이 팔린 채 즐거워했고, 교수는 깊은 생각에 잠겨 있었다.

"뭔데?" 바실리가 곁눈질로 딸을 보며 물었다.

"자네 딸하고는 며칠 동안이라도 같이 앉아 있을 수 있겠어." 친구가 파이프를 꺼내면서 말했다. "자네 딸내미는 공감각자의 자질들을 보이고 있어. 소리나 글자나 숫자들을 색채로 감지하는 사람 말이야. 대단히 흥미로워." 바실리는 다시 도미니카를 봤다. 아이는 이제 아빠의 책상에서 행복하게 색칠을 하고 있었다.

"맙소사. 이건 병인가. 내 딸이 미친 거야?" 바실리가 물었다.

"병인지, 짐인지, 저주인지 그걸 누가 말할 수 있겠어?" 친구는 파이프에 담배를 더 채우면서 말했다. "오히려 그 반대로 자네 딸에게 재능이 있는 것 같아." 뛰어난 학자인 바실리도 그 말엔 어떻게 반응해야 할지 알 수 없었다. "하나 더 있어." 그 교수가 고개를 숙이고 그림을 그리고 있는 도미니카를 살펴보며 말했다. "이 아이의 공감각 능력은 인간의 반응에까지 확대되는 듯해. 단어나 소리뿐 아니라 인간의 정서적인 부분도 색채로 본다는 거지. 아이가 내게 사람들의 머리와 어깨 주위에 색채로 만든 후광 같은 게 보인다는 말을 했어. 아마 앞으로 인간의 마음을 감지하는 부분에서 비범한 능력을 보이게 될 거야." 바실리는 친구를 뚫어져라 쳐다봤다.

"그리고 도미니카의 기억력은 굉장해. 도미니카는 내게 몇 번이나 열다섯 자리 숫자를 완벽하게 외워서 말했어. 이런 경우엔 드물지 않은 일이지. 하지만 그건 자네도 이미 봤을 거고." 바실리가 고개를 끄덕였다. "그리고 또 하나가 있는데 그게 좀 독특해. 자네 딸은, 말하자면 성깔이 좀 있어. 성질이 급하다고도 할 수 있고, 말썽꾸러기 같은 면이 있다고 해야 하나. 도미니카가 퍼즐을 하나 풀지 못하니까 내 종이들을 바닥으로 쓸어버렸어. 크면 그런 성격을 통제해야 할 거야." 교수가 말했다.

"고맙네." 바실리는 그렇게 말하고는 얼른 아내에게 전해주기 위해 집으로 돌아갔다.

"그건 당신을 닮아 그런 거야." 음악이 꺼져서 기분이 몹시 안 좋아진 도미니카가 새빨개진 얼굴에 활활 불타는 눈으로 노려볼 때면 바실리가 니나에게 냉정하게 말했다. 다섯 살일 때 이런 식이라면 나중엔 어떻게 되겠어?

도미니카는 열 살 때 프룬젠스카야 5번가에 있는 모스크바 국립 무용 아카데미 오디션에서 심사위원들을 감동시켰다. 그녀는 이렇다할 테크닉도 없고, 공식적인 수업도 받지 않았지만, 그렇게 어린 나이에도 심사위원들은 그녀에게서 열정, 타고난 기량, 위대한 댄서가 될 수 있는 소질들을 봤다. 그들은 그녀에게 왜 춤을 추고 싶으냐고 물었다가 "음악을 볼 수 있으니까요"라는 대답을 듣고 웃었다. 그렇게 웃었다가도, 빼어나게 아름다운 그녀의 얼굴이 어두워지면서 마치 그들을 해치려는 것처럼 눈을 가늘게 뜨고 심사위원들을 노려보자 모두 입을 다물었다.

볼쇼이 발레단에 들어갈 무용수들을 아주 많이 배출하는 그 아카데미에서 도미니카는 승승장구했다. 그녀는 고전적인 바가노바 메소드(러시아 무용 교사 아그리피나 바가노바가 창안한 발레 교육법—옮긴이)의 힘들고 엄격한 훈련 속에서도 화려하게 재능을 꽃피웠다. 그때쯤에는 색채들과 같이 사는 것에도 익숙해져서 음악을 들을 때나, 춤을 출 때나, 그냥 사람들에게 이야기를 할 때나 색채를 볼 수 있는 능력이 좀 더 다듬어졌다. 또 어쩌다 그렇게 됐는지는 모르지만 그것들을 한결 더 잘 통제할 수 있게 됐다. 도미니카는 그 색채들의 의미를 해독해서, 사람들의 분위기와 감정들과 색채들을 연결시키기 시작했다. 그것은 짐이 아니었다. 그녀에게 그것은 그저 같이 살아가야 할 대상이었다.

도미니카는 계속해서 눈부시게 성장했는데 발레만 그런 게 아니었다.

새로운 장르문학 시리즈의 탄생

VERTIGO

매듭과 십자가 존 리버스 컬렉션 이언 랜킨 지음 | 최필원 옮김　**열차 안의 낯선 자들** 퍼트리샤 하이스미스 지음 | 홍성영 옮김
올빼미의 울음 퍼트리샤 하이스미스 지음 | 홍성영 옮김　**테러호의 악몽 1, 2** 댄 시먼스 지음 | 김미정 옮김
퍼스널 잭 리처 컬렉션 리 차일드 지음 | 정경호 옮김　**숨바꼭질** 존 리버스 컬렉션 이언 랜킨 지음 | 최필원 옮김
레드 스패로우 1, 2 제이슨 매튜스 지음 | 박산호 옮김　**레버넌트** 마이클 푼케 지음 | 최필원 옮김

다음 질문에 답할 작이 출판사로 보내주세요.
추첨을 통해 소정의 사은품을 드립니다.

1 가장 좋아하는 장편소설 작가와 그 이유는?

2 내 인생 최고의 장편소설 BEST 3를 뽑는다면?

3 미래의 버티고 리스트로 추천하고 싶은 숨은 걸작이 있다면?

보내는 사람
성명 :

이메일 :

연락처 :

받는 사람
서울시 마포구 동교로13길 34 (우) 121-896
(주)오픈하우스 버티고 담당자 앞

facebook.com/vertigo.kr

VERTIGO

그녀는 발레 아카데미 안에 있는 중학교와 고등학교에서 성적이 제일 좋았다. 배운 걸 모두 기억할 수 있는 능력이 큰 도움이 됐다. 다른 학문들은 발레와 달리 어딘가 새롭고, 어딘가 달랐다. 도미니카는 정치 강의, 이데올로기 수업, 공산주의 역사, 사회주의 국가의 흥망성쇠, 소련 발레의 역사에 대해 들었다. '물론 러시아의 과거사에는 지나친 면들도 있고, 개선한 점도 있다. 이제 현대적인 러시아는 계속 성장할 것이고, 개별적인 부분보다 그것들을 다 합친 전체는 더 위대하다.' 그녀의 어린 마음은 새로운 세계에 뛰어들어 그 위선적인 말들을 받아들였다.

열여덟 살이 됐을 때 도미니카는 발레 아카데미에서 1군에 들어갔고 정치학 수업에서 선두를 달렸다. 매일 밤 그녀는 집으로 돌아와 아버지에게 그날 뭘 배웠는지 이야기해서 그에게 충격을 줬다. 아버지는 정치학에 대해 점점 커져가는 딸의 열정을 문학과 역사에 대한 교훈으로 균형을 잡아주려고 노력했다. 하지만 도미니카는 사춘기의 절정에서 이제 막 날아오르기 시작한 자신의 경력에 사로잡혀 있었다. 그녀의 아버지가 필사적으로 전하고자 하는 메시지의 본질을 감지했더라도, 아버지의 머리 위에 떠도는 색채를 읽었다 해도, 그녀는 아무 내색도 하지 않았다. 바실리는 그 이상으로는 더 표현할 수 없었다. 감히 현 체제에 반대한다는 말을 대놓고 할 수 없었다.

물론, 니나는 딸이 주니어 발레단에서 그렇게 빨리 성장하고 있는 것에 기뻐했다. 안정된 미래가 보장된다는 점은 좋았다. 하지만 그녀 역시 어린 딸이 모범적인 현대 러시아 여성 즉 국수주의자가 되가는 것을, 갈색 머리의 아름답고 날씬한 딸이 발레리나의 우아함을 지니면서도 옛 시절의 기관원처럼 행동하는 것을 지켜보는 게 당혹스러웠다.

니나는 거실 카펫 위에 누워 있는 도미니카의 짙은 갈색 머리를 도미니카의 증조할머니가 쓰던 손잡이가 긴 브러시로 부드럽고 리드미컬하게 빗겨주었다. 부드러운 곡선을 이루는 손잡이가 달린 별갑(자라의 등딱지-옮긴이)으로 만든 브러시와 액자에 든 사진 한 장, 은제 사모바르(samovar, 러시아에서 찻물을 끓일 때 쓰는 큰 주전자-옮긴이)는 볼셰비키 혁명이 일어나기 전에 상트페테르부르크에 있던 우아한 집에서 구해낸 유일한 물건들이었다. 돼지 털로 만든 짧고 뻣뻣한 털로 빗질을 하면 조용하게 쓱쓱 소리가 났고, 공기 중에서 진홍색 색깔이 돌아다녔다. 도미니카의 머리카락이 환하게 빛났다. 하루 종일 발레를 하고 난 후 스트레칭을 하던 도미니카는 아버지가 나직한 목소리로 하는 이야기 중간에 끼어들어 학교에서 들은 걸 말했다.

"아버지, 외세가 우리나라를 위협하고 있는 걸 아세요? 점점 더 많은 반체제주의자들이 혼란을 옹호하고 있는 걸 알고 계시냐고요? 국가에 반대하는 시온주의자들에 대한 푸틴의 글을 읽어보신 적 있어요?"

묵직한 통증을 느낀 부모가 딸을 내려다봤다. 맙소사. 국가, 푸틴, 반체제주의자가 다 뭐야. 거실 바닥에서 스트레칭에 여념이 없는 도미니카, 그녀의 긴 다리와 유연한 몸은 이미 그들의 노리개가 됐고, 그녀의 명석한 두뇌는 서서히 그들의 노예로 변해가고 있었다. 니나는 바실리를 쳐다봤다. 그녀는 딸에게 그녀의 경력을 살해하고 바실리가 그의 비범한 지성을 숨기고 평생 입을 다물고 지낼 수밖에 없게 만든 현 체제의 보이지 않는 위험성에 대해 경고해주고 싶었다. 바실리는 고개를 흔들었다. "지금은 안돼. 영원히 안 돼." 그가 중얼거렸다.

스무 살이 된 도미니카는 제1군의 프리마 발레리나가 됐다. 모두 그녀가 독보적이라는 평가를 내렸다. 도미니카의 뛰어난 운동 능력을 두고 발레 교사는 그녀를 전쟁 이후 볼쇼이 발레단의 프리마 발레리나로 명성을 떨쳤던 '젊은 갈리나 울라노바'에 비교했다. 이제 도미니카가 춤을 출 때 그녀의 눈에 보이는 색깔들은 더 이상 기본적인 형태와 색조가 아니었다.

다양한 종류의 빛들이 굴절된 형태로 구르고 고동치면서 그녀를 하늘 높이 들어올렸다. 도미니카의 댄스 파트너들을 둘러싼 적갈색 덕분에 그녀는 좀 더 완벽하게 그들과 호흡을 맞출 수 있었다. 그녀는 열정적이고, 허리와 다리 힘이 강하고, 동작이 아주 아름답고 정교한 데다 발끝으로 서면 아주 늘씬하게 뻗어 올랐다. 발레 교사는 이제 볼쇼이 극단에서 매년 실시하는 오디션 준비를 시작해야 될 때가 됐다고 말했다.

도미니카가 점점 더 강해지고 유연해지면서 그녀의 몸에서 다른 뭔가가 활기를 띠기 시작했다. 엄격하고 고된 발레 동작을 하는 시간이 늘어나면서 자신의 몸에 대한 자각도 커지기 시작한 것이다. 그런 자신의 관능적인 면을 밖으로 드러내지 않았기 때문에 음탕해지진 않았다. 그것은 개인적인 자각이었고, 그녀는 수치심을 생각하지 않은 채 자신의 육체적 경계를 시험해봤다. 그녀가 판단할 수 있는 바로는 그녀의 부모 중 어느 쪽도 이렇지 않았기 때문에 아마도 오래전에 잊힌 친척이 난봉꾼이었던 모양이라고 짐작했다.

도미니카는 어두워진 자기 방에서 몸이 자신을 부를 때면 마치 발레용 바에서 연습할 때처럼 집중해서 자신의 감각들을 탐험했다. 그녀의 숨결이 감은 눈꺼풀 뒤에서 붉게 물들었고 자신의 몸이 어떻게 흥분하는지 발견했을 때는 온몸을 전율했다. 그것은 성적 집착도 아니고 중독도 아니었다. 그저 나이가 들어가면서 점점 더 은밀한 자신의 일면에 대해 알아가는 과정이었다. 그녀는 자신의 그런 면을 즐겼다. 하지만 그것이 아이처럼 마냥 자연스럽고 순수한 것만은 아니었다. 도미니카는 가끔 강렬하고 금지된 것에 대한 욕구를 느꼈고, 창밖에서 거대한 폭풍이 치는 밤이면 긴 손가락으로 백조의 목처럼 생긴 브러시를 잡고 번개가 치는 순간에 맞춰 손의 리듬을 조절하는 스스로에게 놀랐다. 여전히 놀라움이 가시지 않은 채로 점점 더 많은 것을 원하게 된 그녀는 그 촉촉한 부분 속으로 손잡이를 더 깊숙이

밀어 넣으면서 달콤한 쾌감을 음미하다가 갑자기 진열장에 있는 딱정벌레처럼 자신이 옴짝달싹할 수 없게 된 순간을 느꼈다. 이제는 발레 학교를 다녀온 후에 저녁마다 자신이 직접 머리를 빗게 된 게 다행이었다.

도미니카는 가볍게 사귀는 친구들은 있었지만 동급생들에게 싹싹하게 대하진 않았다. 그저 반장으로서 발레단의 발전, 뛰어난 성적, 다른 학교들(그중에서도 특히 제국 스타일의 러시아 발레에서 영적 중심지가 된 상트페테르부르크 학교들)과 경쟁해서 거둔 승리에 관심을 가지고 정성을 쏟았다. 도미니카는 지친 동료 댄서들에게 모스크바 학교의 순수성, 그곳의 근본적인 러시아 정서에 대해 설교했다. 그들은 모두 도미니카의 등 뒤에서 그녀를 사악한 것, 신 러시아 여성, 전사, 스타, 광신자라고 불렀다. '아, 제발 그 입 닥쳐.' 그들은 생각했다.

스물두 살인 소냐 모로예바는 아카데미 졸업반으로 볼쇼이 발레단으로 올라가기까지 마지막 1년이 남았지만, 그해 도미니카와 같이 오디션을 봐야 할 상황이라 합격할 가능성이 크지 않았다. 평생 발레를 한 그녀는 러시아 국회의원의 딸로 응석받이로 컸고 허영심도 많았다. 솔직히 말하면 소냐는 절망적이었다. 그녀는 무모하게도 발레단에 있는 금발 머리에 눈매가 날카로운 소년인 콘스탄틴과 섹스를 하는 사이였다. 이는 아주 위험한 행동으로 교사들에게 발각되면 둘 다 곧바로 퇴학이었다. 하지만 아카데미에서 15년이나 살아온 그녀는 사우나에 사람이 없고 조용할 때를 알고 있었고, 둘이서 땀 흘리는 시간을 얼마나 보낼 수 있는지도 잘 알고 있었다. 그녀는 낭창낭창한 두 다리를 머리 위로 들어 올리고, 콘스탄틴의 귀에 대고 그를 사랑한다고 속삭이면서, 그의 몸 위에 올라타고 엉덩이를 흔들어대면서, 그의 얼굴에 흐르는 땀을 핥으면서, 그에게 자신의 일과 인생을 구해달라고 일주일 동안을 애걸했다.

노련한 발레리나들은 의사만큼이나 인체의 구조와 관절들과 부상에 대해 잘 알고 있었다. 색정에 불타 소냐의 애원에 흔들린 콘스탄틴은 자신이 도미니카의 파트너가 될 때까지 기다렸다. 학생들이 잔뜩 몰려 있는 연습실에서 파드되(pas de deux, 발레에서 두 사람이 추는 춤-옮긴이)를 연습하던 그가 도미니카가 발끝으로 서 있을 때 그녀의 발뒤꿈치를 세게 밟아서 그녀의 몸이 앞으로 쓰러지게 만들었다. 도미니카의 주위를 감싸고 있던 색채들이 번지면서 세상이 까맣게 빙글빙글 돌았다. 그녀는 온몸이 불타는 것 같은 통증을 느끼면서 몸이 앞으로 휘어지듯이 바닥으로 쿵 쓰러졌다. 사람들이 그녀를 양호실로 운반해 갔고, 동급생들은 바 옆에서 그대로 얼어붙은 채 창백한 얼굴로 서 있었다. 그중에서도 소냐의 안색이 가장 안 좋았다. 도미니카는 그때 죄책감이 서린 그녀의 표정을 보고, 그녀의 머리 주위에 보이지 않게 빙글빙글 돌던 회색 공기를 보고 알았다. 양호실 테이블 위에 눕혀진 도미니카의 발은 시커멓게 변색이 되다가 가지처럼 자주색으로 변해서 최악의 상태가 됐고, 통증이 다리 위까지 올라왔다. 의사가 중얼거렸다. "발 가운데서 족근중족 관절 골절이 일어났군." 일련의 정형외과 검사들과 수술을 받고 발에서 발목까지 깁스를 한 후에 도미니카는 아카데미를 그만두게 됐다. 그녀의 인생에서 10년을 차지했던 발레 경력이 끝나버렸다. 그것은 그토록 빨랐고, 그것으로 영원히 끝이었다. 차세대 울라노바라고 하던 달콤한 칭찬들도 순식간에 증발해버렸다. 발레 교사들, 코치들, 트레이너들은 그녀와 눈을 마주치려 하지 않았다.

어렸을 때 그녀는 치솟는 격분을 다스리는 법을 배웠지만 이제는 그 분노가 점점 커지게 놔두면서 목구멍으로 넘어오는 그 씁쓸한 맛을 봤다. 콘스탄틴과 소냐가 그녀의 장래를 고의로 망가뜨렸다고 고발하고 싶은 순간적인 충동도 일었다. 그들의 밀회가 밝혀지면 그들 역시 퇴학당할 것이다. 하지만 결국 도미니카는 자신이 그럴 수 없다는 걸 알고 있었다. 그녀가 아직도 멍하니 자신의 미래를 생각하고 있을 때 어머니로부터 전화가 왔다.

도미니카의 아버지가 뇌졸중을 일으켜서 쿤체보에 있는 특권층과 부유층 시민들만 가는 병원인 크렘료브카 병원에 가던 도중 숨졌다. 그는 도미니카의 인생에서 가장 중요한 사람이자, 지도자이자, 보호자였는데 이렇게 속절없이 떠나버린 것이다. 아버지의 손을 자신의 뺨에 대고, 동급생이 배신해서 발레 아카데미에서 나오게 됐다고 이야기하려고 했는데. 아버지에게 어떻게 해야 할지 조언해달라고 말했을 텐데. 도미니카는 알 수 없었지만, 바실리는 이상주의자인 딸에게 인간은 국가와 사랑에 빠질 수 있지만 국가는 절대로 그 사랑을 돌려주지 않는다고 속삭였을 것이다.

이틀 후, 도미니카는 아파트 거실에 앉아 있었다. 오른발엔 깁스를 하고, 눈물은 말랐고, 우아한 목과 머리는 꼿꼿이 들고 있었다. 그녀의 옆에는 상복을 입은 어머니가 조용하고 차분하게 앉아 있었다. 집안은 조문을 하러 온 학자들, 예술가들, 정부 관료들, 정치가들로 가득했다. 그들의 목소리가 공기 중에 초록색으로 가득 차 있었다. 도미니카가 슬픔의 색으로 생각한 초록색이 방 안에서 공기를 밀어내는 것처럼 갑갑하게 느껴졌다. 도미니카는 숨을 쉬려고 애를 썼다. 거실에는 러시아 전통 요리인 빨간 캐비아를 얹은 블리니와 훈제 철갑상어와 송어가 있었다. 부엌의 작은 탁자 위에는 생수가 든 유리병, 김이 나는 은제 사모바르, 과일 주스, 위스키와 얼음이 들어간 보드카가 있었다.

그때 반야 삼촌이 소파 앞으로 와서 도미니카의 어머니에게 허리를 숙이고 위로하는 말을 했다. 도미니카의 아버지와 삼촌은 성격과 기질이 거의 극과 극으로 달라서 아버지 생전에 서먹한 사이였다. 도미니카는 삼촌이 무슨 일을 하는지 잘 몰랐지만 어쨌든 KGB나 SVR이란 말은 누구든 쉽게 내뱉는 말이 아니었다. 그다음에 그는 도미니카에게 가까이 다가와 옆에 앉았다. 반야는 뚱뚱한 이목구비를 바짝 들이대면서 그녀의 슬픔을 방해했다. 그가 검은 드레스를 입고 머리를 뒤로 넘긴 채 상주가 된 도미니카의 모습을 요모조모 뜯어보고 있는 게 보였다. 도미니카의 목이 익숙한 방식으로 죄여오자 어머니가 손을 뻗어 그녀의 손을 꽉 잡았다. '진정해.'

"도미니카, 정말 슬프구나. 너랑 네 아버지가 얼마나 가까웠는지 알고 있다." 반야가 말했다.

그는 몸을 앞으로 내밀어서 아버지처럼 도미니카를 포용하고 그녀의 뺨에 자신의 뺨을 스쳤다. 그의 오드콜로뉴 향수에서 라벤더 향이 진하게 났다. "그리고 부상을 당해서 네 경력에도 지장이 생겼다니 그것도 참 유감이야." 반야는 도미니카의 깁스를 보며 고개를 끄덕였다. "네가 발레와 학교 성적 모두 뛰어난 학생이었다는 걸 잘 알고 있다. 네 아버진 항상 너를 아주 자랑스러워하셨지." 반야는 가족의 또 다른 친구가 지나가자 악수를 하고 소파 깊숙이 앉았다.

그때까지 도미니카는 반야를 보기만 하고 아무 말도 하지 않았다.

"이제 앞으로 어떻게 할 계획이냐? 아마 대학에 갈 생각이겠지?"

도미니카는 어깨를 으쓱했다. "뭘 해야 할지 모르겠어요. 발레는 제 인생이었어요. 뭔가 다른 걸 찾아봐야죠." 그녀를 빤히 보는 삼촌의 시선이 느껴졌다.

반야는 넥타이를 매만지고는 일어서서 그녀를 내려다봤다.

"도미니카, 부탁이 하나 있다. 네 도움이 필요해." 도미니카는 깜짝 놀라 고개를 들고 그를 쳐다봤다. 반야 삼촌은 어깨를 으쓱했다.

"뭐 그렇게 비밀스런 부탁도 아니야. 날 위해 뭘 좀 해줬으면 좋겠다. 비공식적으로 작은 일을 하나 해줬으면 해. 하지만 중요한 일이야."

"첩보부를 위해 일하라고요?" 도미니카는 경악해서 물었다.

반야가 입술에 손가락 하나를 댔다. 그는 절뚝거리는 도미니카를 이끌고 거실 구석으로 갔다. 많고 많은 날 중에 하필 아버지의 장례식 날이라니. 그는 의도적으로 이 날을 골랐다, 그렇지 않나? 그들은 항상 이런 식이다.

"사랑하는 조카야, 난 너의 재능과 미모가 필요하단다. 너처럼 내가 믿을 수 있고 신중한 사람이 필요해." 반야 삼촌이 말했다. 그러면서 가까이 다가오자 도니미카는 그의 몸에서 발산되는 열기에 아부가 섞여 있는 걸 느꼈다.

"이건 간단한 거야, 게임 같은 거지. 어떤 남자를 만나서 그 남자에 대해서 알아보는 거야. 자세한 건 나중에 알려줄 수 있어." 뱀 같이 사악한 자.

"늙은 삼촌을 도와주겠니?" 반야는 도미니카의 어깨에 두 손을 올린 채 물었다. 뱀이 혀를 날름거리며 그녀의 간을 보고 있었다. 이런 상황에서 그런 부탁을 하는 건 말도 안 되는 행동이었지만 그는 늘 해오던 끔찍한 짓이었다. 도미니카는 발이 사정없이 욱신거리는 걸 느꼈다.

비잔틴 제국의 성인처럼 반야의 머리 뒤쪽에서 노란 후광 같은 것이 피어올랐다. 도미니카의 호흡이 다시 잔잔해지면서 허허로운 평화가 마음속에 찾아들었다. 그녀가 거부할 것이라고 반야가 예상하고 있기 때문에 도미니카는 수락했다. 그녀는 그의 눈이 가늘어지는 걸, 그가 머릿속에서 계산기를 두드리고 있는 걸 침착하게 지켜보았다. 그는 도미니카의 얼굴에서 무슨 조짐이 나타나는지 찾아내려 했지만 그녀가 아무것도 드러내지 않자 그도 무표정해졌다.

"잘 생각했다. 아버지가 아주 자랑스러워하실 거라는 걸 알고 있겠지. 네 아버지보다 더 열렬한 애국자는 없었어. 네 아버지는 딸도 그렇게 키우셨지. 러시아의 애국자로." 반야가 말했다.

'계속 아버지 이야길 하면 당신의 아랫입술을 물어뜯어버릴 거야.' 도미니카는 생각했다. 그 대신 그에게 미소를 지어 보였다. 그녀는 자신의 미소가 사람들에게 큰 위력을 발휘한다는 걸 얼마 전에야 알게 됐다.

"이제 발레도 못하게 됐으니 삼촌을 위해 은밀한 허드렛일을 하는 편이 좋겠죠." 반야는 순간 얼굴을 찌푸렸지만 곧 원래대로 돌아왔다. 그는 도미니카의 어깨에서 손을 뗐다.

"다음 주에 내 사무실로 와라." 반야는 그 말을 하면서 그녀의 깁스를 내려다봤다. "할 수 있다면 말이다. 내가 차를 보내주마." 그는 얇은 모직 정장의 단추를 채웠다. 그리고 곰발바닥 같은 큰 손으로 도미니카의 손을 잡고 그녀에게 바짝 얼굴을 들이댔다. "삼촌에게 제대로 작별 인사를 해주렴." 도미니카는 반야의 어깨에 두 손을 올리고 그의 양쪽 뺨에 가볍게 키스를 하면서 순간 그의 축축한 적갈색 입술을 바라봤다. 라벤더 향과 노란색 후광.

반야가 도미니카의 귀에 대고 속삭였다. "그냥 도와달라는 건 아니다. 이 아파트 문제는 내가 처리해줄 수 있을 거야." 도미니카가 뒤로 물러났다. "네 아버지가 돌아가셨지만 네 어머니는 이 아파트를 잃지 않게 될 거야. 그게 큰 위로가 되겠지." 반야는 그녀의 손을 놓고, 허리를 쭉 펴고 일어나서, 거실을 나갔다. 놀란 도미니카는 그가 문을 닫는 모습을 지켜봤다. '굴레에 얽매인다는 게 이런 거구나.' 도미니카는 생각했다.

거리로 나온 반야는 기사에게 출발하라는 신호를 주고 메르세데스 뒷좌석에 편안히 앉았다. '됐어.' 그는 한숨을 쉬었다. '바실리 형은 과거에 묻혀 사는 멍청한 교수였지. 거기다 그 형수란 사람. 그 여잔 이미 정신줄을 놨고. 미치광이지. 하지만 그리스 조각같이 생긴 조카딸은 이 일에 적격이야. 그 아이를 생각해내길 잘했어. 그 아인 이제 발이 망가졌으니 달리 선택의 여지가 없지. 그 아인 다른 것들도 배울 수 있을 거야. 그 아파트를 팔면 몇 백만은 될 테지만 뭐, 어쨌든 우리 핏줄이니까 그 정도는 해줄 수 있지.' 반야는 생각했다.

그날 밤, 손님들이 모두 돌아간 후 도미니카는 어머니와 함께 어두워진 거실에 앉아 있었다. 바흐의 음악이 부드럽게 흘러나오고 있었고, 텅 빈 사모바르가 이따금씩 마지막 김을 내뿜으며 한숨을 쉬었다. 거실에 불을 켤 필요가 없었다. 음악에서 나오는 짙은 붉은색 파장들이 고동치며 도미니카의 주위를 스쳐 지나갔다. 무릎에 얹은 그녀의 두 손을 잡고 있던 니나는 딸을 보고 그녀가 '색깔들을 보고 있는 걸' 알았다. 니나는 도미니카의 손을 꼭 쥐어 집중하게 하고 낮은 목소리로 천천히 이야기를 시작했다. 그녀는 딸에게 몸을 가까이 기울여서 바실리와 그의 인생에 대해 속삭이듯 말했다. 그녀는 발레 아카데미와 러시아와 그녀에게 무슨 일이 일어났는지 말했다. 그다음에 니나는 더 어두운 것들, 약속과 배신과 복수에 대해 말했다. 두 사람은 바흐의 주황색 음악으로 가득 찬 어두운 방에서 마치 대재앙을 일으키려고 산속 골짜기에서 음모를 꾸미는 유령들처럼 앉아 있었다.

이틀 후에 도미니카는 발레 아카데미로 다시 갔다. 표면적인 구실은 의사들과 이야기를 해 보고 소지품을 가지러 왔다는 것이었다. 아카데미 사람들은 마치 그녀가 떠나길 기다리고 있었던 듯 그녀를 이방인처럼 대했다. 도미니카는 남들 눈을 피해 아카데미에 남았고, 출구 근처에 있는 의자에 앉아 소냐 모로예바와 콘스탄틴이 춤추는 걸 지켜봤다. 소냐의 오른쪽 다리가 불가능할 정도로 쭉쭉 뻗으며 높이 올라갔다. 소냐가 한 다리를 바닥에 대고 나머지 다리를 90도로 들면서 상반신을 숙이자 콘스탄틴이 그녀를 천천히 안아서 돌렸다. 콘스탄틴의 시선이 소냐의 가랑이 사이에서 쫙 당겨지는 검은색 타이츠의 틈에 고정돼 있었다. 밤이 되면서 거의 텅 빈 연습실에 비친 그림자들이 길어지는 동안, 도미니카는 소냐와 콘스탄틴이 복도를 슬쩍 지나쳐서 사우나실로 가는 걸 지켜봤다. 학교에서 두 사람에 대한 소문들이 떠돌았지만 이제 도미니카는 그게 사실이란 걸 알

왔다. 그녀는 연습실의 쪽모이 세공 마룻바닥에 비친 빛이 희미해지는 걸 지켜보며 기다렸다. 또다시 속이 조여드는 느낌이 들자 그녀는 감정을 통제하고 얼음 같은 의지력을 다시 발휘했다.

아카데미가 조용해지고, 사무실들이 어두워졌다. 발레 교사와 여자 사감 두 명은 아직도 복도 저쪽에 있는 사무실에 있었다. 어두워진 복도 끝에서 희미한 불빛들이 반짝였다. 도미니카는 절뚝거리면서 커다란 목재판을 두른 학생용 사우나 옆의 대기실 문으로 조용히 걸어갔다. 그녀는 그 문을 밀어서 열고 아무 소리도 내지 않은 채 사우나 문으로 걸어가서 삼나무 문의 연기가 서린 작은 유리창을 들여다봤다. 천장의 전구 불빛에 둘 다 벌거벗고 나무 벤치 위에 있는 모습이 어렴풋이 비쳤다. 콘스탄틴이 막 소냐의 좍 벌린 다리 사이에서 얼굴을 들고 한 마리의 거대한 야수처럼 그녀의 몸 위에서 자세를 잡았다. 소냐는 콘스탄틴의 뒷목을 두 손으로 움켜쥐고 두 다리를 그의 어깨 위로 홱 올렸다. 도미니카는 유리창으로 소냐의 발바닥에 박힌 굳은살과 발레리나 특유의 벌어진 거친 발가락들을 봤다.

소냐의 입은 벌어져 있었고 머리는 벤치에 대고 누워 있었지만 사우나 문이 두꺼워서 그녀의 신음 소리는 잘 들리지 않았다. 도미니카는 뒤로 물러서서 온몸에 끓어오르는 격분을 참고 냉정해지기 위해 애를 썼다. 사우나의 스팀 온도를 최대로 올리고 문 바깥쪽 손잡이에 빗자루를 찔러 넣어 잠가버리면 20분 안에 둘 다 통구이가 될 것이다. 하지만 그런 짓은 하지 않는다. 우아하면서도, 아무도 눈치챌 수 없고, 그러면서도 결정적이고 독기 어린 한 방을 때려야 한다. 저 둘이 도미니카의 경력을 끝장냈으니까, 이제는 그들의 경력을 끝장내줘야 할 때지만 복수했다는 암시나 흔적을 남기지 않은 채 처리해야 한다.

도미니카는 복도로 통하는 사우나 대기실 문을 열어놓고 대기실 천장에 있는 불을 켰다. 그러자 어두워진 복도가 환해졌다. 그녀는 긴 복도를 걸어가면서 바깥쪽 창문 하나를 열고, 휙 밀려들어오는 찬 공기를 따라 걸었다. 마치 반딧불이가 복도를 빙글빙글 돌며 날아가는 것처럼 차가운 파란 불빛이 여자 사감들의 사무실까지 흘러갔다. 도미니카는 그들의 사무실에서 두 개 정도 떨어져 있는 어두운 사무실로 들어가 벽에 몸을 기대고 소리를 들었다.

3분 후에 한 사람(도미니카는 누굴까 궁금해했다)이 차가운 바람이 들어오는 걸 느끼고 뭔지 살펴보러 복도로 나왔다. 사우나 대기실에 켜진 불과 유리창 맞은편에 있는 문이 열린 걸 보자 그 여자 사감은 혼잣말을 했다. 목소리를 들어보니 아카데미에서 가장 엄격하고 사나운 감시자인 마담 부티르스카야 같았다. 도미니카가 침묵 속에서 기다리며 1초 1초 세고 있는데 사우나의 문이 쉭 소리를 내면서 열리는 소리가 들렸다. 이어서 마담의 고함 소리가 들렸고 순간 울음소리가 터져 나왔다가 끊기는 게 들렸다. 리놀륨 바닥에 다급한 발소리가 났고 그런 와중에도 고함 소리와 함께 이제 훌쩍훌쩍 흐느껴 우는 소리가 복도를 타고 흘러왔다. 국회의원인 아빠도 이제 소냐를 구해줄 수 없겠지, 도미니카는 생각했다.

도미니카는 어두운 사무실에서 얼굴 앞에 손을 올렸다. 두 손은 흔들리지 않고 환하게 빛났고 마치 누군가가 산소통의 밸브를 열어놓은 것처럼 폐로 공기가 다시 흘러들어 오는 걸 느낄 수 있었다. 그녀는 문득 자신이 방금 두 사람의 인생을 파괴했는데도 아무 감정도 느껴지지 않고, 자신이 저지른 짓의 우아하고 단순한 면을 실컷 만끽하고 있다는 걸 깨닫고 흠칫 놀랐다. 그러다 아버지를 떠올리자 조금 수치스러워졌다.

발의 깁스를 풀었다. SVR 기획가들은 TV 방송국에 온 유스티노프 앞에서 도미니카를 미끼로 흔들어볼 작정이었다. 그들은 유스티노프가 그녀에게 같이 시간을 보내자고 초대하길 원했다. 그들은 그녀에게 그와 잠자리를 할 필요는 없다고 했지만, 넌지시 그런 뜻을 비쳤다는 걸 그녀는 알았다. 군이 말을 안 해도 무슨 속셈인지 훤히 다 보였다. 그런 점에 개의치 않는 스스로에게 그녀는 놀랐다. 도미니카에게 브리핑을 해주는 사람들은 그녀의 침착한 눈빛과 희미한 미소를 보고 그녀의 속내를 알 수 없어 불안해했다.

좋아, 좋다고, 그들이 말했다. 그들은 유스티노프의 사업과 그의 해외 출장 일정과 그가 접촉하는 사람들에 대해 더 많이 알고 싶다고 했다. 그들은 유스티노프가 사기 및 정부 지원금을 횡령한 혐의로 조사를 받고 있다고 했다. 그들이 하는 말의 색깔은 옅고 바랜 것이 마치 말을 하다 중간에 흐지부지하는 느낌이었다. 알겠다고, 그들이 바라는 게 뭔지 확실히 알았고, 할 수 있겠다고 그녀가 말했다. 방에 있는 남자들이 서로 보다가 다시 그녀를 봤는데 마치 성가집을 읽는 것처럼 그들의 꿍꿍이가 그대로 읽혔다. 이건 끝내주게 흥미로운 발견인걸. 러시아 첩보부인 이 SVR이란 곳 말이야, 그녀는 생각했다. 시끄럽게 떠들어대는 거위 떼 같으니라고.

색채들의 폭동처럼 보이는 보고서들을 읽으면서, 도미니카는 흐릿한 눈으로 그녀를 보고 있는 저 우쭐대는 방첩 관료들의 입을 다물게 하고 반야 삼촌의 얼굴에 떠오른 미소를 지워버리겠다고 단호하게 결심했다. 그녀는 그에게서 풍기던 라벤더 향을 떠올렸다. 그의 불쌍한 조카딸, 다리가 부러진 발레리나, 죽은 형의 아름다운 딸. 이 민감한 사안에 대해 날 좀 도와줄래? 그러면 네 어머니가 아파트를 뺏기지 않게 우리가 도와줄 수 있을 것 같은데. 아주 좋아.

촛불이 펄럭거리고 크리스털 잔이 쨍그랑 소리를 내고 유스티노프가 입에 음식을 퍼 넣고 있는 동안, 도미니카의 몸은 그를 경멸하는 감정으로 서서히 차올랐고 그녀는 얼음처럼 초연해졌다. 도미니카는 이 임무를 완수하기 위해 필요한 건 뭐든 할 각오가 돼 있었고, 그래서 뭘 어떻게 해야 할지도 정확히 알고 있었다.

그래서 그렇게 했다. 유스티노프와 한 저녁식사에서 도미니카는 아주 유혹적이었다. 세련된 그녀는 그의 이야기에 열심히 귀를 기울이는 동시에 그의 넋을 빼놓았다. 그녀는 손가락 끝으로 목선의 오목한 부분을 쓸어내리면서 그의 어깨 주위에 감도는 오렌지색 포물선을 지켜보았다. 이거 흥미로운데, 도미니카는 생각했다. 속임수를 상징하는 노란색이 정열의 붉은색과 섞여 있었다. 짐승 같은 놈.

유스티노프는 저녁식사를 하는 내내 간신히 의자에 엉덩이를 붙이고 앉아 있었다. 도미니카는 그가 치미는 욕정에서 비롯된 갈증을 달래기 위해 샴페인을 벌컥벌컥 마시는 걸 봤다. 저녁식사가 끝났을 때 그는 도미니카에게 자신의 아파트에 300년 된 코냑이 한 병 있는데 이 레스토랑에서 내놓는 어떤 술보다 낫다고 말했다. 그의 아파트에 같이 가겠는가? 도미니카는 뭔가 같이 음모를 꾸미는 것처럼 그에게 몸을 기울였다. 풍만한 그녀의 가슴이 촛불 불빛에 비쳤다. "난 한 번도 코냑을 마셔본 적이 없어요." 도미니카가 말했다. 유스티노프는 숨이 멎을 것 같았다.

바실리 예고로프 장례식의 블리니

밀가루 한 컵에 베이킹파우더와 코셔 소금으로 간을 한다. 거기에 우유, 달걀과 녹인 버터를 넣고 반죽한다. 중간 불로 달군 프라이팬 위에 반죽을 한 스푼 넣고 양쪽이 다 노릇노릇해질 때까지 블리니를 굽는다. 그 위에 붉은 캐비아, 연어, 생크림, 사워크림과 신선한 딜을 올린다.

4

그들은 창문에 육중한 강화유리가 끼워진 유스티노프의 날렵한 BMW 를 타고 레스토랑을 떠났다. 유스티노프의 아파트는 아르바트의 '골든 마 일(Golden Mile)' 지구에 있는 거대한 신고전주의 양식의 건물 맨 위층에 방대하게 뻗어 있었다. 그것은 아파트 두 채를 연결해서 만든 최고의 펜트 하우스로 바닥엔 대리석이 깔려 있고, 그 위엔 흰색의 거대한 가죽 가구들 이 놓여 있고, 벽에는 금박을 입힌 붙박이 가구들이 걸려 있었다. 도시 건 물들의 옥상들과 모스크바의 불빛들이 아파트 전체를 두르고 있는 통유 리 창문들에 비쳤다.

공기 중에서 향냄새가 났다. 여러 개의 거대한 중국 램프에서 나온 불 빛들이 방에서 출렁거리고 있었고, 한쪽 구석에 몸을 뒤로 젖히고 있는 추 상 누드화 한 점이 걸려 있었다. 그림 속 여자의 손가락들과 눈과 발가락 들이 사방을 가리키고 있었는데 피카소 그림인 모양이라고 도미니카는 짐작했다. '15분 후면 내가 저러고 있겠지.' 그녀는 이렇게 배배 꼬인 생각 을 했다.

유스티노프가 손을 휘저어서 경호원들을 물리치자 문이 찰각 소리를 내며 닫혔다. 흑단으로 만든 탁자 위에 빽빽이 놓여 있는 수많은 병들 중 에서 도미니카는 땅딸막한 코냑 병을 봤다. 저게 그 300년 됐다는 술인 모 양이었다. 유스티노프는 17세기에 제작된 보헤미안 크리스털 잔에 코냑 을 따라 그녀에게 한 모금 마시게 했다. 도미니카는 바삭하게 구운 토스트 위에 흙빛의 파테를 바르고 레몬을 절묘하게 살짝 친 음식도 맛봤다.

유스티노프가 도미니카의 손을 잡고 조명 아래 그림들이 걸려 있는 홀을 지나, 널찍한 세 개의 계단을 올라 어두운 침실로 들어갔다. 그는 그녀가 부상에서 회복된 다리를 조금 저는 걸 눈치 채지 못했다. 그것은 그녀가 성큼성큼 걸어가는 데 조금 지장이 될 뿐 큰 문제는 아니었다. 그는 그녀의 머리카락, 그녀의 목, 그녀의 부드러운 가슴을 보느라 정신이 없었다.

침실로 들어가는 순간 벽의 우묵한 곳에 있는 조명들이 켜졌고 문간에 있던 도미니카가 놀라서 바라봤다. 유스티노프의 침실은 어마어마하게 큰 동굴 같은 공간으로, 흰색과 검은색을 쓴 궁전의 공식 알현실 같았다. 방 한가운데 있는 단 위의 거대한 침대는 고급스런 털 이불에 덮여 있었다. 벽에는 수십 개의 전신 거울들이 있었다. 유스티노프가 리모컨을 집어서 버튼을 하나 눌렀다. 천장에 있는 기계식 블라인드가 뒤로 젖혀지면서 별들로 가득 찬 어두운 밤하늘이 유리 지붕을 통해 드러났다.

"난 밤하늘의 달과 별들이 움직이는 걸 볼 수 있지. 내일 아침에 나랑 같이 해돋이를 보겠소?" 유스티노프가 말했다.

도미니카는 억지로 미소를 지었다. '돼지우리에 있는 돼지 새끼 같군.' 빵 하나를 사기 위해 사람들이 줄을 서 있는 판국에 이런 남자가 어떻게 이런 막대한 부를 축적할 수 있었지? 그녀의 발밑에 있는 아이보리 색 카펫은 부드럽고 푹신했다. 미국물푸레 나무로 만든 탁자 위의 은 접시들에 빙글빙글 돌아가는 불빛들이 반사됐다. 거기서 조금 떨어진 곳에 에브루(Ebru, 기름 위에 물감을 입혀 그리는 터키의 전통 미술 기법—옮긴이) 액자가 있었는데 액자 속에 거미 같은 모양의 서체가 보였다. 유스티노프는 도미니카가 그 액자를 보는 걸 봤다.

"16세기 작품이오." 유스티노프는 마치 그 액자를 벽에서 떼서 그녀에게 주기라도 할 것처럼 말했다.

이제 유스티노프의 침실에 서 있게 되었다. 그러자 게임이 좀 더 심각해지면서 도미니카가 저녁식사 내내 색기를 발산했던 게 갑자기 별로 현명하지 못했던 행동으로 느껴졌다. 그녀는 내숭을 떠는 성격도 아니라서 육체적 연기는 어려울 것도 없었다. 하지만 이 남자를 유혹하면 자신이 뭘 잃게 될지 궁금했다. 아무것도 없다고 그녀는 스스로에게 말했다. 유스티노프는 그녀에게서 아무것도 빼앗을 수 없다. 음흉한 눈길로 그녀를 보던 첩보부의 남자들도 그렇고, 라벤더 향기를 풍기면서 위로의 말을 늘어놓던 반야 삼촌도 마찬가지다. "이건 첩보부를 위한 중요한 일이야." 반야 삼촌은 그렇게 말했다. 개소리, 도미니카는 생각했다. '이건 그저 라이벌을 꺾기 위한 정치게임일 뿐이야. 하지만 어쨌든 금가루를 두른 이 개자식은 전 재산을 잃고 감옥에 가도 마땅한 놈이니까.'

도미니카는 그를 철저히 파괴할 것이고, 반야 삼촌은 이 임무를 맡은 그녀가 대체 어떤 종류의 인간인지 의아해하게 될 것이다.

도미니카가 유스티노프 쪽으로 돌아서서 어깨에 감고 있던 랩(wrap, 여성이 장식, 보온용으로 어깨에 두르는 천-옮긴이)을 바닥에 떨어뜨렸다. 그러고는 그의 입에 가볍게 키스하고 그의 뺨을 손으로 쓸어내렸다. 그는 그녀를 확 끌어안고 거친 키스로 화답했다. 백 개의 거울 속에 둘의 모습이 비쳤다.

유스티노프가 몸을 떼고 뒤로 물러나서 도미니카를 뚫어져라 바라봤다. 그의 전신은 욕망으로 들끓고 있었다. 그의 뇌는 이미 그의 몸과 분리된 상태나 마찬가지였다. 그는 입고 있던 야회복 재킷을 벗어버리고 실크 나비넥타이를 허겁지겁 잡아당겼다. 다른 위험한 남자들의 무릎을 꿇리고, 속이고, 공격하고, 경쟁자들을 제거해서 재산을 모은 이 재벌의 눈에 지금은 파란 눈, 날씬하고 하얀 목에, 아름답게 늘어뜨려진 덩굴 같은 갈색 머리카락, 좀 전에 한 키스로 아직까지 촉촉하게 젖어 있는 입술만 보였다. 도미니카가 그의 가슴에 두 손을 대고 속삭였다. "자기, 침대에서 기다려요. 2분만."

금박을 입힌 욕실에서 도미니카는 거울에 비친 자신의 모습을 봤다. 네가 하겠다고 했잖아, '처음엔 반야 삼촌에게, 이젠 침을 질질 흘리는 곰 같은 놈에게 하겠다고 했잖아. 그럴 능력이 있다는 걸 행동으로 보여주는 게 그렇게 중요했으니까 끝까지 해내야 해.' 그녀는 생각했다. 그녀는 손을 뒤로 뻗어서 지퍼를 내리고, 바닥으로 흘러내린 드레스에서 빠져 나왔다. '넌 이걸 이용하는 거야.' 그녀는 거울에 비친 자신의 몸을 보며 생각했다. '그리고 약속한 일을 해. 그의 마음을 사로잡고, 그들이 원하는 걸 알아내란 말이야.' 그들은 그녀에게 유스티노프는 위험하다고, 사람들을 죽인 짐승 같은 자라고 말했었다. 내일 아침이면 그녀는 아기 새처럼 입술을 쭉 내민 그의 입 속에 차가운 콩소메를 수저로 떠먹여줄 것이고, 그는 그녀에게 자신의 비밀들을 재잘거릴 것이고, 그다음에 이 짐승은 창살을 통해 세상을 보게 될 것이다. 도미니카는 문득 브리핑 받을 때 들었던 뭔가가 떠올라서 재빨리 클러치 백에 손을 넣어 그들이 준 벤제드린(Benzedrine, 각성제의 상표명-옮긴이)을 꺼냈다. 이건 기분을 좋아지게 해주는 거라고 그들이 말했었다.

유스티노프는 팔꿈치에 몸을 기댄 채 침대에 누워 있었는데, 검은색 실크 팬티만 남기고 홀딱 벗고 있었다. 도미니카는 천천히 침대 발치로 걸어가면서 어떻게 시작해야 할지 생각했다. 그녀는 발레 아카데미에서 트레이너들이 발레리나들의 부어오른 발을 문질러줄 때 기분이 얼마나 좋았는지가 기억났다. 도미니카는 무릎을 꿇고 그의 발바닥 오목한 부분을 엄지로 세게 문질렀다. 유스티노프는 멍한 표정으로 그녀를 봤다. '바보, 넌 참 대단한 창녀구나.' 그녀는 생각했다. 그러면서 필사적인 심정이 되어 유스티노프의 엄지발가락을 입에 넣고 혀로 발가락을 훑었다. 그는 낮은 탄성을 지르면서 침대에 다시 쓰러졌다. 훨씬 낫군. 그의 떨리는 손이 침대 틀의 움푹 들어간 곳을 누르자 곧바로 방이 진한 붉은색 조명에 잠겼고 침대와 그들의 얼굴과 살을 붉게 물들였다. 여기에 그보다 작은 조명의 핑크색 점들이 방 안을 빙빙 돌면서 거울들과 도미니카의 진홍색 몸 위를 비췄다. '신이 갱들로부터 우리를 지켜주시길.' 도미니카는 생각했다.

유스티노프가 그녀에게 뭐라고 툴툴거리면서 손을 내밀었다. 방 안을 온통 물들인 붉은색을 배경으로 빙글빙글 돌아가는 분홍색 불빛들이 이중, 삼중으로 변해 서로 겹쳐지면서 방 곳곳을 빙글빙글 돌았다. 조명들과 색채들이 과부하를 일으켜 도미니카는 돌아버릴 것 같았는데 유스티노프는 계속 그녀에게 오라고 손짓을 하고 있었다. 그가 걸걸한 목소리로 내뱉는 음란한 말들이 어두운 오렌지색으로 죽죽 허공을 베었다. 그것은 잔인한 색이었다. 그 오렌지색이 핑크색 점들 밑을 스윽 미끄러져갔다.

도미니카는 반쯤 감은 눈으로 유스티노프를 보면서 그를 자극하기 위해 자신의 입술을 핥아야 할지 고민했다. 유스티노프가 전자레인지에 넣은 도넛 모양의 케이크처럼 빙글빙글 돌아가는 동안 그의 시선은 결코 그녀에게서 떠나지 않았다. 도미니카는 그의 몸뿐 아니라 그의 마음까지 동시에 사로잡아서 그녀를 옆에 두고 싶게 만들어야 한다는 걸 알고 있었다. 1주, 2주, 두 달. 얼마만큼의 시간이든 상관없지만 길면 길수록 좋다고 그들이 말했었다. 유스티노프의 아파트 밖에 있는 인도는 그와 하룻밤 잔 여자들이 흘린 눈물로 얼룩져 있다고도 말했었다.

유스티노프가 그녀 앞에서 천천히 회전하고 있었다. 도미니카가 무릎을 꿇고 있는 곳까지 내려왔을 때 그가 그녀의 허리를 팔로 감아서 침대 위로 던져 눕혔다. 도미니카가 자신의 팬티가 잡아당겨 찢어지는 걸 알아챈 순간 그가 그녀의 몸 위에서 가고일(gargoyle, 기독교 사원에서 홈통 주둥이로 쓰는 괴물 석상-옮긴이)처럼 등을 구부리고 열정적이면서 야성적인 섹스를 하기 시작했다.

붉은 불빛에서 유스티노프의 악물고 있는 치아(원래는 희고 쪽 고르다)가 파란색에 테두리는 검게 보였다. 도미니카는 고개를 뒤로 젖히고 눈을 감았다. 그녀의 젖가슴에 유스티노프의 뜨거운 숨결이 느껴졌다. 분홍색 불빛들이 그녀의 떨리는 다리 위, 그들의 몸, 거울들 위로 흘러갔다. 도미니카는 엉덩이를 들고 골반을 흔들어 유스티노프의 늑대 같은 펌프질을 받아들이면서, 그의 두 팔을 두 손으로 꽉 잡고 그가 이성을 잃게 만드는 데 집중했다. 유스티노프는 점점 다가오는 절정의 순간에 고개를 뒤로 젖혔다. 그가 점점 더 세고 빠르게 움직이기 시작하자 도미니카는 무의식중에 헉헉거렸다. 붉은 조명과 그의 파란 치아, 그의 신음소리뿐만 아니라, 그녀는 자신의 육체(자신의 은밀한 면)가 그의 움직임에 반응하는 걸 느끼고 놀랐다. 그 쓴맛 나는 벤제드린의 효과가 나타난 것이다. 도미니카는 유스티노프의 턱 너머 유리 천장을 쳐다봤는데 별들은 하나도 보이지 않았다. 별들이 다 어디 간 거지?

도미니카의 눈에 보인 건 사자(使者)였다. 처음에는 흐릿한 형체가 유리 천장에 반사되어 보였다. 그 흐릿한 형체가 그림자로 변해 침대를 향해 미끄러져 내려왔는데, 유리판 위에 마치 검은 수은이 흘러내린 것처럼 움직이는 모습이 비쳤다. 그 유령이 유스티노프의 머리 위에서 둥둥 떠다니는 동안 공기가 펄떡펄떡 뛰는 게 느껴졌다. 이 갱의 눈은 정열에 들떠 아무것도 보지 못하고 아무것도 감지하지 못했다. 탄력이 있는 나선형 쇠줄이 음악같이 윙 소리를 내며 유스티노프의 목 주위에 순식간에 나타나더니 그의 살을 자르면서 파고들었다. 유스티노프가 눈을 번쩍 뜨고 이제 그의 호흡기관을 잘라 들어가고 있는 교살 흉기를 손으로 할퀴어댔다. 손가락으로 철사를 쑤시던 유스티노프의 얼굴이 도미니카의 얼굴에서 불과 몇 센티미터 정도 되는 곳에 축 늘어졌다. 그녀의 입은 소리가 나지 않는 비명을 지르며 그대로 얼어붙었다. 유스티노프는 가장자리가 붉어진 눈으로 영문을 모르겠다는 표정으로 그녀를 보고 있었다. 그의 이마에 있는 혈관 하나가 불룩 튀어나왔고, 손가락으로는 열심히 철사의 잡을 만한 곳을 찾으려고 헤매고 있었다. 그의 입이 축 늘어져 벌어지면서 검은 침이 그녀의 뺨 위로 흘러내렸다. 유스티노프의 몸이 경련을 일으키기 시작했다. 그는 마치 낚싯바늘을 던져버리려고 하는 물고기처럼 몸을 좌우로 흔들었다. 도미니카는 그가 아직 그녀의 몸속에 있다는 걸 알아차리고 그의 가슴을 밀어내며 고개를 돌려 그의 입에서 나오는 침과 피를 피하면서 그의 몸 밑으로 미끄러져 빠져나오려고 애를 썼다. 하지만 그는 덩치가 큰 남자인 데다 갑자기 몹시 무거워져서 도저히 움직일 수 없었다. 도미니카는 그저 눈을 감고, 자신의 얼굴 위로 두 팔을 포개고, 유스티노프의 목숨이 그의 몸에서 서서히 빠져나가는 걸 느낄 수밖에 없었다. 그녀는 유스티노프의 목을 자르고 있는 철사에서 흘러나온 피가 자신의 목과 가슴으로 뚝뚝 떨어지는 걸 느낄 수 있었다. 유스티노프가 꾸르륵거리는 소리를 내더니 몸이 축 늘어지기 시작했고, 그의 잘린 목에서 나오는 숨 때문에 새어나오는 피에 보글보글 거품이 생기면서 붉은 조명 아래 검푸른 색으로 비쳤다. 그의 몸이 미세하게 떨리면서, 발로 침대를 두세 번 급하게 두드리는 게 느껴졌다. 그러고는 움직임을 멈췄다. 침대는 핑크빛 침묵 속에서 계속 돌아갔다.

그로부터 무시무시한 1분 동안 아무 일도 일어나지 않았다. 도미니카는 한쪽 눈을 떠서 그녀의 얼굴 위에 매달려 있는 유스티노프의 얼굴을 봤다. 그는 눈을 뜨고 있었고, 벌어진 입속에 혀가 보였다. 그 흐릿하고 검은 형체는 그들 위에서 꼼짝도 하지 않고 있었는데 분홍색의 작은 반점들이 그의 몸 위에 흩어져·있었다. 그의 어깨 뒤에 있는 저건 검은 날개일까, 아니면 그냥 거울들이 반사된 모습일까? 세 명의 미동도 하지 않는 육체들의 광경이 방 안에서 끝도 없이 돌아가고 있었다. 갑자기 그 검은 형체가 도미니카에게서 유스티노프의 몸을 한번에 끌어내자 유스티노프의 몸이 그녀에게서 쓱 미끄러져 나갔다. 시체는 침대에서 굴러 바닥으로 떨어졌다. 살인자는 시체는 무시하고, 침대를 멈추기 위해 리모컨으로 손을 뻗었다. 도미니카는 일어나려고 했지만 검은 형체가 그녀의 어깨에 손을 얹고 부드럽게 다시 침대로 밀었다. 도미니카는 온통 피로 뒤덮인 벌거벗은 몸으로 덜덜 떨고 있었다. 그녀의 젖가슴은 검은 피로 축축했다. 이부자리가 엉망으로 엉켜 있었지만 그녀는 그걸 그러쥐고 몸에 묻은 선혈을 닦아내려고 애를 썼다.

도미니카는 그 남자를 보지 않으려 했지만 왠지 그 남자가 그녀를 해치지 않을 거라는 걸 알았다. 그는 침대 발치에 서서 꼼짝도 하지 않고 있었다. 도미니카는 피를 닦아내려고 하던 걸 멈추고 피로 검게 물든 침대보를 손에 쥐고 있었다. 공포와 충격으로 그녀의 호흡은 거칠었다. 그 남자는 이불 밑으로 보이는 그녀의 발을 살펴보고 있었다. 그는 그녀에게 손을 뻗었고 그녀는 발을 빼려고 하다가 본능적으로 가만히 있었다. 그 남자가 그녀의 발 윗부분을 가볍게 쓰다듬었다. 대부분의 사람들은 인사로 악수를 하지만 마토린은 조금 달랐다.

공식적으로 세르게이 마토린은 행정 조치 부서(V 부서)에 배정된 소령으로 SVR 직원이다. 비공식적으로 그는 '살인 청부업자'로 러시아 첩보부의 사형집행인이다. 그 부서는 KGB 시절에 제13부서나 라인 F, 그것도 아니면 간단하게 '처리반'과 같은 다양한 이름으로 알려져 있었다. 냉전이 절정에 달했을 때 라인 F는 납치, 심문, 암살을 담당했지만, 새로운 SVR은 그런 일들은 전혀 고려할 수도, 용납할 수도 없는 일이라는 입장을 표명했다. 말썽을 부리는 러시아 기자들이 모스크바 엘리베이터 안에서 총에 맞아 죽은 채 발견되거나, 정권을 비판하는 이들이 그들의 간에 들어간 고농도의 방사성 폴로늄 때문에 쓰러졌지만, 어쨌든 그것들은 현대 러시아 해외정보국(SVR)과는 아무 관계가 없는 일이었다. '은밀한 암살'의 시대는 지나간 것이다.

소련이 아프가니스탄을 침공했을 때 마토린은 그 당시 KGB의 지휘 아래 있었던 스페츠나즈(Spetsnaz, 소련 특수부대)의 엘리트 알파 팀 지휘관이었다. 아프가니스탄 계곡에서 5년간 복무하면서 마토린의 정신은 완전히 망가져버렸다. 여덟 명으로 구성된 그의 팀원들은 명령에 따라 움직였지만 마토린은 명령에 대해선 별로 신경 쓰지 않았다. 그는 근본적으로 살인을 좋아하는 외톨이였다.

마토린은 전투 중에 금속 조각에 맞아 오른쪽 눈이 멀면서 뿌옇게 변했다. 키가 크고 채찍처럼 비쩍 마른 그의 얼굴은 여기저기 얽힌 데다 흉터투성이였고, 시체 같은 얼굴에 하얗게 센 머리카락이 딱 들러붙어 있었다. 그런 외모에다 갈고리같이 생긴 코 때문에 그는 장의사처럼 보였다. 아프가니스탄에서 철수한 후, 그가 가끔 SVR 본부에서 V 부서의 사무실들을 소리 없이 움직이는 모습이 보였다. 그보다 어린 장교들은 과거의 유물과도 같은 이 폴리페모스(Polyphemus, 그리스신화에 등장하는 외눈박이 거인-옮긴이)에 매료돼서 그를 빤히 쳐다보곤 했다.

이제는 가끔 '특수 임무'를 맡고 있지만 마토린은 아프가니스탄에서 했던 전투가 그리웠다. 그는 종종 그때 생각을 했다. 그는 마음속에서 그때로 돌아가 그 광경들을 보고, 그 소리들을 듣고, 그 냄새들을 맡을 수 있는 능력이 있었다. 현실의 어떤 순간들이 자연스럽게 기억을 촉발시키기도 했다. 이렇게 예기치 못했던 기억 여행을 떠나면 그때 들었던 음악까지 생생하게 떠올랐다. 루바브(rubab, 아프가니스탄의 전통악기-옮긴이)에서 나오는 스타카토 리듬과 타블라(tabla, 작은 북 두 개로 이뤄진 북인도의 대표적인 타악기-옮긴이)에서 나오는 크레셴도 리듬이 완벽하게 들렸다.

마토린은 도미니카의 발을 쓰다듬는 바로 그 순간에 과거의 어느 날 오후 판지시르 계곡에 있었던 죽은 아프가니스탄 계집의 발을 쓰다듬고 있었다. 그의 팀은 Mi-24 공격헬기의 날개 위에 덮개를 고정시키고 그 가장자리들을 묶어서 앉아서 쉴 수 있는 큰 그늘을 만들었다. 그 전에 그들은 도로에 있던 무자헤딘(mujahidin, 아프간사태 때 소련에 저항하던 무장 게릴라 조직-옮긴이) 무리를 총으로 쏴서 죽이고 시체들을 가지러 갔다가 요란한 소리를 내며 흘러가는 강가의 바윗덩어리들 사이에 숨어 있는 그 소녀를 발견했다.

소녀는 열다섯 살 정도에, 머리는 검고, 눈은 아몬드 모양이었고, 입고 있는 옷은 낡고 먼지투성이였다. 흔히 볼 수 있는 저항군 동조자였다. 아프가니스탄에서 복무하는 소련 군인들은 포로로 잡힌 러시아인들에게 아프가니스탄 여자들이 무슨 짓을 하는지 들었기 때문에 모두 그 소녀를 증오했다. 소녀는 손목에 묶인 끈을 풀려고 안간힘을 쓰고 있었지만, 소녀의 목에 이중으로 묶은 고리 때문에 너무 몸부림을 치면 목이 졸려 죽을 수 있었다. 소녀는 욕설을 퍼붓고 소리를 지르면서 자신의 주위를 반원으로 둘러싼 여덟 명의 엘리트 알파 팀 특공대에게 침을 뱉었다. 마토린은 소녀의 발목을 땅에 고정시키고 넓게 벌린 두 다리 사이에 쭈그려 앉아 소녀가 몸부림을 치는 모습을 지켜봤다. 그는 손을 뻗어서 모래투성이인 소녀의 발을 잡고 어루만졌다. 이교도의 손길에 소녀는 비명을 지르고 고함을 치며 언덕에 숨어 있는 동료 전사들에게 나와서 자기를 구해달라고 소리를 질렀다.

소녀는 누군가가 자신의 발을 만지는 것에 그렇게 발끈할 필요가 없었다. 그것은 시작에 불과했으니까. 그 후 15분 동안 마토린은 단검으로 조심스럽게 소녀의 옷을 잘라 벗기고 소녀가 쓰고 있던 히잡도 벗겼다. 소녀는 바람에 부드럽게 부풀어 오르는 덮개 밑에서 먼지바닥 위에 반듯하게 누워 있었다. 군인 하나가 소녀의 얼굴 위에 물을 부어서 깨끗이 씻겼지만, 소녀는 그에게 침을 뱉으면서 묶인 몸을 버둥거렸다. 마토린이 등 뒤로 손을 뻗어서 길이 60센티미터에, 가장자리가 우아하게 곡선이 지고, 갈아서 날이 시퍼렇게 선 T자 모양의 칼날이 있는 카이버 나이프를 칼집에서 꺼냈다.

거기서부터 100미터 정도 위에 있는 바위투성이 산비탈의 큰 바위 뒤에 몸을 바짝 붙인 아프가니스탄 10대 소년 하나가 그의 AK-47 소총을 내려놓고 바위 주위를 기웃거렸다. 소년은 커다랗고 얼룩덜룩한 초록색 헬리콥터(소년은 그걸 악마로만 알고 있었다)가 땅에 있고, 그 헬리콥터의 정지된 회전날개가 축 늘어져 있는 걸 볼 수 있었다. 소년은 부풀어 오르는 덮개 밑에 사람들이 동그랗게 모여 있는 걸 봤다. 희미하게 들리는 강물 소리와 바위 사이를 스치는 바람 소리에 섞여 계곡 밑에서 또 다른 소리가 들려왔다. 날카롭고 비통한 소리, 젊은 여자의 비명 소리가 끝도 없이 들려왔다. 소년은 기도를 하면서 사라졌다. 그는 저 밑에 이교도 러시아인들보다 더 무시무시한 뭔가가 있다는 걸 알았다.

그날부터 마토린은 그의 부하들로부터 별명을 하나 얻었다. 적어도 그가 그 칼로 하는 짓을 계속 지켜볼 수 있었던 부하들에게. '카이버'가 삶은 달걀 같은 눈으로 도미니카를 내려다보면서, 그녀의 발에서 손을 떼고 말했다. "옷 입어." 그녀는 반야 삼촌과 약속이 잡혀 있었다.

유스티노프의 파테

닭의 간, 판체타(pancetta, 이탈리아식 베이컨-옮긴이), 마늘을 설탕에 졸인 후에 브랜디를 프라이팬에 한 번 두른다. 졸인 재료들을 다진 것 위에 파슬리, 케이퍼(caper, 향신료-옮긴이), 작은 양파, 레몬 껍질, 레몬주스와 올리브오일을 섞어 맛을 낸다. 거기에 올리브오일을 좀 더 넣는다. 토스트 위에 요리를 얹고 레몬과 곁들여 낸다.

5

유스티노프가 살해된 후, 반야 삼촌이 도미니카를 야세네보로 호출했다. 그녀는 SVR 본부로 올라가는 간부용 엘리베이터들이 있는 곳까지 호위를 받았다. 엘리베이터 안에는 방패 위에 별과 지구본이 있는 SVR 문장이 있었다. 도미니카는 아직도 입에서 구리 맛이 났고, 유스티노프의 피가 미끈거리는 느낌이 몸에 남아 있었다. 일주일 동안 그녀는 끝나지 않는 공포와 싸우면서 잠을 자려고 했지만 허사였고, 자신의 젖가슴과 배의 피부를 벗겨내고 싶은 소름끼치는 충동에 저항해야 했다. 이제 악몽은 희미해져가고 있었지만 그녀는 아프고, 우울한 데다, 철저히 이용당한 사실에 격분해 있었다. 그때 반야 삼촌이 오라는 지시를 내렸다.

도미니카는 한 번도 야세네보에 가본 적이 없었고, SVR 본부에도 가본 적이 없었을 뿐더러, 간부들이 있는 4층에는 발을 들여놓은 적도 없었다. 그곳에는 죽음 같은 고요가 흘렀다. 복도 저편으로 보이는 닫힌 문들 뒤에서는 아무 소리도 나오지 않았다. 도미니카는 에어브러시(airbrush, 압축 공기를 이용하여 도료나 그림물감을 안개 상태로 내뿜어서 칠하는 기구-옮긴이)로 수정한 초상화들(초상화 하나하나에 스포트라이트가 켜져 있었다)을 지나쳐서 걸어갔다. 엘리베이터에서 간부들의 사무실까지 붉은 카펫이 깔려 있었고, 복도 한쪽에는 전 KGB 위원장의 초상화들이 줄줄이 걸려 있었다. 안드로포프, 페도르추크, 체브리코프, 크류치코프. 베를린, 헝가리, 체코슬로바키아, 아프가니스탄. 반대쪽 벽에는 SVR의 새 지도자들의 초상화가 걸려 있었다. 프리마코프, 트루브니코프, 레베데프, 프랏코프. 체첸 공화국, 조지아, 우크라이나. 이들은 다 천국에 있을까? 아니면 지옥에 있을까? 그 늙은 남자들의 시선을 받으며 도미니카는 복도를 걸어갔다.

오른쪽에 국장 사무실의 인상적인 문이 보였다. 왼쪽에 똑같은 문이 있었고 그 안에는 부국장 사무실이 있었다. 도미니카는 안내를 받아 사무실로 들어갔다. 윤이 반짝반짝 흐르는 옅은 색깔의 큰 목재 책상 뒤에 반야 삼촌이 앉아 있었다. 책상 위에는 두꺼운 유리가 깔려 있었다. 그의 앞에 있는 붉은 가죽 장부를 제외하면 책상 위에는 아무것도 없었다. 책상 뒤에 있는 캐비닛 위에는 흰색 전화기들이 있었다. 진한 파란색 카펫이 깔린 큰 사무실에는 편안한 소파가, 그 반대쪽엔 의자들이 있었고, 그 옆엔 통유리로 된 전망창이 세 개 있었는데 창밖으로 소나무 숲의 환상적인 풍경이 보였다. 화창한 날이었고 겨울 햇빛이 사무실로 흘러들어 오고 있었다.

반야가 도미니카에게 앉으라고 손짓했다. 그는 그녀를 주의 깊게 살펴봤다. 그녀는 어두운 파란색 스커트에 빳빳하게 다린 흰 셔츠를 입고, 얇은 검은색 벨트를 허리에 차고 있었다. 무척 아름다웠지만 눈 밑에 다크서클이 드리워져 있었고 안색이 몹시 창백했다. 유스티노프 작전에 도미니카를 써먹은 건 신의 한 수였다. 그녀가 그렇게 극단적인 경험을 하게 된 게 애석할 따름이었다. 크렘린에서 유스티노프의 입을 다물게 하라는 긴급 명령이 떨어진 시기와 도미니카가 발레 아카데미를 나오고 아버지가 갑자기 돌아가신 시기가 맞아떨어진 건 그녀가 운이 없었기 때문이다.

둘 다 아무 말도 하지 않았다. 보고서에 따르면 도미니카는 아주 훌륭하게 연기해서 유스티노프를 매료시켜 바지를 벗겼다. 유스티노프가 경호원들까지 물러나게 해서 마토린이 목표에 접근할 수 있는 기회를 준 것이다. 도미니카가 히스테리 발작을 일으키진 않았지만, 반야는 그녀가 조금 힘들었을 것이라고 짐작했다. 마토린은 풋내기가 받아들이기엔 좀 센 인물이었다. 도미니카는 그 모든 걸 극복해낼 것이다.

"도미니카, 작전을 훌륭하게 해냈다니 칭찬해주고 싶구나." 반야가 말했다. 그는 책상 건너편에서 조카딸을 차분하게 바라봤다. "힘들었을 줄 안다. 네겐 충격이었겠지." 그는 몸을 앞으로 기울였다.

"이제 다 끝났다. 넌 그 불쾌한 일을 잊을 수 있을 거야. 물론, 이 일을 누구에게도 발설하지 말아야 하는 너의 의무와 '책임'은 따로 말해주지 않아도 되겠지."

어머니가 반야 삼촌과 같이 있을 때는 항상 조심해야 한다고 말했지만 도미니카는 약이 바짝 올랐다. 목이 조여드는 걸 느낀 도미니카가 반야의 주위를 감싸고 있는 노란 실안개를 봤다. 그녀의 목소리가 떨렸다.

"그걸 단순히 '불쾌한 일'이라고 하시는군요. 전 바로 제 얼굴 앞에서 한 남자가 살해되는 걸 지켜봤어요. 삼촌도 알다시피 우린 다 벗고 있었고, 그 남자는 제 몸 위에 있었다고요. 제 몸은 그의 피로 뒤덮였고, 제 머리카락엔 그 남자의 피가 엉겨 붙었어요. 아직도 그 피 냄새를 맡을 수 있단 말이에요." 도미니카는 삼촌의 눈을 보고 그가 불안해하는 걸 알았다. '조심하자.' 그녀는 생각했다. 그 불안 밑에 분노도 깔려 있었다. 그녀의 목소리가 다시 부드러워졌다. "작은 부탁이라고 하셨잖아요, 단순한 일이라고. 제가 삼촌 일을 돕게 될 거라고." 도미니카가 미소를 지었다.

"그 남자가 정말 뭔가 엄청난 짓을 했나 보죠, 삼촌이 그를 죽여야 했던 걸 보면."

이런 시건방진 아이를 봤나. 반야는 도미니카와 같이 정치나 푸틴의 유독한 나르시시즘을 논하지도 않을 것이고, 다른 재벌들을 위해 유스티노프를 본보기로 삼을 필요가 있었다는 말도 하지 않을 것이다. 아니, 그가 조카딸을 부른 건 두 가지 이유 때문이었다. 그는 도미니카의 심리 상태를 평가하고, 그녀가 계속 입을 다물고 있을지, 그녀가 그 사건을 뒤로 하고 트라우마를 극복할 수 있을지를 판단하기 위해서였다. 그리고 이 첫 번째 질문에 대한 답에 따라 두 번째 선택을 고려해봐야 했다.

만약 도미니카가 이성을 잃은 채 의자에서 벌떡 일어서서 그의 말을 듣지 않으려 한다면 그녀는 살아서 이 건물을 나갈 수 없다. 마토린이 그녀를 처리할 것이다. 그녀는 깨닫지 못했을지 모르겠지만, 도미니카는 푸틴의 적들이 들으면 아주 기쁜 마음으로 온 세상에 떠들어댈 정치적 암살의 목격자이다. 만약 그런 일이 일어나면 그는 끝장이다. 지금 정부의 어떤 부서들이 유스티노프의 죽음을 사업상의 경쟁자가 벌인 소름끼치는 살인으로 위장하고 있는 중이다. 사실 모두 진실을 알고 있었다. 이미 예상한 일이었으니까. 하지만 파란 파베르제 같은 눈동자에 95C컵 가슴의 스물다섯 살 먹은 조카딸이 나서서 자신이 아주 유리한 위치에서 본 걸 말한다면 푸틴을 반대하는 언론은 절대 가만있지 않을 것이다.

하지만 만약 도미니카가 스스로를 잘 통제하고 있는 것처럼 보인다면, 그 입을 계속 다물고 있을 수 있게 조치들을 취할 것이다. 반야의 정치적 안녕은 앞으로 그녀가 어떻게 하느냐에 달려 있었다. 그는 도미니카를 첩보부로 데려와서 그녀를 영원히 감시하고 통제하기로 마음을 먹었다. 그렇게 하는 건 어렵지 않을 것이다. 기록 보관소에서 서류를 정리하는 일을 시키면 된다. 그녀의 소재가 항상 파악될 것이고, 교육을 받게 될 것이고, 근무 절차와 규정들을 배우게 될 것이다. 그러면 그들은 그녀를 감시할 수 있다. 성적에 따라(그는 큰 기대는 하지 않았다) 여러 부서 중 하나에서 사무직을 맡게 될 것이고, 어쩌면 어떤 장군의 바깥 사무실에 있는 장식품이 될 것이다. 어쩌면 나중엔 해외에 파견 근무를 보내 아프리카나 남미에 있는 레지덴투라(rezidentura, 해외 첩보부—옮긴이)에 숨길 것이다. 5년 후에는(그때쯤이면 그가 국장이 되겠지) 그녀를 징계면직시켜서 쫓아낼 수도 있을 것이다.

반야는 부드럽게 말했다. "도미니카, 국가에 충성을 다하고, 최선을 다

해 봉사하는 건 너의 의무야. 넌 극히 신중하게 처신해야 해. 그건 무슨 일이 있더라도 지켜야 한다. 이 일 때문에 우리 사이에 문제가 생길 것 같니?" 반야는 그녀에게서 눈을 떼지 않으면서 담뱃재를 떨었다.

지금 이 순간 그녀의 남은 인생이 결정될 것이다. 반야의 머리 주위를 떠돌던 노란색 안개가 좀 더 짙어지는 게 마치 그 속으로 피가 번져가는 것 같았고, 그의 음색이 변하면서 날이 섰다. 도미니카는 텔레파시처럼 순간적으로 그걸 깨달으면서 어머니가 속삭이던 말을 기억해냈다. '참아, 얼음이 되는 거야.' 그녀는 그렇게 생각하면서 삼촌을 올려다봤다. 그녀는 이제 그를 혐오하는 동시에 두려워하기 시작했다. 둘의 눈이 마주쳤다.

"제가 신중하게 처신할 거라고 믿으셔도 돼요." 도미니카는 딱딱한 목소리로 말했다.

"그럴 줄 알았다." 반야가 말했다. 도미니카는 영리하다. 반야는 그녀의 본능이 작동하는 걸 지켜봤고, 그녀에겐 센스가 있었다. 이제 사탕을 하나 던져줘야지. "네가 아주 잘 해내서 제안을 하나 하겠다." 그는 의자에 등을 기대고 새 담배에 불을 붙였다.

"우리 첩보부에서 일을 해보지 않겠니? 여기서 나와 같이 일하면 좋겠구나."

도미니카는 계속 무표정한 얼굴로 있으려고 애를 썼다. 반야가 자신의 얼굴에서 반응을 찾고 있는 걸 보자 만족스러웠다.

"여기요? 그 생각은 한 번도 안 해봤는데." 도미니카가 말했다.

"지금 너에게 좋은 기회가 될 거야. 안정적인 직장에 들어가서 연금을 차곡차곡 부을 수 있지. 만약 네가 여기 들어온다면 네 어머니가 그 아파트를 계속 유지하는 건 내가 보장하마. 게다가 네가 직업으로 뭘 하겠니? 댄스 교사 같은 거?" 반야는 책상 위에 올려놓은 두 손을 맞잡았다.

도미니카는 저 책상 위에 있는 연필로 그의 셔츠의 어디를 찍어버릴지 마음속으로 표시해뒀다. 그녀는 눈을 내리깔고 침착한 목소리를 유지했다. "어머니를 돕는 건 중요하죠." 그녀가 말했다. 반야는 당연하다는 뜻으로 손을 까닥였다.

"여기서 일하는 건 이상할 것 같아요." 도미니카가 한마디 덧붙였다.

"그렇게 이상하지 않아. 그리고 우린 같이 일할 수 있어." 반야가 말했다. 그가 한 말들이 그의 위에서 둥둥 떠다니면서 햇빛과 섞여 색깔이 변했다. '물론 그러시겠지, 하찮은 말단 직원이 부국장과 매일 긴밀하게 협조할 수 있겠지.' 도미니카는 생각했다.

"전 어떤 일을 맡게 될까요?" 도미니카가 말했다. 그녀는 이미 그 대답을 짐작할 수 있을 정도로 지금 이 상황을 충분히 파악하고 있었다.

"물론 넌 바닥부터 시작해야겠지. 하지만 이곳 일들은 다 아주 중요한 역할을 담당하고 있다. 기록, 조사, 기록 보관 등. 정보 조직이란 정보를 어떻게 관리하느냐에 따라 생사가 갈리는 법이야." 물론, 그들은 그녀를 깊은 지하실에 가두고 싶은 것이다.

"제가 그런 방면으로 아는 게 있는지 모르겠어요. 잘할 수 있을 것 같지 않아요." 도미니카가 말했다. 반야는 치미는 짜증을 숨겼다. 그는 이 비너스 조각상 같은 조카에 대해 할 수 있는 선택이 단 두 가지밖에 없었다. 점심을 먹기 전에 마토린이 그녀를 없애거나, 아니면 그녀를 이 첩보부로 데려와서 자신의 통제 하에 두거나. 그 중간은 받아들일 수 없었다. 그녀가 모스크바 거리를 활보하면서 분노를 점점 키우다가 복수하려는 생각까지 하게 놔둘 수는 없었다.

"넌 금방 배우게 될 거야. 이건 상당히 중요한 일이야." 반야가 말했다. 그는 이제 이 멍청한 년을 설득하려고 애를 쓰는 처지가 되고 말았다.

"전 다른 부서에 관심이 생기는데요." 도미니카가 말했다. 반야가 여전히 두 손을 맞잡은 채 꼼짝도 하지 않고 책상 너머로 그녀를 바라봤다. 그녀는 허리를 꼿꼿이 세우고, 머리를 똑바로 든 채, 고통스런 얼굴로 앉아 있었다. 반야는 아무 말도 하지 않고 기다렸다.

"해외 첩보 아카데미에 훈련생으로 들어가고 싶어요."

"AVR 아카데미 말이군. 정보국 장교가 되고 싶은 거냐?" 반야가 천천히 말했다.

"네, 전 잘할 것 같아요. 삼촌도 제가 유스티노프의 신뢰를 얻는 데 아주 잘 해냈다고 하셨잖아요." 도미니카는 자신의 의사를 강조하기 위해 유스티노프 이야기를 꺼냈다. 반야는 3분 만에 세 번째 담배에 불을 붙였다. 비서들을 빼면 과거 KGB 제1총국에서 여자는 두세 명밖에 없었고, 그 중 하나는 상임 간부회 소속인 아주 사나운 여자였다. KGB 상급 학교나 안드로포프 협회나 현재 AVR에 여자 입학생은 하나도 없었다. 첩보 작전에 참여한 여자라곤 레지덴투라에 근무하는 장교들의 아내들과 첩보원들의 포섭 대상들을 유혹하는 훈련을 받은 '스패로우(sparrow, 참새-옮긴이)'들밖에 없었다.

하지만 30초라는 짧은 시간에 반야 예고로프는 번개같이 계산했다. AVR 후보로서 조카딸은 그가 생각했던 것보다 훨씬 더 극심한 통제를 받게 될 것이다. 앞으로 일정 기간 동안 그녀의 성적, 태도, 행방은 계속 감시받을 것이다. 그녀는 오랫동안 모스크바 밖에 나가 있게 될 것이고, 만약 그녀가 훈련 도중 방황하다 입을 열고 싶은 유혹이 든다면 첩보부의 징계를 받게 될 것이다. 그녀의 해고, 심지어 투옥까지도 펜 한 번 놀리면 끝난다.

그보다 더 넓은 시각에서 보면 그녀를 아카데미 후보로 넣어서 정치적 이득도 볼 수 있다. 그는 역사상 처음으로 현대 SVR의 공식적인 훈련에 여자(운동도 잘하고, 교육을 받았고, 여러 언어를 유창하게 하는 여자)를 참여시키기로 선택한, 앞서가는 사고를 하는 부국장이 될 것이다. 크렘린에 있는 보스들은 그것이 홍보 차원에서 가져다주는 이득을 알게 될 것이다.

도미니카는 책상 건너편에서 반야가 머리 굴리는 걸 꿰뚫어 보고 있었다. 그는 마지못해 그녀의 제안에 동의하면서도 엄중한 경고를 날릴 것이다.

"넌 아주 큰 요구를 하는구나. 거기 들어가려면 시험도 쳐야 하고, 합격률도 낮고, 들어간다 해도 길고 힘든 훈련을 받아야 해." 반야는 의자를 돌려 전망창 밖을 보면서 그녀의 제안을 고려해봤고, 마침내 결정했다.

"이 길에 몸을 바칠 각오는 하고 있니?" 반야가 물었다.

도미니카는 고개를 끄덕였다. 물론 확신은 없었다. 하지만 그것은 도전이 될 것이고, 거기에 마음이 끌렸다. 그녀는 또한 국가의 충성스런 시민이고, 국가를 사랑했다. 그녀는 러시아 최고의 조직 중 하나에 들어가고 싶었고, 심지어 거기에 공헌할 생각도 있었다. 유스티노프를 죽인 건 역겨운 일이었지만, 마찬가지로 하룻밤이라는 짧은 시간 안에 그녀는 자신이 은밀한 작업을 감당할 수 있으며, 자신에게 그런 두뇌와 용기와 불굴의 의지도 있다는 걸 알게 됐다.

그리고 다른 동기도 있었다. 뚜렷하진 않지만 뭔가가 가슴속에서 서서히 쌓여가고 있다는 걸 도미니카는 알고 있었다. 그들이 그녀를 이용했다. 이제 그녀는 이 시스템과 국민들을 악용하는 그들의 세계에 침입하고 싶었다. 그녀는 아버지가 이 일을 어떻게 생각할지 궁금했다.

"고려해보마." 반야는 의자를 다시 앞으로 돌려 도미니카를 보면서 말했다. "만약 내가 네 이름을 후보로 올려서 뽑히면 너의 AVR 성적은 나와 우리 모든 가족에게 반영될 거야. 그건 알고 있겠지?" 아주 기똥찬 말이군. 이렇게 가족을 걱정하는 양반이 유스티노프에게 그녀를 냅다 던져주시나.

도미니카는 "삼촌의 명성은 확실히 지켜드리겠습니다"라고 말할 뻔했지만 분노를 참으면서 다시 고개를 끄덕였다. 이제 아카데미에 들어가고 싶은 마음이 더 확실해졌다. 반야가 일어섰다.

"아래층에 가서 점심 먹지 않을래? 오늘 오후에 내 결정을 말해주마." 반야는 국장에게 그 문제를 승인받을 것이고(부드럽게 설득해서) AVR 아카데미 교장은 협박을 해야 할 것이다(아주 즐겁게). 하지만 도미니카의 자리는 나올 것이고, 그 일은 그걸로 끝나고, 그녀에 대한 문제는 해결될 것이다. 도미니카가 나갔을 때 반야는 수화기를 들고 잠깐 통화를 했다.

도미니카는 다시 직원의 안내를 받아 엘리베이터로 갔다. 과거 위원장들은 모두 얼굴에 엷은 미소를 띠고 있는 것처럼 보였다. 거대한 구내식당에서 도미니카는 치킨 키에프와 생수 한 병을 주문했다. 식당은 상당히 붐벼서 빈자리를 찾아야 했다. 그녀는 중년 여자 두 명이 반대쪽 끝에 앉아 있는 테이블 하나를 발견했다. 그 여자들은 방문객 배지를 단 지친 눈빛의 젊고 아름다운 여자를 봤지만 아무 말도 하지 않았다. 도미니카는 먹기 시작했다. 빵가루를 살짝 묻혀 노릇하게 튀긴 닭고기는 맛있었다. 두툼하게 튀긴 닭고기에서 버터가 뚝뚝 흘렀다. 진한 마늘과 사철쑥 맛이 났다. 그 닭고기가 유스티노프의 목으로 변하고 버터 소스가 주황색으로 변했다. 도미니카는 떨리는 손으로 나이프와 포크를 내려놨다. 그녀는 눈을 감고 구역질이 치미는 걸 참았다. 같은 테이블에 앉아 있던 두 여자가 그녀를 보고 있었다. 매일 보는 그런 광경이 아니니까. 그 여자들은 지금 그들의 상태가 얼마나 정상인지 모르고 있었다.

도미니카는 고개를 들었다가 검은 소용돌이를 봤다. 세르게이 마토린이 그녀 맞은편에 앉아, 그릇 위로 고개를 숙이고, 스푼으로 수프를 떠서 입에 넣고 있었다. 그는 마치 시냇물을 마시는 사이에도 먹잇감에서 눈을 떼지 않는 늑대처럼 수프를 먹으면서 죽은 눈을 깜빡이지도 않은 채 그녀를 보고 있었다.

SVR 구내식당의 치킨 키에프

조정버터(식물성 유지를 혼합한 버터—옮긴이)에 마늘, 사철쑥, 레몬주스와 파슬리를 섞어서 차게 식힌다. 닭 가슴살을 두드려 펴서 제병처럼 얇게 만든다. 그걸 엄지손가락 크기로 자른 조정버터에 굴렸다가 끈으로 묶는다. 거기에 간을 한 밀가루 옷을 입히고, 달걀 물에 담갔다가, 빵가루를 입힌다. 노릇하게 갈색이 될 때까지 튀긴다.

6

도미니카는 아버지의 장례식을 치르고 얼마 후에 SVR의 해외정보 아카데미(AVR)에 입학했다. 그 학교는 냉전을 치르는 동안 몇 번 이름이 바뀌었다. 처음에는 '상급 정보 학교'였다가 '붉은 깃발 협회'를 거쳐 AVR로 정착했지만 베테랑들은 그곳을 그냥 '101 학교'라고 불렀다. 수십 년 동안 이 학교의 본 캠퍼스는 모스크바 북쪽 첼로테보라는 마을 근처에 있었다. AVR로 개명되면서 이 학교는 현대화됐고, 교육과정은 간소해졌으며, 합격 기준은 자유화됐다. 캠퍼스는 고리키 고속도로에서 25킬로미터 정도 달리면 나오는 시내 동쪽의 울창한 숲 속 빈터에 있었다. 그래서 그곳은 이제 '25킬로미터' 혹은 그냥 '숲'이라고 불렀다.

초기 몇 주 동안 잔뜩 긴장하면서도 흥분한 도미니카(유일한 여자)와 수십 명의 신입생들이 유리창이 어둡게 코팅된 덜컹거리는 버스를 타고 모스크바와 근교의 여러 곳을 다녔다. 그들은 연구소들, 실험실들, 혹은 '피오니르 청년단 캠프'라는 곳으로 등록된 이름도 모르는 특색 없는 시설들의 금속 출입문 안으로 들어갔다. 매일 매일이 첩보부, 역사, 냉전과 소비에트연방의 역사에 대한 강의들로 꽉 차 있었다.

과거 KGB 학교에 들어가는 데 필요한 주된 자질이 소련 공산당에 대한 충성 서약이었던 반면, 현대 SVR에 들어가려면 훈련생들은 러시아연방에 대한 충성과 내부와 외부의 적들로부터 조국을 지키기 위해 전념하는 정신 자세가 요구됐다.

1차 세뇌를 받던 시기에 훈련생들은 소질뿐 아니라 예전의 KGB라면

'정치적 신뢰성'이라고 했을 덕목에 대한 평가를 받았다. 도미니카는 토론 수업과 글을 쓰는 과제에서 탁월한 기량을 발휘했다. 그녀의 독립적인 성향과, 오랫동안 써온 좋은 표현과 격언 들을 참을 수 없어하는 기미가 보이긴 했다. 한 교관은 예고로바 후보생에게 질문을 하면 답을 말하기 전에 잠깐 머뭇거리는 버릇이 있는데 '마치 그렇게 대답을 해야 하는 건지 고민하는 것처럼 보였지만 그래도 항상 정답을 댔다'고 보고서에 썼다.

도미니카는 그들이 무슨 말을 듣고 싶어 하는지 알고 있었다. 책과 칠판에 있는 구호들의 색깔은 만화경처럼 변화무쌍한 색깔들이었고 쉽게 분류해서 암기할 수 있었다. 공산주의 이론들, 충성, 국가 수호. 그녀는 러시아의 엘리트 집단, 과거엔 칼과 방패였고 현재는 지구본과 별의 일원이 될 후보였다. 도미니카의 지나치게 이상적이고 충성스러운 이데올로기 때문에 자유로운 사고를 가진 그녀의 아버지는 몸서리를 치기도 했었다. 그녀는 이제 그걸 알고 있었다. 그리고 더 이상 그 이데올로기를 '전적으로' 받아들이지 않았다. 그래도 그녀는 여전히 잘 해내고 싶었다.

2차 교육이 시작됐다. 소나무들과 자작나무들로 둘러싸인 비스듬한 타일 지붕에 길고 낮은 건물들로 구성된 25킬로미터 캠퍼스를 돌아다니면서 수업이 계속됐다. 건물들 사이에 넓은 잔디밭들이 있었고, 건물 뒤편의 운동장으로 통하는 자갈길들이 나 있었다. 이 캠퍼스는 고르코프스코예 4차선 도로에서 1킬로미터 떨어진 곳에, 주위의 나무들 사이에서 튀지 않도록 초록색 페인트를 칠한 키가 큰 말뚝 울타리를 놓아 1차로 출입을 차단해놓고 있었다. 이 '숲의 담장'을 지나 숲 속으로 3킬로미터 정도 들어오면 거기에 또다시 철조망 두 개가 둘러쳐져 있는데, 그 1차와 2차 울타리 사이를 검은 벨지앙 말리누아(Belgian Malinois, 벨기에산 목양견, 경찰견-옮긴이)들이 자유롭게 뛰어다녔다. 작은 교실들의 유리창에서도 뛰어다니는 개들을 볼 수 있었고, 밤이면 2층 기숙사 방에서 개들이 헐떡거리는 소리를 들을 수 있었다.

　도미니카는 기숙사에 있는 유일한 여자로 학교에서 복도 끝에 있는 1인용 침실을 그녀에게 배정해줬지만, 그래도 열두 명의 남자들과 화장실과 샤워실을 같이 써야 했다. 그 말은 그녀가 아침과 저녁마다 남자들이 없는 조용한 때를 찾아야 한다는 뜻이었다. 대부분의 동급생들은 러시아 국회나 군대, 또는 크렘린과 관련이 있는 특권층의 아들들인데 행실이 불량하지는 않았다. 영리한 학생들도 있었고, 아주 뛰어난 학생들도 있었고, 별로 그렇지 못한 이들도 있었다. 과거에 원하는 건 뭐든 가졌던 용감한 남학생 몇 명이 샤워 커튼 뒤에 비치는 그녀의 실루엣을 보고 모든 걸 걸고 한번 덤벼보기로 했다.

　어느 늦은 밤 욕실에서 도미니카는 샤워 부스 밖에 있는 고리에 걸어놓은 수건을 집으려고 손을 뻗었다. 수건이 사라졌다. 그때 노보시비르스크 출신의 엷은 갈색 머리에 체격이 건장한 동급생 하나가 좁은 샤워 부스 안으로 들어와 뒤에서 도미니카의 허리를 안았다. 그녀의 얼굴을 샤워 부스 벽에 밀어붙이고 그녀의 젖은 머리에 코를 대고 비빌 때, 도미니카는 그가 벌거벗고 있는 걸 느낄 수 있었다. 그는 뭐라고 알아들을 수 없는 말을 중얼거리고 있었다. 그의 색깔이 보이지 않았다. 그는 좀 더 세게 도미니카를 벽으로 밀어붙이면서 그녀의 허리에 감았던 손 하나를 풀어 그녀의 젖가슴을 잡았다. 그가 그녀의 젖가슴을 힘껏 쥐자 도미니카는 자신의 심장이 쿵쿵 뛰는 걸 그가 느낄 수 있을지, 자신이 숨을 쉬는 걸 그가 느낄 수 있을지 궁금했다. 그녀의 뺨은 샤워 부스의 흰색 타일에 눌려 있었는데 그 뺨의 색깔이 햇빛에 내놓은 프리즘처럼 변하면서 짙은 붉은색으로 변하는 걸 느낄 수 있었다.

　끝으로 갈수록 점점 가늘어지는 8센티미터 길이의 찬물 수도꼭지는 항상 느슨하게 풀려 있었다. 도미니카가 그걸 잡고 흔들자 마침내 쑥 빠졌다. 그녀는 물에 젖어 미끄러운 몸을 돌리고 헐떡거리며 그를 바라봤다. 이제 그가 그의 가슴으로 도미니카의 젖가슴을 누르고 있는 상황이었다. "기다려, 기다리라고." 도미니카가 조여드는 목으로 외쳤다. 그가 미소를 짓고 있는 동안 도미니카가 수도꼭지 손잡이의 날카로운 부분을 그의 왼쪽 눈에 확 내리꽂았다. 고통과 극심한 공포가 섞인 그의 토할 것 같은 초록색 비명이 그녀를 엄습하는 사이에 그는 자신의 얼굴을 움켜쥔 채 벽에서 죽 미끄러져 내리면서 무릎을 세워 앉았다. "기다리라고." 도미니카는 그를 내려다보면서 다시 이렇게 말했다. "내가 잠깐만 기다려달라고 했잖아."

AVR의 비밀 검토 위원회에서 '강간 기도에 대한 정당방위'로 판결을 내렸다. 이제 노보시비르스크에는 외눈박이 버스 차장이 하나 생겼고, 검토 위원회에서는 도미니카를 퇴학시키라는 권고안을 내놓았다. 도미니카는 자신은 아무 죄가 없다고 반박했다. 여자 한 명과 남자 두 명으로 구성된 그 위원회는 그녀를 위아래로 훑어보면서 계속 무표정한 얼굴로 있었다. 그들이 다시 그녀를 엿 먹일 작정인 것이다. 발레 아카데마, 유스티노프, 이제 AVR까지. 도미니카는 위원회에 정식으로 항의하겠다고 말했다. 누구에게 불평할 건데? 하지만 그 사건에 대한 소문이 야세네보와 예고로프 부국장에게 들어갔다. 예고로프가 전화기에 대고 퍼부은 상스러운 욕설을 도미니카가 봤다면 갈색 당밀이 수화기에서 흘러나오는 걸 봤을 것이다. 그들은 도미니카에게 보호 관찰 하에 다시 한 번 그녀에게 기회를 주기로 결정이 내려졌다고 말했다. 그때부터 같은 반 학생들은 그녀를 무시하고, 피했다. 왕따가 된 그녀는 꼿꼿이 등을 세우고 숲 속에 있는 건물들 사이를 우아하게 걸어 다녔지만 걸음걸이에서 아주 미세하게 절뚝이는 게 보였다.

AVR의 3차 교육이 시작됐다. 훈련생들은 플라스틱 의자들이 있고 자갈로 만든 방음 타일이 벽에 붙은 교실로 줄지어 들어갔다. 교실 천장에는 투박한 프로젝터들이 걸려 있었다. 이중 창유리 사이에 죽은 파리들이 무더기로 쌓여 있었다. 이어서 세계 경제, 에너지, 정치학, 제3세계, 국제 문제, 그리고 '전 세계적인 문제들'을 가르치는 교관들이 들어왔다. 그리고 미국에 대해 가르치는 교관도 왔다. 이제 미국에게 주적이라는 호칭은 쓰지 않지만 미국은 여전히 러시아의 가장 큰 경쟁자였다. 그런 관점은 러시아가 강대국인 미국과 동등한 지위를 유지하기 위해 할 수 있는 최선이었다. 미국에 대한 강의들은 특히 날이 서 있었다.

미국인들은 러시아를 대수롭지 않게 여기고, 무시하고, 러시아를 조종하려고 '노력'했다. 워싱턴은 최근에 치른 여러 선거에 개입했지만 다행히 아무 성과도 이루지 못했다. 미국은 러시아 반체제 인사들을 지원하고, 러시아를 재건하는 이 민감한 시기에 그들의 파괴적인 행동을 독려하고 있다. 미국 군대는 발트해에서 동해까지 이어져 있는 러시아 통치권에 도전했다. 아무것도 다시 조정할 필요가 없는 상황에서 최근 미국이 러시아와의 관계를 '재조정'하는 정책을 실시한 것은 러시아를 모욕한 것이다. 로디나, 즉 러시아는 존경을 받아 마땅하다. 만약, SVR 요원으로서 도미니카가 미국인을 만나게 된다면 그녀는 그에게 그 점을 분명하게 할 것이다.

아이러니한 점은 미국은 쇠퇴하고 있으며 더 이상 강대국이 아니라는 점이라고 교관들이 말했다. 미국은 감당할 수 없을 정도로 수많은 전쟁들을 치렀고, 경제적으로 어려움을 겪고 있으며, 소위 평등한 나라라고 일컬어지던 그곳이 이제는 계급투쟁, 이데올로기들의 충돌로 인해 유독해진 정치 때문에 분열돼 있다고 했다. 그리고 어리석은 미국인들은 질주하는 중국을 통제하기 위해 러시아가 필요할 것이라는 점을 아직까지 깨닫지 못하고 있었다.

하지만 미국인들이 러시아를 얕잡아 보고 러시아와 겨루려 한다면 그들은 그 위력에 놀라게 될 것이다. 교실에 있던 한 학생이 그 의견에 동의하지 않았다. 그는 과거의 '동방과 서방'이라는 개념은 한물간 것 같다는 의견을 제시했다. 게다가 러시아는 냉전에서 패배했고 그 사실을 극복해야 한다고 했다. 순간 교실이 조용해졌다. 또 다른 학생 하나가 일어섰는데 눈이 이글이글 불타오르고 있었다. "러시아는 분명 냉전에서 지지 않았습니다. '냉전은 결코 끝나지 않았으니까요.'" 그가 말했다. 도미니카는 진홍색 글자들이 천장으로 올라가는 걸 봤다. 좋은 말이고, 강한 말이다. 흥미롭군. 냉전은 결코 끝나지 않았다니.

그 후 얼마 못 가서 도미니카는 반의 다른 학생들과 분리됐다. 영어 회화나 프랑스어 회화는 직접 가르칠 수도 있을 만큼 실력이 뛰어나서 그녀는 언어 수업을 들을 필요가 없었다. 그렇다고 곧바로 행정 업무 수업으로 떠밀려 들어간 것도 아니었다. 도미니카의 잠재력을 알아본 교관들이 그점을 AVR 관리자들에게 전했고, 그들이 결국 야세네보에 연락해서 도미니카 예고로바(부국장의 조카딸)를 작전 실습 훈련에 참여시키게 해달라고 요청했다. 그녀는 SVR에서 훈련받은 아주 희귀한 여성 요원이 되는 것이다. 그 요청에 대한 승인은 즉시 떨어졌다.

도미니카는 이 게임의 정수인 본격적인 작전 훈련으로 들어갔다. 그녀는 교육과정의 특수 단계이자 아카데미의 최종 단계인 '번데기 단계'로 들어갔다. 시간이 쉴 없이 흘러갔다. 그녀가 의식도 하지 못하는 사이에 계절이 바뀌는 것 같았다. 수업들, 강의들, 연구소들, 면접들이 정신없이 몰아닥쳤다.

처음에는 말도 안 되는 과목들로 시작됐다. 사보타주, 폭발물 설치, 잠입과 같은 과목들을 배웠다. 이 과목들은 스탈린이 열변을 토하고 2차대

전 당시 독일군이 모스크바를 포위했을 때 가르친 과목들이었다. 그다음에는 좀 더 실용적인 강의들이 시작돼서 교관들이 그녀를 엄청나게 몰아붙였다. 도미니카는 적들에게 들키지 않은 채 움직이고, 감시 탐지 루트를 돌면서 거리에서 미행하는 적들을 감지하고, 안가(특수 정보기관 따위가 비밀 유지를 위하여 이용하는 일반 집─옮긴이)를 찾아내고, 안전하게 메시지를 전송하고, 접선 장소들을 찾아내고, 정보원과 접선 스케줄을 결정하고, 정보원을 포섭하는 방법을 짜는 분야에서 전설이 됐다. 도미니카는 변장하는 법과 통신 신호를 보내는 법, 중요한 물건을 은닉하는 방법을 연습했다. 배운 것을 세세한 점까지 정확하게 기억하는 그녀의 놀라운 능력에 모두 경악했다.

맨손 격투술 수업 교관들은 도미니카의 강한 힘과 뛰어난 균형감각에 깊은 인상을 받았다. 그들은 그녀의 열정과, 매트 위로 던졌는데도 결코 굴복하지 않고 계속 일어나는 모습에 두려움을 느끼기도 했다. 모두 숲에서 일어난 사건을 들었고, 같이 수업을 듣는 순진한 동급생들은 그녀와 스파링을 할 때 그녀의 손과 무릎을 보면서 자신의 사타구니를 보호하곤 했다. 도미니카는 그들의 얼굴을 봤고, 그들이 체육관에서 헉헉거리면서 툴툴거릴 때 그들의 반감과 공포에서 우러난 초록색 호흡을 봤다. 아무도 자발적으로는 그녀 옆에 오지 않았다.

실습은 계속됐다. 교관들이 야세네보의 우중충한 교실에서 배운 스파이 기술 원칙들을 연습시키기 위해 모스크바 시내를 실습 장소로 삼아 도미니카를 데려왔다. 거리에서 쓰는 스파이 기술을 가르치는 교관들은 은퇴한 지 몇 십 년 된 70대의 늙은 스파이들이었다. 실습 속도가 빨라지면서 그들은 도미니카를 따라잡느라 애를 먹었다. 그들은 도미니카가 발레를 해서 단단해진 종아리로 희미한 햇빛에 일렁거리는 모스크바의 인도들을 성큼성큼 걸어가는 모습을 지켜봤다. 부상 후 회복된 다리를 살짝 저는 모습이 무척 사랑스러웠다. 그녀는 투지가 넘쳤고, 잘 해내려는 열의에 불타 있었다. 도미니카의 얼굴은 흐르는 땀으로 빛났고, 가슴 사이와 등에 흐르는 땀으로 그녀의 셔츠가 까맣게 젖었다.

거리에 나오면 보이는 색채들이 도움이 됐다. 무선 송수신 차들과 감시 밴들에서 파란색과 초록색이 나와서 넓은 대로의 군중 사이에 숨어 있는 그들을 찾아낼 수 있었다. 도미니카는 신출귀몰 움직여서 감시팀들을 우왕좌왕하게 만들고, 사람들로 붐비는 지하철역 플랫폼에서 하는 브러시 패스(brush pass, 스파이들이 접선하여 물건을 전달하는 방식 중 하나로 직접 만나서 스치듯 지나가며 물건을 전달하거나 교환하는 방식을 말함-옮긴이) 시간을 꼼꼼하게 재고, 한밤중에 지저분한 계단통에서 실습 요원들을 만나고, 스파이들과의 만남을 조정하고, 그들의 마음을 읽었다. 늙은 스파이들은 얼굴을 찌푸리며 투덜거렸다. "미치겠군." 도미니카는 머리를 질끈 동여 묶고, 어깨를 꼿꼿이 펴고 선 채 그들을 놀리면서, 숨을 몰아쉬는 그들에게서 흘러나오는 칭찬의 색깔을 읽었다. 힘내요, 공룡 할아버지들. 늙고 터프한 그 스파이들은 은밀하게 그녀를 사랑하고 있었고, 그녀도 그걸 알고 있었다.

이 파파 할아버지 교관들은 원래 해외에서 어떤 상황에 맞닥뜨리게 될지, 외국의 거리에서 뭘 예상해야 할지, 외국 수도에서 어떻게 작전을 펼쳐야 할지 가르쳐야 했다. 하지만 도미니카는 어이없다고 생각했다. 이 할아버지들이 마지막으로 외국에 나간 건 브레즈네프가 아프가니스탄으로 군대를 보냈을 때다. 그런 할아버지들이 현대 런던, 뉴욕 혹은 북경 거리에서 뭘 예상해야 할지를 가르치는 건 정말 어이없는 일이었다. 도미니카가 경솔하게 수업 관리자에게 그 점을 언급하자 그 관리자가 입 닥치라고 하면서 그녀가 한 말을 상부에 보고했다. 그렇게 야단을 맞자 도미니카는 얼굴이 붉게 달아올랐지만 돌아서서 자책했다. 그녀는 이제 현실을 배워가고 있었다.

평가 기간 동안, 도미니카는 정보 수집의 심리학, 정보원들의 심리, 인간의 동기를 이해하고 인간의 취약한 점을 알아내는 법들을 배우기 시작했다. 미하일이라는 교관은 그 방법들을 '인간 봉투 개봉하기'라고 불렀다. 미하일은 SVR 본부에서 나온 마흔다섯 살의 심리학자였다. 도미니카가 그의 유일한 학생이었다. 그는 그녀를 데리고 모스크바 주위를 돌아다니면서 같이 사람들을 관찰하고 그들의 반응을 지켜봤다. 오래전 어머니가 절대로 다른 사람들에게 말하지 말라고 했기 때문에 도미니카는 그에게 색깔들이 보인다는 말을 하지 않았다. "넌 어떻게 저 남자에 대해 알지?" 미하일은 도미니카가 지금 앉아 있는 공원 벤치의 옆 벤치에 앉아 있는 남자가 여자를 기다리고 있다고 속삭였을 때 그렇게 물었다.

"그냥 그래 보여요." 도미니카는 그렇게 대답하면서 그 여자가 모퉁이에 나타났을 때 이 남자 주위에서 순간적으로 정열의 보라색이 피어올랐다는 설명은 하지 않았다. 도미니카가 한 말이 맞았을 때 미하일은 웃으면서 경탄의 시선으로 그녀를 바라봤다.

도미니카는 이 실습에 집중하면서 키운 직감에 따라, 자신이 미하일에게 영향을 미치고 있다는 걸 알았다. 미하일은 처음에 자기는 T부서에서 나온 엄격한 교관이라고 했지만 그가 그녀의 머리카락이나 몸을 힐끔힐끔 훔쳐보는 게 보였다. 도미니카는 미하일이 우연히 자신과 몸을 부딪치거나 자신의 어깨를 건드리거나 문을 열고 나갈 때 자신의 허리춤에 한 손을 대는 횟수를 머릿속으로 세어보곤 했다. 그의 몸에서 욕망이 발산되면서 머리와 어깨 주위에 어두운 진홍색 안개가 어른거렸다. 도미니카는 그가 차를 어떻게 끓이고, 메뉴를 읽을 때 언제 안경이 필요한지, 지하철 안에서 사람들에게 밀려 자신에게 바짝 몸을 붙였을 때 그의 심장박동이 어떻게 빨라지는지 알고 있었다. 미하일이 다듬지 않은 도미니카의 손톱을 훔쳐보거나, 그녀가 카페에 앉아 신발 한 짝을 발에 걸고 대롱대롱 흔들고 있는 모습을 슬쩍 보는 모습이 종종 눈에 들어왔다.

미하일과 잠자리를 하는 건 말도 안 되게 위험한 일이었다. 그는 교관이었고 도미니카의 성격과 그녀가 첩보 작전에 적합한지 여부를 평가하는 임무를 띤 심리학자였다. 하지만 도미니카는 그가 아무 말도 하지 않을 거라는 걸, 그에게 자신이 설명하기 힘든 영향력을 휘두를 수 있다는 걸, 그리고 그와 섹스를 하는 것은 교육 중에 저지르는 심각한 과실이지만 동시에 육체적 쾌락보다도 더한 극한의 스릴을 맛보는 일이라는 걸 알고 있었다.

쾌락도 상당했다. 어느 날 오후 거리에서 연습을 마친 후에 그들은 미하일이 부모님과 동생과 같이 사는 아파트에 오게 됐다. 식구들은 모두 직장에 갔거나 외출해서 집이 비어 있었다. 미하일의 침대 위에 있던 침대보는 바닥에 떨어져 있었다. 도미니카가 그의 몸 위에 두 다리를 벌리고 올라앉자 그녀의 허벅지와 어깨가 떨렸고 그녀의 머리카락이 얼굴 옆으로 쏟아져 내려왔다. 온몸의 전율이 척추를 타고 오르는 동시에 발가락까지, 특히 한때 부러졌던 발에까지 내려갔다. 도미니카는 자신이 뭘 원하는지 알고 있었다. 그녀의 은밀한 면이 최근에 학교를 다니며 교육을 받고 기숙사에서 생활하느라 방치돼 있었다. 도미니카는 양다리로 미하일을 꽉 끌어안고 강렬하게 몸을 흔들어대면서 점점 커지는 자신의 욕망을 충족시켰다. 부드러운 애무와 달콤한 속삭임과 한숨은 나중에 시간이 있을 때 하고. 지금 그녀는 반쯤 눈을 감고 점점 더 강렬해지는 압력을 끌어냈고 마침내 금방이라도 터질 것 같은 절정에 이르러 허리를 구부렸다. 쾌감에 온몸의 감각이 너무 예민해져서 계속할 수 없었고, 너무 달콤해서 멈출 수도 없었다. 마침내 시야가 맑아졌고 그녀가 얼굴에 떨어진 머리카락을 쓸어

올리는 사이에 허벅지와 발가락에 쥐가 났다. 미하일은 말없이 눈이 휘둥 그레진 채 바닥에 대자로 누워 그녀 밑에 깔려 있으면서 방금 목격한 일이 뭐였는지조차 아리송해하고 있었다.

그 후 미하일은 차를 끓이면서 내내 도미니카를 곁눈질로 봤다. 스웨터로 몸을 감싸고 부엌 테이블에 앉아 있던 도미니카가 천진한 얼굴로 그를 바라봤고, 심리학자이기도 한 미하일은 그 순간 그 섹스와 자신은 아무 상관이 없다는 걸 알았다. 마찬가지로 그는 이 일에 대해 자신이 평생 입을 다물 거라는 걸 알았다. 둘이 다시는 그런 일을 하지 않을 거라는 것도. 어떤 면에서 미하일은 안도했다.

첩보 작전 수업이 거의 끝나가면서 최종 단계 훈련이 거의 완료됐다. 도미니카를 훈련시키느라 기진맥진한 할아버지 스파이들이 오래전에 그녀에게 애교점이라는 별명을 지어줬다. 그 별명은 또한 목표물이 제일 먼저 보이는 총의 가늠쇠를 뜻하는 말이기도 했다. 그들은 도미니카의 부지런한 면을 긍정적으로 평가했고, 그녀의 지적 능력과 재치와 가끔 거리에서 보이는 설명할 수 없는 직감에 대해 언급했다. 러시아에 대한 그녀의 충성심과 헌신은 의심의 여지가 없이 확실했다. 한두 명이 그녀의 성급한 면에 주목했다. 그녀는 따지기 좋아하고, 정보원을 포섭하는 과정에서 좀 더 유연성을 키울 필요가 있었다. 한 늙은 스파이 하나가 성적은 뛰어나지만 그녀에겐 진정한 애국자로서의 열성이 부족하다고 보고서에 적었다. 그녀의 타고난 독립성이 결국엔 국가에 대한 헌신을 압도할 것이라고 했다. 그것은 그가 받은 인상이자 느낌으로 그에 대한 구체적인 예를 들 수는 없었다. 그 평가는 한 노인네의 정신 나간 생각으로 무시됐다. 어쨌든 도미니카에게는 그 어떤 평가 결과도 공개되지 않았다.

남은 건 이제 거리에서 그간 배운 테크닉들을 이용하고, 그간 배운 스파이 기술을 연마하는 최종 실습 시험 하나였다. 마지막 연습, 필기시험, 졸업 면접. 도미니카는 거의 모든 과정을 끝마쳤다. 하지만 그 시험들을 미처 치르기도 전에, 교관들로서는 실망스럽게도 도미니카는 수업에서 사라졌다. 그녀는 '특수 임무에 필요하니' 즉시 본부로 돌아오라는 호출을 받았다.

도미니카는 야세네보의 4층 끝에 있는 방, 전 위원장들의 초상화들 가까이 있는 방에 도착 보고를 하러 가라는 지시를 받았다. 그녀는 단순한 마호가니 목재 문에 노크를 하고 들어갔다. 그곳은 간부 식당으로 벽에는 목판을 두르고, 짙은 와인 색 카펫이 깔려 있고 창문이 없는 작은 방이었다. 벽에 움푹 들어간 곳에 있는 조명 불빛에 윤기가 흐르는 오래된 목재 탁자가 반짝였다. 반야 삼촌은 눈처럼 흰 테이블보가 깔리고 비노그라도프 자기 세트가 놓인 식탁 끝에 앉아 있었다. 불빛에 크리스털 잔들이 반짝반짝 빛났다. 도미니카가 들어왔을 때 그는 의자에서 벌떡 일어서서 테이블 끝으로 걸어가 그녀의 어깨를 힘차게 끌어안았다.

"졸업생이 돌아왔구나." 반야는 만면에 미소를 활짝 지으면서 도미니카의 어깨를 두 팔로 잡고 바라봤다. "반에서 1등, 거리에서도 1등. 그럴 줄 알았다!" 그는 그녀의 팔짱을 끼고 식탁으로 걸어갔다.

식탁 반대쪽에 또 한 남자가 앉아서 조용히 담배를 피우고 있었다. 그는 쉰 살 정도로 보였고 딸기코였다. 눈은 흐릿한 데다 물기가 많았고, 치아는 삐뚤삐뚤한 데다 변색돼 있었다. 그는 수십 년 동안 정부 관료로 살아오면서 갈고 닦은 권위적인 분위기를 사방에 풍기며 구부정하니 앉아 있었다. 매고 있는 넥타이는 삐뚜름했고, 입고 있는 양복은 해변에 밀려온 썰물을 연상시키는 아주 흐린 갈색이었다. 그 양복의 색깔은 앉아 있는 그의 주위를 떠돌고 있는 갈색 거품과 어울렸다. 색깔이라고 할 수도 없는 아주 흐릿한 색(검은색과 회색과 갈색이 뭉쳐 있었는데 이건 분명 골칫거리를 의미했다)이 부드럽게 그를 감싸고 있었다. '이 사람은 글렀어, 절대 믿어선 안 될 인간이야.' 도미니카는 생각했다.

도미니카는 그의 맞은편에 앉아 그녀를 이리저리 재보는 그의 눈빛을 눈 하나 깜박이지 않고 받아냈다. 반야는 식탁 상석에 앉아 거대한 손을 점잖게 맞잡고 있었다. 그녀의 맞은편에 앉아 있는 촌스런 관료와 달리 반야는 평소처럼 파란 빛이 도는 우아한 회색 양복에, 칼라에 풀을 빳빳하게 먹인 푸른 셔츠에, 아주 작은 흰 점들이 찍혀 있는 감청색 넥타이를 매고 있었다. 옷깃에는 조국을 수호하는 데 큰 공헌을 한 사람에게 주는 훈장인 파란 별에 작고 붉은 리본이 달린 배지를 차고 있었다. 반야는 길을 잘 들인 은제 라이터로 담배에 불을 붙이고는 탁 소리를 내며 라이터를 닫았다.

"이쪽은 시묘노프 대령이다." 반야는 그 구부정하게 앉아 있는 남자에게 고개를 끄덕여 보이며 말했다. "대령은 제5부서의 부장이야." 시묘노프는 아무 말도 하지 않고 몸을 앞으로 기울여 자기 접시 옆에 있는 구리 재떨이에 재를 떨었다. "우리가 작전을 벌일 수 있는 기회를 하나 발견했는데 그 임무를 제5부서가 맡게 됐다." 도미니카가 반야를 보다가 시묘노프를 멍하니 봤다. "내가 대령에게 이 작전을 돕는 데 네가 적격일 거라고 추천했다. 특히 네가 뛰어난 성적으로 아카데미 교육을 완수했으니 말이야. 그래서 두 사람을 만나게 해주고 싶더구나." 반야가 말했다.

'이건 또 무슨 개수작이야?' 도미니카는 생각했다. "고맙습니다, 부국장님." 그녀가 말했다. 그녀는 다른 고위 관료가 있는 자리에서 그를 '삼촌'이라고 부르지 않으려고 조심했다. "전 아직 졸업하려면 2주가 남았어요. 최종 시험도 있고, 마쳐야 할 평가들도 있고, 전……"

"너의 최종 평가는 끝났어." 반야가 끼어들었다. "다시 AVR로 돌아갈 필요가 없어. 사실 시묘노프가 하는 이 작전에서 임무를 맡기 위한 준비로

네가 추가 훈련을 시작했으면 한다." 반야는 그의 옆에 있는 똑같이 생긴 재떨이에 담배를 눌러 껐다.

"그 작전의 성격에 대해 여쭤봐도 될까요?" 도미니카가 물었다. 그녀는 둘의 무표정한 얼굴을 봤다. 둘 다 워낙 여우 같아서 표정만 보고는 아무 것도 알 수 없었지만, 그들은 도미니카가 얼굴만 볼 수 있는 게 아니란 걸 모르고 있었다. 그들의 머리 주위로 거품들이 떠올랐다.

"지금으로선 이건 매우 중요한 작전이자 섬세하고 예민한 성격의 작전 이라는 것만 알아두면 충분해." 반야가 말했다.

"그럼 그 추가 훈련의 성격은요?" 도미니카가 물었다. 그녀는 차분한 목소리로 공손한 태도를 계속 유지했다. 방 끝에 있는 문이 열리고 부하 하나가 은쟁반 하나를 들고 왔다.

"점심식사가 도착했군." 반야가 허리를 곧추세우고 앉으면서 말했다.

"일 이야기는 점심 먹고 하자." 웨이터가 뚜껑을 열고 김이 무럭무럭 나는 골룹치를 접시에 담기 시작했다. 그것은 커다란 사각형의 양배추 롤을 노릇하게 튀겨서 토마토퓌레와 사워크림에 푹 담근 요리다.

"최고의 러시아 요리지." 반야가 은제 디캔터(decanter, 술을 옮겨 담는 장식용 병-옮긴이)에 든 와인을 도미니카의 잔에 따라줬다. 이건 다 가식이 다. 이번에 스파이 훈련을 받으면서 새로 생긴 안테나가 윙윙 울리고 있었 다. 그녀는 거한 음식을 먹을 식욕이 없었다.

점심식사는 30분 동안 지루하게 지속됐다. 시묘노프는 그 30분 동안 세 마디밖에 하지 않았고 맞은편에서 도미니카를 계속 빤히 보고 있었다. 어서 이 방을 나가고 싶은 지루한 표정이었다. 식사를 마친 그는 냅킨으로 입가를 문지르고 의자를 밀면서 테이블에서 일어났다. "실례지만 먼저 일 어나겠습니다." 그는 그렇게 말하고 도미니카를 또 한 번 뜯어보더니 그 녀가 있는 쪽으로 고개를 끄덕여 보이고 방을 나갔다.

"차는 내 사무실에서 마시자." 반야가 의자를 뒤로 밀면서 말했다.

"거기가 더 편할 거야."

도미니카는 반야의 사무실에 있는 소파에 허리를 꼿꼿이 세우고 긴장을 풀지 않은 채 앉아 있었다. 그들 앞에 야세네보 숲의 풍경이 보였다. 도미니카는 흰색 셔츠에 검은 스커트를 입고, 머리는 핀으로 틀어 올렸다. 아카데미의 비공식적인 유니폼이었다. 그들 앞에 있는 테이블 위에 우아한 골동품인 콜추기노 찻잔 홀더를 끼운 찻잔에 김이 피어오르는 차가 있었다.

"네 아버지가 자랑스러워하실 게다." 반야가 조심스럽게 차를 마시며 말했다.

"고맙습니다." 도미니카는 그다음 나올 말을 기다리며 말했다.

"아주 잘해줬다. 우리 첩보부에 들어온 것도 축하하고."

"교육은 만만치 않았지만 제가 바라던 모든 게 있었습니다. 전 일을 시작할 준비가 됐습니다." 도미니카가 말했는데 그건 사실이었다. 그녀는 곧 최전선에 서게 될 것이다.

"국가를 위해 일하는 것은 항상 명예로운 일이지." 반야는 옷깃에 찬 장미 모양의 리본을 만지작거리며 말했다. "그보다 더 큰 명예는 없어." 그는 조카딸을 주의 깊게 바라봤다. "제5부서의 이 작전은 자주 오는 기회가 아니다. 특히 이제 막 졸업한 사람에겐 더더욱 그렇고." 그는 차를 홀짝홀짝 마셨다.

"전 더 많은 걸 배우고 싶습니다." 도미니카가 말했다.

"이 작전은 외국 외교관을 포섭하는 거라고 말하면 충분할 것 같구나. 여기서 가장 중요한 점은 무슨 일이 있더라도 우리 역할을 노출시키지 않는 것이다. 그 외교관은 실수 없이 반드시 포섭해야 한다." 반야의 목소리가 가늘어지면서 심각해졌다. 도미니카는 아무 말도 하지 않고 그가 이야기를 계속하길 기다렸다. 그가 하는 말이 지금은 잘 보이지 않았다. 그 말들은 아무 형태도 없고 색채도 없이 흐릿했다.

"시묘노프 대령은 당연히 네가 전반적인 작전 경험이 부족하다는 점에 우려를 표명했다. 훈련에서 뛰어난 성적을 거두긴 했지만 너의 미숙함이 이 작전에 불리하게 작용할 수 있다고 본 거지. 나는 대령에게 내 조카딸이 (반야는 그 대목에서 잠시 뜸을 들여 자신이 손을 좀 썼다는 걸 암시했다) 이 일에 적격이라고 보장했다. 그는 물론 너를 쓰는 게 합당하다는 걸 곧 알아차렸다. 특히 내가 제안한 추가 훈련을 고려해볼 때 그렇지." 도미니카는 기다렸다. 나를 어디로 보내려고 하는 거지? 기술부서? 언어? 목표와 관련한 개별 지도? 반야가 담배에 불을 붙이더니 천장으로 연기를 뿜어냈다.

"넌 콘 아카데미의 특수 코스에 등록됐다."

도미니카는 얼굴 표정을 바꾸지 않은 채 가만히 있으려고 의지력을 발휘했다. 그녀는 배를 세게 한 방 맞은 것 같은 충격이 등으로 올라오는 걸 차갑게 느끼고 있었다. 교육을 받는 동안 사람들이 그곳에 대해 속삭이는 걸 들었다. 전에는 '4 국립학교'라고 불렸는데 일반적으로는 '스패로우 학교'라고 불렀다. 거기서는 이성을 유혹하는 스파이 기술을 교육했다. '지금 날 창녀 학교로 보내는 거잖아.' 도미니카는 생각했다.

"사람들이 스패로우 학교라고 부르는 그곳이요?" 도미니카는 떨리는 목소리를 자제하면서 물었다. "삼촌, 난 내가 이곳에 정식 요원으로 들어와서, 부서 배정받고, 첩보부의 일을 시작할 거라고 생각했어요. 그건 창녀가 하는 일이지, 국가공무원이 할 일이 아니라고요." 그녀는 숨을 쉴 수 없을 것 같았다.

반야는 도미니카를 차분히 바라봤다.

"넌 이 훈련을 긍정적으로 봐야 해. 그 아카데미에서는 네가 미래에 너만의 작전을 수행할 때 쓸 수 있는 또 다른 기술들을 가르쳐줄 거야." 반야는 소파 안쪽으로 더 깊숙이 앉았다.

"그리고 그 외교관에 대한 작전 말이에요. 삼촌은 미인계를 쓰실 건가요?" 도미니카는 아카데미에 있을 때 더러운 섹스 작전에 대해 읽은 적이 있었다.

"우리의 목표는 소심하고 낯을 가린다. 우린 몇 달에 걸쳐 그의 약점들을 분석했고, 시묘노프 대령은 그가 유혹에 약하다는 점에 동의했어."

도미니카의 몸이 굳어졌다. "그 대령도 삼촌이 내가 뭘 하길 원하는지 알고 있죠? 스패로우 학교에 들어가는 거 말이에요." 그녀는 고개를 흔들었다.

"그 사람이 식탁 너머로 날 빤히 보고 있었어요. 그럴 바엔 차라리 내 입을 벌리고 내 치아를 검사하는 편이 나았을 텐데."

반야가 끼어들었는데 목소리에 조금 날이 서 있었다.

"대령은 아주 크게 감동했을 거라고 확신한다. 그는 베테랑 장교야. 그리고 모든 작전에는 그만의 독특한 강점들이 있다. 작전을 어떻게 진행할지에 대해선 아직 최종 결정이 내려지지 않았다. 그렇지만 이건 너에게 큰 기회야, 도미니카."

"난 할 수 없어요. 지난 작전이 그렇게 끝난 후에 제가 유스티노프를 잊느라 몇 달 동안이나……"

"네 입에서 감히 그 말이 나와? 그 일은 잊으라고, 절대 입에 올려선 안 된다는 내 지시를 잊었나? 그 점에 있어선 절대적으로 복종해." 반야가 말했다.

"다른 사람들에게 한마디도 한 적 없어요." 도미니카가 쏘아붙였다. "전 그저 이게 또 그런 작전이라면 차라리……"

"차라리 뭐? 넌 아카데미 졸업생이고 이제 우리 첩보부의 말단 간부야. 넌 명령에 복종하고, 너에게 주어진 임무를 받아들이고, 수행해야 해. 넌 러시아를 지키게 될 거야."

"전 러시아를 위해 일하는 데 전념하고 있어요. 다만 이런 종류의 작전에 이용되는 건 동의할 수 없어요. 이런 일을 전문적으로 하는 사람들이 있잖아요. 저도 그런 사람들에 대해 들어봤어요. 왜 그런 사람을 쓰지 않으세요?" 도미니카가 말했다.

반야가 얼굴을 찌푸렸다. "입 다물어. 이제 한마디도 하지 마. 넌 내가 무슨 제안을 하고 있는지 알아볼 만큼의 안목이 없구나. 넌 너와 너의 유치한 집착만 생각하고 있어. SVR 요원으로서 너는 특별히 뭔가를 선호할 권리도, 선택권도 없다. 지시받은 일만 훌륭하게 해내면 돼. 받아들이지 않겠다면, 그 정신 나간 편견 때문에 아직 시작도 안 한 네 경력을 망치고 싶다면, 지금 말해. 우린 널 해고하고, 너의 파일을 닫고, 연금도 없애고, 네가 가진 모든 특권을 회수할 거니까. '전부 다.'"

'도대체 엄마를 몇 번이나 걸고넘어질 거야?' 도미니카는 생각했다. 그녀가 명예롭게 조국을 위해 일하게 놔두기 위해 그들은 그녀에게 또 뭘 시킬까. 반야는 그녀의 어깨가 축 쳐지는 걸 봤다. "좋아요. 이제 가도 될까요?" 그녀는 일어서면서 말했다.

도미니카가 일어나서 전망창 앞을 걸어가는데 햇빛이 그녀의 머리카락을 환하게 빛내면서 아름다운 옆모습을 비췄다. 반야는 그녀가 카펫 위를 걸어가는 걸 지켜봤는데(다리를 조금 저나?) 그녀가 문 앞에서 잠시 멈춰서 그를 돌아봤다. 순간 온몸이 오싹해졌다. 그녀의 깜박이지 않는 파란 눈이 마치 톱날과 메스처럼 그의 얼굴을 베어버릴 기세로 3초 동안 무시무시하게 노려봤다. 마치 시골 별장의 불빛 너머 보이는 늑대의 눈처럼 이글이글 타오르고 있었다. 그런 눈빛은 평생 처음이었다. 그가 뭐라고 하기도 전에 그녀는 마치 숲 속의 유령처럼 사라져버렸다.

SVR 골룹치

양배추를 살짝 데치고, 쌀을 익힌다. 잘게 썬 양파, 당근과 껍질을 벗기고 씨를 뺀 토마토가 부드러워질 때까지 기름에 살짝 튀기고 거기에 쌀과 쇠고기 간 것을 넣는다. 그 고명 두 스푼을 양배추 잎으로 싸서 커다란 사각형 롤을 만든다. 그걸 버터에 노릇하게 튀긴 다음에 육수, 토마토소스, 월계수 잎을 넣고 한 시간 동안 뭉근하게 끓인다. 졸인 소스와 사워크림과 같이 낸다.

7

네이트 내쉬는 두 시간에 걸친 비행 후에 헬싱키 반타 공항에 도착했다. 그 현대적인 공항은 반짝반짝 윤이 나고 조명이 환하게 빛났다. 셰레메티예보 공항처럼 향수, 시계, 휴가를 주제로 한 화려한 광고판들이 곳곳에 붙어 있었다. 여성 속옷, 고급 식료품, 잡지들을 갖춰놓은 공항 상점들이 바람이 잘 통하는 터미널에 죽 늘어서 있었다. 하지만 러시아 공항과 달리 삶은 양배추 냄새, 장미 향수 향기와 축축한 양모 냄새는 없었다. 대신 어딘가에서 계피 빵을 굽는 냄새가 났다. 여행가방 하나를 찾아서, 세관을 통과해, 공항 밖에 있는 택시 승차장으로 간 네이트는 수수한 검은 정장을 입은 남자가 맞은편에서 그를 지켜보고 있는 건 못 봤다. 그 남자는 핸드폰에 대고 잠깐 통화를 하더니 돌아섰다. 30분 만에 동쪽으로 900킬로미터 떨어진 곳에 있는 반야 예고로프는 네이트가 핀란드에 도착한 걸 알았다. 게임이 시작됐다.

다음 날 아침 네이트는 헬싱키 지부장인 톰 포사이스의 사무실로 들어갔다. 책상 위에 배를 그린 그림 하나가 걸려 있고 반대편 벽에 작은 소파가 하나 붙어 있는 사무실은 작지만 아늑했다. 소파 옆 테이블 위에 유리 같은 바다에 떠 있는 요트 한 척을 찍은 사진 액자가 있었고, 또 다른 액자 속 사진에는 젊은 날의 포사이스처럼 보이는 남자가 요트의 타륜을 잡고 있었다. 하나 있는 창에는 블라인드가 쳐져 있었다.

포사이스는 키가 크고 마른 40대 후반의 남자로 은발 머리는 점점 벗겨져가고 있었고, 턱이 잘 발달돼 있었다. 그의 강렬한 눈이 반달형의 안경

너머로 네이트를 올려다봤다. 그는 미소를 짓고, 서류 몇 장을 서류함에 던진 후에, 일어나서 책상 맞은편에서 그와 악수를 했다. 그는 건조한 손으로 네이트의 손을 힘 있게 잡았다. "네이트 내쉬." 그는 붙임성 있는 목소리로 말했다.

"이곳에 온 걸 환영하네." 포사이스는 네이트에게 책상 앞에 있는 가죽 의자에 앉으라고 손짓했다.

"고맙습니다, 지부장님." 네이트가 말했다.

"거처는 아파트인가? 대사관에서 숙소를 어디로 정해줬지?" 포사이스가 물었다. 대사관의 숙소 담당 직원이 그날 아침 그를 크루눈하카에 있는 아늑한 방 두 개짜리 아파트에 넣어줬다. 아파트의 작은 발코니로 나가는 문을 열었을 때 요트 정박지, 페리 부두와 바다 전망이 보이자 네이트는 기뻤다. 그래서 포사이스에게 그렇게 말했다.

"거긴 좋은 곳이야, 걸어서 출근하기도 쉽고. 자네가 나와 마틴 게이블과 함께 우리에게 어떤 기회들이 있는지 알아내줬으면 좋겠네." 게이블은 핀란드 지부 차장으로 네이트는 아직 만나지 못했다. "좋은 건수가 두어 개 있긴 하지만 우리가 할 수 있는 게 더 많으니까 말이야. 국제적인 목표는 잊어. 핀란드 사람들은 우리의 동맹국이고, 그 사람들은 우리가 다루고 있으니까. 마틴과 내가 내부 업무는 다 맡고 있으니까 그건 걱정할 거 없고. 그러다 가능성이 하나라도 나오면 자네에게 넘기겠네."

"아랍인들, 그러니까 헤즈볼라, 하마스, 팔레스타인인들은 모두 여기에 지부를 두고 있어. 그들에게 접근하는 건 만만치 않을 거야. 그러니까 접근할 만한 요원들도 생각해두고. 이란인들, 시리아인들, 중국인들은 대사관은 작지만 모두 중립을 지키고 있는 스칸디나비아 반도에선 안전하다고 느끼고 있어. 이란인들은 어쩌면 금수 조치된 장비를 찾고 있을지도 몰라. 외교관들 모임에서 그것도 좀 확인해보고." 포사이스는 말하면서 의자

1

에 등을 기댔다.

"전 좀 큰 건을 쫓고 싶습니다. 모스크바 일 때문에 점수를 좀 많이 따야 하거든요." 네이트가 말했다. '그건 그렇지.' 포사이스가 생각했다. 그는 네이트의 눈에 비친 수심과 굳게 다문 턱에서 결의를 봤다. 네이트는 의자에 허리를 꼿꼿이 세우고 앉아 있었다.

"그건 좋아, 네이트. 하지만 어떤 정보원을 포섭하건 생산적인 결과가 나오면 그걸로 좋은 거야. 그렇게 하려면 끈기 있게 기다리면서, 그들을 만날 수 있는 곳들을 꾸준히 찾아가서, 접촉을 수십 번은 해야 해. 그래야 대어를 낚을 수 있어."

"그건 저도 알고 있습니다, 지부장님." 네이트가 재빨리 말했다.

"하지만 여유를 부리는 건 제게 사치입니다. 곤도프 지부장님이 절 노리고 있어요. 지부장님이 아니셨다면 전 러시아 부서로 돌아가서 컴퓨터 앞에서 마우스나 잡고 있었을 겁니다. 이렇게 불러주셔서 얼마나 감사한지 모릅니다."

포사이스는 네이트의 후속 임무가 승인됐을 때 받은 네이트의 인사 파일을 읽었다. 러시아어를 유창하게 구사하는 젊은 요원은 많지 않았다. 네이트는 팜에서 훈련받았을 때 만점을 받았고, 그 후에 모스크바로 발령 날 것에 대비해 훈련을 받았다. 거기서 그는 지속적으로 적대적인 감시를 받는 상황에서 작전을 수행하는 기술을 배웠다. 또한 그 파일에는 네이트가 러시아에서 거둔 성과에 대한 긍정적인 평가가 있었고, 특히 기밀 사안을 성공적으로 처리했다고 나와 있었다. 하지만 어떤 사안인지 자세한 내용은 언급돼 있지 않았다.

하지만 지금 포사이스 앞에 보이는 그는 초조해서 몸을 꼼지락대는 산만한 청년이었고, 자신의 실력을 입증하려고 애를 쓰고 있었다. '그럼 안돼, 그러다 사고를 일으키기 쉬워. 눈을 감고 홈런을 날리려고 배트를 휘

두르다 실수하게 될 거라고.'

"모스크바에 대해선 걱정하지 않았으면 하네. 본부 사람들과 자네에 대해 이야기해봤는데 다들 평이 좋았어." 포사이스는 네이트가 동료들 사이에서 떠도는 자신의 평판을 생각하며 얼굴을 찌푸리는 걸 봤다. "그리고 내 말 명심해서 들어." 포사이스가 말했다. 그는 네이트가 그를 똑바로 볼때까지 기다렸다. "난 자네가 영리하게 굴길 바라고 있어. 정식 스파이 기술을 쓰고, 절대 지름길로 빠질 생각은 하지 마. 우리 모두 큰 사건을 맡길 원하지. 자네도 지금 큰 사건을 맡고 있잖아. 하지만 난 건성으로 일하는 건 용납 못 해. 내 말 알아들었나?" 포사이스는 네이트를 노려봤다. "알아들었냐고?" 그는 재차 물었다.

"네. 알겠습니다." 네이트가 말했다. 그는 포사이스가 하는 말을 이해했지만 스스로에게 말했다. 자신이 직접 정보원들을 찾을 것이고, 절대로 꺾이지 않고 끝까지 모든 역량을 다 발휘할 것이라고. 그는 집으로 돌아가지 않을 것이다. 갑자기 리치먼드 컨트리클럽에서 수앤이나 민디라는 이름의 여자 맞은편에 앉아 있는 우울한 이미지들이 확 떠올랐다. 풍만한 입술에 부분 염색을 한 머리를 높이 틀어 올린 여자의 이미지, 형들이 골프공을 타탄 무늬 양탄자 너머로 퍼트하자 공이 양탄자 위에 있는 아가씨의 핑크색 구두 속으로 들어갔다가 다시 양탄자를 가로질러 클럽 룸으로 들어가는 이미지. 아, 그건 절대 안 돼.

"좋아. 가서 자네 책상 찾아. 사무실은 복도로 나가서 첫 번째 방이야. 게이블을 찾아봐." 포사이스가 말했다. 그러고는 서류함으로 손을 뻗었다.

마틴 게이블은 포사이스의 옆방인 또 다른 작은 사무실에서 단말기 앞에 앉아 어떻게 하면 '개자식'이라는 말을 안 쓰고 본부에 메시지를 보낼 수 있을지 고민 중이었다. 포사이스보다 연상인 게이블은 50대 후반으로 체격이 크고 어깨가 넓고, 흰 머리는 짧게 깎고, 파란 눈에, 코는 길고 뾰족했다. 이마는 햇볕에 그을려서 불그레했고, 바깥에서 시간을 많이 보내서 피부가 거칠었다. 마디가 굵은 큼지막한 갈색 손이 상대적으로 작아 보이는 자판 위에서 움직이지 않고 있었다. 그는 본부로 보내는 메시지를 작성하는 게 끔찍이 싫었고, 독수리 타법을 쓰는 것도 싫었고, 요식 행위도 끔찍이 싫어했다. 그는 거리로 나와야 숨통이 트이는 사람이었다. 네이트는 그의 사무실 문간에 서 있었다. 사무실은 정부에서 지급해서 벽에 걸어놓은 워싱턴 기념비 사진 말고는 장식품이라곤 하나도 없었다. 그의 책상 위는 텅 비어 있었다. 네이트가 문틀에 대고 공손하게 노크하기 전에, 게이블이 의자를 쓱 돌리더니 잔뜩 찌푸린 얼굴로 네이트를 봤다.

"너 신입이야? 캐쉬라고 했나?" 게이블이 고함을 질렀다. 억양이 러스트 벨트(Rust Belt, 사양산업 지대로 추락한 미국 중서부와 북동부 지역—옮긴이)의 어느 곳 억양 같았다.

"내쉬입니다. 네이트 내쉬." 네이트는 그렇게 말하면서 책상으로 걸어갔다. 게이블은 자리에서 일어나진 않았지만 프라이팬처럼 넓적한 손을 내밀었다. 네이트는 뼈가 으스러지는 악수를 하게 될까 봐 순간 긴장했다.

"참 빨리도 왔다. 공항에서 여기까지 오는 길에 정보원 하나 낚은 거야?" 게이블은 웃었다. "아니라고? 뭐, 점심 먹고 나서도 시간은 있으니까. 어서 가자고." 나오는 길에 게이블은 로트와일러(Rottweiler, 경찰견이나 경호견으로 쓰이는 덩치가 크고 사나운 견종—옮긴이) 같은 머리를 복도에 몇 개 있는 사무실에 계속 들이밀면서 다른 사람들은 뭘 하고 있는지 확인했다. 모두 비어 있었다.

"잘 됐네. 모두 나갔어. 당연히 그래야지." 게이블이 말했다.

게이블은 네이트를 데리고 기차역 근처의 눈이 잔뜩 쌓인 골목에 있는 지저분하고 작은 터키 레스토랑으로 데려갔다. 김이 자욱한 식당에는 여섯 개의 테이블이 있었고 부엌과 통하는 창과 벽에 아타튀르크(atatürk, 터키의 초대 대통령─옮긴이) 초상화 액자가 걸려 있었다. 사람들이 부엌에서 소리를 질러대고 있었지만, 게이블이 부엌 창으로 가서 손뼉을 치자 모두 조용해졌다. 검은 피부에 비쩍 마르고 검은 콧수염에 앞치마를 입은 남자가 주름을 헤치고 부엌에서 나왔다. 그는 게이블과 잠깐 껴안고 나서 이 레스토랑의 주인인 타리크라고 소개됐다. 그 터키인은 네이트의 눈은 보지도 않은 채 가볍게 악수했다. 그들은 구석 테이블을 차지했고, 게이블이 문이 보이는 벽에 붙은 의자를 가리키며 네이트에게 앉으라고 했다. 게이블은 반대편 벽에 등을 지고 앉았다. 그러고 나서 터키어로 아다나 케밥 두 개, 맥주 두 잔, 빵, 샐러드를 주문했다.

"매운 음식을 좋아해야 할 텐데. 이 작은 거지 소굴이 시내에서 가장 끝내주는 터키 식당이거든. 여기엔 터키에서 이민 온 사람들이 아주 많아." 게이블이 식당을 봤다. 그러고는 몸을 앞으로 기울였다.

"내가 한 1년 전에 타리크를 포섭했지. 정보원을 지원해주고, 우편물도 받아주고, 안가의 집세도 내고, 여론에 귀를 기울이는 그런 거 말이야. 한 달에 200 정도 쥐여주면 아주 행복해해. 여차하면 헬싱키에 있는 터키 이민자들을 이용할 수 있어." 게이블은 음식이 나오자 자세를 바로 했다. 길고 납작한 케밥 두 개 위에 짙은 갈색으로 구운 피망 조각들이 흩어져 있었다. 그 밑에 석쇠에 구운 커다란 빵이 있었는데 녹은 버터가 발라져 있었다. 생 양파 샐러드에는 진한 붉은색의 옻나무 열매들이 뿌려져 있었고, 그 옆에 레몬 조각이 쌓여 있었다. 물기가 맺힌 맥주 두 병을 쿵 소리를 내며 테이블 위에 내려놓은 타리크가 말했다. "입맛에 맞았으면 좋겠군요." 그러더니 물러났다.

게이블은 네이트가 포크를 들기도 전에 먹기 시작했다. 그는 게걸스럽게 먹으면서, 동시에 말을 하고, 커다란 손을 움직였다.

"나쁘지 않지, 안 그래?" 게이블은 입이 미어터져라 밀어 넣고 있는 케밥 맛을 물어보고 있었다. 그러고는 맥주병을 들어서 단숨에 반이나 비웠다. 영양이 악어의 식도를 내려가는 것처럼 그의 입 속으로 케밥이 쑥쑥 들어갔다. 그는 다짜고짜 아무렇지도 않게 네이트에게 모스크바에서 그 빌어먹을 곤도프와 대체 무슨 일이 있었냐고 물었다.

수치스럽기도 했고, 잠시 잊고 있던 걱정이 다시 되살아났기에 네이트는 몇 문장으로 간략하게 설명했다. 게이블은 들고 있던 포크를 그에게 겨눴다. "잘 들어. 이 망할 놈의 세계에선 두 가지만 기억해. 적어도 한 번은, 그것도 무지하게 크게 실패하지 않는 한 분별력이 있는 요원이 될 수 없어. 그리고 너는 네가 이룬 성과들, 네가 만들어낸 결과들, 그리고 네가 맡고 있는 정보원들을 어떻게 보호하느냐, 그걸 가지고 평가받아. 그 외에 다른 건 다 소용없어." 남은 맥주 반병이 사라졌고 게이블이 한 병 더 달라고 했다. "아, 그리고 또 하나 있어. 곤도프는 얼간이야. 그 새끼는 신경 쓰지 마."

게이블은 네이트가 반도 먹기 전에 자기 접시를 깨끗이 비웠다.

"선배님은 실패하신 적이 한 번이라도 있습니까?" 네이트가 게이블에게 물었다.

"지금 농담해?" 게이블은 의자에 등을 기대고 앉으면서 말했다.

"난 똥통에 하도 많이 빠져서 아예 변소 꼭대기 층을 임대한 사람이야. 그래서 여기 왔잖아. 마지막으로 대형 사고를 쳤을 때 포사이스 지부장님이 날 구해주셨지."

게이블은 주로 아프리카와 아시아 같은 제3세계의 열악한 곳에서 근무했다. 레스토랑과 호텔 방과 파리의 노천카페에서 경력을 쌓는 요원들도 있지만 게이블은 야밤에 인적이 끊긴 비포장도로의 붉은 먼지로 뒤덮인 랜드로버 차 안에서 정보원과 만나면서 요원으로 성장했다. 정부 각료들과의 만남을 녹음하는 요원들도 있지만 게이블은 두려움으로 시무룩한 얼굴의 정보원들과 앉아, 그들이 집중하도록 다그쳐가며 땀에 젖어 축축한 노트에 기밀들을 적었다. 그 당시 그들은 엔진에서 째깍째깍 소리가 나고 창문은 꼭 닫혀 있는 땡볕의 차 안에서, 차 양쪽을 뒤덮은 키 큰 풀들의 꼭대기를 감고 있는 맘바(mamba, 아프리카산 독사―옮긴이)들의 머리를 지켜보면서 대화를 나눴다. 네이트는 게이블이 전설적인 스파이라는 말을 들었다. 게이블은 정보원들에게 충성을 다했고, 그다음에 친구들, 그다음에 CIA 순서로 충성을 다했다. 게이블이 보지 못한 건 하나도 없었고, 뭐가 중요한지도 잘 알고 있었다.

게이블은 뒤로 물러나 앉아 맥주를 홀짝홀짝 마시면서 이야기를 시작했다. 그의 마지막 근무지는 이스탄불이었다. 눈 돌아가게 큰 도시에, 괜찮은 작전도 많았고, 사건이 많이 일어나는 곳이었다. 그는 터키어도 꽤 잘했고, 어디로 가서 누굴 만나야 할지도 알고 있었다. 그는 상당히 빨리 PKK, 즉 터키 동부에서 온 무지몽매한 쿠르드 분리주의자들로 구성된 테러단의 한 멤버를 포섭했다. 그 테러리스트들은 정부 청사에 폭탄이 든 서류가방들을 놔두고 가거나, 폭탄이 설치된 구두닦이 용품을 시장에 놔두거나, 탁심 광장의 쓰레기통에 폭탄이 든 종이 부대를 놔두고 도망쳤다.

어느 날 게이블은 스물이나 스물한 살 정도로 보이는 쿠르드 청년이 모는 택시에 타게 됐다. 말하는 걸 들어보니 영리했고, 운전도 괜찮게 했다(내 말 명심해, 어딜 가든 항상 눈을 부릅뜨고 있어야 해). 게이블은 그 쿠르드 청년을 본 순간 감이 왔다. 그래서 레스토랑에 택시를 세우라고 하고, 같이 식사나 하자고 했다. 그는 카운터 뒤에 선 뚱뚱한 터키 사장을 노려봐야 했다. 터키인들은 모두 쿠르드인들을 증오하면서 그들을 '산에 사는 터키인들'이라고 불렀다.

그 청년은 배가 고팠는지 아주 잘 먹었다. 자기 가족에 대한 이야기도 해줬다. 이야기를 들어보니 PKK 냄새가 나서 게이블은 청년을 일주일 동안 고용해서 그의 택시를 타고 돌아다녔다. 게이블의 육감이 적중했다. 청년은 그 지역의 PKK 조직에 속해 있었지만 테러리즘 같은 헛소리는 믿지 않았다. 조금 존중해주고, 한 달에 500유로를 쥐어 줌으로써 아주 근사하게 그를 포섭해냈다. 게이블이 택시를 탈 때도 눈을 부릅뜨고 있었기에 가능했던 일이었다(그 점을 잊지 마).

그 아이는 초짜가 다 그렇듯이 처음에는 쓰레기 같은 정보만 가지고 왔지만 게이블이 확실하게 가르쳤다(괜히 정보원 다루는 기술을 가르치는 게 아니라고). 그다음에 둘은 그 지역 책임자들에게 초점을 맞춰서 상부 조직이 어떻게 명령을 내리는지, 메신저들이 어떻게 여행을 하는지 알아냈다. 그 정도면 나쁘지 않았지만 게이블은 그 청년을 좀 더 닦아세워서 PKK가 셈텍스(semtex, 대개 불법 폭탄 제조에 쓰이는 강력한 폭약-옮긴이)를 보관하는 창고들의 위치나 뭘 가지고 폭탄을 만드는지와 같은 정보들을 알아내기 시작했다. 그다음에는 청년이 폭탄 제조업자들의 이름을 전해주기 시작했다.

상황이 점점 발전되면서 그들을 잡아들이고 싶어 하는 터키 경찰들을 자제시켜야 했다. "놈들을 사살해." 거기 경찰들은 그렇게 말하곤 했다. 앙카라 지부장은 게이블이 거둔 성과에 기뻐했고 본부의 양복쟁이들도 흡족해서 연신 고개를 끄덕여댔다. 그러다 게이블이 자만하면서, 거품이 터져버렸다(여기서 네이트에게 주는 교훈이 나왔다. "항상 거품이 터지지 않게 조심해야 해").

그 쿠르드 애송이는 오래된 유럽 지구인 페라의 언덕 밑에 있는 마을에 살고 있었다. 게이블은 대개 그 아이의 택시에서 만나, 계속 시내를 돌아다니면서 이야기를 했고, 항상 밤에만 몰래 만났다. 그런데 어느 날은 그

규칙을 어기고 그 애송이의 가족을 만나기 위해 그의 집을 방문했다. 그 아이가 먼저 게이블을 초대했는데 거절했다간 그를 모욕하는 뜻이 될 수도 있는, 문화적으로 민감한 문제가 얽혀 있었기 때문에 어쩔 수 없었다. 게다가 게이블은 정보원이 어디 사는지 알고 싶었다(잘 들어, 넌 항상 네 정보원들이 어디 사는지 알아야 해. 언제 어느 때 그들을 위기에서 구해내야 할지 모르는 법이야).

그 집이 있는 가파른 거리 양쪽에는 칠이 벗겨져가는 목재 연립 주택들이 늘어서 있었다. 과거의 영광은 희미해지고, 집 앞에 있는 좁은 계단들과 이중으로 된 앞문들, 무늬를 조각한 유리가 끼워진 채광창들은 모두 부서지고 판자가 덧대어져 있었다. 과거 유럽인들이 살던 주택가에는 사방에 쓰레기들이 흩어져 있었고 하수구 냄새가 났다(이스탄불에서는 하수구 냄새에 익숙해져야 하는데 사실 좀 달콤한 냄새가 나지). 어쨌든 날은 어두워져가고 집들마다 불이 켜지기 시작했다. 저녁 기도가 막 끝난 시간이었다.

게이블은 몹시 두려워하면서 언덕을 내려오고 있었다. 오늘 밤은 아주 어색한 밤이 될 것이다. 수줍어서 눈을 내리깐 사람들과 끝도 없이 차를 마시겠지. 망할, 이것도 업무의 연장이니까. 그가 청년의 집으로 다가가는데 비명 소리들이 들렸다. 청년이 사는 집의 앞문이 열려 있었다. 뭔가 부서지는 소리가 났다. 빌어먹을, 조짐이 안 좋아. 이웃 사람들이 곧 몰려들 것이다. 게이블은 2분 정도만 있으면 서커스가 시작될 것이라고 생각했다. 그는 줄행랑을 치기 시작했다. 꽤 어두워졌으니 아무도 그가 왔던 걸 눈치채지 못할 것이었다.

문제는, 앞문에서 두 남자가 그 청년의 겨드랑이를 잡고 집 밖으로 끌어내고 있다는 것이었다. 토로스 산맥의 남쪽 경사지 출신으로 가냘픈 체격에 눈이 아몬드 모양인 청년의 아내가 티셔츠는 찢겨진 채 맨발로 서 있었다. 그녀는 남자들 바로 뒤에 서서, 비명을 지르면서, 그들을 두들겨 패고 있었다. 두 살 정도 된 아기가 옷을 홀딱 벗은 채 문간에 서서 울고 있었다. 그 두 머저리들은 게이블의 정보원처럼 비쩍 말랐지만 그 청년은 아무 저항도 하지 않고 있었다. 아마도 그 머저리 중 하나가 권총을 겨누고 있었기 때문일 것이다.

맙소사, 그 애송이가 PKK 문제로 곤경에 빠진 것이다. 아마 그가 준 돈을 막 쓰고 다녔거나, 새로 사귄 외국 친구에 대해 떠벌리고 다녔을 것이다(잘 들어, 일이 틀어지는 건 한순간이라니까. 그러니까 그들을 잘 보호해야 해, 가끔은 그들을 위해서 그렇게 해야 해). PKK는 그들이 배신자라고 생각하는 동포들을 다룰 땐 굉장히 중세적인 시각으로 본다.

게이블은 그 상황을 외면하고 떠나버릴 수도 있었다. 그러다 문간에 있는 그 꼬맹이를 봤다. 동그란 엉덩이가 아주 작고 귀여운 여자아이가 콧물을 질질 흘리고 있었다. 그는 생각했다. 에잇, 나도 모르겠다. 그는 그 집 앞 계단의 첫 번째 칸으로 올라가서 그 머저리들에게 씩 웃어보였다. 그들은 그 자리에서 멈춰서 그 애송이를 놔줬다. 그 청년은 맨 위 계단에 엉덩방아를 찧으며 주저앉았다. 키 작은 아내가 비명을 멈추고 게이블을 쳐다봤다. 손마디가 큼직한 외국인 남자. 수십 명의 이웃 사람들이 조금씩 다가오고 있었는데 모두 쿠르드인들이었다. 망할 온 동네가 쥐 죽은 듯이 고요했다. 아무 소리도 나지 않았고, 거리 한가운데를 따라 물이 졸졸 흘러내리고 있었다. 권총을 든 머저리가 쿠르드어로 뭐라고 소리를 질렀는데 마치 세숫대야를 쇠붙이로 긁는 것 같은 소리였다.

그 수다쟁이가 권총을 휘두르기 시작하다가 애송이에게 겨누더니, 그 다음엔 그의 아내에게 대고 겨냥하면서 마치 손가락을 빙빙 돌리는 것처럼 그걸 돌리고 있었다. 게이블이 뭔가 하지 않았다면 그 애송이는 100퍼센트 죽었을 것이다. 망할, 어쨌든, 이제 이걸로 이 건은 좀 났으니까 그 애송이가 계속 목숨을 부지하고 싶다면 터키를 떠나야 했다. PKK 사내가 계단 한 칸을 내려와서 계속 게이블에게 소리를 질렀다. 말똥말똥 빛나는 저 작은 눈은 무시하고 총에만 집중하자. 총을 죽어라 움켜쥐고 있는 머저리의 손마디가 하얗게 질렸다. 이제 3초밖에 시간이 없었다. 총열이 나오기 시작했다.

게이블은 엉덩이 뒤에 찬 비앙키 벨트 고리에 브라우닝 자동권총을 차고 있었다. 그는 브라우닝의 안전장치를 풀고 그 쿠르드인을 쐈다. 탕, 탕, 탕. 모잠비크 수법이라고, 가슴 한가운데 두 발 쏘고, 이마에 마지막 한 발을 쐈다. 아무래도 그게 모잠비크에서 발명된 모양이었다. 그 머저리가 눈을 크게 뜨더니, 그대로 푹 쓰러졌다. 머리 먼저 계단을 치면서 주르르 미끄러졌다. 권총이 그를 따라 튕겨 내려오자, 게이블이 그걸 집어서 하수구 구멍에 던져버렸다. 아마 이스탄불의 하수구엔 총이 백만 자루는 있을 거야. 게이블의 다 쓴 탄피가 땅바닥에 떨어지기도 전에 이웃 사람들이 다람쥐처럼 사방으로 흩어져 달아났고, 집집마다 덧문들이 탁탁 소리를 내며 닫혔다.

쿠르드 애송이가 아내를 안았다(그 애송이가 그 순간 자신에게 새로운 인생이 시작됐다는 걸 깨달았는지 궁금해. 아마, 그 아내는 알았을 거야. 티셔츠 사이로 젖꼭지가 보이던 그 가냘픈 여자는 아주 똑똑해 보였거든). 게이블은 남은 PKK 사내를 바라봤다. 그 자는 예수를 만났는지 무함마드를 만났는지 모르겠지만 얼이 빠져서 손을 번쩍 들어 손바닥을 내보이면서 계단을 걸어 내려오더니 거리를 달려 어둠 속으로 도망쳐버렸다.

게이블은 그 애송이에게 거길 뜨라고 5천 달러를 줬다. 본부에서 그 이상은 빼낼 수 없었다. "그들이 어디로 갔는지는 모르겠어, 아마 독일이나 프랑스로 갔겠지. 쿠르드 아이 다섯이서 독일어를 배우고 있겠지. 그 아이들이 스무 살이 되면 네이트의 아들이 그들을 찾아서 정보원으로 포섭할 수도 있겠지. 정말 우라지게 정신 나간 이야기지. 좋아, 이 어마어마하게 긴 이야기의 요점은 바로 이거야. 사고 처리라는 건 정말 끝내주는 난장판이야, 이건 농담이 아니야." 게이블이 말했다. "먼저 영사관을 상대해야 하고, 그다음엔 히스테리 상태인 총영사를 만나야 해. 그자의 목소리는 마치 뮤직 박스에 들어 있는 아주 조그만 목소리 같아. 그다음에 앙카라에 있는 대사관으로 가야 해. 그다음엔 국무부의 거물들을 달래줘야 하고. 그 치명적인 총격전에 연루된 외교관들은 무지하게 속상해하고, 울기도 많이 울었지. 그 사건의 후폭풍이 심각했지. 난 이스탄불을 떠나야 했어. 터키 경찰은 내게 명판을 선물로 주고 송별회도 열어줬어. 그 인간들은 신나서 어쩔 줄을 모르더라고. 터키 경찰들은 시원한 총격전이라면 환장하거든. 하지만 모두 무지하게 화가 난 데다 공식적인 CIA 조사는 아직 시작도 안 됐었지."

게이블은 한 달 동안 본부의 보안과와 밀고 당기면서 지루한 대화를 계속했다. 무려 40시간 동안 대화를 나눈 끝에 그 사건은 '스파이 기술이 부족했던 것'으로 합의를 봤다. 앙카라 지부장은 게이블 편을 들어주지 않았다. 정치적으로 너무 뜨거운 사건이었으니까(곤도프랑 비슷한 인간 같지 않아? 이 바닥에 있다 보면 그런 진상들을 많이 만나게 될 거야). 이제 게이블이 해외 근무를 하게 될 가능성은 앞으로 오랫동안 없을 것처럼 보였다. 그는 본부의 터키 담당 부서의 좁은 칸막이에 갇혀, 칸막이 반대편에 앉은 스물세 살짜리 신입이 용기를 내서 외선 전화로 여자친구에게 이번 주말에 오럴 섹스를 해달라고 하는 소리를 듣고 있었다. 젊은 요원들 중엔 심지어 시계를 찬 인간도 하나 없었다(빌어먹을, 그 자식들은 망할 놈의 핸드폰이나 태블릿인지 뭔지로 시간을 보더라니깐).

게이블은 한탄하진 않았다. 그건 다 작전에 지나지 않았다. 그에게 나쁜 일들이 일어나긴 했지만 다 그럴 만한 이유가 있어서 그런 것이다. "잘 들어, 가장 중요한 것은 너의·정보원이고, 그의 안전, 그의 목숨을 구하는 거야. 그게 유일하게 중요한 거야."

그 무렵 포사이스가 그만의 격동의 세월에 종지부를 찍고, 재기해서 헬싱키로 왔다. 그는 게이블이 망했다는 소식을 들었다(새로운 소식도 아니지). 그래서 예전처럼 그를 자신의 오른팔로 불러들였다. 하지만 이젠 더이상 예전과 같은 화려한 시절은 없었다. 그건 떠도는 전설일 뿐이었다. 본부의 얼간이들은 아주 기쁜 마음으로 게이블을 핀란드 지부로 보내줬다. 그 자리에 오고 싶어 하는 사람이 아무도 없었고, 그들은 그를 치워버리고 싶어 했다. 주변 사람들에게 악영향을 미친다나.

"그래서 우리가 여기 이렇게 모였잖아. 현장을 개판으로 만든 인간 셋이서 빌어먹을 북극 한계선 근처에서 작전을 수행하는 거지. 너랑 나는 싸구려 터키 식당에서 맥주를 마시고 있고." 게이블은 맥주를 비우고 소리를 질렀다. "계산!" 타리크가 부엌에서 나왔을 때 게이블이 네이트를 가리켰다. "돈은 이 친구가 낼 거야." 네이트가 웃었다.

"잠깐만요, 포사이스 지부장님이 격동의 세월에 종지부를 찍으셨다는 건 무슨 말이에요? 무슨 일이 있었던 거죠?" 네이트가 물었다. 그러면서 몇 유로를 꺼내 타리크에게 건넸다. "잔돈은 가져요." 타리크는 희미하게 미소를 짓더니, 게이블에게 고개를 끄덕여 보이고, 부엌으로 물러났다.

"팁을 너무 많이 줬어, 신참." 게이블이 말했다.

"처음부터 그렇게 버릇을 나쁘게 들이면 안 돼. 계속 아쉽게 만들어야 한다고." 게이블이 일어나서 어깨를 들썩이며 코트를 입었다.

"말이 안 돼요. 선배님은 그 젊은 쿠르드인에게 거기서 빠져나오라고 5천 달러나 주셨잖아요. 그 정보원은 이미 끝났다고, 아무 쓸모가 없다고 인정하셔놓고 선배님은 그 젊은 친구에게 한 푼도 줄 필요가 없었다고요." 네이트는 게이블과 함께 골목을 나와 기차역 앞을 걸어가면서 그를 바라봤다. 게이블은 그의 시선을 피했고, 네이트는 게이블에게 터프 가이 같은 면 외에 다른 면도 있다는 걸 알았다. 하지만 그의 한계를 시험해볼 생각은 없었다.

바깥 공기가 쌀쌀해서 네이트는 코트 깃을 세웠다.

"포사이스 지부장님에 대한 대답을 안 해주셨잖아요. 대체 무슨 사연이 있었던 겁니까?"

게이블은 그 질문을 무시하고 계속 인도로 걸었다.

"러시아 대사관이 어디 있는지 알아?" 게이블이 물었다.

"중국, 이란, 시리아? 지금 차에 타면 곧바로 그중 하나로 갈 수 있어. 언젠가는 어떤 불쌍한 인간을 거기서 빼내야 할지도 모르지. 그 대사관들을 찾는 데 일주일 줄게."

"좋아요, 알았어요. 그거야 식은 죽 먹기죠. 하지만 포사이스 지부장님은요? 무슨 일이 있었어요?" 네이트는 눈이 쌓인 보도 위를 걸어가는 보행자들을 계속 피해서 걸어야 했다. 그동안 게이블은 불도저처럼 오후에 거리로 나온 사람들 한가운데를 그대로 밀고 갔다. 그들은 모퉁이에 도착해서 길을 건너려고 기다렸다. 네이트는 길 맞은편에 있는 커피숍을 하나 봤다. "잠깐 커피 한잔 하실래요? 가요, 제가 쏠게요." 게이블은 네이트를 곁눈질로 보더니 고개를 끄덕였다.

커피와 브랜디 한 잔을 놓고 게이블이 이야기를 해줬다. 사람들은 포사이스를 CIA에서 가장 유능한 지부장 중 하나로 생각했다. 포사이스는 25년간 일하면서 혁혁한 성과를 거두며 승진을 거듭했다. 젊은 요원이었을 때 그는 사상 처음으로 북한 정보원을 포섭했다. 베를린 장벽이 붕괴되기 전에는 바르샤바 조약 기구의 남부 사령부에 완벽한 전쟁 계획을 가져다준 폴란드 대령을 관리하고 있었다. 몇 년 후에 그는 조지아 공화국의 국방 장관을 포섭했다. 그 장관은 스위스 은행 계좌에 대한 대가로, 신형 반응장갑을 장착한 T-80 탱크가 새벽 3시에 바투미(Batumi, 조지아 공화국의 한 도시-옮긴이)의 해변을 달려 CIA가 루마니아 사람들에게 임대한 상륙용

주정에 올라타게 만들었다.

점점 높은 자리로 올라가게 된 포사이스는 임무를 확실하게 완수했고 이 게임의 본질이 뭔지 정확히 알고 있었다. 현장에서 뛰는 요원들은 그를 사랑했다. 대사들은 그에게 조언을 구하러 왔다. 본부 7층에 있는 윗대가리들은 그를 신뢰했고, 마흔일곱에 그는 이 바닥의 노른자위인 로마 지부장이라는 상을 받았다. 포사이스가 로마에서 보낸 첫 해는 예상대로 탄탄대로를 달렸다.

아무도 예상하지 못했던 것은 정치적인 요령도 있는 포사이스가 의회 대표단으로 로마를 방문한 한 상원 의원의 거만한 보좌관에게, 지부에서 브리핑을 할 때는 입 닥치고 듣기만 하라고 말했다는 것이었다. 그 여자 보좌관은 논쟁적인 로마 지부 작전의 '적절한 지혜'에 의문을 제기했다. 예일 대학에서 정치학을 전공하고 의회에서 20개월 동안 일한 그 스물세 살짜리는 그걸로도 모자라 그 사건에 대한 포사이스의 관리 방식을 개인적으로 비판했다. 그녀는 "그 사건에 기용된 스파이 지식과 기술이 한마디로 수준 이하"라고 말했다. 그 말을 듣자 평소에는 침착하고 온화한 포사이스의 입에서 "꺼져"라는 말이 나왔고, 며칠 후 본부에서 그 상원 의원이 불평을 제기했으며, 포사이스의 로마 근무가 단축됐고, 정당한 사유로 근무지가 변경됐다는 통보가 그에게 왔다.

포사이스의 파일에 본부의 지당하신 질책 서한이 들어갔고, 7층 간부들이 포사이스에게 조용히 헬싱키 지부를 제안했다. 그 제안의 명목은 진상 조사를 위한 파견 근무였지만, 사실 쇼핑이나 하러 온 의원들이 열심히 현장에서 일하는 요원들에게 멍청한 지적이나 해대는 바람에 분노한 포사이스를 본부가 안타깝게 여긴다는 걸 의회에 보여주기 위한 제스처였다. 게다가 포사이스에게 헬싱키를 제안한 것은 자기들 나름대로 머리를 굴려 생각해낸 성의 없는 제안이었다. 아무도 포사이스가 그 제안을 받아들일 거라고 생각하지 못했기 때문이다. 헬싱키 지부는 로마 지부의 6분의 1 크기밖에 안 되는 데다, 생기 없고 나른한 스칸디나비아의 4개국 중에서도 가장 중요하지 않은 나라로 간주되는 곳이 핀란드였다. 다들 포사이스가 그 제안을 거절하고 다른 자리에 잠시 머물렀다가, 2년 뒤 은퇴할 나이가 되면 그만둘 것이라고 예상했다.

"포사이스는 그 임무를 수락해서 사실상 7층에 있는 인간들에게 엿 먹으라고 한 거나 다름없어. 반년 뒤에 포사이스가 나를 자기 밑으로 받아들였고, 어제 네가 도착했지. 그렇다고 네가 실패작이란 소리는 아니야." 게이블은 껄껄 웃었다. "다만 그렇게 알려져 있다는 거지."

게이블은 먼 곳을 보는 네이트의 얼굴을 봤다. '이 풋내기는 걱정이 많군.' 게이블은 생각했다. 전에도 이런 경우를 본 적이 있었다. 재능 있는 현장 요원이 자신의 평판과 미래에 대해 너무 걱정하느라 여유를 갖고 일의 흐름에 몸을 맡기지 못한 것이다. 유령같이 생긴 곤도프가 이 자식을 겁주고 스스로를 수치스럽게 생각하도록 만들었다. 이제 그와 포사이스가 그런 생각을 고쳐줘야 한다. 게이블은 포사이스와 얘기를 해 봐야겠다고 마음에 새겨뒀다. 지금 헬싱키 지부에 결코 필요하지 않은 건 정보원을 포섭할 때를 모르는 현장 요원이다.

타리크의 아다나 케밥

빨간 파프리카와 붉은 고추를 으깨고 거기다 소금과 올리브오일을 넣어 걸쭉하게 퓌레로 만든다. 그 퓌레를 양고기 간 것, 다진 양파, 마늘, 파슬리, 깍둑 썰기한 버터, 고수, 커민, 파프리카, 올리브오일, 소금, 후추에 넣는다. 그것을 반죽해서 납작한 케밥을 만든다. 그 케밥을 석쇠에 바짝 굽는다. 석쇠에 구운 피타 빵에 케밥을 올리고 얇게 썬 자주색 양파에 레몬과 소스를 뿌려서 그 위에 얹어 낸다.

8

흰색과 푸른색이 섞인 보스호트 수중익선(선체 밑에 날개가 있어 고속으로 달릴 때 선체가 물 위로 떠오르는 형태의 선박-옮긴이)이 물 위로 올라와 파란 디젤 연기를 남기면서 부두로 다가왔다. 작은 여행가방을 하나 든 도미니카가 갯벌 가장자리 위에 걸쳐진 경사가 가파른 수상 플랫폼으로 올라가 강 위의 자갈길에서 대기하고 있는 버스를 향해 걸어갔다. 열한 명의 젊은이들(여자 일곱 명과 남자 네 명)이 그녀의 뒤를 따라 터덜터덜 부두로 올라갔다. 모두들 지쳐서 조용히 버스 앞쪽의 열려 있는 짐칸에서 가방을 내렸다. 입을 여는 사람은 아무도 없었고, 서로 흘낏거리지도 않았다. 도미니카는 돌아서서 넓은 볼가 강과 강가 아래 양쪽으로 늘어선 소나무들을 바라봤다. 공기는 습했고 강에선 경유 냄새가 났다. 3킬로미터 북쪽의 강굽이 주변으로, 카잔 크렘린의 첨탑들과 뾰족탑들이 아침 안개 속에서 희미하게 보였다.

도미니카가 그곳이 카잔이라는 걸 알고 있는 이유는 그들이 그 도시의 비행장에서부터 버스를 타고 고속도로의 모든 표지판들을 지나왔기 때문이다. 그렇다면 지금 이들은 타타르스탄, 즉 아직도 유럽 러시아(러시아 영토 가운데 유럽 대륙에 속하는 지역-옮긴이)에 있는 것이다. 그들은 자정에 모스크바에서 어두워진 군용 비행장까지 700킬로미터를 날아왔다. 불이 꺼진 표지판에 보리소글레브스코예 비행장과 카잔 국영 비행기 공장이라고 나와 있었다. 그들은 말없이 버스에 탔는데, 유리창은 얼룩진 회색 커튼으로 가려져 있었다. 그들은 동이 트지도 않은 거리를 조용히 달려 부두

가로 왔고, 물속에서 뒹굴고 있는 수중익선을 타는 사이에 해가 도시 위로 떠오르기 시작했다.

그들은 숨이 막힐 것 같은 분위기 속에서 우주선 같은 모양의 배에 앉아 한 시간 동안 말없이 기다렸다. 불규칙적으로 배가 흔들리고, 부둣가의 물이 출렁거리고, 말뚝에 묶은 해진 나일론 줄들이 삐걱거리면서 팽팽하게 잡아당겨지자 도미니카는 속이 메스꺼워지다가 졸음이 왔다. 지금까지 타고 온 버스 기사와 함교에 있는 남자 하나 외에는 아무도 보지 못했다. 도미니카는 햇빛이 물 위로 퍼지는 걸 보면서 바닷새들을 셌다.

마침내 회색 라다 한 대가 건너편 판자 앞에 멈췄고 남자 하나와 여자 하나가 납작한 골판지 박스 두 개를 들고 내렸다. 그들은 배에 타서, 그 박스들을 선실 앞에 있는 카운터 위에 올려놓고, 박스 덮개를 열었다.

"와서 마음대로 먹어." 여자가 말하고 승객들을 등진 채 앞줄에 있는 의자에 앉았다. 그들은 천천히 일어나서 앞으로 왔다. 그들은 전날 아침을 먹은 후로 지금까지 먹은 게 없었다. 박스 하나에는 건포도가 든 동그랗고 달콤한 빵인 불로치키가 갓 구워진 상태로 가득 차 있었고, 다른 박스에는 방수 처리된 용기에 오렌지에이드가 들어 있었다. 남자는 승객들이 자기 자리로 돌아가는 걸 보고 그다음에 나와서 함교에 있는 남자에게 말했다. 우르르 소리를 내면서 배의 시동이 걸리더니, 의자들 사이로 배가 흔들리는 게 느껴졌다. 배와 부두 사이에 놓여 있던 알루미늄 통로가 쾅 소리를 내면서 부둣가로 넘어갔고 밧줄들은 물 위로 던져졌다.

날개 위에 있는 수중익선이 수평으로 자세를 잡으면서 물 위로 살짝 뜨자 배 전체가 흔들렸다. 도미니카 앞의 의자가 흔들렸고, 선실 앞에 달린 밧줄 고리가 윙윙거렸고, 의자 팔걸이에 끼워진 금속 재떨이가 덜거덕거렸다. 도미니카는 구역질이 나는 걸 참으면서 앞에 있는 때 묻은 머리 받침대 천에 정신을 집중했다. 창녀 대학. 그녀는 볼가 강 위를 날아 엄청난 치욕을 향해 가고 있었다.

이제 그들은 버스에 탔고, 그 이름 없는 여자는 앞좌석에 앉아 있었다. 그들은 햇빛이 스며드는 소나무 숲을 흔들거리며 지나쳐서 마침내 콘크리트 벽 앞에서 멈췄다. 담장 위를 따라 모르타르를 바르고 꽂아놓은 부서진 유리 조각에 햇빛이 반사됐다. 버스가 경적을 울리고 나서, 문을 통과해 널찍한 진입로를 올라가 이중 경사 지붕이 달린 2층짜리 신고전주의풍의 대저택 앞에 섰다. 숲 속에 있는 그곳은 극도로 고요해서 바람이 스치는 소리조차 들리지 않았고, 저택 안에서도 아무 움직임이 없었다.

심호흡을 하자. '야, 정신 차려.' 이 역겨운 학교는 또 다른 장애물이자, 또 다른 희생이며, 국가에 대한 그녀의 충성심에 대한 또 다른 시험이었다. 도미니카는 소나무 숲에 있는 겨자 색 저택 앞에 서서 기다렸다. 스패로우 학교에 도착했다.

삼촌과 이야기한 후, 도미니카는 그들 모두에게 지옥에나 가라고 해야할지 심각하게 생각해봤다. 엄마를 모시고 상트페테르부르크 근처 넵스카야 구바 해변에 있는 스트렐나로 돌아갈까 하는 생각도 해봤다. 거기서 교사나 체육관 코치 일을 찾을 수 있을 것이다. 운이 따라줘서 시간이 좀 지나면 바가노바 아카데미에 취직해서 다시 발레를 할 수 있을지도 모른다. 하지만 아니, 도망치지 않기로 결심했다. 도미니카는 어떤 대가를 치르고라도 이 일을 할 것이다. 여기서 총을 맞진 않을 테니까. 이것은 육체적인 사랑을 해야 하는 일로, 그들이 어떤 일을 시키건 상관없다. 절대로 그녀의 정신은 굴복시킬 수 없을 것이다.

그 생각에 반발하는 와중에도 도미니카의 은밀한 일면, 서서히 흥분하고 있는 그녀의 몸은 지금 그녀 앞에 있는 지저분한 황토색 건물에서 배우게 될 교과 내용이 조금이라도 그녀를 만족시켜줄지 궁금해하고 있었다. 도미니카는 스패로우 학교라는 개념 자체를 증오했고 이곳에 보내지게 된 걸 창피하게 생각했지만, 한편으로는 은밀한 기대에 차 있었다.

"가방은 복도에 두고 날 따라와." 그 여자가 말하고 먼저 앞에 있는 계단을 올라가서 낡은 목재 정문으로 들어갔다. 그들은 강당에 모였다. 책꽂이들이 있는 걸로 봐서 전에는 도서관이었다가 목재 연단과 방 한쪽 끝에 삐걱거리는 나무 의자들이 몇 줄 있는 강당으로 개조된 모양이었다. 아무 모양 없는 검은색 정장을 입은 그 여자가 그들 사이를 걸어 다니면서 봉투를 하나씩 나눠줬다.

"그 안에 너희들의 방 번호와, 여기서 교육을 받는 동안 너희들이 쓰게 될 이름이 들어 있을 것이다. 여기선 그 이름만 써라. 다른 학생들에게 자신의 인적 사항에 대해선 말하지 않는다. 규칙을 하나라도 어기면 즉시 퇴출이다." 50대 초반인 그 여자 관리자는 위로 올린 흰색 머리에, 얼굴은 사각형이고, 콧날이 우뚝 서 있었다. 그녀는 최초의 여자 우주 비행사이자 우표 속 인물이기도 한 테레시코바처럼 생겼다. 그녀의 말은 노란 덩어리로 흘러나왔다.

"너희들은 특수 훈련을 받기 위해 선정됐다. 이것은 대단한 명예다. 이 훈련의 본질은 너희 중 몇 명에게는 생경하고 기이하게 보일지도 모른다. 여기서 배우는 수업 내용과 연습에만 집중하도록. 그 외에 다른 것은 중요하지 않다." 여자의 목소리가 천장이 높은 강당에 울려 퍼졌다.

"이제 위층에 올라가서 너희들의 방을 찾아라. 저녁식사는 강당 맞은편에 있는 식당에서 6시에 한다. 수업은 오늘 저녁 7시에 시작된다. 가라. 해산이다."

2층 복도로 올라가서 세어보니 한쪽에 여섯 개씩 모두 해서 방이 열두 개였다. 방 번호들은 나무 문에 나사를 박아 고정시킨 마름모꼴의 판에 갈라진 에나멜 도료로 찍혀 있었다. 복도를 따라 죽 늘어선 침실 문들 사이에 손잡이가 없는 문들이 있었다. 그 문들은 열쇠로만 열 수 있었다. 그녀의 방은 옅은 초록색 페인트가 칠해져 있었고 침대 하나, 벽장 하나, 테이블 하나, 의자 하나로 세간은 별로 없었지만 편안했다. 침대보 위에서, 벽장에서, 선반에 쌓여 있는 침대 시트에서 희미하게 소독약 냄새가 났다. 방 안에 커튼으로 가린 변기(그 위에는 손으로 들고 하는 샤워기가 달려 있었다)와 녹이 슨 세면기 하나가 있었다. 필기용 테이블 위에 커다란 거울 하나가 있었는데 막사 스타일의 황량한 방에는 어울리지 않게 너무 컸다. 도미니카는 거울에 뺨을 찰싹 대고 전에 훈련받을 때처럼 비스듬하게 들어오는 햇살에 비친 거울의 표면을 들여다봤다. 연기처럼 뿌연 은제 이중 거울이었다. 스패로우 학교에 온 걸 환영해.

황혼이 지는데 소나무 위의 밤하늘은 아직 보이지 않았다. 저택에 희미하게 불이 켜졌다. 저택 어디에도 시계는 없었다. 전화벨도 울리지 않았다. 복도와 계단과 1층 방들은 조용했다. 밤이 집 안으로 쳐들어왔다. 벽들은 은판사진법으로 찍은 레닌이나 마르크스의 사진 한 장 걸려 있지 않았지만 한때 초상화들이 걸려 있던 흔적이 아직 곰팡내 나는 테두리로 생생하게 벽판에 남아 있었다. 혁명이 일어나기 전에 타타르스탄의 어떤 귀족 가문이 여기 살았을까? 이 소나무 숲에서 눈부시게 멋진 귀족들이 말을 타고 사냥을 했을까? 강물 위에 뜬 모스크바 증기선의 호루라기 소리를 들었을까? 소련인들은 무슨 생각으로 모스크바에서 이렇게 멀리 떨어진 곳에 이 학교를 세웠을까?

도미니카는 테이블 주위에서 다른 열한 명의 '학생들'이 말없이 스푼으로 토크마치 수프를 떠먹고 있는 모습을 돌아봤다. 그것은 국수가 들어간 걸쭉한 수프였는데 웨이터가 아무 말 없이 푸른색과 흰색이 섞인 거대한 자기 그릇에서 국자로 퍼 올려 학생들의 그릇에 담아줬다. 그다음엔 삶은 고기를 담은 접시가 나왔다. 여자들과 세 명의 남자들은 모두 20대였고 네 번째 남자는 심지어 그보다 더 어린 10대로 보였는데 마르고 창백했다. 이 학생들 중 어느 한 명이라도 SVR 훈련을 받았을까? 도미니카는 왼쪽 옆에 앉아 있는 여자에게 고개를 돌리고 미소를 지었다. "내 이름은 카샤야." 그녀는 훈련 중 쓰게 된 가명을 써서 말했다.

그 여자도 미소로 답했다. "난 엔야." 그녀는 가냘픈 체격에 금발이었고, 입이 크고, 튀어나온 광대뼈 위에 희미하게 주근깨가 나 있었다. 마치 옅은 파란색 눈의 우아한 목장 아가씨 같았다. 그녀의 입에서 머뭇머뭇 나오는 말들은 순수하고 천진난만한 수레국화의 파란색이었다. 다른 사람들도 수줍게 자신의 가명을 말해줬다. 저녁을 먹은 후에 그들은 조용히 한 줄로 서서 강당으로 들어갔다.

강당 안은 쥐 죽은 듯 고요했다. 이윽고 조명들의 조도가 낮아졌다.

'스패로우 학교 수업에 온 걸 환영한다.' 영화가 시작됐다. 강당 앞의 화면에 잔인하고, 음산하고, 들쭉날쭉한 흑백 이미지들이 나오더니 안간힘을 쓰는 얼굴들, 꼭 껴안은 육체들, 사방에서 끝도 없이 펌프질을 하는 성기들이 폭발하듯 터져 나왔다. 그 화면들은 너무 근접 촬영이 돼서 산부인과 영상을 보는 것처럼 제대로 형태를 알아볼 수도 없었고, 비현실적으로 보였다. 영화가 시작됐을 때부터 볼륨이 최고로 키워져 있었는데 도미니카는 동급생들이 갑작스런 소리와 시각의 공격에 놀라 고개를 홱 뒤로 젖히는 걸 봤다. 그녀에겐 빙글빙글 돌아가는 색채들로 공기가 꽉 차 있었다. 붉은색, 보라색, 초록색, 노란색이 뚝뚝 떨어지는 형상이 보였고 시각에 과부하가 일어난 신호라는 걸 알았다. 그 상황을 통제할 수 없었기 때문에 도미니카는 맹공에서 도망치려고 눈을 감아버렸다. 그때 스피커에서 나오던 소리가 갑자기 들릴락 말락 하게 줄어들어서 화면에 있는 여자가 마치 속삭이는 것처럼 보였다. 그녀의 머리카락이 옆얼굴에 찰싹 달라붙어 있고 그녀의 몸이 파트너에 의해 끝도 없이 거칠게 흔들리고 있는데도 말이다.

도미니카의 머리에서 7미터 위의 천장 대들보에 붙어 있는 조명들이 켜졌다. 교육이 끝날 때까지 여기서 버텨낼 수 있을까? 그들은 내가 뭘 하길 기대하는 걸까? 만약 내가 일어나 여기서 나가버린다면 그들은 어떻게 할까? 첩보부에서 잘릴까? 맘대로 하라고 해. 그들이 스패로우를 원한다면 그렇게 해주지 뭐. 아무도 그녀가 색깔을 볼 수 있다는 걸 모르고 있었다. 미하일은 학생들 중에서 사람 보는 눈은 그녀가 최고라고 말했다. 도미니카는 여기에 남을 것이다. 그리고 배울 것이다.

도미니카는 스스로에게 이건 사랑이 아니라고 말했다. 이 학교, 꼭대기에 깨진 유리 조각들을 박아놓은 담벼락으로 격리된 이 저택은 사랑을 제도화하고 비인간적으로 만드는 국가의 엔진이다. 이것이 육체적 섹스라는 건 중요하지 않았다. 이것은 발레 아카데미처럼 교육이었다. 퀴퀴한 냄새가 나고 깜박거리는 불빛이 비치는 도서관에서 도미니카는 이걸 해내겠고, 이 개자식들을 괴롭히기 위해서라도 해내겠다고 스스로에게 말했다.

불이 켜졌고 학생들은 시뻘게진 얼굴로 수치스러워하면서 앉아 있었다. 엔야는 코를 훌쩍이면서 손등으로 눈을 닦았다. 여자 관리자가 단조롭고 매정한 목소리로 학생들에게 말했다. "너희들은 긴 여행을 했다. 방으로 돌아가서 쉬도록 해. 수업은 내일 아침 7시에 시작된다. 해산." 그녀의 태도에서는 지난 90분 동안 성교에 몰두하는 영화를 봤다는 걸 암시하는 기미는 전혀 없었다. 그들은 한 줄로 서서 거대한 목재 난간이 있는 웅장한 계단을 올라갔다. 엔야는 잘 자라고 고개를 끄덕여 보이고 방문을 닫았다. 도미니카는 오늘 밤 이 학교에서 아직까지 보이지 않은 직원들이 방들 사이에 있는 방에 모여들어 학생들이 옷을 벗고, 목욕하고, 잠자는 광경을 지켜보고 있을 거라는 걸 엔야나 다른 학생들이 알고 있는지 궁금했다.

도미니카는 거울 앞에 서서 손잡이가 긴 브러시로 머리를 빗었다. 그것은 그녀가 집에서 가져온 유일하게 친숙한 물건이었는데 그녀는 손에 쥔 그것이 마치 그녀를 조롱할 수 있을 것처럼 바라봤다. 그녀는 일어서서 블라우스의 단추를 끄르기 시작했다. 그 블라우스를 철사 옷걸이에 건 다음 무심하게 거울 틀 한쪽에 걸어 거울 일부를 가렸다. 그런 다음 가져온 작은 가방을 테이블 위에 올려놓고 거울을 향해 가방 뚜껑을 열어서 거울의 또 다른 부분을 가렸다. 그 다음에 스커트를 벗고 무의식중에 피루엣(pirouette, 발레에서 한 발로 서서 빠르게 도는 동작-옮긴이)을 하면서 등 뒤의 곡선과 나일론 팬티 속에 감춰진 불룩한 엉덩이를 본 후에, 아무렇지 않게 스커트를 거울에 걸쳐서 마지막으로 거울의 남은 부분을 다 가려버렸다. 그들은 아침이면 거울 위를 치우고 그녀에게 야단을 치겠지만, 오늘 밤은 이렇게 해둘 만한 가치가 있었다. 그다음에 그녀는 이를 닦고, 장뇌와 장미기름으로 만든 소독약 냄새가 나는 이불 밑에 들어가서 불을 껐다. 헤어브러시는 화장대 위에 뒀다.

남자들은 여자들과 분리됐고 며칠이 지나자 시간 감각을 잃었다. 졸음이 쏟아지는 아침 시간은 해부학적 구조, 생리학, 인간의 성적 반응에 대한 심리학 등 끝도 없는 강의들로 채워졌다. 새 직원 몇 명이 나타났다. 여의사 하나가 다른 문화권에 존재하는 성행위들에 대해 끝도 없이 웅얼거렸다. 그다음엔 남성 신체의 해부학적 구조에 대한 강의가 이어졌는데 어떻게 남자의 신체가 작동하는지, 어떻게 남자를 흥분시킬 수 있는지에 대한 방법들을 배웠다. 그 테크닉들, 자세들, 동작들이 수백 개에 달했다. 그들은 볼가 카마수트라를 공부하고, 반복하고, 암기했다. 도미니카는 이 괴물 같은 백과사전, 평범함을 망가뜨리는 이 끈적끈적한 통찰들, 그녀에게서 영원히 순수함을 뺏어갈 이 강의들에 혀를 내둘렀다. 그녀가 다시 사랑을 나눌 수 있을까?

오후 시간은 마치 스케이트 선수가 되는 훈련이라도 받는 것처럼 '실전

과목'들을 배웠다. 그들은 유혹적으로 걷는 연습을 했고, 대화를 연습했고, 샴페인 병의 코르크 마개를 잡아당기는 연습을 했다. 방마다 낡은 옷들, 흠이 있는 신발들, 땀에 얼룩진 속옷들이 있었다. 그들은 그런 옷과 신발로 차려입고 서로에게 대화하는 연습을 했다. 그들은 상대의 말을 듣고, 관심을 보이고, 칭찬을 하고, 아부를 했다. 그리고 가장 중요한 부분인, 대화를 하면서 정보를 끌어내는 법을 배웠다.

학생들끼리 동지애를 키우던 어느 드문 오후에, 여학생들 다섯 명이 도서관 바닥에 서로의 무릎이 닿을 정도로 가까이 앉아서, 웃고 수다를 떨면서, 밤마다 보는 영화에서 그들이 '교성'이라고 명명한 걸 연습하고 있었다.

"이렇게 하는 거야." 흑해에서 온 검은 머리 소녀가 말하면서 눈을 감고 투박한 영어로 중얼거렸다. "아, 자기야, 자기 때문에 쌀 거 같아." 다들 와르르 웃음이 터졌다. 도미니카는 붉어진 얼굴들을 보면서 이들 중 몇 명이 얼마나 빨리 볼고그라드의 인투어리스트 호텔에서 속옷만 입고 비쩍 마른 베트남 무역 대표가 신발을 벗고 있는 모습을 지켜보게 될지 생각했다.

"카샤, 네가 해 봐." 그 소녀가 도미니카에게 말했다. 첫날 밤부터 그들은 모두 그녀가 좀 다르다는 걸, 왠지 모르지만 특별하다는 걸 감지했다. 옆에 있는 엔야가 기대에 찬 표정으로 그녀를 봤다.

왜 그랬는지 모르겠지만, 아마도 그들에게 보여주기 위해서, 아마도 자신에게 보여주기 위해서 도미니카는 눈을 반쯤 감고 속삭였다. "그래요, 자기…… 바로 그렇게…… 아, 좋아!" 그러고는 배에서 소리를 밀어냈다. "아아아아아아아!" 충격에 찬 침묵이 흐르더니 동그랗게 모여 있던 소녀들이 모두 대단하다고 소리를 지르면서 박수를 쳤다. 그 순간 금발 머리에 눈을 크게 뜬 엔야가 모두들 재미있어하는 건 개의치 않고 말없이 도미니카를 빤히 보고 있었다.

엔야에게선 초원에서 피는 꽃처럼 파란 후광이 보였다. 그녀는 이곳

생활을 아주 힘들어하고 이곳에서 받는 음란한 교육에 경악하면서, 용기와 지지를 받기 위해 도미니카에게 매달렸다. "익숙해져야 해." 도미니카가 그녀에게 말했지만 엔야는 밤마다 그들 앞의 화면에서 광란의 섹스 서커스가 맹위를 떨치는 동안 움찔하면서 도미니카의 손을 꽉 잡고 있었다. '이 시골 소녀는 버티지 못하겠어.' 도미니카는 생각했다. '이 아이의 색이 점점 강해지는 게 아니라 약해지고 있어.'

그러던 어느 날 밤, 극단적으로 타락한 영화를 보면서 소리 없이 울던 엔야가 도미니카의 방에 왔다. 그녀의 눈은 붉게 물들어 있었고 입술은 덜덜 떨렸고 수레국화 빛깔이 나는 말들은 거의 보이지도 않았다. 그녀는 위로를 받기 위해 친구를 찾아왔다. 그녀는 미쳐가고 있었다. 그녀는 그들에게 그만두겠다고 말했지만 그들이 뭐라고 하자(뭐라고 했는지는 하느님만 아시겠지) 떠날 수 없었다. 도미니카가 엔야의 손을 잡고 욕실 커튼 뒤로 들어왔다. "넌 이겨내야만 해." 도미니카는 엔야의 어깨를 잡고 부드럽게 흔들면서 속삭였다.

엔야가 흐느껴 울면서 도미니카의 목을 와락 끌어안았다. 그러고는 도미니카의 입에 입술을 대고 눌렀다. 이 작은 바보는 덜덜 떨고 있었고 도미니카는 몸을 빼서 거부하지 않았다. 그들은 작은 욕실 바닥에 있었다. 도미니카가 엔야를 부드럽게 안았는데 몸을 떨고 있는 게 느껴졌다. 엔야가 고개를 들어서 다시 키스하려고 하자 도미니카는 거절할 뻔하다가 어쩔 수 없이 누그러져서 다시 키스했다.

그 키스에 자극을 받은 엔야가 도미니카의 손을 잡아서 자신의 몸에 댔고, 입고 있던 목욕 가운 밑으로 미끄러져 내려가 자신의 젖가슴을 잡게 했다. '아, 제발 좀.' 도미니카는 생각했다. 그녀에겐 아무 열정도 느껴지지 않았고 다만 자신의 품에 안겨 있는 소녀가 불쌍해서 슬퍼졌다. 이게 바로 아래층에서 그들이 배운 그 양성애인가? 커튼 뒤에 있는데도 그들이 하는 게 보일까? 방에 오디오 감시 장치도 있나? 이건 심각한 규칙 위반일까?

엔야가 도미니카의 손목을 잡고 자신의 젖꼭지를 쓸어내렸다. 도미니카의 손가락이 닿자 그녀의 젖꼭지가 부풀어 올랐다. 엔야의 목욕 가운이 바닥에 떨어졌고 엔야는 잡고 있던 도미니카의 손을 더 밑으로, 자신의 다리 사이로 끌고 들어갔다. 이건 변태 행위인가? 아니면 친절한 행동인가? 아님 그게 아닌 다른 걸까? 도미니카의 알지도 못하는 고대의 난봉꾼 조상(그게 누구였든)의 피가 이 행위를 계속하게 했고, 넋을 잃은 상태에서 계속하는 것보다 멈추는 게 조금 더 어려웠다. 도미니카의 깃털처럼 가벼운 손가락 끝이 완벽하게 원을 그리면서 섬세하게 움직이자 엔야는 그 자리에서 녹아내리면서 고개를 돌려 도미니카를 바라봤다. 그녀의 목선은 부드럽고도 약해 보였다.

욕실 타일에 기대 일어나 앉은 도미니카는 그녀의 두 다리 사이에서 엔야의 숨결을 느꼈고 이제 멈출 이유가 없었다. 그녀의 은밀한 면이 그녀에게 자신의 몸을 느껴보라고 말하고 있었고, 엔야의 숨소리가 섞인 느낌이 배 위까지 퍼져나갔다. 도미니카는 타일 벽에 머리를 기대고 몸을 지탱하기 위해 세면대 옆을 꽉 움켜잡았다. 그러다 손에 별갑 헤어브러시가 잡히는 게 느껴져서 그걸 밑으로 끌어내렸다. 증조모의 브러시, 엄마가 머리를 빗어줬던 그 빗은 폭풍우 치던 사춘기 시절의 은밀한 동반자였다.

도미니카는 그 손잡이로 엔야의 배를 따라 부드러운 황색 곡선을 아주 가볍게 그어 내려갔다. 엔야는 숨을 죽였고 그녀의 질끈 감은 눈 뒤에서 눈동자가 흔들렸다. 엔야의 얼굴을 본 도미니카가 손잡이를 제 위치에 놓고 손목을 움직였다. 엔야의 입이 살짝 벌어졌고, 마치 시체 처리대 위에 누워 있는 시체의 축 늘어진 얼굴처럼 눈에 흰자가 보였다.

엔야의 몸이 굳어지더니 별갑 헤어브러시가 천천히 들어갔다 나왔다 하는 동작에 맞춰 흔들리기 시작했다. 그녀는 젖은 턱을 들어 도미니카를 올려다보며 속삭였다. "그래, 자기야, 그렇게 해줘, 자기가 날 절정에 오르게 하고 있어." 도미니카는 미소를 지으며 그 작은 소녀가 몸부림을 치는 동안 자신의 은밀한 면을 다시 그녀 속에 있는 폭풍의 방에 넣어 놓고 문을 닫아버렸다.

잠시 후에 엔야가 한숨을 쉬면서 고개를 들어 다시 키스하려고 했다. 이걸로 충분했다. "넌 빨리 가야 해." 도미니카가 말했다. 얼굴이 붉어진 엔야가 목욕 가운을 여미고, 도미니카를 한 번 보고, 조용히 나갔다. 내일 아침엔 그 둘을 비난하는 고함 소리가 울려 퍼질까? 지금 저 거울 뒤에 누군가 있는 걸까? 신경 쓸 여력도 없이 지친 도미니카는 어두워진 방의 침대로 들어갔다. 브러시는 싱크대 밑바닥에 잊힌 채 그대로 놓여 있었다.

다음 날 아침, 목재 벽판에 파란색과 아이보리 색이 섞인 거대한 카자흐 카펫이 깔린 아래층의 큰 응접실에서 여학생들은 방 한가운데 동그랗게 배치해놓은 의자에 앉으라는 명령을 받았다. 가녀린 체구에 갈색 머리를 기르고 노브고로드의 경쾌한 서부 억양이 있는 첫 번째 학생이 일어나서 옷을 벗고, 학생들 주위를 한 바퀴 돌면서 다른 학생들의 비평을 들으라는 지시를 받았다. 경악에 찬 침묵이 흘렀다. 그녀는 망설이다가 옷을 벗었다. 하얀 실험실 가운을 입은 여의사와 그녀의 조수가 사회자 역할을 하면서 그녀의 장점과 단점을 눈여겨봤다. 평가를 받은 학생은 자리에 앉으라는 지시를 받았지만 옷은 입을 수 없었다. 다음 학생이 호명되고 같은 과정이 반복됐다. 붉게 달아오른 얼굴들, 닭살이 일어난 피부들, 앙다문 입술들. 방은 서서히 채워지고 있었다. 이 대저택의 방과 어울리지 않게 덜덜 떠는 나체들, 각각의 의자 밑에 처량하게 쌓여 있는 옷더미와 신발들로.

다행히 남자는 없었다! 엔야는 어쩔 수 없이 그녀의 차례가 다가오는 동안 초조하게 손을 비틀어댔고, 마침내 차례가 되자 공황 상태에 빠져 도미니카를 봤다. 도미니카는 외면했다. 엔야가 팬티를 벗는 걸 망설이자 여의사가 서두르라고 쏘아붙였다. 순서가 돌아온 도미니카는 초조한 마음을 누르고 자신의 이름이 호명됐을 때 일어섰다. 대여섯 명의 낯선 사람들이 있는 앞에서 옷을 벗으라고 지시하는 건 괴물 같은 짓이었지만 그녀는 억지로 그렇게 했다. 엔야가 그녀를 뚫어져라 보고 있었다. 도미니카는 벌거벗고 있어서 그렇기도 했지만 그녀가 의자 주위를 걸어 다닐 때 방 안에 감탄의 침묵이 흐르자 쑥스러웠다. "이 중 최고인데요." 조수가 속삭였다. "쇼걸 중에서 최고지." 여의사가 정정했다.

다음 날 한 남자가 동그랗게 배치한 의자들 안에 서서 짧은 목욕 가운을 벗었다. 가운 밑으로 아무것도 입지 않았는데 목욕도 하고 발톱도 깔끔하게 다듬어야 할 것 같았다. 의사가 학생들을 위해 그 창백한 몸을 평가하고, 아주 가까이서 검사했다. 그 다음 날, 목욕가운을 입은 그 남자가 돌아왔는데 이번에는 짧고 다부진 몸매에 머리가 요오드처럼 붉은색이고 뺨과 팔꿈치의 피부가 갈라진 여자와 같이 왔다. 둘은 옷을 벗고 학생들의 의자로 만든 원 안의 한가운데 바닥에 놓인 매트리스 위에서 태연하게 섹스했다. 의사가 각기 다른 체위를 지적하면서 그들에게 행위 도중에 멈추라고 지시했고, 그와 관계된 점을 설명하거나 육체적으로 좀 더 세련된 행위의 시범을 보이게 했다. 두 모델은 스스로를 위해서나 파트너를 위해서나 아무 감정도 보이지 않았다. 그들의 색깔은 하도 바래서 보이지도 않았다. 영혼이 없는 색깔이었다.

"저들을 볼 수가 없어." 엔야가 도미니카에게 고백했다. 그녀들에게는 아침식사 후 몇 분의 쉬는 시간 동안 저택의 초라한 정원을 같이 걷는 습관이 생겼다. "난 못 하겠어. 정말 못 해 먹겠어."

"잘 들어. 넌 뭐든 익숙해질 수 있어." 도미니카가 말했다. 이 아이는 어떻게 선정됐지? 어느 지역에서 뽑힌 걸까? 그러다 그녀는 생각했다. '넌

어쩌고. 넌 시간이 지나면 뭐든 익숙해질 수 있을 것 같아?'

다음 주에는 도미니카의 예상대로 그런 치욕적인 상황이 몇 배로 악화됐다. 모두 또다시 응접실의 동그랗게 늘어놓은 의자들 앞으로 왔지만 이번에는 몸에 착 달라붙는 양복을 입고 꼴사납게 머리를 자른 무뚝뚝한 남자 세 명이 거기에 앉아 있었다. 여학생들은 그 남자들 앞에서 옷을 벗으라는 지시를 받았다. 그다음에 남자들이 학생들을 한 명씩 보면서 그녀의 몸매나 피부, 얼굴의 결점을 지적했다. 그들의 정체는 결코 밝혀지지 않았다. 그들의 부풀어 오른 노란색 방울들이 응접실의 분위기를 더럽혔다.

엔야가 눈물로 얼룩진 얼굴을 두 손으로 가리고 있자 여의사가 멍청한 짓 하지 말고 당장 얼굴에서 손을 떼라고 말했다. 마치 꿈속에 있는 것처럼 도미니카는 자신의 몸에서 떠나, 마음을 닫아버리고, 끔찍한 곰보인 남자의 시선을 참아냈다. 그의 안에서 나오는 색 때문에 그의 눈은 마치 골목에 있는 사향고양이처럼 노랬다. 그의 시선이 그녀의 몸을 훑는 동안 도미니카는 눈을 깜박이지 않고 그를 마주 봤다. "말랐어." 그는 누구에게랄 것 없이 큰 소리로 말했다. "그리고 젖꼭지가 너무 작아." 다른 두 남자가 그 말에 동의하면서 고개를 끄덕였다. 도미니카가 노려보자 그들은 고개를 돌리거나 허겁지겁 라이터로 담배에 불을 붙였다.

도미니카는 자신이 무감각해지고 있다는 걸 알아채고 놀랐다. 이렇게 벌거벗고 있는 것에, 남자들의 음란한 말에, 자신의 젖가슴이나 성기나 엉덩이를 보는 낯선 사람들의 시선에 무감각해지고 있었다. '그들은 뭐든 원하는 걸 할 수 있어, 하지만 절대 내 눈을 보게 놔두진 않을 거야.' 그녀는 속으로 생각했다. 러시아 남부 지방 사투리를 쓰는 스몰렌스크 출신의 얼간이 하나는 요부 짓을 하며 몸을 요상하게 움직여서 그런 훈련들을 통과했다. 엔야는 수치스런 마음을 결코 극복하지 못하는 것 같았다. 저택에서 풍기는 소독약 냄새에 이제 사향과 땀, 장미향수와 갈색 비누 냄새 등 그들의 몸에서 풍기는 독한 체취가 겹쳐졌다. 그리고 불이 꺼진 후에는 직원들이 땀을 흘리며 좁은 방에 앉아 노트에 필기를 하면서 학생들의 방 안에 있는 카메라들이 가려지지 않았는지 확인했다.

어느 날 밤늦게 엔야가 도미니카의 방문을 조용히 노크했다. 도미니카가 문을 조금 열고 그녀에게 가라고 했다. "난 더 이상 널 도울 수 없어." 도미니카가 그렇게 말하자 엔야는 돌아서서 어두워진 복도 저편으로 사라졌다. '이건 내 문제가 아니야. 내 정신줄을 놓지 않으려고 싸우고 있는 것만으로도 힘들어 죽겠어.' 도미니카는 생각했다.

이번에는 반에서 1등을 한 군대의 사관생도들이 버스를 타고 왔다. 학생들은 자신의 방에서 그들을 기다렸고, 침대 위에 앉아 소년들이 튜닉 셔츠와 바지를 벗는 동안 그 비쩍 마르고 멍이 든 몸들을 지켜봤고, 시간이 다 될 때까지 족제비처럼 발정 난 소년들이 몸을 흔드는 동안 그들을 꼭 잡고 매달렸다. 생도들은 여자들을 돌아보지도 않고 떠났고, 흔들거리는 버스가 저택의 문밖을 나가 소나무 숲으로 사라졌다.

다음 날 아침, 커튼을 쳐 어두워진 강당에서 프로젝터가 돌아갔는데 평소에 보던 영화 대신 이번에는 5번 방을 쓰는 동급생이 비쩍 마르고 머리를 박박 민 전날의 사관생도와 같이 싱글 침대에 있는 영상을 봤다. 학생들은 억지로 그 화면을 봤다. 여드름이 덕지덕지 난 소년의 등을 다리로 휘감고, 뼈가 툭 튀어나온 앙상한 어깨를 손톱으로 긁어대는 자신의 모습을 보는 건 수치스럽고 굴욕적이었다. 의사는 그 영화를 보다가 가끔 정지시키고 논평을 하거나 개선해야 할 점들을 제안했다. 끔찍하게도 이제 방 순서대로 영화가 나올 것이란 걸 모두가 짐작했다. 5번 방, 6번 방, 7번 방 이런 식으로. 엔야는 고개를 푹 숙이고 두 손으로 얼굴을 가리고 있었다. 그녀는 11번 방에 있는데 그 영화들을 계속 봐야 할 뿐 아니라 자기 차례가 올 때까지 기다려야 했다. 엔야는 자신의 촬영분이 끝났을 때 울면서 강당을 뛰쳐나갔다. 의사는 그녀가 도망치게 내버려뒀다. 그녀는 엔야가 뭘 잘못했고, 어떻게 더 향상시킬 수 있는지 계속 지껄였다.

도미니카는 복도 끝에 있는 12번 방이었다. 따라서 사관생도와 같이 있는 그녀의 촬영분은 마지막에 나왔다. 자신의 몸에서 떨어져 나온 그녀는 자신의 모습을 보면서, 자신의 축 늘어진 얼굴, 그 젊은 남자를 기계적으로 껴안고 리드하는 모습, 그가 그녀의 몸 위에 쓰러졌을 때 그의 귀를 잡아당겨서 그를 흥분시키는 모습을 보고 놀랐다. 그녀의 머리는 빙빙 돌아가고 있었지만 어떤 수치심이나 창피함도 느끼지 못했다. 그녀는 아무 감정 없이 화면에 나온 이미지들을 보면서 계속 스스로에게 자신은 러시아 연방 해외정보국(SVR)의 일원이라고 말했다.

다음 날 아침 엔야는 아침을 먹으러 내려오지 않았고 두 소녀가 그녀의 방에서 엔야를 발견했다. 그들은 어깨로 문을 밀어서 열고 방에 들어가야 했다. 엔야는 팬티스타킹을 목에 묶고 매듭을 지은 다음 다른 한쪽 끝을 문에 있는 코트 걸이에 매달고 자신의 다리를 추켜올려 목을 맸다. 그녀는 의식을 잃을 때까지 다리를 바닥 위로 들고 있을 만한 힘이 있었다. 그 후엔 축 늘어진 몸의 무게 때문에 목에 건 올가미가 팽팽하게 당겨진 것이다. 정원에 있던 도미니카는 비명 소리를 들었다. 그녀는 2층으로 달려가서, 다른 학생들을 옆으로 밀어젖히고, 엔야를 고리에서 빼내어 바닥에 눕혔다. 그녀는 죄책감과 분노를 느꼈다. 이 조그만 멍청이는 대체 내게 뭘 기대한 걸까? 어떻게 이 아이는 자신의 목을 졸라 죽을 용기는 있으면서 한 남자와 30분 동안 누워 있을 용기는 내지 못했을까? 그녀는 생각했다.

학교에선 아무 반응을 보이지 않았다. 미련한 곰처럼 시체의 냄새를 맡아보더니 그대로 돌아섰다. 엔야는 캔버스로 만든 들것에 실려 저택 밖으로 운반됐다. 그녀의 몸을 가린 담요 밑으로 금발 머리가 삐져나왔다. 아무도 아무 말도 하지 않았다. 그날 강의는 평소대로 진행됐다.

수업이 끝나가고 있었다. 여섯 명의 스패로우들이 지켜보는 동안 네 명의 젊은 남자가 식당으로 줄을 지어 들어왔다. 그들은 이제 막 날기 시작한 '레이븐(raven, 큰 까마귀-옮긴이)'들로 이 저택에서 좀 내려가면 있는 작은 별장에서 훈련을 받았다. 세 명은 SVR에서 목표로 삼은, 마음이 약하고 외로운 여자들(장관의 노처녀 비서, 대사의 불만스러워하는 아내, 장군의 별로 인정받지 못하는 여자 보좌관)을 유혹하는 기술의 전문가가 됐다. 네 번째 젊은 남자는 또 다른 전문 기술을 배웠다. 민감하고 두려움에 찬 남자들(암호를 관리하는 직원, 군사 담당관, 가끔은 고위급 외교관), 즉 남자들만의 은밀한 우정과 동료애, 애정을 갈구하면서도 그런 정체성을 노출시키겠다는 협박에 극히 취약한 이들의 친구가 되는 기술이었다. 레이븐들은 훈련을 받느라 고생이 막심했다고 거만하게 말했다. 훈련을 할 수 있는 파트너들을 구하는 게 쉽지 않았다고 드미트리가 속삭였다. 그들은 근처 마을에 사는 씻지도 않은 여자들에게 연습해야 했고, 카잔의 공장에서 버스로 실어온 누리끼리한 혈색의 지저분한 여자들과 섹스를 해야 했다. 도미니카는 네 번째 소년에게 어떻게, 그리고 누구와 연습을 했냐고 묻지 않았다. "하지만 이제 우리는 사랑의 일류 전문가가 됐어." 드미트리가 말했다. 그는 두 팔을 활짝 벌리고 속눈썹 너머로 그들을 빤히 바라봤다.

학생들은 말없이 그를 마주 봤다. 도미니카는 그녀들의 얼굴이 닫혀 있는 것을, 그녀들의 회의와 체념과 불신을 봤다. 마치 모스크바의 번화가 트베리 거리에 나온 창녀들의 멍한 얼굴들 같았다. '스패로우 학교의 결실들이군.' 도미니카는 생각했다. 테이블에 있는 엔야의 빈자리만 그들이 치른 유일한 대가는 아니었다.

그들은 자정에 공항을 향해 출발해서, 싸구려 골판지 가방을 들고, 어두워진 저택을 돌아보지 않고 떠났다. 창녀 학교는 다음번 그룹이 도착할 때까지 열지 않을 것이다. 소나무 숲은 어둡고 고요했다. 비행기가 카잔의 굴뚝들 위를 돌다가 서쪽의 보이지 않는 풍경 위로 날아갔다. 한 시간 후에 그들은 볼가 강의 검은 리본으로 양분된 니즈니 노브고로드의 불빛들 위를 날아갔고, 잠들지 않는 모스크바의 은은한 빛을 향해 서서히 내려갔다. 같이 훈련받았던 학생들을 다시 만나는 일은 없을 것이다.

도미니카는 다음 날 아침에 정보국과 제5부서에 출근 신고를 하고 정보부의 말단 간부로 일을 시작할 것이다. 그녀는 제5부서의 부장인 시묘노프에 대해, 그리고 그녀가 만나게 될 다른 직원들에 대해 생각했다. 그들이 자신을 어떻게 볼 것인지, 그들이 무슨 말을 할 것인지 생각했다. '뭐, 잘 훈련된 창녀가 스텝 지대에서 돌아왔구나, 이렇게 생각하겠지.' 그녀는 그들의 세계에서 결코 떠나지 않을 작정이었다.

도미니카가 동이 트기 몇 시간 전에 발꿈치를 들고 아파트로 들어왔을 때 거실은 어두웠지만 복도에서 목욕 가운을 입은 어머니가 나타났다.

"네 발소리를 들었다." 어머니가 말했고 도미니카는 계단을 올라오는 자신의 절뚝거리는 소리를 들었다는 뜻이란 걸 알았다. 도미니카는 어머니를 껴안은 다음 그녀의 손을 잡고 그 손에 키스했다. 남자의 인생을 파괴하도록 훈련된 그 입술이 하는 속죄의 행동이었다.

스패로우 학교의 토크마치 수프

소고기 수프에 숭덩숭덩 썬 감자, 얇게 썬 양파들과 당근들이 부드러워질 때까지 끓인다. 거기에 가는 국수를 넣고 익을 때까지 끓인다. 그릇 바닥에 삶은 쇠고기를 놓고 수프와 야채들을 그 위에 붓는다.

　도미니카는 카잔에서 비행기를 타고 온 피로가 아직 풀리지 않아 피곤한 상태로 다음 날 아침 제5부서에 도착했다는 보고를 하러 갔다. 옅은 초록색 페인트가 칠해진 본부의 긴 복도를 걸어가서 시묘노프의 사무실로 들어가 출근 보고를 하려 했지만 대령이 외출해서 좀 있다 돌아온다는 말을 들었다. 대신 인사과에 갔다가, 등록부에 갔다가, 기록부에 갔다.

　복도 모퉁이를 돌아왔을 때 시묘노프가 짙은 회색 양복을 입은 백발 남자에게 말하고 있는 게 보였다. 도미니카는 그 남자의 숱이 짙은 흰 눈썹과 친절한 미소에 주목했다. 시묘노프가 예고로바 요원이라고 그녀를 소개하자 그 백발 남자의 촉촉한 갈색 눈이 가늘어졌다. 미국 담당 부서의 부장, 코르치노이. 도미니카는 그의 이름을 어렴풋이 알고 있었고 그가 고위 간부라는 것도 알고 있었다. 시묘노프의 머리 주위를 감도는 희미한 기운에 비해 코르치노이는 도미니카가 지금까지 본 색깔 중 가장 강렬하고 밝은 색의 망토에 휘감겨 있었다. 아주 진하고 깊은 자주색이었다.

　"이 요원은 막 카잔의 학교에서 돌아왔습니다." 시묘노프가 능글맞게 웃으며 말했다. 정보국에 있는 사람들은 모두 그게 무슨 뜻인지 알고 있었다. 도미니카는 뺨으로 피가 솟구치는 게 느껴졌다.

　"그리고 이 요원은 제가 말씀드리고 있었던 그 건에서, 그 외교관에게 접근하는 데 보조하는 역할을 맡게 될 겁니다, 장군님."

　"보조 이상이죠." 도미니카는 시묘노프를 본 후에 코르치노이를 보면서 말했다. "전 '숲(AVR)'에서 마지막 수업까지 듣고 모든 과정을 마쳤습니다." 그녀는 스패로우 학교는 무시하면서 조용히 시묘노프에게 욕을 퍼부었다. 도미니카는 시묘노프가 지금 무슨 짓을 하고 있는지는 알고 있었지만 옆에 있는 노인에게선 아무것도 느껴지지 않았다. 도무지 생각을 읽을 수 없는 사람이었다.

"아카데미에서 자네가 거둔 성적에 대해 들었네. 만나게 돼서 기쁘군." 장군이 수수께끼 같은 말을 했다. 코르치노이는 건조한 손으로 도미니카와 힘차게 악수를 했다. 시묘노프는 계속 미소를 지은 채 그 광경을 보며 이 사람이야말로 그녀의 블라우스 속으로 다이빙을 하려고 시도할 수많은 고위 간부 중 첫 번째가 되겠다는 생각을 했다. 그녀는 앞으로 반년 안에 어떤 장군의 사무실에서(그리고 그의 가죽 소파 위에서) 일을 하게 될 것이다. 놀랍기도 하고 칭찬을 들어서 기쁘기도 한 도미니카가 장군과 악수하고, 감사하다는 말을 한 후에, 복도를 계속 걸어갔다. 장군의 시선이 그녀를 쫓았다.

"반야 부국장님보다 기운이 넘쳐요." 도미니카가 모퉁이를 돌아 사라졌을 때 시묘노프가 속삭였다. "저 여자가 부국장님의 조카딸이란 건 아시죠?"

코르치노이가 고개를 끄덕였다.

"조카딸이건 아니건 앞으로 골칫거리가 될 것 같습니다." 시묘노프가 중얼거렸다. 코르치노이는 아무 말도 하지 않았다. "저 아이는 정식 요원이 되고 싶어 하죠. 하지만 보셨잖아요, 쟤는 타고난 창녀입니다. 그래서 부국장님이 카잔으로 보내신 겁니다."

"그 프랑스 남자는?" 코르치노이가 물었다.

시묘노프는 또다시 코웃음을 쳤다. "미인계의 정석이죠. 몇 주면 끝날 겁니다. 그 남자는 경제통이니까. 우리가 쥐어짜면 그걸로 끝이죠." 그는 복도를 향해 고개를 끄덕여 보였다. "저 화상은 그 파일을 읽고, 이 건에 참여하고 싶어 하죠. 재가 할 유일한 일은 그 프랑스 남자의 가랑이 사이로 들어가는 건데."

코르치노이가 미소를 지었다. "행운을 비네, 대령." 그는 시묘노프와 악수를 하며 말했다.

"고맙습니다, 장군님." 그가 대답했다.

도미니카의 자리는 제5부서의 프랑스 부문 구석에 있었다. 도미니카가 창문도 없는 벽을 보고 있는 동안 그들은 가장자리가 깨진 책상 앞에 모였다. 그 책상 위에는 금이 간 목재 서류함 말고는 아무것도 없었다. 시묘노프가 두툼한 파일 폴더 두 개를 무례하게 그녀의 책상 위로 던졌다. 성가시게 구는 그녀를 떼어버리려고 마침내 그 파일들을 내준 것이다. 대각선의 검은 줄무늬들이 쳐진 칙칙한 파란색 표지들은 귀퉁이가 접혀 있었고, 그 안의 자료들은 땀에 젖은 손들이 만져서 솜털이 보송보송하게 일어나 있었다. 도미니카의 첫 작전 파일이었다. 그녀는 표지를 열고 그 속에 있는 말들과 색깔들을 아주 즐거운 마음으로 바라봤다.

목표는 마흔여덟 살인 시몬 들롱으로 모스크바에 있는 프랑스 대사관 경제부서의 제1서기관이다. 들롱은 유부남이지만 아내는 파리에 남아 있었다. 그는 아내를 보기 위해 아주 가끔 프랑스에 갔다. 프랑스에서 멀리 떨어져 있는 모스크바에서 본의 아니게 혼자 있게 된 들롱은 거의 곧바로 FSB의 주목을 받았다. 그들이 처음에는 들롱에게 감시를 하나 붙였지만 시간이 흐르고 그에 대한 관심이 커지면서 FSB의 미행이 급속도로 늘어났다. 그들은 사냥감을 감시하는 데 많은 시간을 들였다. 들롱이 출근했다가 잠자리에 들 때까지 열두 명의 남자로 구성된 팀이 그를 따라다녔다. 파일 속 페이지 사이에 끼여 있는 봉투에서 사진들이 쏟아져 나왔다. 들롱이 혼자 강가를 따라 걷는 사진, 아이스링크에서 스케이트 타는 사람들을 혼자서 바라보고 있는 사진, 레스토랑에서 혼자 식사를 하는 사진.

도미니카는 구겨진 파란색 감시 파일을 반듯하게 폈다. 그들은 거울을 이용해 다리가 긴 창녀가 모스크바의 작은 에스코트 바에서 들롱의 다리 위로 손을 쓱 쓸어 올리는 모습을 지켜봤다. 감시 대상은 불편하고 불안해 보였고, 창녀를 사길 거부했다(혹은 그럴 수 없었던 걸까?)고 파일에 적혀 있었다. 불쌍한 남자, 이런 곳에 어울리지 않아 보여. 도미니카는 생각했다.

부록이 첨부돼 있었다. 들롱의 거실 콘센트에 설치한 도청 장치를 통해 매 시간마다 도청한 테이프였다. '2036:29, 싱크대에서 설거지하는 소리', '2212:34, 음악이 조용히 흘러나오는 소리', '2301:47, 자러 들어가는 소리'.

그들은 들롱이 매주 파리에 있는 아내에게 전화하는 내용을 듣기 위해 전화국에서 그의 통화를 도청했다. 도미니카는 프랑스어로 작성된 그 통화 내용을 읽었다. 들롱의 부인은 성질이 급했고 그가 하는 말을 항상 묵살했다. 들롱은 수화기 반대편에서 작아진 채 조용히 그녀의 말을 듣고 있었다. 그 보고서의 가장자리에 통화 내용을 기록한 이름 모를 직원이 '성질 급한 여자와 사는, 섹스도 없고 즐거움도 없는 결혼 생활'이라고 적어 놓았다.

들롱에 대한 평가가 진행되던 도중 SVR이 끼어들어서 이건 자기들 관할이라고 주장했다. 그것은 해외 작전이지 국내 작전이 아니라는 것이다. 두 번째 파일은 작전 평가에 대한 것으로 독해와 작문 실력이 형편없는 소비에트의 축약 스타일로 작성돼 있었다. 아카데미 교관들이 비웃었던 글쓰기 방식이었다. '감시 대상은 작전상 아주 훌륭하게 이용할 수 있는 대상임. 감지된 비행은 없음. 성적으로 불만스런 생활. 제한된 정보를 많이 접할 수 있음. 내성적이고 평화로운 성격으로 평가됨. 유부남인 걸 고려해 볼 때 협박에 취약할 것임.' 그런 식으로 그에 대한 평가가 계속됐다.

도미니카는 뒤로 물러나 앉아 파일을 보며 아카데미에서 받은 훈련을 생각했다. 이것은 목표도 작고, 거기서 거둘 수 있는 수확도 작은, 작은 사건인 게 분명했다. 들롱은 고독하고 시시한 남자로 협박에 취약할 순 있겠지만 대사관에서 그가 접할 수 있는 정보는 하급 정보다. 제5부서에 이것, 이 똥보다 더 나은 사건은 없단 말이야? 시묘노프가 이 사건을 키우고 있는 건 확실했다. 그녀는 아카데미를 나왔고, 창녀 학교까지 버텨냈는데 고작 다른 종류의 창녀가 돼버렸단 말인가? 첩보부에서 하는 일이란 게 다 이런 건가?

도미니카는 엘리베이터를 타고 구내식당으로 가서, 사과를 하나 가지고, 햇빛이 비치는 테라스로 나왔다. 그녀는 벤치들에서 멀리 떨어진 울타리 옆의 낮은 벽에 기대 앉아, 신발을 벗고, 눈을 감고, 발바닥에 닿는 벽돌의 온기를 느꼈다.

"나도 같이 앉아도 되겠나?" 갑자기 목소리가 들려서 도미니카는 깜짝 놀랐다. 눈을 뜨자 단정한 외모의 미국 담당 부서 코르치노이 장군이 앞에 서 있었다. 단추가 다 채워진 양복 코트에 마치 호텔 지배인처럼 두 발을 딱 붙이고 서 있었다. 햇빛이 그의 주위에 감도는 보라색 후광을 더 짙게 만들어서 손을 대면 만질 수 있을 것 같았다. 도미니카가 벌떡 일어나 앉아, 허둥지둥 다시 신발을 신으려고 애를 썼다. "신발은 그대로 놔두게." 코르치노이가 웃으면서 말했다. "나도 자네처럼 신발 벗고 발을 대롱거릴 수 있는 연못을 찾을 수 있었으면 좋겠군."

도미니카가 말했다. "해보시지 않겠어요? 벗고 있으면 기분 좋아요." 코르치노이는 그녀의 파란 눈과 적갈색 머리와 천진난만한 얼굴을 봤다. 어떤 말단 직원이 장군 급의 간부에게 이런 터무니없는 제안을 할 수 있을까? 어느 대학 졸업생이 이런 배짱을 가지고 있을까? SVR에서 북반구의 모든 공격적인 첩보 작전들을 책임지고 있는 부장이 허리를 숙여 신발과 양말을 벗었다. 그들은 함께 앉아 햇볕을 쪼였다.

"일은 어떤가, 예고로바 요원?" 코르치노이가 테라스 주위의 나무들을 보며 물었다.

"오늘은 제가 근무를 시작한 첫 주입니다. 전 책상과 서류함을 받았고, 지금 파일을 읽고 있습니다."

"첫 사건 파일이군. 그건 어떤가?"

"흥미롭습니다." 도미니카는 그 허름한 파일, 의심스런 결론들, 겉으로만 그럴싸한 권고안들을 생각하며 대답했다.

"사건에 몰두해 있는 목소리가 아닌데." 코르치노이가 대꾸했다.

"아닙니다, 열심히 하고 있습니다." 도미니카가 말했다.

"하지만……" 코르치노이가 그녀에게 몸을 살짝 돌리면서 말했다. 햇빛이 그의 짙은 눈썹 위로 거미줄 같은 그림자를 드리웠다.

"작전 파일에 익숙해지려면 좀 더 시간이 필요할 것 같습니다." 도미니카가 대답했다.

"그게 무슨 뜻이지?" 코르치노이가 말했다. 온화한 그의 태도가 그녀를 안심시켜줬다. 도미니카는 그와 이야기하는 게 편하게 느껴졌다.

"파일에 나온 결론에 동의하지 못했습니다. 어떻게 그런 결론을 내렸는지 이해할 수 없었습니다."

"어떤 부분에 동의하지 못하는 건가?"

"그들은 하급 목표를 노리고 있습니다." 그녀는 보안 문제를 염려해서 너무 자세하게 이야기하지 않으려고 했다. "그 남자는 외롭고, 취약하지만, 우리가 그 만큼의 공을 들일 만한 가치는 없다고 생각합니다. 제가 '숲'에서 배웠을 때는 작전 재원을 낭비하지 말고, 별 이익도 없는 목표들을 쫓지 말라고 배웠습니다."

"한때 여자들이 아카데미에서 배제될 때가 있었지." 코르치노이가 도미니카를 시험하며 말했다. "말단 간부가 진행 중인 작전 파일을 읽는 건 생각도 못할 때가 있었어. 거기에 대해 뭐라고 언급을 하는 건 말할 것도 없고." 그는 고개를 들어 한낮의 태양을 보며 눈을 가늘게 떴다. 푸르스름한 자줏빛이 그의 주위를 감돌았다.

"죄송합니다, 장군님." 도미니카는 부드럽게 말했다. 그녀는 그가 화가 난 게 아니란 걸 확실히 알고 있었다. "작전을 비판하거나 부적절한 말을 하려는 의도는 없었습니다." 도미니카는 눈을 가늘게 뜨고 태양을 올려다보며 조용히 그녀의 말을 기다리고 있는 그를 바라봤다. 그녀는 이 남자에게 자신의 마음을 털어놔도 된다는 직감이 들었다.

"용서해주세요, 장군님. 전 그저 이 건이 빈약하다고 생각한다는 말씀을 드리려 했습니다. 선배들이 어떻게 그 작전에서 그런 결론을 내렸는지 모르겠습니다. 제게 경험이 부족하다는 건 알고 있지만 누가 봐도 그 점은 알 수 있을 겁니다."

코르치노이는 고개를 돌려 도미니카를 바라봤다. 그녀는 차분하면서도 자신에 차 있었다. 그는 껄껄 웃었다. "당연히 그렇게 비판적인 시각으로 파일을 읽어야지. 그리고 아카데미의 그 얼간이들 말이 맞아. 우린 좀 더 효율적으로 움직여야 해. 옛 시절은 다 지나갔어. 우리가 그걸 잊지 못하고 있는 거지."

"불손하게 굴려고 한 말은 아닙니다. 전 그저 일을 잘 해내고 싶습니다." 도미니카가 말했다.

"자네 말이 맞아. 입증할 수 있는 사실들을 모으고, 자네의 주장들을 정리하고, 거리낌 없이 밝히게. 못마땅해하는 사람들도 있겠지만 계속 밀고 나가. 행운을 비네." 코르치노이는 신발과 양말을 들고 벽에서 일어섰다.

"그건 그렇고 예고로바 요원, 그 목표의 이름이 뭐지?" 코르치노이는 도미니카가 망설이는 걸 봤다. "그냥 궁금해서 그래." 도미니카는 순간 지금은 아마추어처럼 굴 때가 아니란 걸 알았다. 그가 그 이름을 모르고 있더라도, 10초 안에 알아낼 수 있는 것이다.

"들롱입니다. 프랑스 대사관의." 그녀가 말했다.

"고맙네." 그러고 나서 장군은 신발과 양말을 든 채 돌아서서 내려갔다.

이미 예상하던 바였지만 하루 업무를 계획하는 시간부터 어려움이 시작됐다. 도미니카는 두 권짜리 파일을 품에 안고 회의실에 들어와 색이 바랜 테이블 끝에 있는 다른 장교 세 명과 같이 앉았다. 모두 제5부서(제5부서는 프랑스, 베네룩스, 남부 유럽과 루마니아를 책임지고 있었다) 직원으로 갈색과 회색을 온몸에 두르고 있었다. 회의실에 에너지가 별로 없는 게 감지됐다. 이 남자들에게선 아무런 감정도, 상상력도, 정열도 느껴지지 않았다.

거대한 유라시아 지도가 벽을 통째로 덮고 있었고, 방 끝에 있는 먼지 낀 캐비닛 위에 전화기 몇 대가 있었다. 그녀가 들어왔을 때 남자들은 하던 이야기를 멈췄다. 아름다운 스패로우 학교 졸업생에 대한 소문이 이미 돌고 있었다. 도미니카는 그들의 시선을 맞받아치면서 그 냉정한 얼굴들, 물음표가 서린 능글맞은 웃음은 보는 둥 마는 둥 했다. 칙칙한 마음에서 나오는 갈색, 회색, 칙칙한 색깔들. 테이블 한가운데 있는 싸구려 알루미늄 재떨이에 담배꽁초가 꽉 차 있었다.

"회의를 시작하기 전에 할 말 있나?" 시묘노프가 테이블 저쪽 끝에서 말했다. 그는 도미니카를 처음 만났을 때 그랬던 것처럼 무표정한 데다 그녀에게 아무 관심이 없었다. 그는 테이블 주위에 있는 세 얼굴들을 봤다. 아무도 입을 열지 않았다. 그는 도미니카를 보면서 어디 한번 말해보라고 했다. 그녀는 숨을 들이쉬었다. "대령님이 허락해주신다면 목표의 정보 접근권에 대해 논해보고 싶습니다." 도미니카가 말했다. 그녀는 자신의 심장이 뛰는 소리를 들을 수 있었다.

"우리가 이미 다 했어." 시묘노프가 말했다. 그의 말투는 이 작전의 자세한 내용은 관여하지 말라는 뜻을 은연중에 비치고 있었다. "그자는 가치가 있는 목표야. 지금 남은 건 그자에게 접근할 방법을 결정하는 거지." 시묘노프는 옆에 앉아 있는 직원을 보며 말했다.

"유감스럽게도 그건 정확하지 않은 것 같습니다." 도미니카가 말했다. 모두 고개를 돌려 그녀를 바라봤다. 이건 또 뭐야? 어디서 이런 건방을 떨어? 이게 아카데미 졸업생 입에서 나올 소리야? 스패로우 학교 졸업생이? 모두의 눈동자가 시묘노프의 반응을 보기 위해 그에게 돌아갔다. 이거 재미있겠어.

시묘노프는 테이블 위로 몸을 구부정하게 숙이고, 앞에 두 손을 내놓았다. 오늘 그는 희미하게 노란 빛을 발산했다. 이 남자는 더 이상 따지고 드는 걸 참지 않을 것이다. 물기 어린 그의 눈은 붉었고, 은발의 머리카락들은 머리통에 축 늘어져 있었다.

"자넨 그 프랑스인을 접근하는 데 보조하기 위해 여기 와 있는 거야, 동무. 접근권 문제, 처리 문제, 결과는 이 부서의 장교들 책임이라고." 시묘노프는 몸을 조금 더 앞으로 기울이고 도미니카를 노려봤다. 모두의 눈동자가 다시 그녀가 있는 쪽으로 돌아왔다. 확실히 이걸로 토론이 끝나겠군.

도미니카는 손이 떨리지 않도록 앞에 있는 파일 위에 맞잡은 두 손을 떼지 않고 꼭 잡았다. "말씀에 반박해서 죄송합니다만, 동무." 도미니카는 시묘노프가 쓴 시대착오적인 단어를 그대로 따라하면서 말했다.

"저는 이 건에 작전 요원으로서 참여하도록 배정됐습니다. 전 이 사건의 모든 단계에 참여할 수 있기를 고대하고 있습니다."

"작전 요원이라고 했나? 이제 갓 졸업한 '숲' 훈련생이?" 시묘노프가 말했다.

"그렇습니다." 도미니카가 말했다.

"언제 졸업했지?" 그가 물었다.

"가장 최근 졸업반입니다." 도미니카가 말했다.

"그리고 그 후론?" 시묘노프는 기대에 찬 표정으로 테이블 주위를 둘러봤다.

"특수 훈련을 받았습니다."

"어떤 종류의 특수 훈련이지?" 시묘노프가 조용히 물었다.

도미니카는 이 질문에 대비가 돼 있었다. 시묘노프는 그녀가 어디 있었는지 아주 잘 알고 있었다. 그는 그녀에게 창피를 주려고 하는 것이다.

"저는 콘 아카데미의 기본 코스를 수료했습니다." 도미니카는 어금니를 깨물고 말했다. 그녀는 이 구더기들에게 절대로 굽히고 들어가지 않을 것이다. 그녀는 곧바로 반야 삼촌을 저주했다.

"아, 그래, 스패로우 학교. 바로 그것 때문에 네가 여기 있는 거야. 목표인 들롱을 함정에 빠뜨리는 데 참여하기 위해." 시묘노프가 말했다.

"죄송합니다, 대령님. 전 이 부서에 정식 팀원 자격으로 들어왔습니다." 도미니카가 말했다.

"알겠어. 들롱의 파일은 읽었나?"

"두 권 다 읽었습니다." 도미니카가 말했다.

"존경스럽군. 그래서 어떤 의견을 가지고 왔지?" 시묘노프가 말했다. 방이 조용해지는 사이에 담배 연기가 천장으로 천천히 올라갔다. 도미니카는 그녀를 평가하는 얼굴들을 바라봤다.

도미니카는 마른침을 삼켰다. "그의 접근 권한 문제가 대단히 중요합니다. 목표인 들롱은 경제부의 중간급 관료로, 정치적으로 민감한 작전을 펼치기에 충분한 기밀 정보에는 접근 권한이 없습니다."

"그러는 자네는 협박에 대해 아는 게 뭐가 있지?" 시묘노프는 조금 재미있어 하면서 침착하게 말했다. "이제 막 아카데미에서 나온 주제에?"

"들롱 그 사람은 그런 노력을 할 가치가 없습니다." 도미니카는 아까 했던 말을 되풀이했다.

"라인 R의 많은 분석가들이 네 의견에 동의하지 않을 거야." 시묘노프의 말투가 점점 더 험악해지고 있었다. "들롱은 프랑스와 유럽의 경제 데이터에 대한 접근권이 있어. 예산 수치, 경제 프로그램들, 투자 전략들과 에너지 정책들. 그런 정보를 다 버리겠다는 거야?"

도미니카는 고개를 흔들었다. "파리에 있는 대여섯 개의 프랑스 경제부처나 무역부처에서 우리가 보유하고 있는 하급 정보원들이 직접 빼낼 수 없는 정보는 들롱도 모릅니다."

얼굴이 점점 험악해지는 시묘노프가 다시 의자에 앉았다.

"자넨 아카데미에서 꽤 많이 배운 모양이야. 그러니까 우리 부서에서 이 작전을 승인하지 말자는 제안을 하고 있는 건가? 감시 붙인 인원들을 다 철수시키고 목표인 들롱에 대해선 아무것도 하지 말자고?"

"전 그저 모스크바에 있는 서방 외교관을 위태롭게 했을 때 따를 수 있는 잠재적 위험을 무릅쓰면서까지 그를 정보원으로 쓸 만한 가치가 없다는 말을 하고 있는 겁니다."

"돌아가서 파일 다시 읽어. 그리고 뭔가 건설적인 걸 보탤 수 있을 때 그때 돌아와." 시묘노프가 말했다. 모두 도미니카가 테이블에서 일어서서, 파일들을 챙기고, 방에서 문까지 긴 거리를 걸어가는 모습을 빤히 쳐다봤다. 그녀는 허리를 꼿꼿이 세우고 문손잡이에만 정신을 집중했다. 그녀가 문을 닫자 중얼거리는 소리와 낄낄 웃는 소리들이 들렸다.

다음 날 아침 도미니카가 도착했을 때 텅 빈 책상 위에 있는 그녀의 서류함에서 평범한 흰색 봉투 하나가 있었다. 그녀는 조심스럽게 엄지손톱으로 그걸 찢어서 열고 종이 한 장을 꺼내 펼쳤다. 고전적인 필치의 자주색 잉크로 쓴 한 줄이 있었다.

들롱에게 딸이 하나 있어. 자네의 직감을 쫓아봐. K.

　다음 날 그들은 사진들과 감시 보고서들이 높게 쌓여 있는 테이블로 돌아왔다. 재떨이들은 담배꽁초로 넘쳐나고 있었다. 도미니카는 회의 테이블 끝에 있는 자기 자리로 걸어갔다. 남자들은 그녀를 무시했다. 그들은 들롱의 프로필을 검토하고 있었는데, 다들 거기엔 별 관심 없이 담배만 뻑뻑 피워대면서 한쪽 눈은 벽에 걸린 시계를 보고 있었다. 그들 중 어느 누구에게도 강렬한 색깔은 보이지 않았다. 그들은 거기 묘사된 들롱의 습관들과 패턴들을 이야기하면서 어디서 접촉을 해야 할지에 대해 논쟁하고 있었다. 평소처럼 지루해진 시묘노프가 도미니카를 올려다봤다. "흠, 예고로바 요원은 접촉 장소에 대해 무슨 아이디어 없나? 우리 작전에 대해 전에 반대했던 점을 재고했다고 치고."

　도미니카는 침착한 목소리를 유지했다. "전 파일을 다시 읽었습니다, 대령님. 그리고 아직도 이 남자는 타당한 목표가 아니라고 믿고 있습니다." 테이블 주위에 있는 머리들이 이번에는 올라오지 않았다. 남자들은 모두 앞에 있는 서류에서 눈을 떼지 않았다. '이 스패로우는 우리 부서에 오래 있지 못하겠어, 아마 첩보부에서도 오래 못 갈 거 같고.' 남자들은 생각했다.

　"아직도 그 입장을 고수한단 말이지? 참 흥미롭군. 그러니까 그 자를 포기하라, 그게 자네가 권하는 건가?" 시묘노프가 말했다.

　"전 그런 말은 하지 않았습니다. 전 사실 그 자를 계속 목표로 쫓아야 한다고 믿습니다. 그의 고독을 이용하는 거죠." 도미니카는 앞에 있는 파일의 표지를 열었다. "하지만 궁극적인 목표, 이 작전의 최종 목표는 들롱이 아닙니다."

　"대체 무슨 헛소리를 하고 있는 거야?" 시묘노프가 말했다.

"그 정보는 이미 파일에 있습니다. 제가 추가로 조사를 더 해서 끝냈습니다." 도미니카가 말했다.

시모뇨프가 테이블 주위를 둘러보다가 다시 도미니카를 봤다.

"이 건은 이미 철저하게 조사를……"

"그래서 들롱에게 딸이 있다는 점이 발견됐죠." 도미니카가 끼어들었다.

"그리고 파리에 아내가 있지, 그래, 우리가 다 알고 있는 거잖아!"

"그 딸이 프랑스 국무부에서 일하고 있습니다."

"믿을 수 없어." 시묘노프가 씩씩댔다.

"우리가 들롱의 가족을 다 추적했어. 파리 레지덴투라에서 거기 있는 모든 서류들을 확인했다고."

"그렇다면 거기 있는 사람들이 뭔가 놓친 것 같습니다. 그녀는 스물다섯 살로 결혼은 안 했고 엄마와 같이 살고 있습니다. 이름은 세실입니다." 도미니카가 말했다.

"이건 말도 안 돼." 시묘노프가 말했다.

"그녀는 통화 기록에서 딱 한 번 언급됐습니다. 저는 라인 R의 도서관에 있는 외국인 주소와 전화번호부 안내 책자를 확인했습니다." 도미니카가 파일에 있는 페이지들을 넘기면서 말했다. "세실 드니스 들롱의 주소는 생 도미니크 등기소에 등록돼 있습니다. 거긴 국방부에 있는 중앙 등기소입니다." 도미니카가 테이블 주위를 둘러보는 동안 사람들이 그녀를 빤히 봤다. "제가 판단하기론, 이 점으로 미뤄보았을 때 정부에 매일 배포되는 기밀 국방 보고서에 대한 접근권이 그녀에게 있습니다. 그녀는 프랑스 군의 입안 서류를 관리하는 직원입니다. 따라서 프랑스 군의 예산, 대비 태세, 인력 보고서와 같은 다양한 문서들을 분배하고 보관하는 업무를 맡았을 가능성이 큽니다."

"이 시점에서 그건 추측에 지나지 않아." 시묘노프가 말했다.

"우리는 프랑스가 핵 기밀 서류들을 어디에 보관하고 있는지는 모르지만, 저는……"

"그렇게 한가한 짐작이나 하고 있을 필요가 없다고." 시묘노프가 말했다. 그의 머리를 둘러싼 노란 안개가 커지면서 점점 어두워지고 있었다. 도미니카는 그가 짜증이 치밀고, 화도 나는 와중에 머리를 굴리고 있다는 걸 알고 있었고, 지금 이렇게 반항하면서 그의 명령에 복종하지 않는 것만으로도 여기서 쫓겨나기에 충분하다는 걸 알고 있었다.

회의실은 죽은 듯이 고요했다. 시묘노프의 구시대적인 소비에트 본능이 반짝 눈을 떴다. 뼛속 깊이 관료주의자인 그는 혼자서 머리를 굴리고 있었다. 그는 순식간에 전통적인 KGB 공무원의 사고방식으로 돌아갔다. '이 빵빵한 인맥을 가진 조그만 년이 날 무능한 인간으로 만들고 있어. 어떻게 해야 이년이 한 일에서 결국 득을 볼 수 있지? 만약 이년이 한 헛소리가 사실이라면 엄청난 보상을 받을 수 있겠지만 위험도 클 거야. 프랑스 국방부를 목표로 하는 작전은 제일 윗선에까지 승인을 받아야 한다.'

"만약 그게 사실이라면 우리가 거둘 수 있는 성과가 추가적으로 늘어날 수 있겠군." 시묘노프는 깐깐하게 말했다. 그는 마치 그 사실을 처음부터 알고 있었던 것처럼 말했다. 그는 재떨이에 재를 떨었다.

도미니카는 그의 느끼하고 음습한 마음을 읽을 수 있었다.

"저도 동의하는 바입니다, 대령님. 그것이 들롱의 진짜 잠재력이고, 그것 때문에 그를 쫓을 가치가 있는 것이고 그를 포섭할 위험을 무릅쓸 가치가 있는 겁니다."

시묘노프는 고개를 흔들었다. "하지만 그 딸은 여기서 2500킬로미터나 떨어진 파리에 있어."

"전 그렇게 멀지 않다고 생각합니다." 도미니카가 미소를 지었다. "곧 알게 되겠죠." 시묘노프는 그녀의 미소에 이제 불안해졌다. "물론 그 부녀

151

관계를 포함하여 더 자세하게 프로필을 보완해야겠죠."

"물론이지. 고맙네." 시묘노프가 말했다. 몇 분만 더 이런 식으로 놔두면 도미니카가 이 제5부서를 차지할 기세였다. 좋아, 저년이 원하는 대로 실컷 준비 작업을 하라고 하지 뭐, 그는 생각했다. 작전이 진행되면 도미니카는 카메라가 돌아가는 상태에서 두 다리를 벌린 채 누워 있게 확실히 조처할 것이고, 그걸로 이 문제는 해결될 것이다.

"아주 잘했네. 자네가 이 흥미로운 세부 사항을 발견했으니, 목표인 들롱과 어떻게 접촉할 것인지에 대한 계획을 자네가 세워봐." 시묘노프가 도미니카에게 말했다.

"괜찮으시다면 대령님, 제가 이미 첫 번째 접촉을 주도할 계획을 작성했습니다." 도미니카가 말했다.

"그렇군……."

제5부서 장교들은 의자를 밀고 일어나면서 재떨이에 다 피지도 않은 담배를 눌러 껐다. 맙소사, 지금까지 이 스패로우에 대한 소문은 파란 눈과 정규 복장인 스커트 안의 풍만한 엉덩이와 가슴 크기에 대한 게 전부였다. 아무도 그녀의 배짱에 대해선 언급한 적이 없었는데. 그들이 한 줄로 서서 회의실을 나가버려서 도미니카가 혼자 남아 테이블 주위에 흩어진 서류들을 정리했다. 신입 여직원이 남아서 회의실을 청소하라는 것이다. 그녀는 개의치 않았다. 그녀는 서류들을 모아서, 귀퉁이를 접은 들롱의 파일 위에 쌓아 놓고, 회의실을 나와, 문을 닫았다.

아르바트의 니키츠키 대로에 '장 자크'라고 하는 이름의 작은 레스토랑이 하나 있었다. 그곳은 프랑스 식당같이 소란스럽고, 연기가 자욱하고, 카술레(cassoulet, 흰 강낭콩과 여러 가지 고기를 오랫동안 쪄서 만든 프랑스 요리-옮긴이)와 스튜의 와인 같은 향기로 가득 찬 곳이었다. 검은색과 흰색

152

타일이 깔린 바닥 위에 흰색 식탁보로 덮인 테이블들이 다닥다닥 붙어 있었고, 흰 목재로 만든 의자들이 테이블 속으로 바짝 당겨져 있었다. 벽마다 와인병들이 늘어선 선반들이 천장까지 차 있었고, 부드럽게 휘어진 바앞에는 스툴 의자들이 놓여 있었다. 장 자크는 항상 모스크바인들로 붐볐다. 점심시간에는 혼자 온 손님은 낯선 사람과 합석을 해야 한다.

어느 비 오는 화요일 정오에 장 자크는 평소보다 더 붐볐다. 손님들이 앞문 바로 안이나 밖의 차양 밑에 서서 자리가 나길 기다리고 있었다. 식당 안은 머리가 아찔할 정도로 시끄러웠고, 담배 연기가 짙게 깔려 있었다. 웨이터들이 종종걸음으로 테이블 사이를 오락가락하며, 병을 따고 쟁반들을 날랐다. 모스크바의 프랑스 대사관에 근무하는 시몬 들롱은 15분 동안 기다린 후에 식당 구석에 있는 2인용 테이블로 안내됐다. 테이블 맞은편에선 젊은 남자 하나가 앉아서 오목한 그릇에 들어 있는 야채와 고깃덩어리들이 들어 있는 걸쭉한 디종네즈 수프를 거의 다 먹어가고 있었다. 그는 그레이비소스에 흑빵을 찍어 먹었다. 들롱이 테이블에 앉자 그 청년은 슬쩍 고개를 들어 목례를 했다.

사람들도 많고 시끄러운 레스토랑이지만 들롱은 여기 오면 파리 생각이 나서 좋았다. 그리고 그것보다 더 좋은 건 점심시간에 모르는 사람끼리 같이 앉게 하는 러시아 관행 덕에 가끔 귀여운 여대생이나 매력적인 상점 여직원과 합석할 수 있는 기회가 생긴다는 점이었다. 가끔 그녀들은 마치 그와 같이 온 사이처럼 그에게 미소를 지어줄 때가 있다. 적어도 모르는 사람들이 보면 그렇게 보일 것이다.

들롱은 메뉴를 보면서 와인을 한 잔 주문했다. 맞은편에 앉아 있던 청년이 계산을 하고, 입을 닦고, 의자 등에 걸쳐놨던 재킷을 집었다. 들롱은 고개를 들었다가 짙은 갈색 머리에 차가운 파란 눈을 한 절세미인이 그의 테이블을 향해 걸어오는 걸 봤다. 그는 숨을 죽였다. 그 여자는 정말 방금 그 젊은 남자가 나간 그 자리에 앉았다. 그녀는 머리를 틀어 올리고 있었고, 옷깃 바로 밑에는 한 줄로 된 진주 목걸이가 보였다. 얇은 레인코트 밑에는 베이지색 새틴 셔츠와 그보다 더 진한 초콜릿색 스커트를 입고 그 위에 갈색 악어가죽 벨트를 차고 있었다. 들롱은 거칠게 숨을 쉬면서 와인을 한 모금 마시며 그녀의 셔츠가 들썩이는 모습을 슬쩍 훔쳐봤다.

그녀는 악어가죽 클러치 백에서 사각형의 작은 독서용 안경을 꺼냈다. 그 안경을 코끝에 걸치고 메뉴를 살펴보다 자기를 보는 그의 시선을 느끼고 눈을 치켜떴다. 깜짝 놀란 들롱은 메뉴판 뒤로 얼른 숨었다. 그러다 또다시 슬쩍 훔쳐보았다. 들롱은 메뉴를 잡고 있는 우아한 손가락들, 목의 곡선, 엑스레이같이 날카로운 눈빛에 드리운 눈썹을 감미롭게 바라보았다.

"실례합니다, 뭐 잘못된 게 있나요?" 도미니카가 러시아어로 말했다. 들롱은 고개를 흔들고 그녀의 시선을 의식하며 와인을 벌컥벌컥 마셨다. 그는 50대로 보였는데, 좁고 동그란 어깨에 얹혀 있는 빼빼 마른 목 위에 있는 큰 머리에 난 지푸라기 같은 갈색 머리를 옆으로 빗어 넘겼다. 작고 검은 눈, 뾰족한 코, 오므린 입술에 작은 콧수염이 수염 난 생쥐 같아 보였다. 파란색과 검은색이 섞인 양복 밖으로 옷깃 한쪽이 살짝 삐져나와 있었고, 넥타이 매듭은 작은 데다 삐뚤삐뚤했다. 도미니카는 들롱의 옷깃을 양복 속에 넣어주고 넥타이를 바로잡아주고 싶은 충동을 애써 참았다. 그녀는 그의 생일과 그의 욕실 세면기 위에 있는 수납장에 어떤 종류의 아스피린이 들어 있는지, 그의 외로운 침대에 깔린 침대보의 색깔이 뭔지 다 알고 있었다. 이 사람은 정말 경제 담당관처럼 생겼다고 그녀는 생각했다.

들롱은 도미니카의 눈을 잘 보지도 못했다. 도미니카는 그가 자신에게 말을 하려고 무진 애를 쓰고 있다는 걸 감지했다. 마침내 입을 열었을 때 나온 말들은 아주 옅은 파란색이었다. 스패로우 학교에서 만난 엔야의 색이었던 수레국화의 파란색과도 비슷한 색이었다. 들롱은 숨을 들이쉬었고 도미니카는 기다렸다. 그녀는 이미 그에 대한 자신의 평가가 정확했다는 걸, 그에 대한 그녀의 계획이 시작되고 있다는 걸 알고 있었다.

"실례합니다. 죄송하지만 러시아어를 못해요. 프랑스어를 하실 수 있나요?" 들롱이 말했다.

"네, 물론이죠." 도미니카가 영어로 대답했다.

"프랑스어는요?" 들롱이 물었다.

"위." 도미니카가 대답했다.

"정말 잘됐어요. 당신을 보려고 한 건 아닌데." 들롱은 프랑스어로 더듬거렸다. "그냥 운 좋게 자리가 났구나, 이런 생각을 했습니다. 오래 기다리셨나요?"

"그리 오래 기다리진 않았어요." 도미니카는 레스토랑 주위와 문 앞을 둘러보면서 말했다. "어쨌든 다른 때보단 사람이 적은 것 같네요."

"뭐, 자리가 생겨서 기뻐요." 들롱은 이제 할 말이 떨어지고 있었다.

도미니카는 고개를 끄덕이고 다시 메뉴를 봤다. 도미니카가 그날 구석에 있는 그 자리에 앉게 된 건 운과는 아무 상관이 없었다. 그날 장 자크에 온 손님은 모두 SVR 요원들이었다.

도미니카가 장 자크에서 들롱을 두 번째로 우연히 만났을 때 그 부엉이 같은 키 작은 외교관에게 가명인 '네이디아'라는 이름으로 자신을 소개할 구실이 생겼다. 며칠 후 그 레스토랑 밖에 있는 인도에서 또다시 마주쳤을 때 그는 용기를 내서 같이 점심을 먹자는 제안을 했다. 그 후엔 또 점심을 먹으러 또 다른 레스토랑에 가봤다. 들롱은 참을 수 없을 정도로 숫기가 없지만 아주 정중하고 매너가 좋았다. 그는 술은 적당히 마셨고, 자신에 대해 머뭇머뭇 말하면서, 도미니카가 무심하게 흘러내린 머리 한 가닥을 귀 뒤로 넘기는 모습을 보며 반짝이는 이마를 몰래 닦았다. 이렇게 계

155

속 만나면서 들롱의 말수도 조금씩 늘기 시작한 반면 그의 하늘색 기운은 점점 더 강해지고 있었다. 그게 바로 그녀가 바라던 것이었다.

들롱은 네이디아가 그루진스키 거리에 있는 '리덴 앤드 덴즈' 어학원의 강사라는 거짓말을 아무 의심 없이 받아들였다. 그는 도미니카가 별거 중인 지리학자 남편이 여기와 시간대가 다른 동부에서 일하고 있다는 말을 들었을 때 의도적으로 아무 반응도 하지 않았고, 도미니카가 작은 아파트에 살고 있는데 유일하게 좋은 점은 혼자 쓰고 있다는 점이라고 슬쩍 말했을 때도 관심이 없는 척했다. 하지만 그의 마음속에는 온갖 생각이 날뛰었다.

시묘노프는 작전을 빨리 진척시키길 원했다. 그는 도미니카가 그 작은 사내를 침대로 유혹한 다음에 그녀의 집에 있는 그를 기습하고 싶어 했다. 도미니카는 반발하면서, 시간을 끌며, 불복종의 한계까지 밀어붙였다. 도미니카는 시묘노프가 그녀를 스패로우로 쓰려고 한다는 걸, 이 포섭 작전에서 그의 비전은 섹스를 이용해서 덫을 놓는 것에 지나지 않는다는 걸, 이 작전의 잠재력은 별로 공감하지 않고 있다는 걸 알고 있었다. 그녀는 들롱의 딸이 놀랄 만한 정보원이 될 수 있기 때문에 이중으로 중요한 사안이므로 시간을 두고 들롱 건을 신중하게 발전시켜야 한다고 강력하게 주장했다. 들롱은 아주 부드럽게 포섭해야 할 필요가 있었다. 시묘노프는 쭉쭉 빠진 몸매의 아카데미 졸업생이 그에게 설교하고, 진전 사항을 보고하고, 다음 단계를 제안하는 동안 치미는 성질을 꾹꾹 참고 있었다.

다음 몇 주 동안 그 사건은 전형적인 발전 단계를 밟아갔다. 도미니카는 들롱과의 관계를 평범한 지인에서 편안한 친구로 발전시켜가면서 그가 그녀와 있을 때 긴장을 풀어가는 모습, 조심스럽게 그녀에게 좀 더 익숙해져가는 모습, 그녀에 대한 점점 커져가는 갈망을 감추는 모습을 지켜봤다. 도미니카는 들롱의 그런 욕망을 예상하고, 부추기면서 자신이 그를 얼마나 좋아하게 됐는지에 대한 암시를 흘렸다. 그는 그 말을 가까스로 믿었다. 이 프랑스 남자는 그녀에게 푹 빠져 있었지만, 도미니카는 그가 그녀에게 적극적으로 대시하기엔 너무 수줍고 겁이 많다는 걸 알고 있었다. 만약 그가 속았다거나 자신의 처지가 위태롭다는 걸 느끼게 되면 그를 포섭할 수 없을 것이라고 판단했다. 이 포섭 작전의 성공은 오직 둘의 우정과, 들룽의 점점 커져가는 연정과 결국 그녀에게 아무것도 거부할 수 없는 상태를 토대로 할 때만 이뤄질 수 있었다.

그들은 일주일에 한 번, 때로는 두 번씩 만나다가 주말마다 만나 시내를 산책하고, 박물관을 다녔다. 둘 다 타고난 성향대로 신중하게 행동했다. 어쨌든 둘 다 배우자가 있으니까. 그들은 들룽의 가족, 브르타뉴에서 보냈던 아무 걱정 없었던 그의 유년기, 그의 부모에 대해 이야기했다. 도미니카는 아주 부드럽게 그를 대해야 했다. 들룽은 깜짝 놀라면 등 밑으로 고개를 쑥 집어넣어버리는 거북이 같았다.

시간이 흐르면서 들룽은 자신의 애정 없는 결혼 생활에 대해 머뭇머뭇 이야기했다. 그의 아내는 그보다 몇 살 연상인 키가 큰 귀족으로 뭐든 자기 마음대로 했다. 그녀의 집안은 돈이 많았고, 그들은 잠시 사귀다 결혼했다. 들룽은 아내가 자기 가문의 영향력을 바탕으로 그를 출세시켜보려고 결심했던 이야기를 해줬다. 그의 과묵하고 온화한 성격이 드러났을 때 아내는 결혼 생활을 외면해버렸다. 물론 허울뿐인 결혼 생활은 유지했지만 외교관인 그가 해외로 발령 났을 때 떨어져 있어야 하는 건 개의치 않았다. 그의 해외 근무 기간도 그녀에게 달려 있었다.

들룽은 외동딸인 세실을 애지중지했다. 사진 속 세실은 검은 머리의 가냘픈 체격에 가녀린 미소를 짓고 있는 젊은 아가씨였다. 세실은 들룽을 많이 닮아서 수줍고, 자신 없고, 말수도 적었다. 도미니카와 점점 더 친해지고 그녀에 대한 신뢰도 커진 들룽은 마침내 딸이 국방부에서 일하고 있다고 밝혔다. 그는 물론 딸이 시작한 일을 아주 자랑스러워하고 있었다. 그 일도 아내와 영향력이 있는 장인이 주선한 것이었다. 들롱은 딸에 대한 그의 희망을 즐겁게 이야기했다. 좋은 남자 만나 시집 잘 가고, 탄탄한 직장에서 경력을 쌓고, 편안하게 살아가기를. 그가 도미니카에게 세실에 대해 기꺼이 말해줄 용의가 있었다는 게 이 작전의 아주 획기적인 단계가 됐다.

어느 날 오후, 카페의 작은 커피 잔 너머로 도미니카가 들롱에게 미래에 대해 걱정하는지, 그의 아내가 떠날 걸 걱정하는지, 딸이 나쁜 남자를 만나서 그처럼 우울하게 살까 봐 걱정이 되는지 물었다. 들롱은 도미니카(점점 커져가는 연모의 대상)를 보면서 그때 처음 SVR의 실크처럼 부드러운 손길이 그의 뺨을 스치는 걸 느꼈을 것이다. 위험신호다. 하지만 그는 도미니카의 파란 눈과 사방으로 흘러내린 머리에 정신이 팔려 그 전율을 무시했다. 들롱은 그녀의 가슴 곡선을 그대로 드러낸 줄무늬 저지 셔츠에 넋이 나갔다는 걸 분하지만 인정해야 했다. 그들은 여전히 순수한 우정을 이어갔다.

그들의 외출은 어색하게 작별 인사를 하고, 붉어진 얼굴로 악수를 하며 끝나곤 했는데 한번은 도미니카가 서둘러 그의 뺨에 향기 어린 키스를 하자 들롱은 그만 머리가 빙빙 도는 것 같았다.

"대체 뭘 기다리는 거야? 우린 이 겁쟁이 프랑스 놈에게 덫을 놓으려는 거지, 그놈의 자서전을 쓰려는 게 아니라고." 시묘노프가 고래고래 소리를 질러댔다.

"지금은 어리석게 굴 때가 아니에요." 도미니카는 자신이 지금 심각한 군기 위반을 하고 있다는 걸 알면서 시묘노프에게 말했다. "제 방식대로 이 작전을 진행하게 해주시면 그 프랑스 남자와 그의 딸 둘 다 포섭하겠습니다."

시묘노프가 부글부글 속을 끓이는 동안 그의 주위에서 고동치는 노란 안개의 색이 옅어지다가 진해지다가 다시 옅어졌다. 도미니카는 시묘노프가 진짜 의도를 숨기고 배신을 계획하고 있다는 걸 확신하고 있었다. 그녀는 시묘노프의 옆에 바짝 붙어 서서 육체적으로도 그를 압박하고 있었다. 들롱을 함정에 빠뜨리는 건 거의 완성됐다. 도미니카는 그가 미끼를 물 준비가 됐다고 확신했다. 그는 그녀를 위해 첩자가 되고 싶어 했다. 다만 본인이 아직 그걸 깨닫지 못하고 있을 뿐. 그녀는 작전 수업을 받을 때 늙은 교관 하나가 했던 말이 떠올랐다.

"걱정하지 마세요, 동무. 이 비트는 거의 다 익었어요." 그녀는 그 표현을 쓰는 자신이 베테랑처럼 느껴졌다.

"이것 봐." 시묘노프가 그녀에게 삿대질을 하며 말했다. "그 고릿적 농담은 집어치우고 이 목표나 제대로 작업해. 시간 낭비하지 말란 말이야." 하지만 그렇게 야단치고 있는 동안에도 그는 도미니카가 이 작전에서 쌓아가는 능력치가 그의 것을 훨씬 넘어섰으며 결과적으로 전혀 마음에 들지 않음을 감지할 수 있었다.

도미니카는 마침내 들롱을 그녀가 일한다고 주장한 어학원에서 그리 멀지 않은 곳에 있는 자신의 아파트로 초대했다. 아파트는 모스크바 북쪽 벨라루스 기차역 근처에 있었다. 응접실에 부엌이 딸려 있고, 커튼을 친 화장실과 아주 작은 침실이 있는 방 두 개짜리 아파트였다. 카펫은 올이 다 드러났고, 벽지는 색이 바랜 데다 오래돼서 들떠 있었다. 난로 위에 있는 낡은 찻주전자는 너무 오래돼서 물이 끓어도 휘파람 소리가 나지 않았다. 작고 우중충한 아파트였지만 모스크바에서 친척이나 직장 동료 같은 동거인 없이 혼자 살고 있다는 건 여전히 엄청난 사치였다.

들롱이 그 진가를 알아차리지 못했던 이 집의 또 다른 면은 벽, 천장, 붙박이 세간에 모두 렌즈들과 마이크들이 설치돼 있다는 것이었다. 이 집의 양옆과 위층, 아래층에 있는 집들 모두 SVR의 통제하에 있었다. 이 아파트 단지 하나에서 쓰는 전력만 해도 투폴레프 Tu-95 폭격기의 시동을 걸 수 있을 정도였다. 가끔, 밤늦게 지하실에서 변압기들이 윙윙거리는 소리를 들을 수 있었다.

"시몬, 당신 도움이 필요해요." 도미니카가 아파트 문을 열면서 말했다. 손에 파란 꽃다발을 들고 겨드랑이에 와인 한 병을 끼고 있던 들롱이 갑자기 걱정스러운 얼굴이 됐다. 이번이 네이디아의 아파트를 찾은 세 번째 방문이었는데, 그전까지는 순수하게 음악 테이프를 듣고, 와인을 마시고, 이야기를 하는 정도로 그쳤었다. 도미니카는 살짝 공황 상태에 빠진 목소리로 고개를 흔들었다.

"내가 다음 달에 열리는 ITFM 무역 박람회에서 프랑스어를 러시아어로 통역하는 임시직을 하겠다고 했어요. 가욋돈을 좀 벌어보려고요. 대체 내가 무슨 생각으로 그러겠다고 했을까요? 난 산업, 에너지, 상업 같은 용어는 하나도 모르는데. 그쪽으론 프랑스어도 모르고 러시아어도 모르고……."

들롱이 미소를 지었다. 도미니카는 그의 파란색 기운이 자신감과 애정으로 은은하게 빛나는 걸 눈치챘다. 그들은 아주 작은 거실의 긴 의자에 앉아 있었다. 들롱은 그 무역 박람회에 대해 다 알고 있었다. 그게 그가 하는 일이었다. 지금 벽 뒤에서 적어도 여섯 명은 되는 SVR 기술자들이 그 장면을 보면서 녹화하고 있었다.

"그게 다예요? 한 달 안에 내가 당신이 필요한 프랑스어를 다 가르쳐줄 수 있어요." 들롱이 그렇게 말하면서 도미니카의 손을 토닥였다. "걱정하지 말아요." 도미니카는 그에게 몸을 기울이고, 두 손으로 그의 얼굴을 잡고, 그의 입술에 술집 댄서처럼 키스를 했다. 그녀는 이 키스의 타이밍과 성격을 용의주도하게 계산했다. 이 키스는 현란하면서도 소녀 같은 일면이 있었지만 어쨌든 들롱이 처음 도미니카의 입술을 느끼는 순간이었다.

"걱정하지 말아요." 들롱이 떨리는 목소리로 다시 말했다. 그는 아직도 도미니카의 립스틱 맛을 느낄 수 있었다. 그의 파란 단어들은 한 색으로 통일이 되면서 점점 더 진해졌다. 그는 결정을 내렸다.

도미니카는 항상 들롱의 직장과 외교관으로서 그가 하는 일에 관심을 보였고, 들롱은 그녀에게 자신이 하는 일을 묘사하는 데 익숙해졌고, 누군가가 자신에게 관심을 보여준다는 사실이 기뻤다. 이제 그는 그녀를 위해 뭔가 할 수 있게 됐다. 다음 날 저녁, 들롱은 대사관에서 서류가방을 들고 곧바로 네이디아의 아파트로 왔고, 러시아에 대한 투자에서 나타나는 애로 사항들과 기회들에 대해 대사관의 경제부에서 작성한 20페이지 분량의 보고서를 꺼냈다. 그는 그 보고서를 그녀와 같이 처음부터 끝까지 읽었다. 각 페이지의 윗부분과 제일 아랫부분에 기밀이라는 글자가 찍혀 있었다.

더 많은 수업들이 이어졌고, 더 많은 서류들이 나왔다. 들롱이 원본을 가져오거나 복사해 올 수 없을 때는 핸드폰 카메라로 충분한 양의 서류를 찍어 왔다. 그들은 프랑스어로 된 그의 기술용어 사전과 그녀의 러시아어 사전을 가지고 같이 작업했다. 네이디아는 언어 강사답게 용어들을 쉽게 익혔고, 들롱은 자신에게 배운 그녀가 국제 무역과 에너지에 대한 문제들도 통달하는 걸 보며 뿌듯해했다. 들롱은 다짐했다. 그녀를 가르치고, 훈련시켜서 전문가로 만들겠다고. 그는 그녀를 사랑한다고 자신에게 말했다.

들롱은 도미니카가 공부할 수 있도록 대사관 서류들을 그녀의 집에 밤새 놔두어야 했기에 그녀를 위한 복사본을 만들기 시작했다. 기밀문서 복사는 SVR로서는 그렇게 대단치 않은 조치였다. 테이블 위의 천장에 달려 있는 카메라들이 문서에 찍힌 점 하나까지 선명하게 볼 수 있었지만 어쨌든 그것은 범죄이자 대사관의 보안 규정을 어긴 돌이킬 수 없는 행동이었다. 도미니카는 이제 그가 그녀의 것이란 걸 알았다. 들롱에게 '단어 공부'라는 허구는 이제 '네이디아를 교육시킨다'는 허구로 변형됐고, 그는 이제 도미니카에게 전적으로 헌신하면서 그녀가 부탁하는 건 뭐든 하게 됐다. 이런 동기는 그녀가 제안할 수 있는 어떤 액수의 돈보다, 침실을 덮쳐서 협박하는 것보다 더 강력하게 작용했다. 그는 자신이 지금 러시아 첩보부를 상대하고 있다는 걸 깨달았다 해도 결코 그 점을 인정하지 않을 것이다.

시묘노프는 그 상황을 지켜보면서 또 회의를 소집했고 그 소심한 프랑스 남자와 동침을 하라고 열변을 토했다.

"그럼 그렇게 하시든지요. 대령님께서 이 남자를 침대로 데려가보세요." 그녀는 시묘노프와 테이블 주위에 앉아 있는 남자들을 둘러보며 말했다. "이 중 어느 분이 이 남자와 섹스하고 싶으시죠?" 회의실이 조용해졌다.

도미니카는 좀 더 부드럽게 말하려고 애를 썼다.

"다음 단계가 극히 민감한 단계입니다." 도미니카는 먼저 들롱이 딸에게 연락하는 데 동의하도록 만들고, 그다음에 국방 기밀을 제공해달라고 부드럽게 부탁할 것이다. 그것은 꼭두각시 인형에 달린 줄들을 잡아당겨서 그 인형에 붙은 또 다른 인형을 조종하는 것과 같았다. 일단 그의 딸이 선을 넘어오면, 딸이 계속 그 일에 가담할 수 있도록 들롱이 조치할 것이다. "프랑스 국방 문서들이 들어오기 시작하면, 본격적인 작전이 시작되는 거죠." 도미니카가 말했다.

시묘노프는 불쾌한 표정으로 듣고 있었지만 그녀의 말에 설득당하진 않았다. 이 계획은 너무 복잡하다. 이 계집은 말을 너무 안 들어먹는다. 하지만 그는 좀 더 기다리기로 결심했다. 시묘노프는 복도에서 코르치노이 장군과 대화를 한 후 자신의 계획에 확신을 갖게 됐다. 그 베테랑 스파이는 포섭 작전을 앞으로 밀고 나가야 한다는 점에 전적으로 동의했으며, 도미니카의 고집스런 태도에 대해 들었을 때는 시묘노프에게 동정을 표했다. "요새 젊은 요원들이란 참. 그녀에 대해 더 말해보게." 코르치노이가 말했다.

아이러니하게도 그 계획을 억지로 앞당긴 사람은 겁 많은 들롱이었다. 어느 날 저녁, 소파에 도미니카와 같이 앉아 또 다른 상업 문서를 검토하던 들롱이 충동적으로 손을 뻗어 그녀의 손을 잡았다. 그러고 나서 그녀를 향해 몸을 기울이고 다정하게 키스했다. 아마 이렇게 일을 같이 하면서 친밀한 사이가 되니 마침내 두려움을 극복하고, 아마도 거미줄처럼 첩보망 속으로 천천히 끌려가고 있다는 직감이 들면서 운명론자가 된 모양이었다. 뭣 때문에 그의 본능이 깨어났는지 몰랐지만 도미니카는 그의 키스에 부드럽게 화답하면서 동시에 미친 듯이 머릿속으로 계산했다. 그들은 지금 이 작전의 아주 중요한 단계에 와 있었다. 그와 지금 섹스를 하면, 그의 딸을 이 계획에 끌어들이기 전에 하면, 작전이 위태로워질 수 있었다. 그러나 반대로 그에 대한 그녀의 지배력을 굳힐 수도 있었다. 도미니카는 벽의 반대편에 있는 작고 더운 방에 있는 남자들의 턱에 흘러내리는 땀방울, 그들의 툭 튀어나온 배를 생각했다.

도미니카의 망설임을 감지한 것처럼 들롱의 입술이 흔들리면서 그가 눈을 번쩍 떴다. 가장 극적인 순간에 그는 멈추려 했다. 그의 머리 주위에 있는 후광이 활활 타오르면서 눈부시게 빛났다. 바로 그 순간 도미니카는 진도를 빼야 한다는 걸, 둘이 연인이 돼야 한다는 걸 알았다. 그녀는 들롱을 리드해서 그가 그녀를 유혹하는 걸 돕기로 했다.

도미니카는 이 단계에 이르게 된 걸 조금 안타깝게 생각했다. 들롱은 그녀를 아주 많이 믿고 있었고 정말 다정했다. 유스티노프의 오락 같은 섹스와는 하늘과 땅 차이다. 그리고 그동안 받았던 스패로우 훈련에서 나온 지시 사항들이 그녀의 머릿속으로 걷잡을 수 없이 터져 나오고 있었다.

도미니카는 두 손으로 들롱의 머리 뒤쪽을 잡고 좀 더 힘을 주어 키스했고(제13항, 성적인 관계를 맺을 용의가 있다는 신호를 분명하게 보내라), 거친 숨을 몰아쉬었다(제4항, 먼저 정열적으로 행동함으로써 상대로부터 정열적인 반응을 이끌어내라). 그는 몸을 떼고 눈을 동그랗게 뜬 채 도미니카를 바라봤다. 그녀는 들롱의 뺨을 쓰다듬은 다음에, 그의 눈을 들여다보고, 그의 손을 잡아 자신의 젖가슴 위에 올렸다. 그는 도미니카의 심장이 뛰는 걸 느낄 수 있었고 그녀는 자신의 가슴 위에 놓인 그의 손을 더 뜨겁게 눌렀다(제55항, 성적으로 자유분방한 태도를 보임으로써 자신이 흥분했다는 걸 입증하라). 그녀는 전율했다. 들롱은 아직도 그녀를 빤히 보고 있었고, 손은 움직이지 않았다. "네이디아." 그가 속삭였다.

이제 눈을 감은 도미니카는 들롱의 뺨에 자신의 뺨을 대고 스치면서 그의 귓가에 입을 댔다(제23항, 상대의 욕망을 일으키기 위해 귀에 자극을 주어라). "시몬, 키스해줘요." 그녀가 속삭였고, 둘은 일어서서 비틀거리며 어둡고 작은 침실로 들어갔다(그 방은 사실 모스크바의 다이나모 축구 경기장보다 더 환하게 불이 밝혀져 있었는데 눈에 보이지 않는 적외선 불빛이었다). 도미니카는 치마와 블라우스를 벗고, 가슴이 깊숙이 파인 브래지어는 그대로 입고(제27항, 적당히 벗은 몸을 이용해서 오감을 자극하라), 들롱이 얼간이처럼 깡충깡충 뛰면서 바지에서 빠져나오려고 애를 쓰는 모습을 보며 자신의 손을 자신의 허벅지 밑으로 쓸어내렸다(제51항, 페로몬이 나오도록 자극하라).

들롱은 마치 침대 위에서 짝짓기를 하는 멧비둘기처럼 온몸을 펄럭거리면서, 깃털처럼 가볍게 도미니카의 몸 위로 올라왔다. 그러고는 코로 그녀의 젖가슴 사이를 부드럽게 비볐다. 아무것도 느껴지지 않았지만, 도미니카는 등을 활처럼 굽히고, 다리를 벌리고(제49항, 신경 반응 속도를 촉진

시키기 위해 성적인 긴장을 최대한 활용하라), 순간적으로 천장에 달린 조명 기구 속에 있는 카메라 조리개에 집중했다. 하지만 그때 들롱이 그녀의 젖가슴 사이에서 고개를 들어 다시 그녀를 봐서 그녀가 그와 눈을 맞췄다. 그러자 그는 기쁨의 한숨을 쉬면서 그녀의 몸 위에서 좀 더 적극적으로 파닥거렸다. 도미니카는 눈을 감고(제46항, 상대에 대한 반응에 집중할 수 있도록 정신을 산만하게 할 것들은 모두 차단하라) 그의 이름을 계속 부르면서 그의 몸의 떨림이 점점 격렬해져가는 걸 느끼며 그를 도왔다(제9항, 치골미골근을 활용하라). 그는 끙끙거리면서 "네이디아, 사랑해"라고 말했다.

도미니카는 손가락으로 들롱의 목선을 쓸어내리면서 "내 사랑"이라고 속삭였다. 지금 그가 어떤 상태인지 알았을 때 침실 문이 안으로 폭발했고 천장에 달려 있는 전구의 오렌지색 불빛(적외선 불빛과 대조되어 무척 어두워 보였다)이 방 안을 가득 채우면서 양복을 입은 세 남자가 좁은 방 안으로 몰려들어왔다. 그들의 셔츠 깃은 땀에 젖어 있었고 눈은 송로 숲에 있는 돼지의 눈처럼 반짝거리고 있었다. 그들은 옆방에서 도미니카와 들롱을 지켜보고 있었다. 그들의 땀 냄새, 며칠씩 입은 셔츠와 신고 있는 양말의 꼬랑내가 방 안을 가득 채웠다.

문이 열리는 순간에 도미니카는 침대에서 벌떡 일어나 앉아 겁에 질려 움츠러든 들롱을 아끼는 인형처럼 꽉 끌어안고 러시아어로 그들에게 나가라고 소리를 질렀다. 도미니카는 그녀의 신중한 포섭 작전을 시묘노프가 산산조각 내고 있다는 걸 알았다. 그는 더 이상 기다릴 수 없어서 그의 허술한 각본대로 작전을 진행시킨 것이다. 그것은 그녀에게 날리는 한 방이었다. 도미니카는 회의실 테이블에서 화려한 언변을 선보이고, 오만불손하게 그가 하는 말에 끼어든 대가를 치르고 있는 것이다. 그녀는 자신이 산전수전 다 겪은 베테랑 스파이처럼 말하려고 했던 걸 떠올렸다. "이 비트는 거의 다 익었어요." 그녀는 그렇게 말했었다. 흠, 그 베테랑 스파이들이 그녀에게 이 작전의 주도권을 누가 쥐고 있는지 보여주고 있는 것이다.

그들은 도미니카의 품에 있는 들롱을 끌어내서, 벌거벗은 그를 거실로 걸어가게 했다. 그런 다음 그를 소파에 밀어버리고 구겨진 그의 바지를 던져줬다. 웅크리고 있던 들롱이 고개를 들어 거대한 남자들을 쳐다봤지만 그는 전혀 이 상황을 이해하지 못하고 있었다. 도미니카가 침대에서 계속 그들을 향해 욕을 하면서 시트를 그러모아 몸을 가리고 일어섰다. 그녀는 분노로 앞이 안 보일 지경이었다. 목구멍과 머리, 온몸이 꽉 죄어드는 것 같았고 귀는 몰려오는 소리들로 꽉 차 있었다.

도미니카는 그들을 이 방에서 몰아내고 상황을 복구하자고 굳게 결심했다. 그녀가 미처 일어서기도 전에 세 번째 남자가 그녀의 손목을 움켜쥐고 침대에서 끌어내려 거실로 끌고 왔다. 도미니카가 거칠게 다뤄지는 걸 보자 들롱이 일어서려고 했지만 남은 두 남자가 다시 그를 밀어서 소파에 앉혔다. 세 번째 남자가 도미니카의 몸을 돌려 그를 보게 하고 그녀의 뺨을 짝 갈겼다. "창녀, 걸레 같은 년!" 그 남자는 침을 뱉고 도미니카를 바닥으로 던졌다. 미리 계획된 시나리오였는지 아닌지는 몰랐지만 도미니카는 고개를 들어 그녀에게 창녀이고 걸레라고 부른 개자식을 보면서 그의 눈까지의 거리를 쟀다.

그러고는 일어서서 몸을 가리고 있던 시트를 바닥으로 떨어뜨렸다. 거실에 있던 모든 남자들의 눈이 도미니카의 몸, 오르락내리락하는 젖가슴, 힘을 주고 선 다리에 고정됐다. 그녀의 발이 바닥을 박차고 날아오르자 SVR 남자들은 스스로를 보호하기 위해 얼른 몸을 굽혔다. 도미니카는 재빨리 손을 뻗어 그 남자의 콧구멍 사이에 있는 격막에 엄지와 검지 손톱을 박고 세게 비틀어 쥐어 앞으로 끌어당겼다. 그것은 1930년대부터 엔카베데(NKVD, 소련의 내무인민위원회. 정부 기관이자 비밀경찰-옮긴이)의 고문실에서 쓰던 방식이었다. 도미니카는 비명을 지르며 저항도 하지 못하는 그 깡패의 머리를 프랑스 대사관 상업 서류들이 흩어져 있는 작은 테이블 밑에 대고 세게 들이박았다. 그 남자의 뺨이 찢어지면서 테이블이 넘어져서 서류들이 우수수 쏟아졌고 남자는 바닥에 털썩 쓰러졌다. 그는 움직이지 않았다. 소파에서 들롱은 믿을 수 없다는 표정으로 그녀를 보고 있었다.

그 모든 일이 10초도 안 되는 사이에 벌어졌다. 다른 SVR 요원 하나가 도미니카를 거칠게 잡아 아파트에서 끌어냈고, 복도를 지나 또 다른 아파트의 방으로 밀어버렸다. "내 몸에서 손 떼." 그녀가 말하는 순간 그녀의 면전에서 문이 쾅 닫혔다. 그 남자는 가버렸다. 방 뒤쪽에서 목소리 하나가 들렸다.

"끝내주는 연기였어. 신중한 첩보 작전을 깔끔하게 마무리하는 한 방이었어." 도미니카는 돌아서서 두 개의 모니터 앞 소파에 앉아 있는 시묘노프를 봤다. 한 화면에는 아파트에서 한 남자가 의식을 잃은 채 허리를 굽히고 바닥에 쓰러져 있었고, 다른 한 남자가 그를 내려다보고 있었다. 동시에, 아직도 손에 바지를 든 채 고개를 들고 기도하는 것 같은 들롱을 다른 한 남자가 내려다보고 있는 모습이 보였다. 또 다른 화면에서는 도미니카와 들롱이 침대 위에 있는 장면이 다시 재생되고 있었다. 소리가 들리지 않는 상태에서 그들이 사랑을 나누는 장면은 마치 임상 실험 같기도 했고, 연출한 것처럼 보였다. 도미니카는 그 장면을 무시해버렸다.

도미니카는 한 손으로 몸에 두른 시트를 잡고 다른 한 손으로 욱신거리는 뺨을 쓰다듬었다. "젠장! 우리가 해낼 수 있었다고요!" 그녀는 고래고래 소리를 질렀다. 시묘노프는 반응하지 않았다. 그의 시선이 한 화면에서 다른 화면으로 휙휙 움직였다. "그자가 날 위해 자기 딸을 포섭했을 거란 말이에요!" 도미니카는 고함을 질렀다. 시묘노프는 고개를 돌려 그녀를 보지도 않고 중얼거렸다. "어차피 놈은 그렇게 할 거야." 그가 리모컨으로 가리키자 생중계되는 모니터에서 소리가 나왔다. SVR 요원들이 이제 소파에 꿈짝도 하지 않고 앉아 있는 들롱에게 소리를 지르고 있었다. 도미니카는 시묘노프에게 또다시 맨발로 한 발짝 다가가면서, 이 자식의 눈깔에 엄지손톱을 확 박아버릴까 심각하게 고민했다. "저 사람은 우리 말을 듣지 않을 거예요, 모르겠어요? 저 사람은 우리를 도울 만큼 용감하지 않다구요, 자기네 나라에 모두 다 실토할 거예요. 대령님은 정말 저 사람이 우릴 순순히 도울 거라고 생각하는……"

시묘노프는 담배에 불을 붙이면서 도미니카를 돌아봤다. 그의 눈이 노랗게 활활 타오르고 있었다.

"만약 그 약발이 먹히지 않으면 너의 기록에 실패로 남겠지, 그렇다면……" 그는 이어서 말했다. "이건 네가 내려야 할 결정도 아니고, 처음부터 아니었어." 시묘노프는 도미니카에게 미소를 지으면서 말했다. "첩보부는 네 마음대로 휘두를 수 있는 곳이 아니야." 그는 아무 소리도 나지 않는 모니터로 고개를 돌렸다. 그녀는 멍하게 자신이 들롱의 허리에 다리를 감는 모습을 지켜봤다.

"이 침실 장면을 계속 돌려보는 목적이 뭡니까, 동무?" 도미니카는 시묘노프에게 말했다. 그는 대답하지 않고 천장을 향해 담배 연기를 불었다.

"세로프가 먼저 널 때렸으니까 네가 그에게 한 짓은 고발하지 않겠다." 시묘노프는 또 다른 모니터에서 아직 의식을 회복하지 못하고 쓰러져 있는 남자를 가리키며 말했다. "넌 성질 한번 더럽더라, 스패로우? 이제 막 시작한 경력에 아주 큰 보탬이 되겠어." 그는 다시 미소를 지으며 옆방 문을 향해 고개를 끄덕여 보였다.

"저기 옷이 있으니까 입고 싶다면 입어. 밤새 벗고 있으려는 게 아니라면 말이지." 도미니카는 그 작은 방으로 들어가서 재빨리 아무 모양도 없는 헐렁한 원피스를 뒤집어쓰고 그 위에 플라스틱 벨트를 차고 검은 구두를 신었다. 지난 50년간 근대 소련 여성에게 공인된 옷차림이었다.

도미니카는 그 후 다시는 들롱을 보지 못했다. 그다음의 이야기가 부분 부분 들렸다. 프랑스 대사관에서 사무직으로 일하는 SVR 정보원 하나가 들롱이 그 일이 있고 다음 날 아침에 대사와의 면담을 요청했다고 보고했다. 들롱은 대사에게 '대사관에 보고하지 않은 채 러시아 여성과 친밀한 관계를 가졌다'고 고백했다. 그 작은 남자는 도미니카와 공유했거나, 복사 했거나, 어떤 식으로든 훼손됐을 서류들의 번호와 그것들의 성격을 보고 하는 상당한 용기를 보였다. 모스크바의 프랑스 첩보부가 파리 본부와 방 첩부서에도 그 사실을 알렸다. 모두 사정을 알고 고개를 절레절레 흔들었 다고 했다. 절세미인이라고? 어쩔 수 없었겠지.

독일인들이라면 들롱을 유죄로 판결해서 3년 형을 내렸을 것이다. 미국 인들은 이 얼간이가 미인계를 이용한 첩보 행위에 당했다고 생각하고 8년 형을 때렸을 것이다. 러시아에서라면 이 반역자는 제거됐을 것이다. 프랑 스 조사관들은 그가 업무 태만이었다는 준엄한 조사 결과를 선고했다. 들 롱은 재빨리 고국으로(스파이들의 손길이 미치지 못하는 곳으로) 전근을 가 서 18개월 동안 기밀 정보 접근권이 없는 상태로 일하게 됐다. 그는 딸과 가까이 있을 수 있는 파리로 돌아왔다. 들롱이 겪은 유일한 고통은 다시 16구에 있는 아내의 우아하고 아주 높은 집에서 살아가는 것이었다. 잠을 이룰 수 없는 새벽이면 떠오르는 그 우중충하고 작은 모스크바 아파트와 암청색 눈동자에 대한 기억을 안고서.

장 자크 레스토랑의 디종네즈 수프

깍둑썰기로 썬 소고기에 양념을 하고 밀가루를 뿌려서 갈색이 될 때까지 익힌다. 고기를 치워둔다. 잘게 썬 베이컨, 깍둑썰기를 한 양파, 토마토, 당근, 감자와 백리향을 부드러워질 때까지 볶는다. 다시 프라이팬에 고기를 넣고 거기다 소고기 육수를 넣고 고기가 부드러워질 때까지 뭉근하게 끓인다. 거기에 디종 겨자와 헤비 크림(heavy cream, 유지가 많은 크림-옮긴이)을 조금 섞어서 다시 익혀 낸다.

10

반야 예고로프는 파리에 있는 SVR 정보원을 통해 들여온 프랑스 담배 '지탕'을 끝도 없이 피워대고 있었다. 눈이 시리고 마치 가슴에 철 테를 두른 것처럼 갑갑했다. 붉은 가죽으로 된 그의 기록 장부 위에 또 다른 FSB 감시 보고서가 놓여 있었다. 3개월 만에 세 번째로 받는 보고서였다. 이틀 전 감시 탐지 루트를 열두 시간 달리면서 (CIA로 추정되는)미국 외교관을 미행한 보고서였다. 그 젊은 미국인에게 여러 감시팀이 붙어 있었고, 그에게 붙은 여러 명의 감시자들이 늦은 오후부터 밤까지 뛰면서 그 미국인이 스파이 활동 중인 데다 러시아 정보원과 만났을 가능성이 점점 더 커지고 있다는 걸 발견했다. 그 젊은 미국인이 미행당하고 있는 걸 눈치채지 못한 것처럼 보였을 때 감시팀들은 흥분했다. 이건 극히 드문 일이었다.

감시자들의 수가 마침내 120명에 도달했다고 FSB 보고서에 대담하게 자랑을 해놨다. 낮에는 눈보라가 세게 몰아쳐서 정찰기를 출동시킬 수 없었지만, 대신 지상 작전 팀들이 겹겹으로 그 미국 요원을 둘러싸고 자주 감시자를 바꿨다. 그 미국 스파이가 갈 만한 경로 곳곳에 도보로 다니는 정보원들을 배치했고, 팀들이 그의 옆에서 나란히 따라갔다. 그 미국인이 갑자기 코스를 바꿀 경우에 대비해 모스크바의 180개 지하철역 중에서 60개 역에 최소한 FSB 요원 100명이 꼼짝 않고 기다렸다. 예고로프는 초조하게 보고서의 마지막 페이지들을 획획 넘겼다. 멍청한 FSB 새끼들.

그 미국인은 땅거미가 졌을 때 모스크바 북동쪽에 있는 소콜니키 유원지의 퇴락한 놀이공원으로 들어가 어둡고 꽁꽁 얼어붙은 공간을 지나 녹슨 대관람차를 지나쳐서, 검고 황량한 나무들이 줄줄이 서 있고 미궁처럼 여러 갈래의 길들이 얽혀 있는 곳으로 갔다. 그 미국인은 텅 빈 장식용 분수대에 멈춰, 추운 날씨에 시멘트 분수의 가장자리에 앉아, 멍하니 황량한 화단을 바라보고 있었다. 암호로 된 무선 통신량이 급증했다. 바로 이거다. 정보원끼리 만나는 것이다. 그 미국 놈을 감시하기 위해 야간 투시경을 계속 끼고 있어. 모두 넓게 흩어져서 근처에 있는 단 한 명도 놓치지 말고 감시해. 분수대 쪽으로 몰래 초조하게 움직이는 보행자 하나를 찾아.

보고서를 읽은 예고로프는 야간 투시경을 머리에 쓴 FSB 인간들이 이 나무에서 저 나무로 쏜살같이 튀어 다니면서 숲 속을 초록색 눈이 튀어나온 외계인들로 가득 채우는 광경을 상상할 수 있었다. 그들은 땅속에 묻힌 비밀 정보의 은닉처를 찾기 위해 추적견 한 마리도 데려왔다. 잔뜩 흥분한 그 독일 셰퍼드는 미국인들을 추적하는 데 익숙해져 있었다. 그 개는 미국인들의 냄새, 특히 다이알 비누와 슈어 탈취제에서 풍기는 향기같이 미국의 향기를 맡도록 집중적으로 훈련돼 있었다.

그리고 그들은 기다렸다. 그 미국인도 기다렸다. 전통적인 4분이라는 기회의 창을 넘겨가며 기다렸다. 10분, 20분, 30분. 아무 일도 일어나지 않았다. 유원지의 다른 공간들도 텅 비어 있었다. 그 개가 미국인이 걸었던 경로를 다시 달려갔지만 아무것도 발견하지 못했다. 뭔가를 몰래 숨긴 것도 없고, 그라운드 스파이크(ground spike, 메시지를 넣고 땅에 박을 수 있는 도구-옮긴이)도 없고, 장치들도 없고, 아무것도 없었다. 유원지 바깥쪽 가장자리를 무선 송수신 차들이 천천히 달리면서 그 지역에 있는 자동차 번호판 100개를 녹화했다. 그 번호판들은 모두 확인하고 상호 참조했다. 아무것도 나오지 않았다. 그때 그 미국인이 다른 스파이들과는 다르게 유원지를 나와서 미행이 있는지 확인하려고 노력도 안 하고 곧바로 집으로 돌아갔다. FSB 무전기들은 모두 침묵을 지켰다.

예고로프는 역겨워하면서 그 보고서를 서류함에 툭 던졌다. FSB는 그 감시 대상이 자신이 병 속에 갇혀 있었다는 사실을 전혀 몰랐다는 점에서 '완벽한 감시 작전'이었다고 자화자찬하고 있었다. '참 대단하시네요. 그래서 건진 게 뭐가 있는데?' 예고로프는 생각했다.

반야 예고로프는 모르고 있었지만, 그 미국인 담당자에게 붙은 FSB 감시팀원들이 하도 요란스럽게 굴어서 그 미국인과 접선을 시도하려고 소콜니키 유원지로 향하던 마블은 대신 기다리기로 결심했다. 그는 유원지 출입구에서 몇 블록 떨어진 곳에 있는 버스 정거장에서 지켜봤다. 마블로부터 100미터 떨어진 곳에서 감시 차량 세 대가 나란히 멈춰 섰을 때, 그는 자신의 비범한 첩보 본능이 맞았음을 확인했다. 그 감시팀원들이 차에 기대서, 담배를 피우며, 숨기지도 않고 술병 하나를 돌려 마셨다. 이것이 야말로 거리에서 저지르는 전형적인 실수다. 미행팀이 바퀴벌레들처럼 떼 거리로 몰려다니는 것.

'아주 잘됐어. 내가 선택한 인생에서 또다시 집행유예를 받았군.' 마블은 그런 생각을 하며 거기서 빠져나왔다. 앞으로 몇 번이나 더 이렇게 빠져나올 수 있을까? 그는 오늘 밤 보낼 메시지에 뭐라고 쓸지, 어떻게 해외로 갈 이유를 급히 찾아야 할지 생각했다. 그는 다시 네이트를 만나야 했다.

다음 날 아침, 라인 KR 방첩팀장인 주가노프가 예고로프에게 기밀 메시지를 보냈다. 주가노프의 선견지명과 자신이 이 상황을 정확하게 이해하고 있다는 걸 보여주기 위해 작성한 메시지였다.

미국 요원의 행동에 대한 설명으로 몇 가지 의견을 드립니다. 첫째, 이는 FSB의 암호화된 주파수에 대한 신호 정보를 수집하는 것을 포함한 FSB의 감시 역량을 끌어들여 측정하기 위해서입니다. 두 번째는 그 미국인이 자신이 미행당하고 있다는 걸 감지하고 접선 계획을 중단시켰고, 감시팀을 접선 장소가 아닌 유원지로 이끌고 왔다는 겁니다. 세 번째는 그 미국인은 눈치채지 못했지만 그의 정보원이 알 수 없는 이유로 그 접선을 중지했습니다.

미국인들의 이 작전은 엉성하게 계획되고 실행됐으며, CIA 모스크바 지부장이 그 자리에 맞는 복잡한 업무들을 처리할 만한 역량이 없는 간부라는 우리 평가가 정확한 것으로 판명됐습니다. 무능한 곤도프가 이런 지위까지 오른 것은 이권 정치의 불행한 부산물로 보입니다.

'그 등신에게 누가 신경이나 쓴다고 그래? 우리 첩보부에도 그렇게 아둔하고 자만심 강하고 든든한 빽만 믿고 오만 방자한 데다 쓸모라곤 손톱만큼도 없는 놈들이 우글거리는데.' 예고로프는 생각했다.

반야는 그들이 또다시 놓쳤다는 걸 알고 있었다. 아니, '확신하고' 있었다. 그 배신자는 아직도 밖을 돌아다니고, 밤에는 침대에서 식은땀을 흘리면서, 러시아를 배반하고 자신의(그리고 반야의) 정치적, 개인적 미래를 위태롭게 하고 다니고 있다.

게다가 오후에 크렘린에서 걸려온 전화 한 통으로 그날 하루를 완전히 잡쳤다. 암호화된 전화선을 타고 대통령의 매끄러운 목소리가 울렸다. 푸틴 대통령은 간밤에 소콜니키 유원지에서 감시 작전이 있었던 걸 알고, 어제 일어난 일에 대한 다양한 해석을 반야에게 다시 인용했다. 반야는 주가노프의 그 메모가 거기까지 갔다는 사실을 마음속에 단단히 새겨놨다.

"미국인들에 대한 방첩 활동이 지금쯤 성공을 거둔다면 반가울 텐데. 가정주부들이 시위한답시고 냄비와 프라이팬 들을 두들겨댈 시간이 있을까, 조국이 위기에 처한 이때." 대통령은 수화기에 대고 사근사근 말했다. 대통령은 잠시 말이 없었지만 반야는 끼어들지 않았다. 그는 대통령의 화법 리듬에 익숙했다. "우린 사치스럽게 여유를 부릴 형편이 아니야." 푸틴은 마침내 그렇게 말하고 전화를 끊었다.

반야는 수화기를 물끄러미 보다가 내려놨다. 빌어먹을 개자식. 그는 인터폰을 눌렀다. "당장 주가노프 불러." 그 반역자는 아직 밖에 있지만, 모스크바에서 이뤄지는 은밀한 만남들에서 놈을 잡지 못한다면 러시아를 벗어난 제3국에서 하는 접선이 관건이었다. 그리고 네이트는 바로 옆 동네인 핀란드에 있었다. 반야는 다시 인터폰을 눌렀다. "예고로바. 내 조카딸. 당장."

20분 후에 도미니카는 반야의 책상 앞에 앉아 있었다. 신발이 바닥에 닿지 않는 주가노프는 그녀의 맞은편에 앉아 있었다. 밋밋한 검정색 양복 단추를 모두 채워 입은 그 난쟁이는 의자의 양쪽 팔걸이를 꽉 잡고 있었다. 그의 얼굴에 항상 떠올라 있는 엷은 미소를 보자 반야는 짜증이 났다. 독사 같은 새끼.

늘 그렇듯이 도미니카는 눈이 부실 정도로 아름다웠다. 그녀는 짙은 남색 모직 스커트에 재킷을 입고 머리는 규정대로 올려 쪽을 졌다. 그녀는 재빨리 알렉세이 주가노프와 그의 머리 뒤에 있는 검은 삼각형의 기운을 봤다. 그녀도 이제 첩보부의 신입이 아니기 때문에 소비에트 연방이 시들어가던 시절에 루비안카의 고문실에서 그가 저질렀던 소행들에 대해 익히 들은 바가 있었다.

그들은 첩보부 내에서 친한 친구들끼리만 전할 수 있는 믿을 수 없는 이야기들을 속삭였다. 주가노프는 과거에 루비안카에서 최고위급 사형 집행자 두 명 중 하나였다고 한다. 그 자리에 오르긴 젊은 나이였지만 그가 그 경악스런 일을 아무렇지 않게 해냈기 때문에 적임자였다고 했다. 소문에 따르면 이 난쟁이는 그가 처형한 사람들이 천장의 들보에 매달려 있거나, 테이블 위에 축 늘어져 있거나, 기울어진 바닥에 대자로 뻗어 배수관을 향해 머리를 늘어뜨리고 있는 모습에 매료됐다고 한다. 그는 그 시체들에게 이야기를 하기 위해 그들을 봉제 인형처럼 다루면서 벽에 기대 세워놓고 그들의 사지를 정신없이 더듬었다고 한다. 도미니카는 그 더러운 셔츠들, 자주색 멍이 든 목들을 상상했다.

"너와 난 항상 여기 앉아 있는 것 같구나, 그렇지 않니?" 반야가 밝게 말했다. 도미니카는 머릿속에 떠오른 지하실들을 지워버렸다. 그녀는 환하고 넓은 반야의 노란색 연기를 봤다. 오늘은 흥미로운 만남이 되겠군.

"다시 보니 좋구나."

"고맙습니다." 도미니카는 조용히 말하면서 마음을 다잡았다.

"코르치노이 장군이 네게 미국 부서로 오라고 제안했다는 말을 듣고 기뻤다."

'아, 본론이나 말하시죠.' 도미니카는 생각했다. "시묘노프 대령님이 제5부서에서 절 내보내셨을 때 달리 갈 곳이 없었어요. 장군님이 기회를 주셔서 감사하게 생각하고 있습니다." 도미니카가 말했다.

"코르치노이가 그 프랑스 남자에 대한 너의 작업에 깊은 인상을 받았다고 하더구나." 반야가 말했다.

"그 작전은 성공하지 못했는데도 그러셨군요." 도미니카가 말했다.

"다들 성공할 때도 있고 실패할 때도 있는 거지." 노란색 안개에 푹 잠긴 반야가 다정한 척 연기를 했다.

도미니카의 언성이 조금 올라갔다. "제5부서가 조급하게 행동하지 않았다면 들롱 작전은 아직도 진행되고 있었을 겁니다. 우린 프랑스 국방부에 침투할 수 있었을 거라고요."

"저도 그 파일을 읽었습니다. 가능성이 보이던데. 왜 성공하지 못했습니까?" 주가노프가 부드럽게 끼어들었다. 도미니카는 주가노프의 어깨 뒤에서 마치 박쥐 날개처럼 검은 포물선이 펼쳐지는 걸 보면서 눈을 크게 뜨지 않으려고 무진 노력했다. '악마야, 궁극의 악마.' 도미니카는 생각했다.

"그건 제5부서의 부장님에게 물어보셔야죠." 도미니카는 주가노프의 눈을 보지 않고 말했다. 그녀는 그 눈 뒤에 있는 괴물을 보고 싶지 않았다.

"아무래도 그래야 할 것 같군." 주가노프가 말했다.

"그만해. 비난해봐야 무슨 소용이 있나, 예고로바 요원. 자넨 상관이 내린 결정에 이의를 제기할 수 있는 입장이 아니야."

반야가 온화하게 말했다.

도미니카는 삼촌에게서 눈을 떼지 않은 채 차분한 목소리를 유지하면서 말했다. "그래서 이 첩보부가 살아남으려고 이렇게 발악을 하고 있는 겁니다. 이래서 러시아의 경쟁력이 떨어지고 있는 거라고요. 이런 태도 때문에, 시묘노프 같은 장교들 때문에. 이들은 러시아의 배에 찰싹 달라붙어서 피를 빨아먹고 있는데, 떼어 낼 수도 없는 거머리들이라고요." 그들이 서로 빤히 쳐다보는 가운데 방에 침묵이 흘렀다. 주가노프는 도미니카의 얼굴을 보고 있었는데 팔걸이를 잡고 있는 그의 손은 움직이지 않았다.

"널 어떻게 해야 할까?" 반야가 마침내 입을 열면서 일어나 전망창 앞에 가서 섰다.

"너의 성적은 뛰어나. 네 앞에 펼쳐진 창창한 미래를 위태롭게 해선 안돼. 네가 나에게 말한 이 태도로만 봐도 이미 네가 여기서 겉도는 이유가 충분히 보여. 계속 그렇게 불평을 늘어놓고 싶으냐?"

'그리고 네 엄마도 생각해야지.' 도미니카는 생각했다.

"그리고 네 엄마도 생각해야지. 네가 엄마를 보살펴드려야지." 반야가 말했다.

"제가 삼촌의 조카딸이란 점 때문에 득을 보고 있는 것 알아요. 하지만 우리 일은 항상 해오던 식으로 하기엔 너무 중요한 일이에요." 도미니카는 고개를 돌려 창가에 서 있는 삼촌을 보고 두 가지를 알았다. 반야는 그녀가 한 말에는 한 마디도 관심이 없었다. 그리고 그에겐 그녀를 계산에 넣은 다른 꿍꿍이가 있었고, 그녀는 그 일에 대해 어느 정도 자유롭게 말할 수 있다는 점이었다. 도미니카는 또한 주가노프가 넋을 잃고 그녀의 말에 귀를 기울이고 있다는 것도 알았다. 그에게서 마치 용광로처럼 뿜어져 나오는 열기를 느낄 수 있었다. 그는 먹잇감을 잡기 전까진 만족하지 않는 동물이었다. 그녀는 절대로 그를 보지 않았다.

창문 밖을 내다보고 있던 반야가 고개를 흔들었다. '현대판 SVR에 온 걸 환영해. 개선이니, 개혁이니, 홍보니 하다다 이젠 여자까지.' 말단 간부들은 항상 오래된 방식을 비판하기 마련이라고, 반야는 생각했다.

"그래서 너는 오래된 방식은 좋아하지 않는다는 거냐?" 반야가 말했다.

"전 이유가 뭐든 성공할 수 있었던 작전에 실패하는 걸 좋아하지 않아요." 도미니카가 말했다.

"그럼 네가 단독으로 작전을 수행할 수 있는 준비가 됐다고 믿는단 말이지?" 반야가 부드럽게 말했다.

"삼촌과 코르치노이 장군님…… 그리고 주가노프 대령님 같은 분들의 조언과 지도를 받는다면 물론 그럴 수 있습니다." 도미니카가 말했다. 그녀는 옆에 앉아 있는 시체를 사랑하는 그 난쟁이도 억지로 끼워 넣었다. 그는 큼직한 귀를 쫑긋 세우면서 그녀에게 고개를 돌려 끄덕였다.

"대부분의 사람들은 네가 너무 어리고, 경험도 너무 없다고 하겠지만, 그건 두고 보면 알겠지." 도미니카는 반야의 음색, 채찍 뒤에 숨겨진 입에 발린 표현에 주목했다. "네가 널 염두에 두고 있는 임무의 성격상 유감스럽게도 넌 미국 부서에서 나가야 할 것 같구나."

"그 임무가 뭔데요?" 도미니카가 물었다. 반야가 그녀에게 누군가를 유혹해야 한다고 말하면 소리를 지를 것이다.

"해외 임무야. 외국에 나가서 진정한 첩보 작전을 수행하는 거지. 포섭 작전이야." 해외 작전에 대한 반야의 추억은 어두웠지만 그는 마치 그걸 즐기는 것처럼 말했다.

"해외 임무라고요?" 도미니카는 뭐라고 해야 할지 알 수 없었다. 그녀는 한 번도 러시아 밖을 나가본 적이 없었다.

"스칸디나비아로 가는 거야. 난 새롭고 신선한 인물, 네가 보여준 그런 소질이 있는 사람이 필요하다." 반야가 말했다. '남자를 대하는 소질이겠지.' 그녀는 씁쓸하게 생각했다. 반야가 그녀의 눈을 보고 손을 들어 올렸다. "네가 생각하는 그런 뜻이 아니야. 난 첩보 작전 요원으로 네가 필요한 거야."

"전 그렇게 하고 싶어요. 이 첩보부의 진정한 일원이 돼서 러시아를 위해 일하고 싶어요." 도미니카가 말했다.

주가노프가 입을 열었는데 그의 목소리는 부드러우면서도 번지르르했고, 그의 말은 석탄처럼 검었다.

"넌 그렇게 될 것이다. 이건 아주 대단한 기술을 요하는 민감한 업무니까. 가장 어려운 임무 중 하나지. 넌 미국 CIA 요원을 파괴시켜야만 해."

헬싱키에 있는 러시아 대사관의 SVR 레지던트(러시아 해외 첩보부, 즉 레지덴투라의 책임자─옮긴이) 막심 볼론토프는 도미니카가 퇴근하기 전에 회갈색 파일을 보관실에 반납하러 가는 모습을 지켜봤다. 모스크바에서 도착한 후로 도미니카는 아침마다 파일을 보관실에서 대출한 후 자기 자리로 가져가서 읽었는데 대개는 노트에 메모를 해가면서 읽었다. 그리고 매일 근무가 끝나면 관행에 따라 그 파일을 보관실 직원에게 반납했다. 볼론토프를 제외하면 도미니카만이 이 특정 파일을 대출받을 수 있는 유일한 직원이었다. 그것은 야세네보에서 전송된 파일의 복사본으로 미국 CIA 요원 네이트 내쉬에 대한 파일이었다.

볼론토프는 도미니카의 발레리나 다리와, 맞춰 입은 셔츠 밑으로 보이는 몸을 눈여겨봤다. 볼론토프는 쉰다섯 살로 얼굴에 무사마귀가 잔뜩 나고 통통한 체격에 은발 머리를 1950년대 소련 관료 스타일인 올백으로 하고 있었다. 그의 입 안쪽에 강철 이빨이 하나 있는데 미소를 지을 때만 보이지만 미소를 지은 적이 없다. 그가 입고 있는 양복은 짙은 색에 헐렁하고 군데군데 반짝거렸다. 현대 스파이들이 초현대적인 부품들로 만들어져 있다면, 볼론토프는 여전히 판금과 대갈못으로 만든 인물이다.

도미니카는 볼론토프의 둥근 머리 주위를 떠도는 기만과 출세 제일주의의 오렌지색 안개를 흥미롭게 관찰했다. 러시아에 있는, 노란기가 도는 바다코끼리와는 다른 오렌지색이었다. 하지만 볼론토프는 KGB의 정말 힘들었던 시절을 버텨냈고, 변신에 변신을 거듭하며 살아남았다. 거기서 단련된 특유의 직감에 따라 그는, 괴롭기는 했지만 SVR 부국장의 조카딸을 조심스럽게 다뤘다. 게다가 이 젊고 섹시한 미녀는 여기에 특수 임무를 띠고 왔다. 아주 민감한 임무였다. 일주일 동안 준비한 도미니카는 오늘 밤 그녀의 첫 외교 연회에 참석할 것이다. 우아한 스페인 대사관에서 국경일을 맞아 개최하는 파티였는데, 거기서 그 미국인인 네이트를 발견할 수 있을까 해서 가는 것이다. 볼론토프도 가서 방 맞은편에서 지켜볼 것이다. 그녀가 연회에서 어떻게 작업하는지 지켜보는 것도 재미있을 것이다. 볼론토프의 생각이 줄달음을 쳐서 그는 스페인 사람들이 항상 내오는 근사한 전채 요리도 떠올렸다.

도미니카는 모스크바 본부의 지시에 따라 러시아 대사관 직원들이 사는 초소형 아파트들이 몰려 있는 아파트 단지가 아니라, 헬싱키의 오래된 지구에 있는 임시 아파트로 들어갔다. 이곳에서 급히 임대한 아파트였다. 헬싱키는 경이로웠다. 그녀는 깔끔한 거리들, 물결 모양의 처마 돌림띠, 노란색과 붉은색과 오렌지색 페인트를 칠한 건물들과 심지어 상점들 창문까지 커튼을 친 풍경을 놀래서 바라봤다.

도미니카는 작고 편안한 임시 아파트에서 스페인 국경일 연회에 갈 준비를 했다. 그녀는 화장을 하고 옷을 입었다. 브러시로 머리를 빗었는데 잡고 있는 브러시 손잡이가 뜨겁게 느껴졌다. 실제로 그녀는 온몸이 뜨겁게 느껴졌다. 결전을 치를 준비가 된 것이다. 도미니카의 작은 아파트는 파도 모양의 색채들로 넘쳐났다. 붉은색, 진홍색, 라벤더색, 정열과 흥분과 도전의 색들. 그녀는 그 미국인을 상대로 달성하라고 지시받은 사항들을 검토했다. 첫날 밤인 오늘은 먼저 접촉을 하라. 다음 몇 주 동안 후속 만남을 준비하고, 정기적으로 마주치는 상황을 만든 후에, 우정을 키워가면서, 신뢰를 쌓고, 그의 행동 패턴과 움직임을 알아내라. 그리고 그의 입을 열게 만들어야 한다.

도미니카는 러시아 첩보 본부에서 브리핑을 받았다. 모스크바를 떠나기 전에 주가노프가 그녀에게 잠깐 말했다. "예고로바 요원, 질문 있나?" 그가 물었다. 대답을 기다리지도 않고 그가 말을 이어갔다. "이게 포섭 작전이 아니란 건 알고 있지? 적어도 전통적인 의미의 포섭 작전은 아니야. 이 작전의 주 목적은 해외 정보가 아니라고." 그는 입술을 핥았다. 도미니카는 입을 다문 채 움직이지 않았다. "그보다 이 작전은 함정이자 덫이야. 우리가 요구하는 건 이 미국인이 그의 정보원을 언제, 그리고 어떻게 만날 것인지 그 기미를 알아채라는 거야(그게 적극적이든 수동적이든). 나머진 내가 다 알아서 하겠네." 주가노프의 목소리가 더 매끄러워졌다. "이봐, 난 자네가 그 자의 뼈에서 가죽을 벗겨내길 원해. 그걸 어떻게 할지는 자네에게 맡겨두지." 주가노프는 도미니카의 눈에서 시선을 떼지 않았다. 도미니카는 자신이 색깔을 볼 수 있는 걸 그가 알고 있다는 확신이 들었다. 그의 눈이 말하고 있었다. '할 수 있다면 내 마음을 읽어봐.' 도미니카는 가르침을 주셔서 감사하다고 하고 얼른 그 자리를 나왔다.

네이트라는 이 미국인은 고도로 훈련된 CIA 요원이다. 그와 단 한 번 마주치는 것도 아주 신중하게 해야 했다. 하지만 지금까지와 다른 점은 이 미국인에 대한 작전은 도미니카 혼자 관리한다는 것이다. 이것은 '그녀의' 작전이었다.

도미니카는 거울에 비친 자신의 모습을 물끄러미 봤다. 그 사람은 어떤 사람일까? 내가 그와의 접촉을 계속 유지할 수 있을까? 그가 평상시 하는 활동에 내가 끼어들 수 있을까? 너는 그에게 자연스럽게 접근하는 방법을 빨리 결정해야 해. 너의 테크닉들을 기억해야 해. 정보를 끌어내고, 평가하고, 그의 취약한 점을 이용해서 조종하는 거야.

도미니카는 거울에 몸을 더 기울였다. 볼론토프가 지켜보고 있을 것이고, 모스크바 본부도 마찬가지로 그 결과를 관찰할 것이고, 무리의 시선이 모두 그녀를 향할 것이다. 좋아, 내가 뭘 해낼 수 있는지 보여줄 것이다.

미국인들은 물질 만능주의자에 허영심이 강하다. 아카데미 교관들은 CIA가 돈과 기술로 모든 성과를 이뤘다고, 그들에겐 영혼이 없다고 주장했다. 도미니카는 그에게 영혼을 보여줄 것이다. 게다가 미국인들은 성정이 물렁해서 충돌과 위험을 회피한다. 그녀는 그를 안심시켜줄 것이다. 흐루쇼프의 냉전 시대인 1960년대에는 KGB가 미국인들보다 압도적으로 우세했다. 이제 그녀의 차례가 왔다. 화장대를 움켜쥔 손이 아팠다. 도미니카는 겨울 코트를 입고 문으로 향했다. 이 CIA 청년은 그에게 무슨 일이 일어나게 될지 전혀 모르고 있었다.

스페인 대사관의 으리으리한 1층 라운지는 반짝거리는 거대한 크리스털 샹들리에 세 개로 환하게 밝혀져 있었다. 그 방 한쪽에 줄줄이 늘어선 프렌치 도어(French door, 가운데서 양쪽으로 여는 유리문-옮긴이)들은 화려한 정원으로 통하지만 지금은 늦가을 서리를 피해 굳게 닫혀 있었다. 방

안은 사람들로 가득 차 있었고, 도미니카가 낮은 층계참에 서서 손님들을 보고 있는 동안 백 개의 이미지들이 쭉쭉 스쳐지나갔다. 신사복들, 턱시도들, 야회복들, 드러난 목덜미들, 위로 틀어 올린 머리, 속삭이는 말들, 고개를 뒤로 젖히며 크게 웃는 웃음들. 옷깃에 떨어진 담뱃재들, 한 번에 오가는 수십 개의 언어들, 젖은 종이 냅킨에 감겨 있는 잔들. 파티에 온 사람들은 끊임없이 상대를 바꿔가며 돌아다녔고, 쉬지 않고 말하는 소리들이 무시무시하게 컸다. 방 구석구석에 있는 테이블들이 휘어질 정도로 많은 음식과 음료들이 차려져 있었다. 사람들은 세 줄로 서 있었다. 도미니카는 어쩔 수 없이 몰려드는 색채들을 꼭꼭 내리누르면서 과부하가 걸리지 않게 조정했다.

이렇게 많은 사람들 속에서 어떻게 네이트 내쉬를 찾아야 할지 엄두가 나지 않았다. 이 방에 들어온 지 몇 분 만에 이미 연상의 남자들 몇 명이 작정하고 도미니카에게 다가왔다. 외모로 봐서 외교관인 그 남자들은 그녀에게 너무 바짝 다가와, 너무 큰 소리로 말을 하면서, 너무 노골적으로 그녀의 가슴을 쳐다봤다. 도미니카는 밝지 않은 회색 정장에 진주 목걸이를 하고 왔다. 재킷은 단추를 채웠는데 가끔 그 밑으로 검은색 레이스가 살짝 보였다. '야하지 않으면서 세련되게 섹시해 보여야 해.' 도미니카는 생각했다. 확실히 스칸디나비아 여자들은 창녀처럼 옷을 입을 줄 알았다. 예를 들어 이중 프렌치 도어 옆에 서 있는 저 조각 같은 금발의 여자가 입고 있는 캐시미어 상의는 가슴에 너무 찰싹 달라붙어서 터질 것 같은 가슴의 굴곡이 숨김없이 드러나 있었다. 그녀의 금발 머리는 너무 환해서 하얗게 보일 정도였다. 그녀는 그 머리를 만지작거리면서 어떤 젊은 남자가 그녀에게 뭐라고 하자 웃음을 터트렸다. 저 청년. 내쉬다. 도미니카는 파일에 있는 수백 장의 미행 사진을 보고 그의 얼굴을 알고 있었다.

도미니카는 천천히 그 프렌치 도어를 향해 다가갔지만 그건 저녁 시간 모스크바 지하철에 몰려든 승객들을 헤치고 가는 것과 같았다. 그녀가 마침내 그 프렌치 도어에 도착했을 때 그 스칸디나비아 아가씨와 내쉬는 가버리고 없었다. 도미니카는 그 금발 머리 여자를 찾아보려고 했다. 그 아마존 여자는 방에 있는 다른 사람들보다 머리 하나는 더 컸다. 하지만 찾을 수 없었다. 아카데미에서 배운 대로 도미니카는 연회장의 바깥쪽 가장자리를 따라 시계방향으로 돌면서 내쉬를 찾으러 다녔다. 그녀는 볼론토프가 서 있는 뷔페 테이블로 다가갔다. 그의 접시와 그의 큼지막한 입 둘 다 스페인 요리인 타파스로 가득 차 있었다. 그는 어느 누구와도 이야기를 해보려고 시도도 하지 않고 있었다. 그는 주위 사람들은 의식하지 못한 채 토르티야 에스파놀라 한 조각을 입에 넣었다.

도미니카는 계속 연회장 가장자리를 빙빙 돌았다. 그녀는 그 덩치 큰 금발 여자의 넓은 어깨를 볼 수 있었다. 그녀를 둘러싸고 즐거워하며 얼굴이 땀에 젖은 남자들이 적어도 네 명은 됐다. 하지만 내쉬는 없었다. 마침내 도미니카는 서비스 바 근처에 있는 연회장 구석에서 그를 발견했다.

검은 머리에 날씬한 체격의 네이트는 진한 파란색 양복에 옅은 파란색 셔츠를 입고 단순한 검은색 넥타이를 맸다. 그의 얼굴은 솔직하고 활발해 보였다. '미소가 눈부시군.' 도미니카는 생각했다. 그 미소에서 성실함이 느껴졌다. 그녀는 연회장의 기둥 가까이에 아무렇지 않게 서 있었지만 내쉬는 그녀를 못 봤다. 도미니카가 가장 놀랬던 건 내쉬가 따뜻하고 솔직하고 안전한 색, 즉 아주 좋은 색인 진한 보라색으로 뒤덮여 있다는 점이었다. 그런 색은 과거에 단 두 사람에게서 봤다. 그녀의 아버지와 코르치노이 장군.

내쉬는 주먹코에 키가 작고 대머리인 50대 남자와 이야기를 하고 있었다. 도미니카는 그 남자가 러시아 대사관 소속 통역관 중 하나라는 걸 알아봤다. 저 남자 이름이 뭐더라? 트렌토프? 티토프? 아니, 티쉬코프다. 그는 대사의 통역관으로 영어, 프랑스어, 독일어, 핀란드어를 구사했다. 도미니카는 바에 있는 사람들을 이용해 좀 더 가까이 다가가서 샴페인 잔을 하나 집었다. 그녀는 내쉬가 땀을 흘리고 있는 티쉬코프에게 아주 유창한 러시아어로 이야기하고 있는 걸 들었다. 티쉬코프는 스카치가 반쯤 든 잔을 들고 있었다. 그는 불안한 표정으로 내쉬가 하는 말을 들으면서, 잠깐씩 그를 올려다보며 고개를 끄덕였다. 내쉬는 심지어 말하는 것도 러시아 사람 같았다. 그는 두 손을 벌렸다 오므렸다 하면서 공기 중으로 단어들을 밀어내고 있었다. 놀랍군.

도미니카는 샴페인을 한 모금씩 마시면서 좀 더 가까이 다가갔다. 그녀는 샴페인 잔 너머로 내쉬를 바라봤다. 그는 티쉬코프에게 조금 떨어져서 아주 편하게 서 있으면서도 목소리가 주위 소음에 묻히지 않도록 그를 향해 몸을 기울여 말하고 있었다. 그는 감자처럼 생긴 그 조그만 남자에게 크렘린 앞에 주차한 한 소련 시민에 대한 이야기를 하고 있었다. "경찰 하나가 그 남자에게 쌩 달려와서 고함을 질렀어요. '당신 미쳤어? 여긴 정치가들이 다 모여 있는 곳이야.' 그러자 그 남자가 말했죠. '괜찮아요. 내 차의 잠금장치는 완벽해요.'" 티쉬코프는 웃지 않으려고 애를 썼다.

뷔페 테이블 반대쪽에서 도미니카는 내쉬가 티쉬코프에게 새 스카치 한 잔을 갖다 주는 걸 봤다. 티쉬코프는 이제 내쉬의 팔을 꼭 잡고 그의 이야기를 하고 있었다. 내쉬가 웃었고, 도미니카는 그가 그 러시아 남자에게 자신의 매력을 한껏 발휘하는 걸 봤다. 내쉬는 티쉬코프가 하는 말을 열심히 듣고, 신중하면서도 자연스럽게 행동해서 티쉬코프의 마음을 편안하게 해주고 있었다. '이 사람은 스파이야.' 도미니카는 생각했다.

도미니카는 내쉬와 티쉬코프를 넘어서 방 저쪽에 있는 볼론토프를 봤다. 그 혹멧돼지는 미국 첩보원과 그의 잠재적인 목표 간에 교과서적인 만남이 일어나고 있다는 것은 의식하지 못하고 있었다. 내쉬가 잠깐 고개를 들어서 재빨리 방 안을 훑어봤다. 순간 둘의 눈이 마주쳤는데 도미니카가 재빨리 고개를 돌려버렸고, 내쉬는 티쉬코프에게 다시 정신을 집중했다. 그는 그녀를 본 것 같지 않았다. 하지만 그 찰나의 순간 도미니카는 정신이 번쩍 들었다. 처음으로 목표를 이렇게 가까이서 보자 공기 중에 전기가 흐르는 것처럼 윙윙 소리가 나는 것 같았다. 그녀의 사냥감이었다. 과거에는 저들을 주적이라고 불렀다.

도미니카는 기둥 뒤로 슬쩍 물러나서 그 미국인을 지켜봤다. 대단히 흥미로운데. 아주 편하게 서 있잖아. 티쉬코프보다 한참 젊은 그 남자가 티쉬코프를 계속 재미있게 해주고 있었다. 자신감이 넘치면서도 초조해하지 않고, 상스럽지도 않고, 우쭐대지도 않는 남자였다. 제5부서에 있는 그녀의 전 동료들과는 전혀 달랐다. 저 미국인과 접촉하고 그와 관계를 만들어가는 것에 품었던 불안감이 싹 가셨다. 도미니카는 모스크바에서 미하일과 연습했던 것처럼 자신의 얼굴과 몸매를 이용해서 그의 관심을 끌고, 지금 당장 그에게 접근해서 그의 공간, 그의 머릿속으로 들어가고 싶어 미칠 것 같았다. 좀 더 가까이 다가가서 얼른 소개를 하면 되는 간단한 문제지만……

'아니야, 진정해.' 티쉬코프가 옆에 있는 상황에서는 절대 그에게 접근하지 않을 것이다. 본부에서 내쉬 작전에 대해 구체적으로 지시를 내렸다. 접촉은 은밀하고 비공식적으로 해야 하고, 볼론토프를 제외하곤 대사관에 있는 그 누구도 그걸 알아선 안 된다. 도미니카는 프로답게 엄격하고 계산적으로 행동할 것이다. 그게 바로 이 작전에서 지켜야 할 규칙들이었고 그녀는 거기서 빗나가지 않을 것이다. 그를 만나려면 헬싱키에서 열리는 모든 외교 행사에 참석하는 것보다 더 나은 전략이 필요했다.

며칠 후에 운명이 도미니카에게 그 기회를 뜻밖의 장소에서 마련해줬다. 소박한 네온사인이 달린 거리 쪽 출입구는 평범해 보이지만 헬싱키 시내 중심가에 있는 이르욘카투 수영장은, 1920년대에 지어진 신고전주의 양식의 아름다운 건물로 기차의 종착역에서 몇 블록 떨어져 있었다. 우아한 수영장의 중이층(보통의 2층보다는 낮고 단층보다는 좀 높게 지은 2층-옮긴이) 난간 위에 딸린 아르데코 램프들에서 나오는 불빛들이 영화 촬영장에서나 볼 수 있을 것 같은 그림자들을 회색 대리석 벽기둥들과 반짝거리는 타일 바닥 위로 던지고 있었다.

발레 아카데미에서 지속적으로 수영 치료를 받은 덕에 도미니카는 수영을 아주 잘하고 열심히 했다. 그녀는 스트레스를 해소하려고 아파트에서 몇 블록 떨어진 수영장에 다니기 시작했다. 그녀는 낮에 수영하는 걸 좋아했다. 밤에 가면 너무 어둡고 추웠고, 집에 혼자 걸어오는 게 너무 울적했다. 게다가 그녀는 점점 더 외롭고 변덕스러워지기 시작했다. 모스크바에서 초조해하는 심기가 그대로 반영된 볼론토프가 그녀에게 내쉬와의 만남에 속도를 내라고 채근하고 있었다. 헬싱키가 아무리 작다 해도 그런 만남이 자동적으로 이뤄질 수 없는 데다 우연히 그럴듯한 '만남'을 만들어 내야 한다는 점은 신경 쓰지 않았다.

야세네보에 보내는 긴급 현황 보고서를 완성하라는 지시를 받았을 때 도미니카에게 돌파구가 찾아왔다. 그녀는 보고서 작성을 하느라 수영을 낮에 가지 못했다. 그래서 어둡고 춥지만 어쩔 수 없이 퇴근하고 나서 수영장에 갔다. 그러다 네이트가 남자 탈의실에서 나와 목에 수건을 한 장 걸친 채 수영장 가장자리를 돌아가는 걸 봤다. 도미니카가 수영장 끝 쪽 가장자리에 앉아 물속에서 다리를 움직이고 있을 때였다. 그녀는 서두르지 않고 일어나서 대리석 기둥에 가까이 다가가 그를 지켜봤다. 그는 매끄럽고 힘차게 수영했다. 도미니카는 물살을 가르는 그의 어깨가 접혔다가 풀어지는 모습을 봤다.

도미니카는 초조한 마음을 달래려고 노력했다. 말 그대로 물속으로 뛰어들어야 할까? 기다렸다가 볼론토프에게 보고할 수도 있었다. 네이트의 행동 패턴 하나를 발견했는데 거기서 만남을 성사시키려는 계획을 진행할 거라고. 하지만 그래봤자 볼론토프의 눈에는 질질 끄는 걸로밖에 보이지 않을 것이다. 지금 이 순간 움직여야 했다. 아카데미에서 말한 것처럼 작전 개시였다. 이것은 아무 계획 없이 느닷없이 일어난 첫 만남처럼 보일 수 있는 완벽한 기회였다. '움직여.'

도미니카는 수수한 원피스 수영복에 평범한 흰색 수영 모자를 쓰고 있었다. 그녀는 물속으로 슥 들어가서 네이트가 있는 레인에서 몇 개 떨어진 레인을 향해 갔다. 그러고 나서 천천히 그 레인 밑으로 헤엄쳐서 들어가, 네이트가 그녀 옆을 두 번 지나가게 한 후에, 다시 그 옆 레인으로 갔다. 그녀는 그가 세 번째로 수영장 끝에 이르러서 몸을 돌려 다시 한 바퀴를 돌려고 준비할 시간을 쟀다.

도미니카는 내쉬와 속도를 맞춰 나란히 수영하기 시작했다. 그건 아주 쉬웠다. 둘 다 별로 속도를 내지 않았다. 물속에서 리드미컬하게 자유형으로 헤엄치는 내쉬의 몸을 물안경으로 볼 수 있었다. 반대쪽 벽에 도착한 도미니카와 내쉬는 동시에 벽을 치고 물속 깊이 들어갔다가 몸을 돌려 다시 출발했다. 이번에는 네이트가 다른 사람이 자신과 속도를 맞춰 수영하고 있는 걸 눈치챘다. 물속에서 보자 경주용 수영복을 입은 늘씬한 여자가 아주 유연하면서도 힘차게 팔을 젓고 있는 게 보였다.

네이트는 그 정체 모를 여자보다 조금 앞서 갈 수 있는지 보려고 좀 더 힘차게 수영을 시작했다. 그녀는 언뜻 보기에 아주 쉽게 그와 속도를 맞추며 수영하고 있었다. 네이트는 좀 더 빨리 팔을 저었다. 그녀는 계속 그와 속도를 맞췄다. 네이트는 조금 더 발차기 속도를 빠르게 하면서 확인해봤다. 그녀는 아직 옆에 있었다. 벽이 다가오고 있었다. 네이트는 전속력으로 가보기로 결심하고, 손톱으로 벽을 찍은 후에 반대편 벽을 향해 팔을 젓는 속도를 한껏 높였다. '어디 한번 전력으로 헤엄칠 수 있는지 볼까.' 그는 벽에 다다랐을 때 숨을 한 번 쉬었다. 네이트의 다리가 어깨 위로 솟구쳐 올랐고, 그의 발이 타일 벽을 폭발적으로 때리면서, 벽에서 깔끔하게 떨어져서 한번 달려볼 준비를 했다. 그는 팔을 사정없이 돌리면서 팔꿈치를 높이 들어, 물살을 끌어당겼다가 다시 돌리면서 메트로놈처럼 정확한 간격으로 움직였다. 그러면서 발차기의 속도를 높여 머리와 어깨 주위의 물결이 솟구치는 게 느껴졌다. 그는 매끄러우면서도 빠르게 수영하면서 그 여자의 반대쪽에 대고 숨을 내뱉었다. 그가 벽을 치고도 한참 있어야 여자가 물보라를 일으키며 물속에서 올라올 것이다. 마지막 5미터 동안 네이트는 몸을 쫙 뺀고 쭉쭉 앞으로 나아가면서 그 여자가 있는 쪽을 외면하고 있었다. 하지만 그가 벽을 쳤을 때 그녀는 이미 도착해서 그녀가 일으킨 물살이 벽을 찰랑찰랑 치고 있었다. 그녀가 이겼다. 그녀는 얕은 수영장 끝에 서서, 모자를 벗고, 살짝 젖은 머리를 흔들면서 그를 바라봤다.

"수영을 아주 근사하게 하시는군요. 혹시 수영 팀에 있나요?" 네이트가 물었다.

"아뇨, 그렇진 않아요." 도미니카가 말했다. 네이트는 그녀의 강인한 어깨, 벽을 잡고 있는 우아한 손, 짧고 수수한 손톱과 충격적일 정도로 아름다운 크고 파란 눈을 봤다. 네이트는 살짝 외국인 억양이 섞인 그녀의 영어를 듣고 발트해 연안에 있는 나라나 러시아 출신일 거라고 짐작했다. 핀란드에는 러시아 억양으로 영어를 하는 사람들이 많았다.

"헬싱키 출신이세요?" 네이트가 물었다.

"아뇨, 러시아인이에요." 도미니카는 그의 얼굴에서 경멸, 무시 같은 반응을 찾으면서 그를 바라봤다. 대신 그의 얼굴에 환한 미소가 떠올랐다. '어서 말해봐, CIA 씨. 이제 뭐라고 할 거야?' 그녀는 생각했다.

"전에 필라델피아에서 다이나모 수영 팀이 시합하는 걸 한 번 봤어요. 선수들이 아주 잘하더군요. 특히 접영에서." 물이 그의 어깨 위를 철벅거리면서 그의 보라색 안개를 반사시키고 있었다.

"물론이죠. 러시아 수영 선수들이 세계 최고니까." 도미니카는 이렇게 말하려고 했다. '다른 스포츠들도 마찬가지지만.' 하지만 그녀는 입을 다물었다. '너무 흥분하지 마. 진정하라고. 좋았어, 이제 만났고, 국적도 밝혔으니까, 낚아보자.' 숲에서 배운 스파이 기술을 써보는 거야. 그녀는 계단을 올라가 수영장에서 나왔다.

"여기엔 주로 밤에 오시나요?" 도미니카가 가야 한다고 말했을 때 네이트가 물었다. 계단을 올라갈 때 그녀의 등 근육이 풀어졌다.

"아뇨, 제 일정이 불규칙적이어서 들쑥날쑥해요." 도미니카는 그레타 가르보(Greta Garbo, 스웨덴 출신의 영화배우-옮긴이)같이 저음의 섹시한 목소리를 내지 않으려고 무진 노력했다. 그러면서 그의 표정을 살폈다. 그는 실망한 표정이었다. 잘됐다. "언제 또 오게 될지 모르겠지만, 다시 만날지도 모르겠네요." 도미니카는 수영장에서 나와 여자 탈의실로 갔다. 그녀를 보는 내쉬의 시선이 느껴졌다.

언제 또 만날지 모르겠다고 했지만 도미니카와 네이트는 그 수영장에서 이틀 후에 만나게 됐다. 그녀는 네이트가 있는 쪽으로 무심하게 눈인사를 했다. 그들은 나란히 옆 레인에서 몇 바퀴를 돌았다. 도미니카는 서두르지 않고 그에게 관심 없는 척 연기했다. 미국인답게 우물쭈물 격의 없이 구는 네이트와는 반대로, 몇 마디 안 했지만 할 때는 정확하게 의사를 표현하면서 거리를 유지했다. 그러면서도 내내 스스로에게 초조해하지 말라고 타일렀다. 그녀를 보는 네이트의 표정에서 아무것도 의심하지 않고 있는 걸 알 수 있었다. '그는 이게 뭔지 몰라.' 도미니카는 그 생각을 하면서 마음속으로 흥분했다. 이 CIA 요원은 자신이 상대하는 사람이 누군지 모르는 것이다. 갈 때가 됐을 때 도미니카는 다시 한 번 지체 없이 물속에서 나왔다. 이번에는 그를 돌아보고 미소는 짓지 않은 채 손을 흔들어줬다. 지금은 이걸로 충분해.

그 후 몇 주 동안 그들은 대여섯 번 만났고, 그중 어느 하나도 우연한 만남이 아니었다. 수영장 출입구가 있는 거리의 대각선 맞은편에 있는 토르니 호텔에서 도미니카가 미리 살피고 있었다. 대부분의 저녁에 도미니카는 호텔 2층 창문으로 그가 오는 걸 관찰하고 있었다. 그녀가 보기에 그를 따라오는 사람은 한 명도 없었다. 그는 미행 없이 나타나는 것이다.

도미니카는 네이트가 감지할 수 없을 정도로 아주 미세하게 둘의 관계를 조금씩 키워가려고 노력했다. 수영장에서 계속 만나게 되면서 자연스럽게 둘은 자신을 소개하게 됐다. 네이트는 자신이 미국 대사관의 경제부서에서 일하는 외교관이라고 말했고, 도미니카는 러시아 대사관의 사무직원이라고 했다. 그녀는 네이트가 그의 위장 신분을 설명하는 이야기를 듣고 마찬가지로 자신도 그렇게 했다. '이 남자 아주 자연스러운데. 미국에선 어떤 종류의 훈련을 받는 걸까?' 도미니카는 생각했다. 그는 사람을 잘 믿는 전형적인 미국인으로 진정한 음모는 꾸밀 수 없는 자다. 그는 천진난만하게 그녀를 바라봤고, 그의 보라색 후광은 결코 변하는 법이 없었다.

'맙소사, 이 여자는 정말 심각해, 전형적인 러시아인이야. 손톱만큼이라도 실수할까 봐 두려워하고 있어.' 네이트는 생각했다. 하지만 그는 그녀의 신중함과 그 밑에 흐르는 관능과 파란 눈으로 그를 바라보는 눈길이 좋았다. 특히 그녀가 '네잇'이라고 그녀 식으로 그의 이름을 발음하는 게 사랑스러웠다. 하지만 그녀가 기밀 정보에 접근할 수 있는 권한은 없을 거라고 울적하게 생각했다. '집어치워, 그녀는 그저 아름다운 러시아 대사관 직원일 뿐이야. 스물너덧 살로, 모스크바 출신에, 외무부 말단 직원이야.

그리고 아버지가 물려준 성을 수영장 등록 카드에서 지워버려야 한다는 걸 기억하고 있고.' 이렇게 젊은 나이에 외국에 나온 걸 보면 분명 돈 많은 노땅이 뒤를 봐주고 있는 거야. 저 얼굴과 스판덱스 수영복에 감긴 몸매를 보면 믿기 힘든 이야기도 아니야. 내가 상대할 수 있는 여자가 아니야. 네이트는 형식적인 절차에 따라 그녀의 신분 조회를 요청하는 서류를 본부에 보내기로 결심했지만 이미 다른 목표를 찾아야 한다는 걸 알고 있었다.

이것은 내 홈그라운드인 러시아에서 불운한 유럽인을 상대로 벌이는 미인계가 아니야, 도미니카는 스스로에게 말했다. 이것은 외국 영토에서 외국 첩보 요원을 상대로 벌이는 정식 첩보 작전이다. 그녀는 모스크바 본부에서 훈련을 받았고, 네이트를 조심스럽게 낚아야 한다는 걸 알고 있었다. 그녀는 네이트와의 첫 만남에 대한 보고서를 야세네보에 제출하면서 초반에 가진 몇 번의 만남에 대해 자세하게 적었다. 볼론토프는 좀 더 적극적으로 움직이라고 압력을 가하고 있었다.

CIA 본부에 그녀의 성명을 조회해달라는 메시지를 보냈지만 2주 동안 답장이 없었다. '항상 그렇지 뭐, 하지만 상관없잖아.' 네이트는 생각했다. 그녀를 가끔 만나 넋을 잃고 그 아름다운 얼굴을 쳐다보는 것만으로도 충분해. 그는 그녀를 두 번 미소 짓게 했고, 그녀는 영어 실력이 상당해서 그가 하는 농담을 이해할 수 있었다. 그도 러시아어를 술술 말해서 그녀를 겁먹게 하지 않을 것이다.

어느 날 저녁 수영을 끝내고 돌아서서 계단을 올라오다 둘은 우연히 마주쳤다. 수영복이 그녀의 풍만한 몸매에 찰싹 달라붙어 있었다. 스판덱스 수영복 속에서 그녀의 심장이 뛰는 걸 볼 수 있었다. 네이트는 도미니카에게 손을 내밀어 계단을 올라오는 걸 도와줬다. 그녀는 힘이 셌고 손을 만져보니 뜨거웠다. 그는 잠시 그 손을 잡았다 놓아줬다. 그녀의 무표정한 얼굴은 아무 반응도 보이지 않았다. 그는 조금 더 오랫동안 그녀와 눈을 마주 보고 있었다. 그러다 그녀는 수영 모자를 벗고 머리를 흔들었다.

도미니카는 네이트가 그녀를 보고 있는 걸 알고 있었기 때문에 차분하게 거리를 유지했다. 만약 내가 스패로우 훈련을 받은 걸 안다면, 만약 내가 들롱과 유스티노프에게 무슨 짓을 했는지 안다면 그가 뭐라고 할까? 난 절대로 그를 유혹하지 않을 거야. 저 멀리 모스크바에서부터 불쾌하게 낄낄거리는 웃음소리가 들리는 것 같았다. 아니야, 난 이 작전을 스파이 교본의 정석에 따라 영리하게 행동해서 성공시킬 거야. '진도를 내보자. 이제 저 인간 봉투를 열어서 짜증날 정도로 변함없는 저 보라색 망토를 흔들어보는 거야.' 그녀는 생각했다.

도미니카는 그날 저녁 그 부근에 있는 바에서 와인 한잔 하자는 네이트의 제안에 그러자고 대답했다. 그 대답을 들은 그의 얼굴에 놀란 표정이 떠올랐다가 이내 기뻐하면서 환해졌다. 거리에서 평상복을 입은 서로를 보니 낯설게 느껴졌다. 도미니카는 작은 테이블의 맞은편에 단정하게 앉아서 와인 잔을 쓰다듬고 있었다.

이제 정보를 끌어낼 단계다. 미국 어디 출신이세요? 형제자매는 있나요? 가족들은 무슨 일을 하세요? 도미니카는 그의 파일에 들어갈 목록을 작성해서 그 공백들을 하나하나 채울 것이다.

네이트가 이런 질문의 본질을 파악하지 못했다면 무슨 설문지를 채우는 것 같은 기분이었을 것이다. '아마도 그녀는 긴장해서 자신에 대한 질문들을 회피하려고 저러는 거야. 러시아인들은 진지하거나 둔감하거나 둘 중 하나지.' 네이트는 생각했다. 흠, 그녀의 긴장을 풀어줘야겠어. 그는 너무 세게 치고 들어가서 그녀를 겁먹게 하지 않을 작정이었다. 뭘 가지고 겁먹게 한다는 거야? 그는 자문했다. 그녀는 목표도 아니고 그녀와 잠자리를 하지도 않을 텐데.

네이트는 흑빵과 치즈를 주문했다. '이 남자 머리 쓰네. 러시아인들은 이것만 먹는다고 생각하는군.' 도미니카는 생각했다. "와인 한 잔 더할래요?" "아니요, 됐어요." 마침내 일어서서 집에 가야 한다고 말한 건 도미니카였다. 네이트는 집까지 그녀를 걸어서 바래다줘도 되는지 물었다. 그녀의 작은 현대식 아파트 단지 앞에서 그녀는 네이트가 그녀의 뺨에 살짝 키스를 해야 하는가라는 문제를 놓고 심각하게 고민하고 있는 걸 봤다. 도미니카는 그가 결정을 내리려고 애를 쓰고 있는 걸 보고(남자들은 어쩜 이렇게 하나같이 똑같을까), 그에게 손을 내밀고 힘을 주어 악수하고는 안으로 들어갔다. 그녀는 유리문으로 그가 주머니에 손을 넣은 채 돌아서서 가는 모습을 지켜봤다.

SVR 첩보 요원으로 훈련받고, 스패로우와 AVR 아카데미를 졸업한 그녀는 오늘 밤 잘 해냈다고, 작전이 잘 진행되고 있다고, 특히 키스를 하려던 네이트를 떼어낸 건 아주 잘한 거라고 자축했다. 그다음에 그녀는 웃음을 터트렸다. '넌 참 끝내주는 창녀야, 갱단 두목을 죽이고, 외교관을 유혹해놓고, 이제는 작별 키스 하나 못하게 내숭을 떤다 이거지.' 그녀는 생각했다.

"안녕, 로미오." 포사이스가 네이트의 작은 사무실로 몸을 기울이면서 말했다. "오늘 아침 본부에서 보낸 에스터 윌리엄스(Esther Jane Williams, 수영 선수 출신의 미국 영화배우-옮긴이)에 관한 메시지 봤어?" 포사이스는 네이트가 요청한 신원 조회 결과를 말하는 것이었다. 1989년 모스크바 출신으로, 러시아 대사관 사무직으로 근무하는 도미니카 예고로바에 대한 신원 조회였다. 네이트가 그 조회 요청을 한 지 한 달이 넘었다. 네이트는 그 여자에 대해 본부에서 '아무 조회 결과가 나오지 않을' 것이라고, 심지어 미국에서 보유한 이곳 대사관 직원 명단에도 나오지 않을 것이라고 예상했다. 그녀는 네이트에게 자신이 완전 말단 사무직원이라고 했다. 그 외에 나머지는 수영장에서 가끔 가진 만남을 간단하게 적었다. 아무 이용 가치가 없고, 기밀 정보 접근권도 없고, 장래에 써먹을 잠재력도 없는 사람이라고 적은 것이다.

"아뇨, 아직 안 봤는데요. 게시판에 올라왔나요?" 네이트가 말했다.

"내가 출력해왔어. 한번 봐봐." 포사이스가 그 메시지를 네이트에게 건네면서 웃었다. 네이트가 읽기 시작했을 때 게이블이 포사이스 뒤에 나타났다.

"지부장님도 읽었어요?" 게이블이 말했다. 그도 웃고 있었다. 네이트는 고개를 들지 않고 계속 읽었다.

1. 조사 대상의 신원 조회 결과 SVR 요원으로 확인됐으며 I국(컴퓨터와 정보 배포)에 소속돼 있을 가능성이 있음. SVR에 소속된 시기는 2007년 8월로 추정됨. 2010년 첩보부 아카데미(AVR) 졸업. SVR 제1국 부국장인 반야 디미트레비치 예고로프와 친척일 가능성이 큼. 조사 대상의 핀란드 발령 후에도 러시아연방 외무부 직원 명단에 나와 있지 않은 점으로 보아, 임시 발령이거나 제한된 기간 동안 특수 작전 임무를 띠고 온 것으로 추정됨.

2. 본부 소견: 본부는 보고서에 언급된 조사 대상과의 접촉에 흥미가 있음. 조사 대상이 SVR 지도부에 있는 인물과 혈연으로 연결된 점으로 보아, 기밀 정보를 접할 수 있는 권한이 그녀에게도 있을 것이며 따라서 중요한 포섭 대상이 될 기회가 될 수 있음.

3. 앞으로 조사 대상을 적극적으로 감시하면서 감시 활동의 수위를 높일 것을 권고함. 조사 대상을 추가로 분석하고 접촉 빈도를 높일 수 있도록 담당 요원을 격려할 것. 본부가 요청한 작전 계획을 지부에서 성공적으로 실행할 수 있도록 지원할 예정임. 이상.

네이트는 그 메시지에서 고개를 들어 포사이스와 게이블을 봤다. "이건 본부에서 보낸 최고의 답장이야. 자네가 이걸 잘 진행시켜서 포섭까지 성공하면 큰 건이 될 수 있어." 포사이스가 말했다.

네이트는 다리가 서서히 굳어가는 걸 느낄 수 있었다.

"이건 아닌 것 같습니다, 지부장님. 그녀는 든든한 연줄도 없고, 그냥 말단 직원에 지나지 않습니다. 그녀를 포섭할 수 있는지 여부는 두고 봐야 알 것 같고요. 그 여자는 항상 거리를 두면서 쉽게 마음을 열지 않거든요." 네이트는 다시 본부에서 온 메시지를 봤다.

"지난 50년 동안 러시아 첩보부에서 여자는 받지 않았습니다. 그녀를 포섭하려다 반년을 허송세월로 버릴 수도 있어요. 전 다른 목표에 집중해야 한다고 생각합니다."

게이블이 방 안으로 들어와서 포사이스의 어깨 너머로 몸을 기울였다.

"그래, 한번 찬찬히 생각해봐." 게이블이 웃었다.

"지금 농담해? 그런 절세미인에, SVR 꼭대기에 있는 사람과 가까운 친척인데? 당장 철저하게 확인해보는 게 좋을 거야. 다른 목표는 신경 쓰지 말고. 이건 네가 따주기만 기다리는 다 익은 자두란 말이야."

"알았어요, 알았다고요. 단지 그 여자는 SVR 요원처럼 보이는 타입이 아니란 말입니다. 겁도 많은 데다 말수도 적고, 적어도 제가 평가하기엔 그렇습니다." 네이트는 어깨를 으쓱하면서 다른 두 남자를 봤다.

"뭐, 계속 평가해봐, 자식아. 지금 네 손에 호박이 넝쿨째 굴러 들어왔으니까. 네가 준비되면 작전 계획에 대해 말해보자." 게이블이 사무실을 나가면서 말했다. 포사이스가 나가려고 돌아서면서 네이트에게 윙크를 해 보였다.

네이트는 포사이스에게 고개를 끄덕여 보였다. '좋아, 일이 어떻게 풀릴지 한번 보자. 그래봤자 시간 낭비겠지만. 이러지 마, 좀 열정을 가져봐.' 네이트는 스스로에게 말했다. 이제부터 도미니카 예고로바는 단순한 미녀가 아니라 그의 작전 목표가 됐다.

미국 대사관에서 길 건너 위쪽에 있는 러시아 대사관에서는 볼론토프가 그녀의 작전에 별 진전이 없다며 도미니카에게 기나긴 설교를 늘어놓고 있었다.

"예고로바 요원, 시작은 좋았지만 진행 속도가 너무 느려. 예고로프 부국장님이 자네가 도착한 후로 보고서 업데이트를 하라고 세 번이나 지시를 내리셨어. 내쉬와의 우정이 더 빨리 발전할 수 있게 노력을 배로 늘려. 만남도 더 자주 갖고, 스키 여행도 가고, 주말여행도 가고. 좀 더 창의적으로 해보란 말이야. 예고로프 부국장님이 내쉬가 자네에게 감정적으로 의지할 수 있게 만들라고 다시 한 번 권하셨어." 볼론토프는 의자에 등을 기대고 앉아 포마드를 바른 머리를 기름기가 번들거리는 손으로 빗어 올렸다.

"감사합니다, 대령님." 도미니카가 대답했다. 삼촌, 시묘노프, 이제는 이 냄새나는 인간까지 지긋지긋하게도 닮았군. "그런데 예고로프 부국장님이 말씀하신 '감정적으로 의지하는 것'이 무슨 뜻인지 말씀해주실 수 있을까요?" 도미니카는 침착한 눈으로 볼론토프에게 어서 그 미국인을 성적으로 유혹하란 말을 해 보라고 도발하고 있었다.

"부국장님 의중을 내가 말할 순 없지." 볼론토프가 진을 빼는 그 대화에서 슬그머니 방향을 틀면서 말했다. "자네는 그저 그자와의 관계를 진전시키는 데만 집중해. 믿음을 가진 관계를 단단하게 굳혀가란 말이야." 볼론토프는 '믿음을 가진 관계'가 무슨 뜻인지 보여주기 위해 허공에 대고 팔을 흔들어가며 말했다. "가장 중요한 건 이거야. 자신에 대해 털어놓게 만들어."

"물론입니다, 대령님." 도미니카는 의자에서 일어나면서 말했다. "작전을 진행시키면서 계속 보고드리겠습니다. 지도 말씀 감사드립니다."

볼론토프의 설교를 들은 후에 도미니카는 기가 죽었다. 그는 교활한 암시로 가득 찬 유치하고 끈적끈적한 세계에서 작업하고 있었다. '믿음을 가진 관계', '감정적인 의지'. 스패로우 학교. 앞으로 첩보원으로 일하는 내내 이런 식으로 해야 하는 걸까?

집으로 걸어오면서 도미니카는 맹렬하게 생각했다. '정신 차려.' 그녀는 임무를 띠고 외국에 와서 동화 같은 작은 도시의 아파트에서 혼자 살고 있다. 그것은 아주 근사한 일이었다. 그녀에게는 전문적인 훈련을 받은 미국 첩보원을 상대로 해야 할 중요한 일이 있었다. 뭐, 그 남자는 위험해 보이진 않았지만 어쨌든 CIA 요원이고 그걸로 충분했다. 오늘 밤 그녀는 그가 스스로에 대해 더 많이 털어놓게 만들 것이다. 그녀는 그에게 러시아에 대해 어떻게 생각하는지 물어볼 것이다. 그는 아직 러시아어를 할 줄 안다는 걸 시인하지 않았다. 그녀는 그가 모스크바에 대해 이야기하도록 만들 것이다. 그는 거기서 근무한 적이 있다는 걸 인정해야 할 것이다. 도미니카는 수영장을 향해 불이 켜진 거리를 재빨리 걸어가면서 자신이 눈에 띄게 다리를 절고 있다는 걸, 자신이 그와의 만남을 고대하고 있다는 걸 의식하지 못하고 있었다.

수영장을 향해 걸어가던 네이트는 깊이 생각에 잠긴 나머지 자신이 거리를 살펴보지 않고 있었다는 걸 문득 깨닫고 소스라쳤다. '정신 차려, 친구. 이건 네가 맡은 사건이 시작되는 첫날 밤이야.' 그는 감시를 따돌리려고 빨간 불에 거리를 건넜고 차가 오는지 보면서 주위를 둘러봤다. 수상한 건 안 보이는데. 그는 세 블록을 더 걸어가서 다시 주위를 둘러봤다. 다시 보이는 사람들은 없었다. 이건 더 이상 물에 젖은 수영복을 입은 파란 눈의 러시아 아가씨와 즐겁게 물장난을 치며 노는 게 아니야. 아니, 그녀가 만약 SVR 요원이라면(그 점이 아직도 의심스러웠지만), 그녀를 좀 더 관심 있게 보면서 더 가늠해봐야 할 것이다. 아, 차라리 그 주정뱅이 티쉬코프에게 작업을 들어가는 게 더 좋을 텐데. 적어도 티쉬코프는 서류들과 간부들의 사적인 만남에 대한 기록을 볼 수 있을 텐데. 그거야말로 진짜 전리품으로 본부를 흥분시킬 수 있을 텐데.

역시 생각에 잠긴 도미니카도 수영장에서 세 블록 떨어진 곳에 올 때까지 주위를 살피는 걸 까맣게 잊고 있었다. 그동안 정신을 놓고 있었던 걸 보상하기 위해 그녀는 터무니없이 골목을 반대로 돌아가면서 자신이 어리석게 느껴졌다(그 할아버지 교관들이 보면 야단법석을 떨겠지). 둘 다 정신없이 거리를 헤매고 다니다가, 각각 다른 곳에서 모퉁이를 돌아 수영장 앞문에 똑같은 시간에 도착했다. 도미니카의 호흡이 빨라졌다. 네이트의 맥박수가 늘어났지만 둘 다 서로에게 뭘 해야 할지 기억하고 작업을 시작했다.

도미니카는 레스토랑의 목재 칸막이벽에 등을 기댔다. 그녀는 긴 손가락으로 와인 잔의 손잡이 부분을 천천히 감쌌다. 네이트는 반대편에 앉아, 다리를 쭉 뻗어서 발목을 꼬았다. 그는 브이넥 스웨터에 청바지를 입고 있었고, 그녀는 파란색 니트 윗도리에 플리티드 스커트(pleated skirt, 전체적으로 주름을 넣은 스커트-옮긴이)를 입고 있었다. 거기에 검은색 스타킹과 검은색 단화를 신고 있었다. 네이트는 그녀가 테이블 밑에서 발을 깐닥거리는 걸 눈치챘다.

"미국인들은 매사에 진지하지 못해요. 항상 남을 놀리죠." 도미니카가 말했다.

"미국인들을 몇 명이나 알아요? 미국에 가본 적 있어요?" 네이트가 물었다.

"발레 아카데미에 미국 남학생이 한 명 있었어요. 그 학생은 항상 농담을 했죠." 도미니카는 네이트에게 발레에 대해 말하는 건 개의치 않았다. 그건 그녀의 위장 스토리의 일부였다.

"그 학생이 발레는 잘 했나요?" 네이트가 말했다.

"뭐 특별하게 잘하진 않았어요. 그곳의 프로그램은 아주 어려웠는데 그 학생은 연습에 전념하지 않았죠." 도미니카가 대답했다.

"그 남학생은 외로웠을 겁니다. 그 학생에게 모스크바 구경을 시켜줬어요? 같이 술도 마시고?" 네이트가 말했다.

"아뇨, 당연히 안 했죠. 그건 금지돼 있어요."

"금지돼 있다고요? 어떤 거요? 술 마시는 거? 아니면 그 남학생을 환영해주는 거?" 네이트는 자신의 잔을 보며 말했다. 도미니카는 잠시 그를 보다가 눈을 돌렸다.

"봐요, 항상 농담을 하잖아요." 도미니카가 말했다.

"이건 농담이 아니에요. 난 그저 그 남학생이 러시아, 모스크바에 대해 어떻게 기억할지 궁금해요. 그 친구가 그 도시에 대해 좋은 기억이 있을까, 아니면 그냥 외롭고 사랑받지 못했던 기억만 있을까?"

'이 무슨 이상한 말인가.' 도미니카는 생각했다.

"당신이 모스크바에 대해 뭘 알아요?" 도미니카는 이미 그 답을 어느 정도 알고 있으면서 물었다.

"난 거기서 1년 살았어요. 전에 말했죠. 거기 미국 대사관에서 일했다고. 난 미 공관 옆에 있는 주택 단지에서 살았죠."

'무심하게 담담한 어조로 말하는군.' "거기가 맘에 들었어요?" 도미니카가 물었다.

"항상 바빠서 도시를 둘러볼 시간이 충분히 없었죠." 네이트는 와인을 한 모금 마시고 그녀에게 미소를 지어 보였다. "그때 당신을 알았더라면 좋았을 텐데. 당신이 내게 모스크바 구경을 시켜줄 수 있었잖아요. 그게 금지된 게 아니라면 말이죠."

'순진한 청년 연기를 기가 막히게 하는군.' 도미니카는 생각했다. 그녀는 네이트가 한 말을 무시했다. "1년 후에 왜 떠났어요? 외교관들은 그보다 더 오래 머무는 줄 알았는데요?" 그의 대답이 그녀의 보고서 첫 문장이 될 것이다.

"헬싱키에 갑자기 공석이 생겼어요. 그래서 근무지를 바꿨죠." 네이트가 대답했다. '아주 매끄럽게 빠져나가는군.' 도미니카는 생각했다. 그녀는 네이트가 진실을 말하지 않았을 때 그의 어깨를 감싸고 있는 보라색 안개가 변하지 않는 걸 봤다. 노련한 프로야.

"모스크바를 떠나라는 지시를 받았나요?" 도미니카가 물었다.

"어떤 면에선 그런 거죠. 러시아를 생각하면 슬프기도 했어요." 네이트가 말했다.

"러시아를 생각하면 슬펐다니 왜죠?"

"우린 서로를 날려버리지 않은 채 냉전을 끝냈어요. 그럴 뻔했던 적도 몇 번 있지만. 당신이 소비에트 체제에 대해 어떻게 생각하든 이제 그건 끝났어요. 난 러시아에 시민들을 위한 새로운 날이 펼쳐지길, 자유와 더 나은 삶이 도래하길 모든 사람들이 원한다고 생각해요."

"현재 러시아의 삶은 더 나아지지 않았다고 생각하는 건가요?" 도미니카가 목소리에 새어나오는 분노를 자제하려고 애를 쓰면서 물었다.

"어떤 면에선 물론 나아졌죠." 네이트는 어깨를 으쓱하면서 말했다. "하지만 제가 생각하기에 러시아 사람들은 아직도 힘들어하고 있어요. 가장 잔인한 건 새 시대의 막이 올라가는 건 보이지만 거기서 아무것도 나오지 않고 있다는 거죠."

"이해가 안 되는데요." 도미니카가 말했다.

'어디 미끼를 무는지 보자.' 네이트는 생각했다.

"오해하지 말아요, 하지만 러시아의 현 지도자들은 과거 소비에트 체제만큼이나 악명 높은 체제를 만들고 있다고 생각해요. 다만 옛날 체제처럼 그렇게 노골적으로 드러나진 않죠. 현 체제는 좀 더 현대적이고, 미디어에 잘 맞고, 유행에 민감하죠. 러시아의 새 무기는 석유와 천연가스지만 막후에서는 과거만큼이나 잔인한 억압과 부패가 일어나고 있어요." 네이트는 소심하게 도미니카의 눈치를 보더니 두 손을 들어 올렸다. "미안해요, 비판하려던 뜻은 아니었는데."

그동안 무수한 훈련을 받고 연습했지만 도미니카는 한 번도 미국인과 이런 토론을 한 적이 없었다. 그녀는 그가 첩보원이며, 그녀의 반응을 끌어내기 위해 도발적인 발언을 하는 데 능숙하다는 점을 계속 자신에게 일깨워줘야 했다. 그리고 긴장을 풀어야 했다. 지금은 자제력을 잃을 때가 아니었다. 하지만 어쨌든 그의 말에 대꾸해야 했다.

"당신의 말은 정확하지 않아요. 당신의 그런 태도는 우리가 끊임없이 의식하게 되는 반(反)러시아적인 태도죠. 당신이 한 말은 사실이 아니에요." 도미니카가 말했다.

KGB를 떠났다가 방사성 폴로늄에 독살된 KGB 요원과 엘리베이터에서 총에 맞아 죽은 여기자를 떠올리며 네이트가 와인을 다 마셨다. "그런 말은 알렉산드르 리트비넨코(Alexander Litvinenko, 영국으로 망명한 러시아 연방보안국의 전직 요원으로, 폴로늄으로 독살당했다–옮긴이)나 안나 폴리코브스카야(Anna Politkovskaya, 러시아 여성 저널리스트이자 인권활동가로, 전직 모스크바 경찰관에 의해 총살당했다–옮긴이)에게 해보시죠." 네이트가 말했다.

'아니면 디미트리 유스티노프에게.' 도미니카는 죄진 기분으로 생각했다. 하지만 그녀는 여전히 네이트에게 격노해 있었다.

스페인 대사관의 토르티야 에스파놀라

양념을 한 중간 크기로 썬 감자와 잘게 썬 양파에 올리브오일을 충분히 넣고 익힌 후 꺼내서 물기를 뺀다. 그 감자와 양파에 달걀 푼 것을 넣고 다시 기름을 두른 프라이팬에 올려 중불로 가장자리가 노릇노릇해질 때까지 볶는다. 프라이팬 위에 접시를 올리고, 프라이팬을 뒤집어 접시에 요리를 담은 후에, 다시 토르틸라를 프라이팬에 올려서 갈색으로 바삭하게 될 때까지 익힌다.

11

네이트는 사무실에 앉아서 창문에 걸린 블라인드의 틈 사이를 보고 있었다. 그는 멍하니 블라인드 줄을 잡고 흔들어서 플라스틱 손잡이가 벽에 부딪쳐 탁 소리를 내며 다시 튕겨 나오게 하고 있었다. 어젯밤은 어떤 대사관에서 또 다른 국경일 연회를 열었다. 그의 책상 위에 대여섯 개의 명함이 쌓여 있었고, 그의 어깨는 뭉쳐 있었다.

수영할 생각을 하자 또다시 도미니카가 생각났다. 그는 그녀를 철저하게 조사했고, 몇 번 같이 외출했지만, 아직도 아무런 성과가 나오지 않았다는 생각이 들었다. 그녀는 신념이 있고, 러시아 정부에 철저하게 헌신적이며, 한 점의 회의도 없고, 취약한 곳도 없었다. 그는 시간을 낭비하고 있었다. 블라인드의 플라스틱 손잡이가 다시 탁 소리를 내며 벽에 부딪쳤다. 책상 위에 쌓인 명함들이 그를 조롱하고 있었다. 종이 한 장(도미니카와의 접촉에 대한 그의 보고서)이 책상 위에 있는 금속 상자 위에 놓여 있었다.

게이블이 네이트의 사무실로 쑥 머리를 들이밀었다.

"맙소사, 탑 속에 갇힌 죄수 같군. 왜 밖에 안 나가고 여기 있어? 다른 사람이랑 점심 먹으러 가." 게이블이 말했다.

"어젯밤에 실패했어요. 이번 주에만 국경일 파티가 네 번이나 있어요."

게이블이 고개를 절레절레 흔들면서 창가로 걸어갔다. 그는 탁 소리를 내며 블라인드를 닫아버렸다. 그러고는 네이트의 책상 가장자리에 앉아 그를 향해 몸을 기울였다.

"정신 바짝 차려, 햄릿. 내가 지금부터 주옥같은 말을 해줄 테니까. 이게 바로 우리가 하는 '첩보 활동'의 변태적인 면이야. 가끔은 목표를 발견하려고, 건수를 찾으려고 애를 쓸수록 더 손에 잡히지 않을 때가 있어. 초조해서(자네 경우엔 절망까지 더해서) 공격적으로 달려들면 자네 주위에 유황 냄새가 나서 아무도 자네와 말하고 싶어 하지 않고, 아무도 자네와 식사하고 싶지 않게 돼. 바람결에 유황 냄새가 난단 말이야. 자네에게선 지금 썩은 달걀 냄새가 나고 있어."

"무슨 뜻인지 모르겠어요." 네이트가 말했다.

게이블이 몸을 더 가까이 기울였다. "자넨 성과를 내야 한다는 불안에 시달리고 있어." 그는 느릿느릿 말했다. "자네 거시기를 노려보면 볼수록, 더 물렁해진단 말이야. 계속 노력하되 안달하지 말란 소리야."

"노골적으로 화끈한 설명에 감사드려요. 하지만 제가 여기 온 지도 꽤 됐는데 아직 아무것도 보여드릴 게 없어요." 네이트가 말했다.

"그만해, 한마디만 더 하면 내 눈에서 눈물이 나오겠어. 자네가 비위를 맞춰야 할 인간은 나와 포사이스밖에 없어. 그런데 우리가 언제 불평하는 거 봤어? 아직까진 안 했지. 아직 시간이 있으니까 계속 시도해봐." 게이블이 네이트의 서류함에 있는 보고서를 집었다.

"게다가 이 러시아 예쁜이는 자네의 전문적인 평가에도 불구하고 어서 캐내주기만 기다리는 황금이야. 제발 이 아가씨에 대한 작업을 하란 말이야. 그 아가씨의 스커트를 바람에 날려서 그 속을 들여다볼 수 있는 좋은 아이디어가 하나 있어."

게이블은 도미니카에게 작은 감시팀을 하나 붙여서 그녀가 헬싱키에서 뭘 하는지 알아보자는 아이디어를 냈다. 네이트는 그녀에게 감시팀을 붙이는 건 지나치다는 생각이 들었다. 그는 포사이스와 게이블에게, 도미니카는 하급 목표로, 기밀 정보에 대한 접근권이 없는 사무직이라고 말했다.

그가 보기에 그녀를 감시하는 건 낭비였다. "자, 일단 서로의 견해 차이를 인정하기로 하자고. 다시 말하면 그 입 닥쳐." 게이블이 말했다.

포사이스가 두 손을 들어 올렸다. "네이트, 자네가 도미니카의 작전 요원이니까 자네가 그 감시팀을 관리하면 어떨까? 아주 값진 경험이 될 거야. 그리고 자네가 그 감시팀에게 정보도 제공해줄 수 있고. 그 사람들은 아주 흥미로운 노부부야. 둘 다 아주 꼼꼼한 스파이 기술의 보유자지."

'죽이는군.' 네이트는 생각했다. 게이블은 이 작전에 시동을 걸기 위해 감시팀을 기용하자는 의견을 내더니, 포사이스는 이 건에 집중하게 만들려고 그 감시팀을 운영하라는 임무까지 내렸다. 포사이스와 게이블은 죽이 척척 맞는 진정한 프로들로 부하 요원에게 동기를 부여하는 방법을 잘 알고 있었다.

게이블이 그에게 파일을 밀어 주면서 한마디만 해보라고 으르대고 있었다.

"여기 아치와 베로니카에 대한 파일이야." 게이블은 잠시 입을 다물었다가 다시 말했다. "이 두 사람은 전설이야. 1960년대부터 일했지. 그 후로 아주 끝내주는 작전들을 했는데 그중에 골리친(Anatoli Golitsin, CIA 헬싱키 지부로 망명한 KGB 요원으로 알려져 있다―옮긴이) 망명도 포함돼 있어. 내가 안부 전한다고 말해줘."

24시간 후, 네이트는 두 시간 동안 차를 타고 감시 탐지 루트를 돌았다. E75번 도로에서 북쪽으로 한 시간을 달리고, 투술라로 가는 도로에서 서쪽으로 달리다 다시 120번 도로를 타고 시내로 돌아와 차를 파실라 기차역의 주차장에 두고 란시-파실라 지구로 걸어갔다. 그 지구는 고층 건물들과 상업용 빌딩들이 많은 곳이다. 그는 건물을 제대로 찾아냈다. 벽돌과 유리로 지은 4층 현대식 아파트로, 각이 진 발코니가 있는 건물이었다. 라이코넨이라는 이름이 붙은 인터폰의 버튼을 누르자 삐 소리가 울리면서 문이 열렸다. 네이트는 4층 아파트 문 앞에서 초인종을 눌렀다.

"들어와요." 한 노부인이 문을 열고 말했다. 활기가 넘치는 70대 부인이었다. 암호명 베로니카. 갸름하고 귀족적인 얼굴, 오뚝한 코와 단정한 입매로 봐서 젊었을 때 상당한 미인이었을 것 같았다. 얼음처럼 차갑고 파란 눈은 아직도 굉장히 매력적이고, 피부는 건강한 분홍색이었다. 숱이 많은 흰머리는 쪽을 져서 연필을 꽂았다. 그녀는 모직 바지와 얇은 스웨터를 입고 있었다. 목에는 독서용 안경을 걸고 있었고, 의자 옆 바닥에 종이와 잡지 더미가 쌓여 있었다.

"당신을 만나고 싶었어요. 난 자나라고 해요." 그녀는 네이트의 손을 잡고 힘차게 악수했다. 그녀에게선 활력과 에너지가 뿜어져 나왔다. 악력, 눈, 서 있는 자세 모두 힘찼다.

"차 한잔 할래요? 지금 몇 시죠?" 자나는 시계판이 손목 안쪽으로 돌아가게 시계를 차고 있었는데, 도시 미행꾼의 전형적인 특징이라고 네이트는 생각했다. "좀 더 센 걸 마셔도 될 시간이네요. 스넵스(schnapps, 네덜란드 진으로 독한 술의 종류―옮긴이) 한 잔 줄까요?" 그녀는 계속 움직이면서, 미소를 짓고 눈을 반짝이며 말했다.

"마틴 게이블 씨가 안부 전해달라고 하셨습니다." 네이트가 말했다.

"마틴은 친절하기도 하지." 자나는 어질러져 있는 커피테이블 위를 치우면서 말했다. "그이는 아주 다정한 사람이죠. 그런 사람이 상사라니 운이 좋군요." 그녀는 부엌에서 잔들과 정체를 알 수 없는 투명한 액체가 소용돌이치는 타원형의 병을 들고 왔다. 스넵스였다.

"우린 다년간 기이한 책임자들을 봐왔어요. 물론 러시아인들이 한결같이 더 상태가 안 좋았죠. 그 끔찍한 체제에서 살아남기 위해 애쓰는 지독한 돌대가리들. 그들에게 신의 가호가 있기를. 그자들이 우리에게 아주 흥미로운 시간을 제공해줬죠." 자나가 말했다.

자나 라이코넨이 스넵스 두 잔을 따르고, 스칸디나비아식 건배로 자신의 잔을 들고, 그의 눈을 보면서 첫 모금을 마셨다. 거실은 속을 빵빵하게 채운 가구들과 윤기가 흐르는 목재 벽판에 줄줄이 늘어선 책장들로 가득 차서 작지만 아늑했다. 집 안은 야채수프 냄새로 가득 차 있었다.

"남편분은 댁에 계신가요? 그분도 만나고 싶었는데요." 네이트가 말했다.

"금방 올 거예요. 그이는 당신이 미행 없이 무사히 도착하는 걸 보려고 거리에 나가 있어요." 자나는 어깨를 으쓱했다. "유감스럽지만 우리 습관이 그렇게 들어서 말이죠." 네이트는 혼자 낄낄 웃었다. 그는 미행한 사람이 있을까 봐 두 시간 동안이나 감시 루트를 돌아다녔는데 그의 집 밖에서 어슬렁거리는 노인 하나는 보지 못하고 놓친 것이다. '이래서 이 부부가 그렇게 오랫동안 일할 수 있었구나.' 그는 생각했다.

그때 자물쇠에서 열쇠가 덜컥거리는 소리가 나더니, 앞문이 열리고, 마커스 라이코넨이 방 안으로 들어왔다. 아치. 그는 끈을 맨 닥스훈트 한 마리를 데리고 있었는데 그 개가 잠깐 네이트의 냄새를 맡더니 자기 침대로 걸어가서 털썩 주저앉았다. 개의 이름은 루디였다. 마커스는 키가 180센티미터가 넘게 훌쩍 컸고, 어깨가 넓었다. 짙은 눈썹 밑의 눈은 투명한 파란색이었다. 날카로운 턱선 밑으로 목이 굵었다. 그는 운동선수처럼 가볍게 움직였다. 머리는 벗겨져가고 있었고 남은 머리카락은 아주 짧게 깎았다. 악수를 할 때 잡은 그의 손에 힘이 느껴졌다. 그는 진한 파란색 추리닝에 검은 운동화를 신고 있었다. 추리닝 상의의 왼쪽 가슴에 작은 핀란드 국기가 새겨져 있었다.

"거리 맞은편 뜰에 계셨나요? 계단 근처에 있던 그 벤치?" 네이트가 물었다.

"훌륭해. 눈치 못 챈 줄 알았는데." 마커스가 미소를 지으며 세 번째 스넵스 잔을 들었다. "자네의 건강을 위해 건배." 그는 그렇게 말하면서 잔을 비우는 내내 네이트에게서 눈을 떼지 않았다.

네이트는 그들에 대한 요약 파일 내용을 떠올렸다. 아치와 베로니카는 거의 40년간 헬싱키 지부의 단독 감시팀의 핵심 멤버였다. 둘 다 이제 은퇴해서 연금을 받으며 살고 있다. 아치는 핀란드 세무부의 조사관이었고, 베로니카는 사서였다. 둘이 아주 효율적으로 일할 수 있었던 건, 사냥감이 뭘 할지 본능적으로 알고 거리에서 외모를 자유자재로 바꿀 수 있었기 때문이었다. 그들은 이 도시와 지하철 시스템을 손바닥 보듯 잘 알고 있었고, 이 도시와 함께 성장했다. 끈질기고, 조심스러우며, 근성이 있고 평생을 통해 단련해온 균형 감각을 갖춘 그들은 몇 달 동안 들키지 않고 감시 대상을 미행할 수 있었다. 게이블은 그들의 미행 스타일을 '의사의 손길이라기보단 아내의 애무와 비슷한 스타일'이라고 불렀다.

네이트와 라이코넨 부부는 도미니카에 대한 감시 스케줄을 짰다. 그들은 도미니카의 감시 시간을 불규칙적으로, 하지만 세심하게, 흥미로운 일이 일어날 만한 시간대(퇴근 후 저녁, 주말)로 선택했다. 네이트는 멀리서 그들이 작업하는 걸 지켜봤다. 하루는 비니를 쓰고 장갑을 끼고 파카를 입고 갔다가, 다음 날은 양복을 입고 우산을 쓰고 나갔다. 딸랑딸랑 소리가 나는 벨이 달린 자전거를 타고 루디를 줄에 매고 나가기도 하고, 흐릿한 회색 볼보 소형차를 타고 가기도 하고, 바구니가 달린 모터스쿠터를 타기도 했다. 가끔은 둘이 같이 손을 잡고 가기도 하고, 가끔은 따로 가기도 했다. 어느 날 자나는 보행 보조기를 이용해서 도미니카를 따라 가게 안에 들어가기도 했다. 아치가 베로니카를 따라가다가, 멈췄다가, 먼저 갔다가, 길을 건너기도 하고, 옆에서 나란히 가기도 하고, 달리기도 하면서 미행에 수반되는 모든 일을 다 했다.

네이트는 2주가 지난 후에 그들의 아파트에서 다시 그들을 만났다. 그들이 사진을 몇 장 찍었다. 마커스가 지금까지 나온 결과를 요약해서 들려췄다. 그의 보고는 분명하고 정확했다. 자나가 가끔 끼어들어서 자신이 관찰한 바를 들려줬다. "먼저, 지금까지 그녀는 미행당한 걸 감지하거나 의심하지 않았다고 우리는 상당히 확신하고 있어." 마커스는 그렇게 보고를 시작하면서 어깨를 으쓱했다. "그 아가씨는 젊지만 거리에서 상당한 기술을 가지고 있는 걸로 보여. 일반적으로 쓰는 속임수에 의존하지 않고, 몸을 잘 쓰고, 주변 환경도 영리하게 이용하더군. 거리 기술에서 평균 이상의 수준이라고 평가할 수 있겠어. 그리고 이미 이곳 지리도 잘 파악했고, 그 아가씨가 특수 스파이 기술을 쓰는 건 딱 한 번 봤어." 마커스가 자나를 보면서 말했다. "그 아가씨는 자네가 다니는 이르욘카투 수영장 길 건너편에 있는 토르니 호텔 2층에서 자네가 오는 걸 지켜보고 있었어. 자네가 들어가고 나서 몇 분 기다리다가 그다음에 수영장으로 들어가더군."

"마커스는 나랑 의견이 다르지만 내가 보기에 그 아가씨는 스파이 작전을 하고 있는 게 아닌 것 같아요. 그 아가씨는 담당하는 정보원들도 없고, 헬싱키 첩보부에서 하는 지원 작전에 참가하지도 않았어요. 그 아가씨는 하는 일이 없더군요." 자나는 마커스를 보며 그의 답변을 기다렸다.

"물론 그 아가씨에겐 하는 일이 있지. 다만 우리가 그걸 아직 못 본 거야. 시간을 두고 좀 봐야지." 마커스가 말했다.

"한 가지는 확실해요." 자나가 마커스의 말을 무시하면서 말했다. "그 아가씨는 외로워요. 그녀는 대사관에서 곧바로 그 작은 아파트로 가더라고요. 장도 자기 혼자 먹을 걸 사고. 주말에는 혼자 걸어 다니고."

"그녀에게 다른 감시가 붙은 걸 본 적이 있으세요? 헬싱키 첩보부에서 그녀를 감시하고 있진 않나요?" 네이트가 물었다.

"그런 것 같지 않아. 그녀에겐 따라붙은 미행이 없었어. 그들이 그녀를 감시하고 있다는 조짐은 우리가 계속 찾아볼게." 마커스가 말했다.

"앞으로 제가 그녀랑 좀 더 많이 만나게 될 겁니다. 수영장 밖에서 만나게 될 때 다른 미행이 붙지 않게 두 분이 도와주세요." 네이트가 말했다.

마커스가 고개를 끄덕였다. "자네가 그녀를 더 많이 만날수록 일이 더 흥미로워지겠지. 특히 자네를 만난 직후에 그녀가 뭘 하게 될지 보면 말이야. 보통 스파이들은 그런 경우에 항상 전화기로 달려가거나 대사관 직원과 만나거든. 자네 계획에 대해 가능한 한 많이 알려줘. 자네가 원한다면 그녀를 만날 만한 장소들을 우리가 제안해줄 수도 있어." 마커스가 말했다.

"마지막으로 한 가지 이야기할게요." 자나가 스넵스를 한 잔 더 따르면서 말했다. "내 말을 용서해준다면 말예요. 그 아가씨는 착하고 다정한 사람 같았어요. 그녀에겐 친구가 필요해요." 마커스는 눈썹을 추켜올리면서 그녀를 보다가 네이트를 봤다.

네이트는 아치와 베로니카의 보고서를 게이블과 같이 검토했다.

"좋았어. 그녀를 계속 감시해. 특히 대사관에서 그녀의 활동을 지원하는 사람이 있는지 알아보고. 만약 그녀를 지원하는 사람이 있다면 그녀가 작전을 벌이고 있는 게 확실해. 어쩌면 너를 목표로 한 작전일수도 있어." 게이블이 말했다.

"그럴 리가요. 절대 그럴 일은 없어요." 네이트가 말했다.

"그렇게 확신하고 있다면 다행이고. 어쨌든 그녀를 열심히 쫓아봐. 시간을 들여서 얼른 해 보라고."

네이트는 적어도 일주일에 한 번은 도미니카를 수영장 밖에서 보기로 목표를 세웠다. 그는 남의 시선을 피해 만날 수 있는 장소들을 시내에서 찾아다녔다. 그들은 퇴근한 후에 지하에 있는 술집에서 만났고, 토요일 아침에 만나서 커피를 한잔 했고, 일요일엔 인적이 별로 없는 카페에서 점심을 먹었다. 네이트는 항상 카페 벽에 붙인 의자에 도미니카를 앉혔다. 헬싱키에는 사방에 러시아 대사관 직원들이 있었고, 네이트는 우연이라도 도미니카와 같이 있는 광경을 그들에게 들키고 싶지 않았다. 우정을 쌓아가고, 은밀한 만남을 유지하면서, 항상 따로 도착해서, 따로 나갔다. 전화는 가까이 하지 않았고, 행동 패턴을 다양하게 바꿔가면서, 관계를 발전시켰다. 다 시간 낭비겠지만.

도미니카는 그녀만의 스파이 기술을 썼다. 그녀는 네이트와 약속한 곳으로 가기 위해 시내를 가로질러 가면서 미행이 있는지 확인했다. 핀란드 사람들은 갈색 머리 미인이 에스컬레이터를 걸어 올라가거나 눈 덮인 골목길로 쓱 들어가거나, 가게 뒷문으로 빠져나가는 모습을 보면서 그녀가 미행을 찾고 있다는 걸 전혀 알아차리지 못했다. 그녀가 그들이 약속한 커피숍에 네이트가 도착하는 걸 길 맞은편에서 지켜보면서 지나다니는 사람들의 수를 세고, 그들의 얼굴을 보고, 그들이 쓴 모자와 그들이 입은 코트를 확인하고 있다는 걸 전혀 눈치채지 못했다.

도미니카와 네이트는 서로를 알아가기 시작했다. 지난 몇 번의 만남을 거치면서 그들은 정말로 이야기다운 이야기를 했다. 그렇게 자주 만나 시간을 보냈으니 자연스러운 일이었다. 도미니카는 네이트를 정직하고, 가식적이지 않고, 지적이라고 판단했다. 그는 시골 촌놈이 아니다. 그는 그러니까 뭐 그냥 미국인이다. 러시아에서 살았다는 그의 이야기는 두루뭉술했다. 그것도 그럴 것이 그는 러시아 스파이를 관리하고 있었으니까. 도미니카는 러시아에 대한 그의 말에 사실 자신도 거의 같은 식으로 생각하고 있긴 했지만 그래도 그런 말은 좋아하지 않았다. '정신 차려, 작전 시작하란 말이야.' 그녀는 스스로에게 말했다. 그녀는 그와 더 많은 시간을 보내고, 계속해서 그의 패턴에 정신을 집중해야 했다. 그녀는 그가 언제 작전 중인지 알아내야 했다.

도미니카는 압력을 느끼고 있었다. 모스크바 본부와 볼론토프가 압박을 가하고 있는 상황에서 곧 획기적인 돌파구가 나오지 않으면 육체적으로 접근하는 방법을 고려하게 될까? '안 돼!' 그녀는 생각했다. '절대 안 돼.' 네이트는 매력적이고, 솔직한 데다, 유머 감각도 있다. 하지만 그건 잊어.

그동안 둘이 몇 번이나 만났을까? 네이트는 도미니카를 다시 만나는 게 기대됐지만 그녀에게 뭔가를 설득시킬 자신은 없었다. 그녀는 자신의 뜻을 굽히는 법이 없었다. 모스크바에서 감시 차량 100대와 맞서는 상황은 당황스럽지 않았지만, 그녀의 마음을 움직일 수 있는 게 뭔지 알아내는 건 너무도 고민스러웠다. 그녀에게 어떤 작전 계획이 있다 해도 그걸 알아낼 수 없었다. 그녀는 헬싱키에 그냥 경험을 쌓으러 온 것처럼 보였는데 그건 말이 안 되는 일이었다. 그녀가 가진 SVR 연줄은 아주 중요했고, 그것 때문에 그녀는 가치 있는 포섭 대상이 됐다. 그가 그녀를 다루는 요령을 곧 알아내지 못하면 포사이스가 초조해할 것이고, 게이블은 그의 엉덩이를 걷어찰 것이다.

이 와중에도 낙이 한 가지 있다. 그녀의 얼굴을 몇 시간 동안 마음껏 바라볼 수 있다. '맙소사, 말하는 것 좀 봐. 작전을 발전시키고, 평가하고 그녀를 움직이게 하는 동기가 뭔지 알아내는 데 집중하란 말이야.' 그들은 이제 서로의 의견에 동의하진 않지만 좀 더 쉽고 편안하게 대화를 나눴다. 도미니카는 그가 러시아를 비판할 때마다 항상 열을 내면서 신경질적으로 반응했지만, 가끔은 그의 의견에 마지못해 동의하는 걸 볼 수 있었다. 그녀는 러시아의 정치 선전을 다 믿는 건 아니었다. 어쩌면 거기서부터 시작할 수 있을지도 모르겠다. 아닐 수도 있고.

네이트는 거울을 보며 머리를 빗었다. 그는 이번 주 일요일에 지하철 노선의 북동쪽에 있는 피흘라이스토의 작은 전통 레스토랑에서 점심식사를 하자고 제안했다. 도미니카는 거기서 그와 만나는 데 동의했다. 몇 주 전에 아치가 시내에서 떨어진 곳으로 그곳을 추천했다. "거기선 러시아 사람들은 만나지 않을 거야. 우리 둘 중 하나가 기차에서 그녀를 감시하고, 다른 하나는 자네를 보겠어." 네이트는 브이넥 스웨터와 코르덴 바지 위에 현장에서 입는 코트를 걸쳤다. 그리고 밑창이 물결 모양인 구두를 신었다. 그는 아파트를 나와서 크루눈하카의 빗자루로 깨끗이 쓴 계단 길을 올라갔다가, 얼어붙은 부두를 따라 걷다가, 감시 탐지 루트로 출발했다.

시내 반대편에서 도미니카 역시 파란 눈을 크게 뜬 채 거울을 보고 있었다. 향수는 쓰지 않지만 부적과도 같은 별갑 헤어브러시로 벌써 열 번째 머리를 빗고 있었다. 집에서 나와서 지하철을 탈 준비가 된 그녀는 눈을 가늘게 뜨고 창문에 걸린 커튼 사이로 밑의 거리를 살펴봤다. 도미니카는 네이트와 이야기를 하고, 논쟁을 벌이면서 매번 그에 대해 조금씩 더 알아가는 이 만남을 고대하고 있었다.

도미니카는 터틀넥 스웨터와, 추위에 대비하기 위해 모직 바지를 입고 그 위에 트위드 재킷을 입었다. 거기에 역시나 실용적인 구두를 신었다. 그녀는 러시아 할머니처럼 머리에 스카프를 두르고 아파트를 나와 문을 잠갔다. 그러고는 아파트 지하실로 내려가서, 창고를 지나, 보일러실로 계속 갔다. 보일러실의 작은 복도 끝에 굵은 창살이 달린 창문이 나왔다. 도미니카는 아주 높은 곳에 있는 이 창문을 몇 주 전에 발견했다. 그 창문은 이 건물이 아파트로 개조되기 전에 석탄을 미끄러트려 이동시키는 장치로 사용했던 모양이었다. 이틀 전 밤에 그녀가 그 맹꽁이자물쇠가 채워진 그 창살을 따는 데 거의 한 시간이나 걸렸다. 그 빌어먹을 것은 쉽지 않았다. 특히 머리핀을 급조해서 만든 스패너로 따려니 녹록지 않았다. 도미니카는 창문 밑에 박스를 쌓아놓고, 그 위로 올라가 몸을 들어 올려 창문 사이를 기어서 빠져 나왔다. '환상적인 데이트의 시작이군.' 그녀는 다시 그를 만날 생각을 하면서 이런 생각을 했다.

도미니카는 창문을 조용히 닫고 골목으로 나와, 커튼이 쳐진 창문들을 올려다봤다. 아무것도 보이지 않았다. 그녀는 골목에 주차된 트럭 한 대와 대형 쓰레기통 사이로 재빨리 가다가, 낮은 벽돌담을 넘어 시내의 거리로 나왔다. 그녀는 이미 자신의 아파트에서 한 블록 떨어진 곳에 있었다. 그녀는 코트 깃을 세우고, 스카프로 얼굴을 가렸다. 그러고는 아무렇지 않게 또 한 블록을 걸어 거리를 건너고 차들이 오가는 쪽을 살피면서 아까 본 얼굴 중에 또 겹치는 얼굴이 있는지 계속 살펴봤다. 그다음 캄피 쇼핑센터로 들어가서, 서점에서 멈추고, 다시 사람들의 얼굴을 살핀 후에, 지하철역 입구로 걸어갔다. 그녀는 천천히 내려가는 에스컬레이터 위에 서서, 벽에 붙은 패션 포스터들을 이용해 거기 반사된 모습이 있는지 살펴봤다. 어떤 실루엣도 보이지 않았다. 도미니카가 탄 에스컬레이터가 반쯤 내려왔을 때 레인코트를 입고 축 늘어진 모자를 쓴 가녀린 체구의 노부인 하나가 에스컬레이터를 타더니 그녀를 향해 걸어 내려오기 시작했다. 노부인은 초록색 종이로 포장한 꽃다발 하나와 사과 두 개가 든 굵은 실로 짠 가방을 하나 들고 있었다. 베로니카는 언젠가는 이 사랑스러운 아가씨에게 그녀의 행동을 예측하기가 얼마나 쉬운지 말해줄 수 있기를 빌었다. 지금 살고 있는 아파트의 코앞에 있는 쇼핑센터와 그 안에 있는 지하철역을 이용하다니.

100년도 넘은 것 같은 까마득한 옛날에 제이라는 이름의 미행 전문 교관이 있었다. 그는 전직 물리학자로 반 다이크(Van Dyke, 플랑드르의 화가─옮긴이) 같은 수염을 기르고 옅은 갈색 머리도 길게 기르고 있었는데 얼굴도 반 다이크와 아주 많이 닮았다. 그 교관이 이렇게 말했다. "영웅이 될 생각은 애당초 버려. 미행당하고 있는 걸 감지하면, 그날 작전은 끝난 거야. 중단해야 해." 그는 칠판에 가로로 선을 하나 그렸다. "너의 감시 탐지 루트는 너를 미행하는 자가 누군지 노출시키기 위해 고안된 경로로, 여기서 중요한 건 미행자로 하여금 자신이 들켰다는 걸 모르게 해야 한다는 거야. 감시자를 잡아 끌어내서 혼내주자고 만들어낸 루트가 아니란 말이야. 모든 미행에는 끝내야 할 한계가 존재해." 그는 그렇게 말하면서 칠판에 그린 가로선 위에 세로선을 하나 더 그어 교차시켰다. "바로 이 교차점에서 놈들은 너에게 들킬 것이냐, 아니면 널 놓칠 것이냐 둘 중 하나를 선택해야 하지." 그는 손에 묻은 분필가루를 털어냈다.

"네가 놈들의 체면을 손상시키지 않으면서 정체를 밝혀낸다면 넌 성공한 거야. 그것도 그날 밤 딱 하루지. 다음 날이 되면 다시 처음부터 시작해야 해."

'놈들의 체면이 구겨지든 말든 뭔 상관이야.' 네이트가 생각했다. 만약 그에게 감시가 붙었다면 그들은 모습을 드러내야 했다. 그는 중앙역 뒤에 있는 조차장 근처 강둑 밑으로 미끄러져 내려갔다가, 골목에 있는 철조망 울타리를 기어 올라가서, 차를 피해 E12 도로를 건넜다. 그녀가 오늘은 무슨 옷을 입고 올지 궁금했다. 그의 루트를 따라 아치를 찾아보겠지만, 그래 봤자 시간 낭비다. 그 노인은 거리의 유령이자, 원형질이고, 드라이아이스 주위를 떠도는 안개와 같았다. 아치는 네이트를 역으로 감시하면서 시간과 거리를 이용해 반복적으로 네이트를 따라다니는 미행이 있는지 주시하고 있었다. 코트나 모자는 잊어라. 아치는 사람들이 걷는 방식, 걸음걸이, 어깨 모양, 귀와 코의 형태를 봤다. 미행하는 사람들도 바꿀 수 없는 걸 보는 것이다. 그리고 구두. 그들은 절대로 구두는 갈아 신는 법이 없었다.

세 시간 동안 헬싱키의 절반을 돌아다니다 더플백을 오른손에 든(미행 없음) 아치를 (마침내) 봤을 때 네이트는 자신이 들키지 않았다는 걸 확신했다. 그 소박한 시골 레스토랑은 아프가니스탄 가족이 운영하는 식당이었다. 네이트는 벽이 양탄자로 장식돼 있고, 의자에 색색 쿠션이 놓여 있고, 흰색 페인트를 칠한 식당으로 들어갔다. 테이블마다 양초가 한 자루씩 있었다. 선반 위에 있는 라디오에서 조용한 음악이 흘러나오고 있었다. 텅 비다시피 한 레스토랑의 구석 테이블에 한 커플(젊은 핀란드인들)이 앉아 있었다. 부엌에서 훈훈한 양념 냄새와 양고기 스튜 냄새가 났다. 네이트는 앞쪽 창문을 마주 보는 구석 테이블에 앉았다. 2분 후에 아치와 베로니카가 팔짱을 끼고 똑바로 앞만 보면서 창가를 지나갔다. 베로니카가 코 옆을 손가락으로 살짝 튕겼다. 아무 이상 없다는 신호였다. 아치는 바보 같은 신호라고 생각했지만 그녀는 꿋꿋하게 고수했다. 아치는 그런 그녀를 보며 눈동자를 굴렸고, 그러다 둘이 사라졌다.

1분 후에 도미니카가 문을 밀면서 들어왔다가 네이트를 보고 그 테이블로 걸어왔다. 쿨하고, 자신만만하고, 침착한 모습. 그는 일어서서 그녀의 의자를 밀어줬다. 코트 벗는 것도 도와주려고 했을 땐 그냥 혼자서 벗었다. 와인 두 잔이 나왔다. 네이트는 한 시간 전에 철조망 담장에 세게 부딪힌 무릎이 쑤셨다. 왼손은 기차역 옆에 있는 제방에서 주르르 미끄러져 내려오다 여기저기 긁혔다. 도미니카는 재킷의 어깨 부분이 조금 찢어져 있었다. 아파트 뒤에 있는 대형 쓰레기통 가장자리에 걸려 찢어진 것이었다. 그리고 신고 있는 모직 양말과 신발은 축축하게 젖어 있었다. 그녀는 피흘라이스토 기차역에서 내려서 거리를 가로지르면서 발목까지 물이 찬 웅덩이를 지나쳐 왔다.

"레스토랑을 잘 찾아와서 기뻐요. 시내에서 좀 멀긴 하지만 음식이 맛있다고 친구가 그러더군요." 네이트는 그녀의 머리카락을 비추는 불빛을 바라봤다. "너무 힘들게 온 건 아니겠죠?"

"오기 쉽던데요. 기차에 사람도 거의 없고." 도미니카가 말했다.

'당신이 몰라서 하는 소리지.' 네이트는 생각했다. "레스토랑이 맘에 들면 좋겠군요. 아프가니스탄 음식은 먹어봤어요?"

"아뇨. 하지만 모스크바에 아프가니스탄 레스토랑이 몇 개 있어요. 맛있다고 하더군요." 네이트의 후광은 그윽하면서 깊었고, 도미니카는 그걸 보면서 아버지를 생각했다.

"아프가니스탄 레스토랑에서 만나자고 하면서 좀 걱정했어요. 당신을 자극하는 거라고 생각할까 봐." 네이트가 미소를 지으며 말했다. 고비를 넘겼으니 그녀의 긴장을 풀어주고 싶었다.

"자극한다고 생각하지 않아요. 당신이 미국인이라는 사실은 당신도 어쩔 수 없는 일이잖아요. 당신을 이해하기 시작했어요, 아주 조금은." 도미니카는 오일을 뿌린 병아리콩 소스에 따뜻한 빵을 찍었다.

"내가 미국인인 걸 당신이 용서해준다면……." 네이트가 말했다.

"용서해줄게요." 도미니카가 그렇게 말하면서 그의 눈을 똑바로 봤다. 그녀는 모나리자 같은 미소를 지으면서 빵을 한 입 더 먹었다.

"그럼 난 행복해요." 네이트가 팔꿈치에 몸을 기대면서 그녀의 얼굴을 바라봤다. "당신은 어때요? 행복해요?"

"참 이상한 질문이네요." 도미니카가 말했다.

"아니 지금 이 순간 행복하냐는 질문이 아니라 당신 인생이 행복하냐고요." 네이트가 말했다.

"네." 도미니카가 대답했다.

"그냥 가끔 너무 심각해보여서…… 어쩔 땐 슬픈 것 같기도 하고. 아버님이 몇 년 전에 돌아가신 건 알고 있어요. 생전에 가까운 사이였다고 했죠." 도미니카는 네이트에게 아버지에 대해 말한 적이 있었다.

도미니카는 침을 꿀꺽 삼켰다. 그녀는 이렇게 자신에 대한 이야기는 하고 싶지 않았다. "아버지는 멋진 분이셨어요. 대학 교수셨는데 친절하고 관대한 분이셨죠."

"부친은 러시아의 변화에 대해서 어떻게 생각하셨나요? 소비에트 연방이 사라지는 걸 보고 기뻐하셨나요?"

"그럼요, 물론이죠. 우리 모두 그랬어요. 내 말은 그 변화들을 환영했다는 뜻이에요. 아버진 러시아를 사랑하셨어요." 도미니카는 와인을 한 모금 더 마시면서 신발 속에서 젖은 발가락들을 꼼지락거렸다. "하지만 당신은 어때요, 네이트?" 그녀는 그가 마음대로 대화를 끌고 가게 놔두지 않았다. "당신 아버진 어때요? 당신 가족은 대가족이라고 했죠? 당신 아버지는 어떤 분이세요? 아버지와 가까워요?"

네이트는 심호흡을 했다. 그들은 질문을 질문으로 받으면서 한 치도 양보하지 않고 있었다.

일주일 전에 네이트는 게이블에게 이 러시아 여자를 상대로 한 작전에서 아무 성과도 나오지 않는 것 같다고 말했었다. 그녀는 너무 빡빡하고, 너무 조심스러운 데다 그녀가 입고 있는 갑옷에 흠집 하나 낼 수 없을 것 같다는 생각이 든다고 말했었다. "뭘 기대한 거야? 당장 그 여자랑 한번 하고 싶어? 그 여자는 젊고 불안해하고 있어. 어린 러시아 미치광이란 말이야. 거기다 나처럼 세심하게 신경 써주고 도와주는 상관도 없잖아." 게이블이 말했다. 네이트는 그때 처음 게이블의 사무실 벽에 1971년 라오스 달력이 걸려 있는 걸 눈치챘다.

"그녀가 뜯어먹을 수 있게 뼈다귀도 몇 개 던져주고, 속옷도 좀 보여줘. 다만 긴장을 풀어준답시고 허튼소리는 하지 말고."

"제 아버지는 변호사세요. 큰 성공을 거둔 변호사죠. 자신의 법률 회사를 가지고 계세요. 그리고 법조계와 정계에 영향력이 큰 거물이고요. 아버지 회사에서 일하는 두 형은 아버지와 사이가 좋아요. 그 법률 회사는 우리 가문이 4대째 운영하고 있어요." 네이트가 말했다.

아버지와 두 형은 사이가 좋다고, 도미니카는 생각했다. 도미니카는 곧바로 그 질문을 했다. "그런데 당신은 왜 아버지 회사에서 변호사로 일하지 않았어요? 부자가 될 수 있을 텐데. 미국인들은 모두 부자가 되고 싶어 하지 않나요?"

"도대체 어디서 그런 인상을 받았어요? 나도 잘 모르겠어요. 난 항상 나만의 길을 찾아 독립하고 싶었던 것 같아요. 외교라는 게 매력적으로 보였고 여행도 좋아하니까요. 그래서 먼저 다른 걸 시도해보자고 생각했죠."

"하지만 당신 아버지는 당신이 형들처럼 가업을 잇지 않아서 실망했죠?" 도미니카가 물었다.

"물론이죠, 그랬을 겁니다. 하지만 난 아마도 내게 항상 이래라저래라 명령하는 사람들에게서 벗어나려고 했던 것 같아요. 내 말이 무슨 뜻인지 알겠어요?"

도미니카의 눈꺼풀 뒤로 이미지들이 스쳐 지나갔다. 발레, 유스티노프, 스패로우 학교, 반야 삼촌. "하지만 가족들로부터 도망치는 걸로 충분했나요? 그 대가로 뭔가 이뤄내야 하지 않나요?" 그녀는 그를 압박해보기로 결심했다.

"그걸 도망친다고 표현하긴 좀 그런데." 조금 화가 난 네이트가 말했다. "내겐 일이 있고, 난 국가에 공헌하고 있어요." 그는 곤도프의 얼굴이 테이블 위에 둥둥 떠 있는 걸 봤다.

"물론이죠. 하지만 정확히 어떻게 공헌하고 있죠?" 도미니카가 와인을 한 모금 마시며 말했다.

"여러 면에서." 네이트가 대답했다.

"예를 하나 들어봐요." 도미니카가 말했다.

'음, 예를 들어 러시아연방과 당신의 이리 같은 대통령이 가지고 있는 전 세계적인 스케일의 사악한 계획을 영원히 좌절시키기 위해, 무지하게 획일적인 당신네 첩보부의 고위 간부이자 CIA의 최고 정보원을 관리하고 있지.' 네이트는 생각했다. "최근에 핀란드에서 목재 수출에 대한 업무를 보고 있는데 아주 흥미로운 일이죠." 그가 말했다.

"흥미롭게 들리네요." 도미니카는 그에게 눈을 깜박여 보이면서 말했다. "난 당신이 세계 평화를 지킨다는 말을 할 줄 알았어요." 네이트는 고개를 들어 그녀를 봤다. 그의 머리와 어깨 뒤에 있는 보라색 안개가 활활 타오르고 있었다.

"세계 평화가 뭔지 러시아가 알고 있다면 그런 일을 했겠죠." 네이트는 작은 식당 주위를 둘러봤다. "아프가니스탄 같은 문제만 봐도 그렇잖아요."

도미니카는 와인을 또 한 모금 마셨다. "다음번에는 내가 아는 베트남 식당으로 당신을 데려갈게요." 그녀가 말했다. 둘은 마주 보고 앉아 눈싸움을 했다. '대체 이게 뭐하자는 거야?' 네이트는 생각했다. 그녀가 그의 신경을 조금 긁어놨다. 그는 도미니카가 하는 일이 없다고 한 베로니카의 말이 기억났다. 혹시 그녀가 나를 포섭하기 위한 작전을 하고 있는 걸까? 맞은편에 보이는 그녀의 파란 눈은 전혀 흔들림이 없었다.

"마음 풀어요." 도미니카가 그의 생각을 읽고 말했다. "다만 러시아를 그렇게 항상 깎아내리진 말아요. 우린 존중받을 권리가 있어요."

'이거 아주 흥미로운데.' 네이트는 생각했다. "나중에 돌이켜 보면 오늘 이 순간을 우리의 첫 싸움으로 기억하겠군요." 네이트가 말했다.

도미니카는 빵을 한 입 먹었다. "그 기억을 소중히 간직하겠다는 말을 영어로 어떻게 하죠?" 그녀가 말했다.

주문한 음식이 나왔다. 도미니카가 주문한 메뉴인 렌즈콩이 들어간 진한 양고기 스튜가 커다란 그릇에 담겨 나왔다.

김이 모락모락 나는 스튜 위에 걸쭉한 요구르트가 한 덩어리 올라와 있었다. 네이트는 아프가니스탄의 호박 요리인 카도 보라니를 주문했다. 네이트는 그 요리가 맘에 들어서 도미니카에게 맛을 한번 보게 했다. 그들은 와인을 다 마시고 커피를 주문했다.

"다음에는 내가 살게요. 날씨가 더워져서 사람들이 몰리기 전에 수오멘린나(suomenlinna, 헬싱키 앞바다에 있는 여섯 개의 섬을 연결하여 만든 요새-옮긴이)에 한번 가요." 도미니카가 말했다.

"그럼 그건 당신이 주선해봐요." 네이트가 말하자 그녀가 고개를 끄덕이면서 짙은 속눈썹 사이로 그를 바라봤다.

"있죠, 네이트. 난 당신이 솔직하고, 재미있고, 친절하다고 생각해요. 당신을 친구로 둬서 좋아요." 네이트는 그다음에 나올 말에 마음을 단단히 다잡았다. "당신이 날 친구로 생각해주면 좋겠어요."

'그녀는 이제 친구가 되고 싶어 하는군.' 네이트는 생각했다. "물론 그렇게 생각하고 있어요." 네이트가 말했다.

"내가 러시아에서 왔는데도?"

"당신이 러시아에서 왔으니까."

그들은 저물어가는 햇빛 속에 앉아 서로를 보면서, 앞으로 어떻게 될지, 어떻게 상대를 포섭할 수 있을지 생각했다. 45분 후에 그들은 지하철역 플랫폼 위에 서 있었다. 그곳은 이 먼 곳까지 연결된 지상 지하철역이었다. 어둠이 내리고 있었고, 춥긴 했지만 꽁꽁 얼어붙을 정도는 아니었다. 네이트는 그녀에게 시내까지 차로 태워다주겠다고 제안하지 않았다. 어쨌든 그녀도 수락하지 않았을 것이다. 네이트는 외교관용 차량 번호판이 붙은 자신의 차에 도미니카가 타고 있는 걸 같은 대사관에 근무하는 다른 러시아인이 보게 하고 싶지 않았다.

코에 유리가 끼워져 있는 뚱뚱한 기차가 쉭 소리를 내며 플랫폼으로 들어와 속도를 줄였다. 플랫폼에 다른 사람은 없었고, 환한 기차 안에도 사람은 없었다. "오늘 즐거웠어요, 고마워요." 도미니카가 네이트에게 돌아서서 말했다. 둘의 눈이 마주치자 그녀가 그와 악수를 했다. 언제나 엄격한 SVR 검투사의 본분을 잃지 않는 그녀. 네이트는 그녀를 조금 시험해보기로 결심했다. 그래서 도미니카의 손을 잡고, 몸을 앞으로 기울여, 그녀의 뺨에 키스했다. '상당히 매력적인걸.' 그녀는 생각했다. 하지만 그녀의 짧은 스파이 경력에서 이보다 더한 것도 봤다. 음악적인 경적 소리가 울렸고 도미니카는 미소도 짓지 않은 채 기차 안으로 들어갔다. 그녀는 조금 다리를 절며 들어가서 돌아섰다. 문이 휙 소리를 내며 닫힐 때 그녀는 손을 흔들었다.

기차가 속도를 내기 시작했을 때 네이트는 휙휙 지나치는 유리창으로 도미니카의 옆 칸에 파카를 입은 노부인 하나가 무릎에 뜨개질 바구니를 놓고 앉아 있는 걸 봤다. 기차가 너무 빠르게 지나가서 베로니카가 콧등을 튀기는 건 볼 수 없었다. 플랫폼은 텅 비어 있었는데 어떻게 기차에 탈 수 있었을까?

각자 시내에 있는 집으로 돌아가는 길에 도미니카와 네이트 둘 다 오늘 만남에서 받은 인상들을 목록으로 만들고, 자세한 정황을 기억하고, 내일 써야 할 보고서의 초안을 머릿속으로 잡고 있어야 했다. 하지만 둘 다 하지 않았다. 네이트는 그녀의 뺨에 닿은 감촉이 어땠는지, 기차의 문이 열리는 순간 그녀가 들어갔을 때 어떻게 다리를 살짝 절었는지 생각했고, 도미니카는 한쪽이 긁혀서 벌겋게 생살이 드러난 그의 손과, 그녀가 베트남 레스토랑에 대한 말을 던졌을 때 놀라서 눈을 깜박였다가 이어서 환해지던 그 표정을 생각했다.

아프가니스탄 레스토랑의 카도 보라니

껍질을 벗긴 단호박을 큼직큼직하게 썰어서 진한 갈색으로 구운 후에 그 위에 설탕을 듬뿍 뿌려서 중간 온도로 맞춘 오븐에 넣어 호박이 부드러워질 때까지 굽는다. 간 쇠고기, 잘게 썬 양파, 마늘, 토마토소스를 넣고 볶은 걸쭉한 미트 소스를 호박에 끼얹어 물과 함께 낸다. 거기다 고명으로 물을 뺀 요구르트, 딜, 퓌레로 만든 마늘로 만든 소스를 뿌린다.

12

포사이스는 네이트가 도미니카와 지난번에 같이 한 점심식사에 대한 보고서를 작성하고 있는 걸 열린 사무실 문 사이로 봤다. 네이트는 이제 그 작전을 진행시키고 있었지만 별로 확신은 없어 보였다. 이 작전은 지지 부진했고, 네이트는 아직도 자신감이 부족했다. 그는 필사적으로 건수를 올리고 싶어 했지만 벽에 머리를 박는다고 좋은 일이 생길 리 없었고 어쩔 수 없이 위험만 커지고 있었다. 도미니카와의 접촉 횟수가 늘어날수록 본부에서는 좀 더 세게 밀어붙이면서, 외부의 평가를 제공하고, 작전 테스트를 요청하기 시작할 것이다. 네이트가 그녀를 포섭하면, 면담과 거짓말탐지기 조사를 하자고 주장할 것이다. 최근에 네이트가 제출한 보고서에 대한 본부의 반응을 보면 '앞으로 어떻게 나올지 벌써부터 조짐이 보인다'고 게이블이 말했다.

1. 이 메시지를 받은 이후로, 이 작전에 대한 일체의 보고는 제한된 관리 채널을 통해서만 실시한다. 작전 대상은 앞으로 '디바'라는 암호명으로 처리한다. 헬싱키 지부는, 이 기밀 작전에 접근 권한이 있는 직원들의 명단을 작성해서 본부로 전송할 것.

2. 본부는 디바 작전을 진행 중인 헬싱키 지부와 작전 요원의 노고를 치하한다. 특히 디바가 기꺼이 지속적으로 작전 요원과 만나 개인적인 생각을 논하려고 하는 점을 중요하게 보고 있다. 디바의 업무 내용을 자세히 질문해서 디바가 어느 선까지 대답하는지 알아내도록, 작전 요원에게 강력히 권고하라.

224

현재까지는 작전 요원이 디바에게 정보를 끌어내려는 노력이 성과가 있었다. 앞으로 더 많은 발전을 고대하는 바이다.

3. 본부는 디바와 다시 접촉하기 위해 고안한 작전 계획과 작전 테스트들에 대한 조언을 언제든 제공할 용의가 있다. 다음번으로 예정된 만남의 날짜와 그에 대비한 보안 조치에 대해 정식으로 알려주기 바란다. 본부는 다음 단계에 대해 언제든 상의할 준비가 되어 있다.

포사이스는 이 메시지가 무슨 뜻인지 알고 있었다. 마지막 항목은 이 작전이 본격적으로 시작하면 본부에서 개입하겠다는 뜻이었다. 이 독수리들은 당분간 공중에서 맴돌 것이고, 여기로 우르르 몰려오려면 날씨가 더 따뜻해질 때까지 좀 있어야 할 것이라고 포사이스는 생각했다. 그는 그날 근무가 끝났을 때 네이트를 자신의 사무실로 불러들였다. "앉아, 네이트. 디바에 대한 자네의 최종 보고서는 최고였어. 객관적이고 훌륭한 평가더군." 포사이스가 말했다.

"고맙습니다, 지부장님." 네이트가 말했다. 하지만 내심 별로 확신은 들지 않았다. 그는 점점 더 많은 사람들이 그의 보고서를 점점 더 비판적인 눈으로 읽을 거라는 걸 알고 있었다.

"자네의 스파이 기술은 빈틈이 없어. 계속 그렇게 유지하도록 해. 물론 마블이 가장 중요하지만, 그다음으로 디바를 쫓고 있다는 걸 러시아 대사관에서 알아채지 못하도록 해야 해." 포사이스는 잠시 생각했다.

"자네가 만났던 그 통역관, 그 남자 이름이 뭐더라. 티쉬코프. 맞아. 그자도 흥미롭더군. 하지만 같은 대사관에서 일하는 러시아인 두 명을 동시에 쫓는 것은 좋은 생각이 아니야. 특히 디바에 대한 포섭 작전을 개시한 마당에 말이지. 티쉬코프는 나중을 위해서 남겨두는 게 좋겠어."

네이트는 도미니카를 포섭하지 못하면 헬싱키에 있는 티쉬코프 100명을 포섭한다 해도 도움이 안 될 거라고 생각했다. 디바 작전에 거는 사람들의 기대가 너무 높았다. 그리고 포사이스는 또 다른 위험을 지적했다. "이 건은 지금 본부의 레이더망에 걸렸어. 그것도 아주 크게. 모두 이 사건에 눈독을 들이고 있어. 만약 자네가 그녀를 포섭하면 너도나도 거기에 숟가락을 얹어보겠다고 튀어나올 거야. 지금은 디바가 자국의 체제에 회의를 품을 만한 성향이 있는지 그걸 파악하는 게 급선무야. 그녀가 자네의 말에 기꺼이 귀를 기울일지, 중요한 결심을 하도록 자네가 그녀를 이끌게 놔둘지를 말이야." 포사이스는 뒤로 물러나 앉았다. "뭐 그렇게 나쁜 일도 아니잖아. 러시아 미인과 앉아서 자네를 위해 스파이가 되라고 설득하는 건데. 좋잖아, 나가서 즐겨. 언제고 궁금한 게 있을 땐 찾아오고."

게이블은 그리스인이 하는 작은 식당으로 그를 데려가서 양파와 토마토를 넣은 스트라파차다를 맛보게 했다. 그날 밤 달걀 요리를 놓고 맥주를 여러 잔 마시면서 게이블은 디바 사건 때문에 우울해하는 네이트의 기분을 달래주려고 노력했다. "그녀를 포섭하기 전에 침대로 데려가지 마. 그 여자는 네가 자기를 포섭하기 위해 잤다는 올바른 결론을 내릴 테니까. 포섭 먼저 해. 그 후엔 삶의 독특한 기쁨 두 가지를 즐길 수 있을 거야. SVR 요원을 관리하는 것, 뜨거운 밤을 보내고 침대에서 미인과 아침식사를 하는 것." 게이블이 맥주를 쭉 들이켜고 두 잔 더 주문했다.

"와우, 마틴 선배. 선배의 지도하에 제가 정말 쑥쑥 크고 있는 것 같아요." 네이트가 눈동자를 데굴데굴 굴렸다. "제가 아는 거라곤 그녀의 긴장을 풀어줘서 날 좋아하게 만들어야 한다는 것뿐이에요. 만약 이게 감정적으로 발전하면 어떻게 되죠?"

게이블이 오만상을 지으며 그를 봤다. "뭔 소리야. 작전 요원이 자기가 관리하는 스파이와 사랑에 빠진 경우는 없어. 그건 금지된 일이야. 절대 해선 안 된다고. 아예 꿈도 꾸지 마. 그 여자랑 꼭 자고 싶으면 자라고. 하지만 사랑이라니, 원."

헬싱키 러시아 대사관에 있는 SVR 첩보부의 큰 사무실에는 수수한 목재 책상들이 살짝 엇갈리게 배치돼 있었다. 그중에서 단말기가 있는 책상은 하나도 없고 대부분 전기 타자기들이 놓여 있었다. 타자기는 기이한 윤기가 흐르는 청록색 커버를 덮은 금속 자판으로 되어 있었다. 그것은 외국 첩보부들이 그 기계에 손을 대지 못하게 모스크바에서 특수 제작한 자주바바 타자로, SVR과 FSB의 승인을 받고 안전한 우편 행낭에 넣어 해외 첩보부로 보내온 것이다.

천장이 낮은 그 사무실에는 같은 이유로 모스크바에서 수입한 형광등이 달려 있었다. 불쾌할 정도로 밝은 형광등 불빛이 방을 비추고 있었다. 윙윙 소리를 내면서 깜박거리는 형광등의 우유같이 새하얀 빛이 여기저기 흠집이 난 책상에 깔린 유리 위로 반사되고 있었다. 작은 지붕창들(이 첩보부는 러시아 대사관 다락방 층에 있다)은 바깥쪽에 창살을 쳐서 1차 보안이 돼 있고, 그 안쪽에 볼트로 접합한 강철 덧문이 있고, 그 안에 이중유리가 있고, 마지막으로 두꺼운 회색 커튼이 달려 있었는데 그 커튼의 끝자락이 바닥에 끌리고 있었다. 책상들 사이로 올이 다 드러난 카펫 위에 서성거린 발자국들이 보였다. 이 허름한 방에는 텁텁한 담배 냄새와 종이컵에 든 식은 홍차 냄새가 났다.

사무실 한쪽 끝에 또 다른 사무실이 두 개 있었다. 하나는 유리로 둘러싸인 방(기밀 파일 보관실)으로 직원이 거위목 스탠드(목대를 자유자재로 굽힐 수 있는 스탠드)에서 나오는 불빛을 받으며 책상에 앉아 있었다. 그 방에는 높은 금고들이 일렬로 서 있는데 그중 열려 있는 서랍이 몇 개 있었고, 나머지는 닫힌 채 마치 누군가가 거기에 달걀 프라이를 던진 것처럼 불규칙적인 모양의 노란색 밀랍으로 봉인돼 있었다. 다른 하나는 창문이 없는 볼론토프의 전용 사무실이었다.

그 사무실의 닫힌 문에서 볼론토프의 목소리가 흘러 나왔다. 바깥쪽 사무실에 있던 대여섯 명의 직원들은 하던 일에서 고개를 들지 않았다. 볼론토프가 모스크바에서 온 신참 요원인 예고로바를 혼내고 있는 게 분명했다.

"모스크바에서 작전의 진전 상황을 보고하라고 날 들들 볶고 있어!" 볼론토프가 고함을 지르면서 책상 위로 몸을 기울였다. "그 미국인에 대한 성과를 더 많이 내란 말이야!" 그의 머리 주위를 둘러싼 오렌지색 구름이 마치 연기처럼 빙빙 돌면서 좀체 진정되지 않았다. '이자는 스트레스를 받고 있군.' 도미니카는 생각했다.

"전 성과를 내고 있습니다, 대령님. 우린 십여 차례 만났는데 둘 다 누구에게도 들키지 않았습니다. 그자가 우리의 만남을 상사들에게 보고했다는 조짐이 보이지 않는 것만으로도 상당한 진전이라고 생각합니다." 도미니카가 말했다.

"뭐가 진전이고 뭐가 진전이 아닌지는 자네가 말할 수 있는 게 아니야. 내쉬와 만날 때마다 보고서를 작성해서 제출하라고 내가, 그리고 모스크바 본부가 지시했잖아. 왜 그렇게 하지 않는 거야?"

"전 보고서 초안을 작성했습니다. 대령님께서 직접 보고서 몇 개를 묶어서 요약본을 만들라고 말씀하셨지 않습니까. 그렇다고 아직 일어나지도 않은 만남에 대해 쓸 수도 없는 거 아닙니까."

볼론토프가 쾅 소리를 내며 책상 서랍을 닫자 오렌지색 연기가 소용돌이쳤다. "상관을 비꼬는 말은 삼가. 이제부터 그 미국인과 추는 왈츠의 속도를 좀 높여봐. 우리의 궁극적인 목표는 그 배신자의 정체를 알 수 있는 정보를 끌어내는 거라는 걸 잊지 마. 그게 자네가 해야 할 아주 긴급하고 중요한 일이야."

"알겠습니다. 그 궁극적인 목표는 잘 알고 있습니다. 애초에 그 작업 제안서의 초안을 잡은 게 접니다. 모든 게 순조롭게 진행되고 있습니다." 도미니카가 말했다.

"거기엔 그 미국인이 임박한 작전 준비를 하는 것처럼 보인다든지, 출장을 간다든지, 그자가 초조해하거나, 정신이 산만하다거나, 불안해 보이는지와 같은 점들을 관찰하는 것도 포함되어 있어."

"네, 대령님. 다 알고 있습니다. 그의 일정에 변화가 생긴다면 알아낼 수 있을 것이라고 확신합니다." 사실 그런 확신은 들지 않았다. 둘의 관계는 막다른 골목에 갇힌 것처럼 보였다.

볼론토프는 사려 깊은 표정으로 도미니카를 보는 척했다. 그의 시선이 그녀의 턱에서 허리로 갔다가 다시 그 사이로 올라왔다. "목표에 대해 더 잘 알수록 우리가 찾고 있는 신호들을 더 쉽게 볼 수 있을 거야. 내 경험상." 그는 뒤로 물러나 앉으면서 말했다. "둘의 관계가 깊을수록, 대화도 깊어지는 법이지." '모로코 찻집 보이들과 가진 경험에서 우러나온 말이겠지.' 도미니카는 생각했다. 그녀는 볼론토프의 목에 난 사마귀들을 보면서 마음속에서 끓어오르는 차가운 분노를 꾹 눌러 참았다.

"잘 알겠습니다, 대령님. 다음 주에 그 미국인을 다시 만날 예정입니다. 깊은 관계에 대한 대령님의 지도 잘 기억하겠습니다. 그리고 진전 사항을 보고하겠습니다. 그자의 근무 일정을 이야기할 수 있을 거라는 희망을 걸고, 다시 만나자고 제안하겠습니다. 그러면 되겠습니까?"

"그럼, 그럼. 좋지. 하지만 정서적인 의존의 힘을 과소평가하지 마. 내 말 이해해?" 오렌지색 안개가 그의 머리 주위를 소용돌이치고 있었다. 그의 초조함과 공포를 보여주는 것이다.

미처 자제하려고 하기도 전에 말이 나와버렸다. "그냥 대놓고 말하지 그러십니까?" 도미니카는 의자에서 벌떡 일어나면서 말했다. "그자 앞에서 벌러덩 드러누우라고 하지 그러십니까? 전 첩보부 요원입니다. 조국을 위해 봉사하고 있다는 말입니다. 제게 그런 식으로 말하지 마십시오." 그녀의 온몸이 분노와 좌절감으로 덜덜 떨리고 있었다. 얼굴을 사정없이 찌푸린 볼론토프가 대꾸하기 전에 도미니카는 홱 돌아서서 사무실에서 나와 문을 쾅 닫아버렸다. '저게 다른 신참이었다면, 쫓아가 자작나무 회초리로 후려쳐서 가죽을 벗기고 루비안카 지하로 보내버릴 텐데. 당분간은 이렇게 두고 봐야지. 저 계집에겐 삼촌이라는 든든한 지원군이 있으니 이렇게 처신하는 게 더 안전해.' 볼론토프는 씁쓸하게 생각했다.

도미니카가 볼론토프의 사무실에서 뛰쳐나와 시뻘게진 얼굴로 지붕창 밑에 튀어나와 있는 구석자리로 가는 모습을 사람들이 쳐다봤다. 그녀는 책상 가장자리를 움켜쥐고 앉아서 고개를 푹 숙였다. '성질 한번 급하네.' 동료들은 생각했다. 그들은 도미니카가 언성을 높이는 소리를 들었다. 쟤바보 아니야? 죽고 싶어 안달하는 저런 여자는 피하는 게 상책이야, 모두 그렇게 생각했다. 단 한 명만 빼고.

네이트와 다시 만나기 전까지 5일 동안, 볼론토프와 했던 대화가 도미니카의 마음속에서 곪아 터졌다. 이번에는 네이트와 시내에 있는 레스토랑에서 저녁을 같이 먹기로 했다. 밤에, 도미니카는 아파트 유리창의 어두운 유리에 비친 자신의 모습을 응시했다. 푸나부오리의 불빛들이 나무 꼭대기 사이로 보였다. '넌 누구냐?' 지친 그녀는 자신에게 물었다. '얼마나 더 받들일 거니?' 그 야수의 눈을 도려내길 얼마나 간절히 원했던가? 그녀를 이용하는 오만한 거짓말쟁이들의 심장을 뚫어버릴 수 있기를 얼마나 원했던가? 공개적으로 그렇게 하는 건 자살행위다. 아니, 그보다 은밀하게 복수하는 게 더 낫다. 그들이 알아채지 못하게 그녀만 마음속에 간직할 수 있는 아주 유쾌한 복수, '그들'이 모른다는 걸 그녀가 알 수 있는 그런 복수를 해야 한다.

볼론토프는 도미니카의 삶과 일에서 끝없이 나타나는 돼지 같은 상관들 중에서 가장 최근에 나타난 놈이었지만 어쨌든 그는 지금 여기에 있다. 그녀는 그를 해치고, 사마귀가 덕지덕지 난 그의 얼굴 주위를 떠도는 지저분한 오렌지색 후광을 꺼버리고 싶었다. 그녀는 치솟는 격노를 누르고 냉정하게 계산해야 했다. 네이트에 대한 작전은 볼론토프에게 아주 중요하다. 그는 모스크바의 기대를 저버리는 걸 몹시 두려워하고 있다. 그 작전을 망쳐서 볼론토프에게, 그리고 그들에게 복수할 수 있다. '날 파괴하지 않으면서 어떻게 그렇게 할 수 있을까?' 그날 밤 늦게 도미니카는 이를 닦다 말고 입 속에 칫솔을 물고 있는 채로 거울에 비친 자신의 모습을 바라봤다. '그 미국인에게 놀라움을 선사할 수 있어. 위장을 벗어버리고 내가 SVR이란 걸 알려주는 거야.'

그건 반역죄가 될 것이다. 그것도 대역죄. 하지만 그렇게 하면 볼론토프의 작전은 물거품이 되고, 미국인들은 경계하게 될 것이며, 네이트는 크게 놀랄 것이다. 도미니카가 첩보원이라는 걸 알게 됐을 때 놀라는 그의 얼굴을 보는 건 흥미로울 것이다. 그는 그녀를 존경하게 될 것이고, 감동받을 것이다. 그는 그녀를 존경할 것이다.

'이게 무슨 소리야, 미쳤어? 그동안 받은 교육은 다 잊은 거야? 로디나에 대한 책임은 어쩌고?' 하지만 이건 러시아를 배신하는 게 아니다. 그녀는 그들에게 복수하고 있는 것이며, 그들의 도미노를 쓰러뜨리고 있는 것이지, 국가 기밀을 팔고 있는 게 아니다. 그녀가 상황을 통제하면서 어디까지 가야 충분할지 판단할 것이다. 아니, 이건 미친 짓이고, 문제가 발생할 것이고, 불가능한 일이다. 다른 곳에서 이런 욕구를 충족시켜야 한다. 도미니카는 머리를 빗으면서 끝이 점점 가늘어지는 브러시 손잡이를 바라봤다. 그녀는 그 빗이 볼론토프의 엉덩이 사이에 콱 박히는 광경을 상상했다. 그녀는 불을 끄고 침실로 갔다.

그 주 주말에 네이트와 도미니카는 툴루에 있는 이탈리아 레스토랑의 구석 자리에 앉아 있었다. 그 레스토랑은 헬싱키에 있는 대표적인 이탈리아 레스토랑이었다. 아파트 1층에 있는 그 레스토랑의 플라스틱 차양에는 이탈리아 국기가 꽂혀 있었다. 레스토랑 안은 붉은색과 흰색이 섞인 식탁보와 촛농이 떨어지는 양초들로 장식돼 있었다. 날씨는 아직 추웠지만 곧 겨울이 끝나고, 폭설이 몇 번 내린 후에, 짧은 봄이 왔다가, 요트들과 연락선들로 항구가 꽉꽉 차는 아름다운 여름이 올 것이다. 도미니카와 네이트는 평소처럼 따로따로 도착했다. 도미니카는 겨울 코트 안에 니트 드레스를 입고 검은 벨트를 찼다. 그리고 검은 모직 스타킹을 신고 있었다. 그녀가 의자 등받이에 코트를 걸치는 동안 드레스가 그녀의 몸에 착 달라붙었다.

네이트는 양복을 입고 있었지만 넥타이는 안 맸고, 파란색 바탕에 밝은색의 가는 줄무늬가 있는 셔츠를 입었다. 셔츠의 목 단추는 풀어놓고 있었다. 그는 대사관을 두 시간 전에 나와서 루스케아수오가 나올 때까지 E12 고속도로를 달렸다가 거기서 서쪽으로 꺾었다가 다시 돌아왔다. 그는 옆길에 주차한 차 안에서 아치가 레스토랑의 왼쪽 차양을 내리고 있는 걸 보고 비로소 툴루로 들어왔다. 문제없다는 신호였다.

네이트는 그 전날 게이블과 은밀하게 논의했다. "그녀가 일에 대해 이야기하도록 만들어봐. 그 여자는 SVR 요원이야. 그게 그녀가 죄책감을 느끼는 비밀이라고." 게이블이 말했다. 네이트는 고개를 끄덕였다. 그는 이 작전의 결정적인 돌파구를 찾아야 한다는 필요성 때문에 고민하는 한편으로 몹시 당혹스러워하고 있었다. 포사이스는 그를 칭찬해줬고, 게이블은 계속 격려해주고 있지만 네이트는 점점 더 불안해지고 있었다. 그는 이 위기를 극복해야 했고, 지금이 바로 그 순간이었다.

그들은 터무니없이 큰 메뉴판을 보며 잠깐 담소를 나눴다. "오늘 밤은 별로 말이 없네요." 도미니카가 메뉴판 위로 네이트를 보면서 말했다. '여전히 위풍당당한 보라색이야. 이 사람은 변하는 법이 없군.' 그녀는 생각했다.

"사무실에서 힘든 하루를 보냈어요." 네이트가 말했다. '계속 무심한 말투로 하자.' "회의에 지각하고, 보고서에 써야 할 수치들을 빠뜨리고, 보스는 불편한 심기를 그대로 드러내고."

"당신이 일을 잘 못한다는 건 믿을 수 없어요."

"뭐, 지금은 기분이 한결 나아졌어요." 네이트는 주위를 맴도는 웨이터에게 와인 두 잔을 주문하고 말했다. "오늘 예쁜데요."

"정말 기분이 나아졌어요?" 그는 도미니카를 칭찬했다. 저 모습이 얼마나 자신만만해 보이는지.

"네, 정말 나아졌어요. 당신 덕분에 상사와 직장과 형편없었던 하루를 잊게 됐어요."

그의 상사. 도미니카는 네이트가 정말로 무슨 생각을 하고 있는지 궁금했다. 그녀는 메뉴를 내려다보고 있었지만 도무지 글자에 집중할 수 없었다.

"당신만 그런 게 아니에요, 네이트. 나도 상사에게 야단을 맞았어요." 도미니카는 자신의 귓속에서 심장이 쿵쿵 뛰는 소리를 들을 수 있었다. 그녀는 와인을 한 모금 삼키고 그 와인이 자신의 뱃속을 환하게 밝히는 걸 느꼈다.

"그럼 우리 둘 다 혼났군요. 당신은 뭘 잘못했는데요?"

"중요한 건 아니에요. 상사는 불쾌한 사람이에요. 네클터니인 데다, 못생겼어요. 얼굴에 사마귀가 덕지덕지 났죠." '헬싱키의 첩보원들 중에서 얼굴에 사마귀가 난 사람이 몇 명이나 될까?' 그녀는 생각했다.

"네클터니가 뭐죠?"

'마치 모르는 것처럼 말하는군.' 도미니카는 생각했다. "촌스런 농부를 말하잖아요. 촌놈." 그녀가 대답했다.

네이트가 웃었다. "그 사람 이름이 뭔데요? 외교관들 모임에서 내가 만나본 적이 있는 사람인가요?"

도미니카는 지난 이틀 동안 다섯 번이나 마음을 바꿨다가 마침내 바보 같은 게임은 하지 말자고 결정했다. 그녀는 테이블 맞은편에 있는 네이트를 바라봤다. 그는 그리시니(grissini, 얇고 바삭바삭한 막대 비스킷-옮긴이)를 씹으면서 그녀를 향해 씩 웃어보였다. '안 돼! 그건 반역이야!'

"그의 이름은 막심 볼론토프예요." 도미니카는 자신의 목소리를 마치 다른 사람의 귀를 통해 듣는 것 같았다. '맙소사, 말해버렸어.' 그녀는 생각했다. 그녀는 네이트를 찬찬히 뜯어봤다. 그는 메뉴를 훑어보고 있었고 그녀가 그 이름을 말했을 때 고개를 들지 않았다. 그의 머리 주위에 있는 후광은 변하지 않았다.

"아뇨, 만나본 적 없는 것 같은데요." 네이트는 자신의 팔에 난 털들이 일어서는 걸 느꼈다. '세상에, 지금 뭐라고 한 거야? 방금 자기 정체를 밝혔잖아!'

"뭐 그렇다면 당신은 운이 좋은 거네요." 도미니카가 아직 그를 빤히 보면서 말했다. 네이트가 메뉴판에서 고개를 들었다. 도미니카가 실수로 자기도 모르게 그 첩보원의 이름을 말한 걸까? 그녀는 그를 차분하게 보고 있었다. 아니다, 일부러 말한 것이다.

"그 남자가 왜 그렇게 나쁘죠?" 네이트가 물었다.

"역겹고 늙은 개자식이에요. 매일 날 빤히 쳐다봐요. 그걸 영어로 뭐라고 표현하죠?" 도미니카는 흔들리지 않는 눈빛으로 계속 그를 보고 있었다.

"눈으로 옷을 벗긴다고 하죠." 네이트가 말했다.

"맞아요." 도미니카가 말했다. 네이트는 아무 반응이 없었다. 내가 방금 말한 걸 놓친 걸까? 맙소사, 내가 너무 나갔나? 그러다 갑자기 그녀는 자신이 그런 것은 개의치 않는다는 걸 알았다. 도미니카는 이제 산비탈을 내

려왔고, 지금은 목숨을 잃을 수 있는 치명적인 비밀을 품고 있었다. '이제 행복하냐, 이 멍청아?'

"이야기를 들어보니 엄청난 진상인 것 같군요…… 하지만 그 사람이 왜 그렇게 빡히 보는지 이해는 할 수 있어요." 네이트는 도미니카를 보면서 소년 같은 미소를 지었다. '세상에, 이거야말로 느닷없이 터졌어. 이건 내게 보내는 신호인가? 지금 이 여자가 내숭을 떨고 있는 걸까?' 그는 생각했다. 그는 그녀의 흔들리지 않는 파란 눈을 봤다. 그녀의 가슴이 드레스 밑에서 올라갔다 내려갔다 하고 있었다. 그녀는 어이없을 정도로 거대한 메뉴판의 가장자리를 손가락으로 꽉 움켜쥐고 있었다.

"이젠 당신이 촌놈처럼 굴고 있어요." 도미니카가 말했다. 그는 이미 알고 있었던 걸까? 그가 자신의 반응을 감출 수 있을 정도로 그렇게 뛰어나단 말이야?

"이야기를 들어보니 우리 둘 다 직장에서 문제가 있는 거 같군요. 우린 서로를 위로할 수 있겠어요."

"'위로'라는 게 무슨 뜻이죠?" 도미니카가 말했다. 그녀는 파란 눈으로 네이트를 빡히 쳐다보고 있었다.

"서로의 어깨에 기대어 우는 거죠." 네이트가 말했다. 변함없이 따뜻한 보라색이다.

도미니카는 웃어야 할지 비명을 질러야 할지 알 수 없었다. '프로답게 굴어.' "우는 건 나중에 할 수 있고, 배고픈데 주문하죠." 그녀가 말했다.

기밀 메시지가 본부에서 네이트에게 전달된 건 월요일 아침이었다. 마블이 비밀 통신 장치를 통해 보낸 것으로, 앞으로 2주 후에 이틀간 개최될 스칸디나비아·발트해 경제 정상회담에 러시아 무역 대표단의 일원으로 참석하기 위해 그가 헬싱키로 온다는 메시지였다. 마블은 이 대표단을 해외로 나가기 위한 명목으로 위장하여 이용하고 있다고 전했다. 그는 그런 식으로 라인 KR의 레이더 밑으로 숨을 것이다. 마블은 또한 헬싱키에서 캐나다 무역 대표단의 고위급 일원인 앤서니 트렁크 차관과 접촉을 시도 하는 작전을 구실로 삼아 이중 위장을 했다. SVR은 20대 초반의 남자들을 아주 좋아하는 트렁크 차관의 취향을 공략하면 포섭 가능성이 크다고 생 각하고 있었다.

트렁크 차관은 캐나다 고위급 공직자이자 게이인 것이다. 미국 담당 부 서가 그 작전에서 핵심적인 역할을 맡았기 때문에 마블이 향수 냄새 폴폴 풍기는 명사 트렁크 차관의 냄새를 맡아보러 헬싱키까지 출장 가는 후보 가 된 건 당연한 일이었다. 그 출장은 모스크바 본부에서 승인됐다. 마블 의 예상대로 그 회의와 작전에서 헬싱키 첩보부는 제외시키라는 지시가 떨어졌다. 마블은 그 뒤에 인공위성 전송 시스템으로 메시지를 보내서 매 일 열리는 회의와 환영 만찬회가 끝난 후 밤늦게 CIA 핸들러들을 만날 수 있을 것이라고 전했다. 위험하긴 하지만 가능하다고 했다.

CIA 본부에서 나온 러시아 분석가가 회의가 시작되기 이틀 전에 도착 해서 그 회의에 필요한 정보들을 준비할 것이다. 마블이 전에 보낸 보고서 들을 토대로 작성한 기나긴 후속 질문 목록이 헬싱키 지부로 전송되어 왔 다. 그 목록의 제일 밑에는 항상 그렇듯이 부드럽게 표현된 방첩 관련 질 문들이 있었다. 당신은 미국 정부에서 활동하는 스파이를 알고 있습니까? 미국 기밀 서류들 중 하나라도 훼손 여부를 알고 있습니까? 미국인이나 미국 체제를 겨냥한 첩보 작전에 대해 알고 있는 게 있습니까? 그것은 용 광로 문을 열고 그 안을 들여다보기 위해 온건한 표현을 써서 만든 질문들 이었다.

그들은 그 체크리스트를 훑어봤다. 통신 장비를 보충해주는 건 불가능 했다. 마블은 헬싱키에서 출발해서 모스크바에 도착하는 즉시 세관을 통과해야 했다. 전반적인 접선 계획 역시 갱신해야 했다. 포사이스는 본부에서 고위급 장교 두 명을 보내 네이트와 같이 마블의 보고를 듣게 하겠다는 제의를 거부했다. 마블의 핸들러는 네이트니까 네이트가 그 일을 할 것이라고 했다.

그것 말고도 다른 사람들은 준비해줄 수 없는 것들이 있었다. 네이트는 지하로 들어갔다가 거리로 나오면서 자취를 감췄다. 밤에는 그 정상회담이 개최되고 대표단이 묵을 숙소인 신고전주의 양식의 화려한 캄프 호텔 근처에 있는 어두운 골목들, 각진 벽들, 하역장의 계단들(잠시 접촉할 수 있는 장소들)을 미리 샅샅이 살펴봤다. 네이트는 캄프 호텔에서 걸어서 갈 수 있는 거리 안에 있는 카페들, 레스토랑들, 박물관들 주위를 돌아다니면서, 거리를 재고, 각도를 측정하고, 사람들의 흐름을 알아내고, 평가했다(이곳들은 모두 브러시 패스를 할 장소가 될 수 있었다).

마지막으로, 비가 억수같이 내리는 밤에 기차역의 거대한 석상들 위로 물이 쏟아지는 동안 네이트가 옆 계단으로 올라가 문 안으로 막 들어가자, 손 하나가 나오더니 무겁게 느껴지는 호텔 열쇠를 그의 주머니에 넣어줬다. 유럽에서 온 초췌한 얼굴의 첩보 요원이 한 번 쓰고 버리는 가명으로 GLO 호텔에서 일주일 동안 묵고 있었다. 그는 비공식적인 위장 요원이었다. 회의 기간 동안 네이트는 매일 밤 그 호텔 방에서 기다리면서 마블이 빠져나올 수 있을 때 만날 것이다. 문을 긁는 소리가 들릴 때까지 기다렸다가, 지나치게 더운 호텔 방에서 커튼을 닫고, 텔레비전 볼륨을 크게 틀어놓은 채, 새벽까지 도시가 다 잠들고 텅 빈 신호등 불빛들이 젖은 거리에 끝없이 반사되는 내내 이야기를 나눌 것이다. 마블이 헬싱키에 도착해서 비행기에서 내릴 때쯤, 헬싱키 본부는 가능한 한 안전하게 그와 최대한 오래 시간을 보낼 수 있는 준비가 돼 있었다.

도미니카는 퇴근한 후 수영장 건너편에 있는 토르니 호텔 2층 창문 앞에 서서 네이트가 오길 기다리고 있었다. 이제 그들은 한 주에 적어도 세 번은 같이 수영했지만 요즘 네이트는 6일 연속 수영장에 오지 않았다. 이 상하군, 그녀는 조금 버림받은 것 같은 기분을 느끼면서 생각했다. 일주일 전, 바람이 많이 부는 일요일에 그들은 울란린나의 물 위에 있는 카루셀 카페에서 커피를 한잔 하러 만났다. 항구에서 흔들리는 삭구들이 점점 늘어나고, 핼야드(halyard, 돛이나 깃발을 달거나 내릴 때 쓰는 밧줄-옮긴이)들이 알루미늄 돛대에 부딪쳐 덜컹덜컹 소리를 내고 있었고 좀처럼 보기 드문 파란 하늘 위로 구름이 둥둥 떠다니는 봄날이었다.

도미니카는 버스와 지하철을 타고, 그다음엔 택시를 두 번 타서 마침내 그 정박지에 도착했다. 그녀는 합스트랜덴을 따라 걸으면서 계속 고민하다 마침내 귀 뒤에 향수를 조금 발랐다. 네이트는 길을 건너 걸어왔고, 발걸음은 힘찼다. 평소처럼 매력적이었지만 어딘가 분위기가 좀 달랐다. 그의 보라색 후광이 흐릿해졌다. 그는 딴 데 정신이 팔려 있었고, 딴 생각을 하고 있었다. 전에는 그녀와 같이 네다섯 시간을 보냈는데, 이번에는 만나고 한 시간 후에 또 다른 약속이 있다고 했다. 직장에서 예상치 못한 일이 생겼는데, 다른 사람을 만나는 건 아니라고 그녀를 안심시키면서 이만 가봐야겠다고 말했다. 그들은 함께 조금 걸었다. 도미니카가 다음 주 주말에 페리를 타고 수오멘린나에 가서 하루 동안 오래된 요새를 돌아보자고 네이트에게 제안했다. 그는 그러고 싶지만 2주 후에 가는 게 더 좋겠다고 말했다.

길가에 있는 나무마다 싹이 트고 있었고, 두 사람은 얼굴에 닿는 햇살을 느낄 수 있었다. 두 사람은 조용한 거리 모퉁이에 서서 서로 마주 봤다. 도미니카는 집으로 가고, 네이트는 반대편으로 갈 것이다. 도미니카는 그의 마음을 느낄 수 있었다. 그에게서 불안한 에너지가 뿜어져 나오고 있었다. 그는 무슨 일이 일어나길 기다리고 있다는 생각이 들었다.

"오늘 재미있게 못 해줘서 미안해요. 요즘 일이 좀 많아서 그래요. 그럼 2주 후에 같이 요새에 놀러가는 건가요?" 네이트가 말했다.

"그럼요. 수영장에서 볼 수 있음 봐요. 거기서 만나서 수오멘린나로 가는 걸 정하면 되니까요." 도미니카는 그렇게 말하고 돌아서서 거리를 건넜다. 도대체 무슨 생각으로 향수를 바른 거냐? 그녀는 자문했다. 네이트는 잎이 무성하게 우거진 주택가를 걸어가는 도미니카를 지켜보면서, 그녀가 아주 미미하게 다리를 저는 걸 알아챘다. 가느다란 발레리나의 종아리가 걸을 때마다 살짝살짝 접혔지만 그녀는 수월하게 손을 흔들며 걸어갔다.

네이트는 문득 마블의 도착이 임박했다는 사실을 떠올렸다. 그는 GLO 호텔 근처에서 안전하다는 신호를 줄 수 있는 장소를 찾아야 했다. 그래야 마블이 그 신호를 보고 네이트가 있는 2층으로 올라올 수 있었다. 네이트는 출발했다.

그리스 식당의 스트라파차다

데운 올리브오일에 껍질을 벗겨서 잘게 썬 토마토, 양파, 설탕, 소금, 후추를 넣고 졸여서 진한 소스로 만든다. 거기에 달걀을 풀어 넣고 달걀이 작고 가는 응유 모양이 될 때까지 세게 젓는다. 구운 빵에 올리브오일을 뿌리고 졸인 소스와 같이 곁들여 낸다.

13

너무 오랜 시간이 흘렀다. '그 사람은 어디 있을까? 뭘 하고 있지? 그에게 다른 목표가 생긴 걸까?' 다른 여자가 생긴 걸까? 내가 위장하기를 포기해버렸기 때문에 접촉을 중단한 걸까? 도미니카는 또 하루를 흘려보내면서 수영장 맞은편에 있는 토르니 호텔에 서서 네이트의 모습이 보이길 기다렸다. 그녀는 그가 오늘 밤 또 오지 않을 거라는 걸 알고 있었다. '바로 이거야. 내가 여기 온 이유가 바로 이거잖아.' 도미니카는 사무실에 있는 반야 삼촌의 이미지, 매일 그녀를 보는 볼론토프의 기름기가 번들거리는 얼굴을 지워버리려고 애를 썼다. 내일 아침에 보고를 해야 할 것이다.

아파트로 걸어오면서 도미니카는 거리나 불빛이 켜져 있는 창문들을 거의 의식하지 못했다. 그녀는 내일 첩보부에서 무슨 일이 일어날지 생각했다. 네이트가 이번 주 내내 나타나지 않았다는 그녀의 보고는 즉시 '최고 기밀 서류'로 부국장에게 전송될 것이다. 라인 KR에서 관광청으로 긴급 조회를 요청할 것이고, 과거 6개월과 앞으로 6개월간의 스칸디나비아 여행객중 러시아인들의 명단을 받을 것이다. 외교관들, 사업가들, 대학교수들, 학생들, 관료들, 심지어 승무원들까지. 그 명단은 한정돼 있을 것이다. 라인 KR의 인내심 많은 늑대들은 연령, 직업, 경력과 무엇보다 국가 기밀 접근권이 있는지 여부를 토대로 명단의 이름들을 하나씩 지우기 시작할 것이다. 그렇게 추려낸 주요 용의자 명단에는 한 다스의 이름이 남아 있을 수도 있고 아니면 100개 정도 있을 수도 있다. 그건 상관없을 것이다. 그다음에 SVR이 모스크바에 있는 그들을 감시하고, 그들의 우편물을 살펴보고, 그들의 전화를 도청하고, 그들의 아파트와 별장을 수색하고, 그들에게 가까이 접근할 감시자들을 파견하기 시작할 것이다.

그 수색이 분명 헬싱키까지 확대되겠지, 도미니카는 생각했다. 어쩌면 K국 감시팀이 여기에 배치돼서 네이트의 활동을 관찰하기 위해 이삼 주 혹은 한 달 동안 그를 미행할지 모른다. 보이지도 않고 예상도 못하는 K국 감시팀은 그들(모두 경외심을 가지고 속삭이는 이름)이 관찰한 바를 기록할 것이다. 그다음엔 또다시 모스크바에서 끝없는 감시가 시작될 것이다. 그것은 어쩔 수 없는 일이었다. 이 절차의 마지막 단계에서 정말 그 스파이가 러시아인으로 밝혀진다면, 그 남자나 여자는 체포돼서, 재판을 받고, 처형될 것이다. 회색 추기경들이 다시 자기들 뜻대로 활개를 펼 것이다.

밤의 어둠 속에서 도미니카의 발자국 소리가 크게 들렸다. 도시의 밤은 조용했다. 네이트가 담당하는 스파이는 누굴까? 그는 왜 러시아를 배신하고 있는 걸까? 그 남자나 여자는 괜찮은 사람일까? 아니면 돈에 매수된 부패한 사람일까? 아니면 신뢰할 수 없는 사람일까? 고귀한 사람일까? 아니면 미친 사람? 도미니카는 그의 목소리를 들어보고, 그의 얼굴을 보고 싶었다. 그녀가 그 스파이의 동기를 지지할 수 있을까? 그녀가 그의 반역죄를 해명할 수 있을까? 도미니카는 문득 자신이 심통을 부리다가 저지른 그 시시한 죄를 떠올렸다. '넌 그건 아주 쉽게 합리화했잖아. 그렇지 않니, 이 대단한 공모자야?'

도미니카는 눈을 감고 어두운 건물 벽에 기댔다. 지금 그녀는 네이트가 곧 그의 정보원, 그 스파이를 만날 거라는 걸 의심하는(아니, 알고 있는) 유일한 사람이었다. 그 생각을 하자 머리가 약간 어지러워졌다. 만약 내가 아무 말도 안 하면 어떻게 되는 거지? 만약 내가 그들에게 그 정보를 알려주지 않고, 그들이 이 판에서 이길 수 있는 힘을 주지 않으면 어떻게 되는 거지? 내가 이렇게까지 국가에 불충할 수 있을까?

도미니카는 그 창녀 같은 소냐 때문에 자신의 발이 어떻게 망가졌는지를 떠올렸다. 그녀는 AVR 샤워실에서의 고통에 찬 초록색 비명을 기억했다. 아무 힘도 쓸 수 없는 들통이 깡패들 앞에서 움츠러드는 동안 머리 위에서 반짝이는 오렌지색 불빛들, 그녀의 입 속에 떨어진 유스티노프의 피 맛을 기억했다. 그리고 그녀는 목장 아가씨 같은 엔야의 얼굴이 파랗게 질려서 죽어 있는 걸 봤다.

'놈들은 기다리게 놔두자.' 도미니카는 결정했다. 그녀의 마음속에서 투지가 솟았다. 이것은 치명적으로 위험한 일이 될 수 있었다. 도미니카의 결의는 부서지기 쉽고, 예민하고, 금지된 것이지만 그녀가 볼론토프와 반야 삼촌에게 휘두르게 될 힘은 진짜였다. 엄마는 항상 그녀에게 성질을 죽이라고 했는데 이제 그녀의 목구멍 속에 든 얼음 같은 결심이 그녀를 들뜨게 만들었다.

도미니카는 보도 위로 또각또각 하이힐 소리를 내며 걷기 시작했다. 그녀의 마음속에는 그것 말고도 그녀를 놀라게 한 또 다른 깨달음이 있었다. 그녀는 이 게임에 대해 알 만큼 알기 때문에, 네이트가 자신이 관리하는 정보원을 잃게 되면 그는 파멸할 것이고, 그의 명성은 흔적도 없이 지워질 것이라는 걸 알고 있었다. 도미니카는 헬싱키에서 그와 같이 보냈던 시간들을 다시 돌려봤다. 그녀는 네이트가 그녀의 아버지와 얼마나 닮았는지, 그녀가 그를 얼마나 좋아하는지 생각하면서 절대로 그런 짓은 하지 않을 거라고 생각했다.

다음 날 아침, 구역질이 나는 걸 참으면서 도미니카는 대사관 정문에서 출입증을 보여주고, 대사관 뜰을 가로질러 와서, 다락방으로 가는 대리석 계단을 올랐다. 계단은 앞서 근무했던 수많은 장교들의 발길로 맨질맨질 했다. 해외 첩보부. 계단 꼭대기에는 거대한 경첩에 거대한 금고 같은 문

242

이 달려 있었고, 암호를 눌러 여는 자물쇠가 달린 그 문을 열고 들어가면 전자 키패드가 달린 문이 또 나왔다. 도미니카는 자신의 책상 위에 핸드백을 내려놓고 동료에게 고개를 끄덕여 인사했다. 볼론토프가 자기 사무실 앞에 서서 오라고 손짓을 하고 있었다.

도미니카는 볼론토프의 책상 앞에 서 있었는데 그의 창백하고 늘어진 손에서 시선을 뗄 수 없었다. "뭐 보고할 만한 진전 사항 없었나?" 볼론토프가 물었다. 그는 종이 자르는 칼로 손톱을 다듬고 있었다. 도미니카의 심장이 쿵쿵 뛰기 시작했고 머릿속이 울리는 소리가 당최 멈추질 않았다. 표가 났나? 이 자식이 뭔가 알고 있나? 그녀는 자신의 목소리를 마치 방에 있는 다른 사람이 말하는 것처럼 듣고 있었다.

"그 미국인이 박물관을 좋아하는 것 같습니다." 도미니카가 말했다. 그녀의 목소리는 아주 경직돼 있었다. "제가 곧 키아스마 현대 미술관에서 만나자고 제안했습니다. 그다음에 저녁식사를 같이 할 계획입니다…… 제 아파트에서." 지금 무슨 소리를 하고 있는 거야? 볼론토프가 듣고 싶어 하는 바로 그 말을 하고 있잖아. 볼론토프는 손톱 손질을 하다 고개를 들면서 툴툴거리더니 도미니카의 가슴을 빤히 쳐다봤다.

"이제 그럴 때도 됐지. 아주 융숭하게 접대해서 다시 널 찾아오고 싶게 만들어. 그것 말고 평소와 다른 점은 못 봤나?" 볼론토프가 물었다.

단 두 마디(네, 봤습니다)면 첩보부가 이 작전을 뺏어갈 것이고, 도미니카의 임무는 끝날 것이다. 단순한 한 문장, '그 사람은 다음 주부터 2주 동안 바쁠 거라고 했습니다.' 이 말만 하면 된다. 도미니카의 귓속에서 아우성치는 심장 소리가 점점 더 커지면서 시야가 흐려졌다. 그녀는 칙칙한 오렌지색 안개에 휩싸여 책상 뒤에 앉아 있는 이 돼지의 형체를 간신히 알아볼 수 있었다. 자신의 목이 막히고, 다리가 덜덜 떨리고, 실제로 무릎끼리 부딪치고 있다는 걸 깨달은 그녀는 놀랐다. 정말 기이한 일이었다. 도미니카는 책상에 기대고 싶은 충동을 참고 똑바로 서 있으려고 굳은 의지력을 발휘했다. 볼론토프는 계속 그녀의 가슴을 보고 있었는데, 포마드를 바른 옆머리가 날개처럼 튀어나와 있었다. 도미니카는 마지막 0.0001초 사이에 결심했다.

"달리 보고할 사항은 없습니다." 그렇게 말하는데 심장이 사정없이 뛰었다. 도미니카는 사소한 질서 위반과 국가에 대한 반역죄의 경계를 넘어섰다. 그들은 알아낼 것이다. 그들은 얼음송곳을 든 남자들을 보내서 트로츠키(Leon Trotsky, 1879~1940, 러시아의 혁명가-옮긴이)를 죽인 것처럼 그녀를 그 송곳으로 찔러 죽일 것이다. 그들이 그녀의 엄마를 용광로 속으로 굴려 넣을 것이다. 볼론토프가 잠시 그녀를 보더니, 다시 툴툴거리면서 나가라고 손을 저었다. 순간 도미니카는 그가 아무것도 의심하지 않고 있다는 걸 알았다. 그녀는 자신의 직감이 맞음을 확신했고, 자신의 핏속을 흐르는 얼음이 따끔거렸다.

도미니카는 자신의 책상으로 돌아와 의자에 털썩 주저앉았다. 손에 땀이 배어나 축축한 데다 떨리고 있었다. 그녀는 주위에 있는 다른 장교들과 비서들을 둘러봤다. 모두 책상 위로 고개를 푹 숙이고, 뭔가 읽거나, 타자를 치거나, 쓰고 있었다. 도미니카의 책상에서 두 책상 건너편에 앉아 미소를 짓고 있는 마르타 엘레노바만 빼고. 마르타는 담배를 한 개비 쥐고 그녀를 보고 있었다. 도미니카는 희미하게 미소를 짓고 고개를 돌렸다.

마르타는 이 대사관에서 가장 친구 비슷한 사람일 거라고 도미니카는 생각했다. 그녀는 헬싱키 첩보부에서 근무하는 행정 보조원 중에 가장 직급이 높았다. 그들은 사무실에서 가끔 이야기를 했고, 잘 모르는 대사관 동료를 위한 저녁식사 자리에서 옆에 나란히 앉은 적도 있었다. 어느 비오는 일요일에는 만나서 항구와 마켓 광장의 신선한 음식을 파는 좌판들 사이를 산책한 적도 있었다. 마르타는 우아하고 귀족적으로 생긴 여자로 나이는 쉰 살 정도 됐고 숱이 많은 갈색 머리를 어깨까지 늘어뜨리고 있었다. 잘생긴 검은 눈썹 밑에 적갈색 눈동자가 아주 매력적이었다. 섬세한 입매의 양쪽 끝을 올리며 짓는 씁쓸한 미소로 보아 그녀가 냉소적인 세계관을 갖고 있다는 걸 알 수 있었다. 마르타는 머리와 몸 주위에 진한 색깔이 보이는 사람 중 하나였다. 정열과 열정의 루비색이었는데 도미니카가 음악을 들을 때 보이는 바로 그 색이었다.

도미니카는 마르타가 젊었을 때 대단한 미인이었을 거라고 생각했다. 그녀는 사무실에서 이제 허리가 조금 두꺼워진 여신 같은 그녀의 몸매에 대해 조금이라도 언급하는 남자는 사정없이 닦아세워 줄행랑을 치게 만들었다. 마르타는 볼론토프에게도 전혀 기가 죽는 일 없이 그가 요구하는 영수증이건, 회계 처리건, 월별 보고서건 항상 하던 일이 끝난 후에 해주겠다고 똑 부러지게 말하곤 했다. 볼론토프는 그리스 여신 같은 위엄이 넘쳐흐르는 그녀의 자신감을 꺾을 도리가 없었다.

도미니카는 마르타의 삶에 대해 아무것도 모르고 있었지만 만약 알았다면 깜짝 놀랐을 것이다. 마르타 엘레노바는 1983년 KGB에 의해 징집돼서 카잔 외곽의 숲에 있는 스패로우 학교에 입학했다. 그때 그녀는 스무 살이었다. 그녀의 아버지는 대조국전쟁(제2차 세계대전 중 독일과 소련이 벌인 전쟁-옮긴이)에 참전했고, 그다음엔 레닌그라드 본부에서 엔카베데 경비원으로 일했고, 당원이며, 국가의 충성스런 부하였다. 마르타의 대단한 미모가 모스크바에서 시찰하러 온 한 KGB 소령의 눈에 띄었고, 그 소령의 주선으로 그녀는 KGB에 채용됐다. 원래 소령은 자신의 특별 보좌관으로 그녀를 데려갈 속셈이었다. 마르타의 아버지는 그 바닥 사정을 잘 알고 있었지만 딸이 더 나은 삶을 살길 바랐기 때문에 아무 말도 하지 않고 외동딸을 모스크바에 보냈다. 마르타는 고모와 같이 살면서 KGB의 제2국(국내 안전) 7부서(관광객들을 상대로 한 작전) 3과(호텔과 레스토랑)에서 일을 시작하게 됐다. 제7부서에만 자그마치 200명의 장교와 시간제 근무로 뛰는 정보원, 요원들 1600명이 소속돼 있었다.

이제 모스크바에 온 마르타는 또다시 제2국 대령의 주목을 받게 됐는데, 소령보다 계급이 높은 그 대령이 마르타를 자신의 보좌관으로 만들었다. 그러다가 대령보다 높은 장군이 마르타를 보고 반해서 그녀를 자신의 부관으로 삼았다. 마르타는 그 직책이 무슨 일을 하는 건지도 몰랐다가 어느 날 오후, 장군이 그녀를 억지로 자기 사무실에 있는 긴 의자에 눕히고 그녀가 입고 있는 제복 스커트 밑으로 손을 집어넣었을 때 비로소 알아차렸다. 마르타는 철제 물병으로 장군의 옆머리를 갈겼다(전형적인 소비에트식 반응이었다). 기이하게도 금욕적인 분위기가 흐르는 KGB에서 그 결과로 일어난 스캔들은, 그 장군의 아내가 공산당 정치국 위원의 여동생이라는 사실 때문에 더 악화됐다. 마르타는 급히 4 국립학교, 즉 스패로우 학교로 이송됐다. 이렇게 그녀는 스패로우가 되는 법을 익히게 된 것이다.

마르타는 천상의 미모와 비상한 머리라는 아주 드문 조합을 가지고 있었다. 그녀의 미모는 불운한 외교관들, 기자들, 사업가들을 유혹하는 데 도움이 됐다. 그녀의 머리는 영향력 있는 친구들을 사귈 수 있는 뛰어난 안목을 갖는 데 일조했다. 거의 20년에 걸친 스패로우 경력이 끝나갈 무렵에 마르타는 '퀸 스패로우(Queen Sparrow)'로 알려지게 됐다. 그녀는 제2국에서 실시한 수십 건의 미인계에 참여했는데 그렇게 KGB에 포섭된 사람들 중에는 섹스에 환장한 일본의 억만장자도 있었고, 바람둥이 영국 대사도 있었고, 파충류 같은 인도의 국방 장관도 있었다. 전성기의 마르타는 전설적인 유혹과 파괴의 미끼였다. 그녀는 독일 대사관에서 일하는 여자 암호 해독가를 포섭한 적도 있었다. 그 암호 해독가를 매수한 덕에 KGB는 독일과 NATO 사이에 오가는 암호로 된 메시지를 무려 7년 동안이나 읽을 수 있었다. 마르타가 여자를 상대로 작전을 벌인 경우는 그때가 유일했지만, 그 포섭 작전은 아직도 KGB 학교에서 대표적인 작전으로 가르치고 있다.

그동안 마르타는 정치국 위원 두 명과 제2국의 장군, KGB에서 막강한 영향력을 휘두르는 관료의 자제들과 사적으로 은밀한 로맨스를 즐겨왔다. 짙은 눈썹의 늙은 보스들은 애정을 가지고 그녀를 회상했다. 그런 '멘토들' 덕분에 마르타는 누구도 건드릴 수 없었고, 그녀에게 고마워하긴 했지만 진이 빠진 후원자들이 손을 써서 그녀는 SVR 소령급 연금을 받으며 스패로우 작전에서 명예롭게 은퇴할 수 있었다. 마르타는 인생을 즐기면서 바깥세상도 좀 보고 싶었다. 그녀는 해외 근무를 요청했고 곧바로 승인을 받아 헬싱키로 왔다.

처음에 마르타는 도미니카가 SVR 사무직원인지 아니면 행정직원인지도 잘 몰랐다. 도미니카는 해외 근무를 배정받기에 확실히 너무 젊었다. 도미니카의 성을 보면 많은 걸 이해할 수 있었지만, 도미니카가 첩보부에서 꾸준히 하는 업무가 없고, 근무 시간이 들쭉날쭉하고, 레지던트인 볼론토프와 은밀하게 둘이서만 이야기를 한다는 점을 보면 헬싱키에 특수 임무를 띠고 온 것 같았다. 도미니카가 입고 있는 옷들이 다 새 옷인 걸 보니 당에서 지급한 게 분명했다. 이 아름다운 신참이 모든 대사관 직원들에게 제공된 주택단지 밖에 있는 임시 아파트를 배정받았다는 점이 밝혀졌을 때 사무실에서 오가는 뒷이야기가 더 무성해졌다. 마르타가 보기에 여러모로 익숙한 점이 많았다.

사무실에서의 도미니카는 행동거지가 바르고, 말수가 적으며, 맡은 일을 빠른 시간 안에 훌륭하게 처리했고, 그것도 흔히 볼 수 없는 아주 강한 집중력을 가지고 해냈다. 마르타는 거리에서 도미니카의 시선이 사람들의 얼굴에서, 건물의 문들로 갔다가 인도로 갔다가 거리 건너편으로 재빨리 움직이는 걸 봤다. 그런 와중에도 자연스럽게 움직여서 시선이 사방으로 움직이는 걸 감추고 있었다. 카페에 같이 앉아 있었을 때 도미니카의 눈에는 유쾌한 통찰력, 장난기, 환한 미소가 언뜻언뜻 비쳤다. 마르타는 도미니카가 다른 사람들과 소통할 때 거의 무의식적으로 자신의 미모(눈, 미소, 몸매)를 이용하고 있다는 걸 경험자 특유의 감으로 알아차렸다. 그리고 둘이 이야기할 때 도미니카가 어떻게 대화의 기술을 써서 정보를 끌어내는지 알아챘다.

'대단한 아가씨야, 거기다 지금 작전 중이고!' 마르타는 생각했다. 미모, 뛰어난 두뇌, 스파이 기술, 강렬한 저 파란 눈까지. 도미니카가 자신의 의무를 잘 알고 있고, 조국을 사랑한다는 건 분명해 보였지만, 그 표면 밑의 보이지 않는 지하 우물에서 뭔가가 보글보글 끓고 있었다. 자부심, 분노, 반항 같은 것. 그리고 또 뭔가가 있었다. 뭐라고 딱 꼬집어 말할 수 없는 것, 비밀스러운 것이었다. 마치 그녀 스스로 위험을 자초하는 것처럼 반항에 중독된 것 같은 면이 있었다. 마르타는 눈썰미도 있고 천부적으로 타고난 직감이 있는 이 젊은 아가씨가 본부 일이라는 게 겉만 번지르르한 쇼라는 걸 언제 깨닫게 될지 궁금했다. 볼론토프는 그런 노동관과 지난 70년 동안 KGB와 크렘린을 운영해온 공무원 유형을 대표하는 극단적인 예였다.

도미니카와 마르타는 퇴근 시간에 대사관에서 같이 나와 근처의 바에서 와인 한 잔과 생크림이 새어나오는 캐비아 토르테 한 조각을 먹기 시작했다. 그들은 가족, 모스크바, 지금까지 한 경험에 대해 이야기를 나눴다. 도미니카는 스패로우 학교에 대해선 언급하지 않았다. 마르타는 잘 웃었고 도미니카를 웃게 만들었다. 둘은 그렇게 저녁 시간을 같이 보내고 팔짱을 끼고 보도 위를 걷곤 했다.

어느 날 밤은 술집에서 그들에게 추근대는 한 역겨운 독일 남자에게 아주 침착하게 썩 꺼지라고 한 후에, 마르타는 도미니카에게 스패로우로 일한 자신의 삶과 일에 대해 이야기했다. 그녀는 조국을 위해 봉사한 걸 자랑스러워하고 있었고, KGB에서 보냈던 그 끔찍한 시간들은 생각하지 않았다. 마르타는 자신의 정체나 과거에 대해 조금도 수치스러워하지 않았다. 그 친구를 보던 도미니카의 입술이 떨리면서 그녀가 조용히 울기 시작했다. 둘은 그날 아주 기나긴 밤을 같이 보냈고 마르타는 결국 도미니카에 대해 다 알게 됐다. 네이트를 쫓는 임무, 반야 삼촌, 스패로우 학교, 프랑스 남자 들롱, 심지어 유스티노프까지. 도미니카의 입에서 봇물이 터진 것처럼 이야기가 쏟아져 나왔다. 정보를 끌어낸다거나 상대를 조종한다는 생각은 전혀 없었다. 두 여자는 그 후에 그냥 친구가 됐다.

매일 저녁, 마르타는 쿨하고 침착하게 도미니카가 하는 이야기를 들으며 생각했다. '세상에, 그 보스들이 그렇게 짧은 시간에 이 아이를 사정없이 이용해 먹었구나.' 하지만 마르타는 도미니카에게서 강인함과 함께 또 다른 면을 봤다. 그리고 성격이 느긋하고 젊은 미국 CIA 요원에 대한 도미니카의 감정이 점점 더 깊어지고 있는 것 같다는 의심을 품었다. 그런 말을 하면 결국 도미니카가 제대로 작전을 수행할 수 없을 거라는 암시를 하는 것과 다를 바가 없기 때문에 마르타는 도미니카에게 아무 말도 하지 않았다.

"나도 잘 모르겠어요. 그 남자는 거만한 데다 까불기도 잘하고, 러시아를 좋아하지도 않아요. 아니 적어도 우리 러시아인들을 높이 평가하진 않아요. 반야 삼촌은 그 사람이 자포자기한 첩보원이라고 생각해요." 도미니카가 말했다.

"이야기를 들어봐선 그다지 좋은 사람 같지 않은데. 하지만 그러면 그 남자를 상대로 작전에 들어가는 게 더 쉬워지는 거 아냐? 그와 잠을 자는 것도 그렇고."

마르타는 담배에 불을 붙이고 도미니카가 칸막이벽에 등을 기대는 걸 지켜봤다. 그들은 와인을 세 잔째 마시고 있었다.

"그렇게 불쾌한 건 아니고 좀 좌절감이 든다고 해야 하나. 하지만 사람은 착해요." 도미니카는 한숨을 쉬었다. "그 남자가 지금 작전 수행중이라 정신이 딴 데 팔려 있다고 생각하면 볼론토프에게 말해야 하는데…… 본부에서는 그 남자가 정보원과 함께 있는 걸 잡고 싶어 해요." 도미니카는 슬슬 취기가 올라오고 있었다.

"넌 그 사람이 그런 만남을 가질 거라는 걸 알 정도로 그 사람을 잘 알아? 네가 그걸 알 수 있단 말이야?" 마르타가 물었다.

도미니카는 이마 위로 떨어져 내린 머리카락 한 줌을 쓸어 올렸다.

"이미 그런 생각이 든 것 같아요. 맞아요, 그런 생각이 들었어요." 도미니카가 말했다.

"그럼 곧바로 달려가서 볼론토프 대령에게 보고했겠군." 마르타가 말했다. 그녀는 이미 지금 무슨 일이 일어나고 있는지 알고 있었다.

"그렇게 하진 않았어요. 계속 감시하겠다고 말했죠." 도미니카가 대답했다.

"그럼 넌 너의 그 젊은 미국인이 바빠지고 있는 것 같다고 보고하지 않았단 말이군."

"그 사람은 나의 '젊은 미국인'이 아니에요." 도미니카가 눈을 감으면서 말했다.

"하지만 넌 그렇게 의심하고 있잖아. 그리고 볼론토프가 대놓고 물어봤는데 넌 한마디도 하지 않았고, 맞지?" 마르타가 도미니카를 향해 몸을 기울이면서 물었다. "눈을 떠서 날 봐."

도미니카가 눈을 떴다. "맞아요. 아무 말도 하지 않았어요." 그녀는 다시 눈을 감았다.

마르타는 와인을 홀짝홀짝 마시면서 도미니카가 그 점을 보고하지 않고 거짓말을 해서 국가에 대한 반역죄(러시아 의회에 반역죄를 저질렀다고 하는 건 좀 웃기니까)를 저질렀을 뿐만 아니라, 마르타에게 그 범죄 사실을 털어놔서 공범으로 만들었다는 사실을 초연하게 생각해봤다. 그녀는 손을 뻗어서 도미니카의 손을 꼭 쥐었다. "조심해야 해." 그녀가 말했다.

마르타는 국가를 위해 평생을 바쳤고, 오랫동안 도를 넘는 국가의 월권 행위들을 무시해왔으며, 개인적으로 유일한 죄라고는 육체의 쾌락에 굴복한 죄밖에 없는 남자들을 몰락시키는 데 일조해왔다. 하지만 마음속으로는 국가를 대표하는 그 개자식들과 절연한 지 오래였다. 그녀는 도미니카가 지금 어떤 상황에 처해 있는지 알고 있었다. '그 짐승 같은 놈들이 이 아름답고 똑똑한 아가씨의 단물을 다 빨면 쓰레기처럼 버릴 거야.' 그리고 도미니카가 하는 일이 조금이라도 블라디미르 푸틴의 계획에 방해가 된다면 그것은 치명적으로 위험한 일이 될 것이다. 도미니카가 알고 있는 일들은 마치 매듭을 묶어놓은 자루 속에 든 뱀들 같았다. 한동안은 안전하지만 벽에 그 자루를 대고 쾅쾅 쳐선 안 된다.

마블의 짧은 헬싱키 방문은 여러 면에서 대성공이었다. 먼저, 마블이 직접 트렁크 무역 차관과 만나 상당한 진전을 이뤄냄으로써 이론의 여지없이 그 이색적인 캐나다인을 지속적으로 쫓을 필요성을 확보해놓았다. 두 번째로, GLO 호텔에서 네이트와 사흘 밤 연속으로 자정에서 새벽까지 만났고 그 만남에서 유럽과 북미에서 진행 중인 SVR 작전에 대한 기밀 보고서가 8개나 나왔다(거기에 37개 혹은 그보다 더 많을 쪽지들이 첨부됐다). 세 번째로 마블은 러시아 불법체류자(낮에는 오타와의 스트립 클럽에서 댄서로 일하고 있었다)와 만나고 있는 RCMP(Royal Canadian Mounted Police, 캐나다 왕립 기마경찰대)의 전략 정책과 기획국 소속 치안감의 이름을 제공했다. 마지막으로 그 늙은 스파이는 기억을 떠올려 2012년 초반에 보시라

251

이가 제거된 후 장장 2년에 걸쳐 중앙정치국 상임위원회 내에서 치열하게 벌어지고 있는 권력 투쟁을 상세하게 정리한 SVR 보고서 세 개의 요점을 전해줬다(기억을 떠올려 요점만 전해줘야 했던 것은 그가 중국 보고서에는 접근 권한이 없기 때문이다). 마블이 제공한, 푸틴 대통령이 중국 공산당의 불화에 관심을 가지고 '심하게 집착한다'는 정보는 분석가들이 아주 높게 평가한 결과물이었다.

그것은 마블로부터 나온 긍정적인 정보일 뿐이었다. 가장 폭발적인 파급력이 있는 정보는 극히 중요하고 민감한 사안이라 야세네보 4층에서 '국장이 직접 지휘하는 작전'으로, 러시아에서 돈을 대는 정보원이 있다는 것이었다. CIA 방첩팀에서 그 정보를 해석하자면 러시아에서 이렇게 특별히 취급하는 작전이라는 말은 대형 스파이가 있다는 뜻밖에 안 됐다. 즉 이것은 어떤 나라의 어떤 정부에 러시아 스파이가 침투했다는 심각한 문제였다. 그 정보를 들은 모두가 서로의 얼굴을 쳐다보며 그 스파이가 워싱턴에 있는 인물인지 궁금해했다. 그 정보는 마블이 보고한 나머지 정보들과 따로 구분돼서 개별적으로 처리됐다.

아무도 마블에게 그 사안에 대해 어떻게 해야 한다고 말할 필요가 없었다. 그 늙은 스파이가 그들에게 어떻게 할 것인지 말했다. 그는 어떻게 거미줄에 앉은 거미가 되어 배후에서 거미줄들을 조종하면서 주위의 거미줄들이 떨리는 순간을 기다려야 하는지 알고 있었다. 그는 아주 조심스럽게 능력껏 정보를 수집할 것이다. CIA 본부에 있는 수십 명의 방첩 분석가들의 화이트보드에 SVR 스파이, 국장의 작전, 야세네보라는 말들이 적혔다. 그들은 기다리는 데 소질이 있었다. 그들은 그 모자이크의 조각들을 맞추기 위해 몇 달, 몇 년까지 기다릴 것이었다.

마지막 밤에 마블은 앤서니 트렁크가 향후 6개월 안에 뉴욕에서 열리는 UN 총회뿐 아니라 로마에서 열리는 경제 회의에도 참석할 것이라고 네이트에게 말했다. 마블이 트렁크를 쫓는다는 그럴듯한 핑계로 러시아 밖으로 여행할 수 있는 좋은 기회가 두 개 생긴 것이다.

본부에서는 이번 마블과의 만남과 네이트가 거둔 성과에 흡족해했다. 마블의 비밀 계좌에 보너스가 들어왔고, 네이트는 세금을 제하고 분기당 153달러의 봉급 인상을 받았다.

"참 후하게도 줬다." 그 소식을 들었을 때 게이블이 말했다. "153달러라니. 네가 이룬 실적을 무시하지만 않는다면 그 정도는 참아야지. 너 거기다 6개월 동안 공짜로 세차할 수 있는 쿠폰도 나온 거 아냐?"

마블과의 만남이 끝나갈 무렵이었다. 마블이 모스크바로 돌아가기 전에 네이트는 그의 안전에 대해 조심스럽게 물어봤다. 마블은 그와 네이트가 눈 내린 모스크바 거리에서 발각될 뻔하다가 간신히 도망친 그날 밤 이후로(그 일이 100년쯤 된 것 같이 느껴졌다) 야세네보의 SVR 본부에서 심각한 스파이 사냥이 있었다고 다소 담담하게 인정했다. 그의 오랜 전우인 제1국 부국장인 예고로프는 첩보부 내의 고위 간부가 CIA 첩자로 활약하고 있다고 확신하고 있었다. "다시 말하면…… 나를 의심하고 있는 거지." 마블은 웃으며 말했다. 네이트의 얼굴에 수심이 어렸다.

"괜찮아. 난 위험에 익숙해졌어. 난 우리 첩보부가 어떻게 돌아가는지 알고 있어. 늙은 사기꾼 예고로프가 어떻게 생각하고 어떻게 작전을 벌이는지 뻔해. 그러니까 괜히 놀랄 거 없어." 마블은 자신이 CIA 스파이로 14년 동안 일했던 세월, 계단을 올라오는 발자국 소리들을 알아채려고 잠 못 이뤘던 밤들, '협의하기 위해' 모스크바로 돌아오라는 명령을 받았을 때 가슴이 턱 막히는 것 같은 기분을 느꼈던 때들을 혼자 생각했다. 회의에 참석하라는 지시를 받고 회의실로 갔다가 사람들로 꽉 차 있는 걸 봤을 때 형용할 수 없는 안도감이 밀려왔던 때가 기억났다. 그런 지시를 받고 들어갔다가 텅 빈 회의실 문 뒤에서 비밀경찰들이 기다리고 있던 사람들도 많았다.

그 늙은 스파이는 심각해진 젊은 핸들러를 웃겨준 후에, 감시가 삼엄한 적국에서 사상 최고의 대담한 작전을 벌이기 위한 긴급 대책들을 검토했다. 적진에서 누군가를 몰래 빼내 자유의 몸으로 만드는 작전으로, 모스크바에서 가족 혹은 정부와 같이 차 트렁크에 몸을 웅크리고 있거나 대담하게 출국 수속을 거쳐 빠져나가야 했다. 40분이 지난 후에 마블은 두 손을 들어 올렸다. "네이트, 오늘 밤은 이걸로 충분한 것 같아. 자네가 아주 철저하게 준비했어." 네이트는 얼굴을 붉히며 쑥스러워했다. 그리고 둘은 작별 인사를 했다.

마블이 안전하게 고국으로 돌아가고, 네이트는 안전하고 생산적인 만남들을 성사시킨 것에 대해 본부로부터 호들갑스러운 칭찬을 듣고 기뻐했다. '최고위층에서 네이트의 보고를 아주 잘 받았다'는 백악관과 NSC(National Security Council, 국가 안전 보장 회의)의 메시지가 본부로부터 도착했다.

포사이스는 잘했다고 어깨를 두드려줬고, 게이블은 맥주를 한잔 샀다. "칭찬은 네가 다 받고 있지만, 그 정보원을 생각해주는 사람은 하나도 없어. 그 사람을 절대 잊지 않는 게 너의 책임이야. 알았어?" 게이블이 말했다.

환하게 빛나던 네이트의 얼굴이 당면한 문제 때문에 흐려졌다. 도미니카. 대체 이 작전은 어디로 가고 있는 걸까? 그녀가 대사관의 레지던트 밑에서 일하고 있다고 인정한 건 대체 무슨 뜻일까? 그 작전에 조만간 진전이 없으면 본부에서 또다시 불평을 늘어놓을 것이다.

"본부는 엿 먹으라고 해." 게이블이 맥주를 두 잔째 마시면서 말했다. "한 2주 쉬엄쉬엄 하면서, 최근에 거둔 끝내주는 성과의 기쁨을 실컷 누려. 그다음에 뭘 할지 결정해."

네이트는 이제 게이블의 성격을 완전히 파악해서 그 말이 무슨 뜻인지 알고 있었다. "그러니까 지금 하신 말씀은 네 엉덩이를 차서 문 밖으로 쫓아내기 전에 얼른 일어나서 거리로 나가란 말씀이시죠?" 네이트가 말했다.

"맞아, 그래. 내 말이 그 말이야. 수영장에 가. 가서 자네의 그 SVR 요원을 찾아보라고. 그녀에게 꽃다발을 갖다 줘. 그동안 못 만나서 울적했다고, 보고 싶었다고 말해. 저녁도 사주고." 게이블이 말했다.

"솔직히 말하면 그녀가 좀 그립긴 했어요." 네이트가 카펫을 내려다보면서 말했다. 그러다 고개를 들어 게이블을 봤다.

"세상에 이런 일이." 게이블이 그렇게 말하고 나가버렸다.

캐비아 토르테

튀긴 양파, 생크림, 강판에 간 뇌샤텔 치즈를 섞어서 케이크용 금속 틀에 붓는다. 그 위에 잘게 썬 삶은 달걀을 뿌린다. 토르테 위에 캐비아(오세트라 혹은 세브루가 캐비아)를 얇게 펴 바르고 차게 식힌다. 틀에서 토르테를 꺼내서 블리니나 토스트에 바른다.

14

마르타는 도미니카와 소소한 방식으로 공모했다. 도미니카의 출근부와 근무 일지를 조작하는 걸 도와서 열심히 작전 중인 것처럼 속였고, 도미니카와 함께 순조롭게 진행 중인 것처럼 보이는 접촉 보고서를 쓰는 동시에, 모스크바 본부에서 잠자는 곰을 깨우지 않기 위해 순종하는 것처럼 보이는 방법에 대해 의논했다. 도미니카는 그 미국인과 박물관, 점심식사, 커피를 마신 만남들에 대해 유쾌하지만 결정적인 성과는 나오지 않았다는 보고서를 썼다. "이렇게 쓰니까 그 사람이 아주 나쁜 놈처럼 보여요. 나도 형편없게 보이고. 우리 둘 다 세상 물정 모르는 올드미스들 같아요!"

"그렇게 생각해?" 마르타가 담배에 불을 붙이면서 말했다. "그보단 소시지를 사는 두 여자에 가깝지. 정육점 주인이 잔돈이 없어서 소시지를 더 준 거야. '이 소시지를 가지고 뭐하지?' 한 여자가 말해. '조용히 해.' 하고 다른 여자가 맞받아치지. '그건 그냥 먹어버리자.' 이렇게 말하는 거야." 도미니카가 웃기 시작했다.

모스크바로부터 압박을 받고 있는 볼론토프는 끊임없이 도미니카의 주위를 맴돌면서 그 압박을 전달했다. 그는 늙어가는 전직 스패로우와 젊은 스패로우가 친해지는 걸 봤다. 도미니카는 분명 마르타의 사주를 받고 있었다. 그렇지 않아도 건방지고 고분고분한 맛도 없는 마르타는 날이 갈수록 점점 더 기분 나쁘게 굴고 있었다.

그날은 에스토니아 서쪽에서부터 불어온 폭풍우 때문에 폭우가 쏟아지던 날이었다. 도미니카가 대사관 밖으로 나갔을 때 볼론토프가 마르타를 자기 사무실로 불렀다. 마르타는 앉으라는 말도 하지 않았는데 앉아서 어깨를 쫙 폈다. "부르셨다고요, 대령님?"

볼론토프는 아무 말 없이 마르타를 빤히 봤다. 그의 시선이 그녀의 다리에서 얼굴로 올라갔다. 마르타는 그의 눈을 똑바로 보고 있었다.

"용건이 뭡니까, 대령님?" 마르타가 다시 말했다.

"최근에 예고로바 요원과 친하게 지내던데. 둘이서 시간을 꽤 많이 보내는 것 같아." 볼론토프가 말했다.

"그게 뭐 잘못됐습니까?" 마르타가 물었다. 그녀는 담배에 불을 붙이고, 고개를 들면서, 천장을 향해 담배 연기를 뿜어냈다.

볼론토프는 시골 촌놈 같은 표정으로 그녀를 바라봤다. "예고로바 요원에게 무슨 말을 하고 있는 거야?"

"질문이 이해가 잘 안 되는군요. 우린 와인 한잔 하면서 식구들이나 여행이나 음식에 대한 이야기를 나누는데요." 마르타가 말했다.

"그거 말고 또 무슨 이야기를 하는데? 남자들에 대해서도 이야기하나? 남자친구에 대해?" 볼론토프가 물었다. 사무실의 형광등 불빛이 그의 광택 나는 불가리아 양복 옷깃에 반사됐다.

"무슨 말인지 모르겠군요. 이런 개인적인 질문을 하는 이유가 뭡니까, 대령님?" 마르타가 물었다.

"개소리하지 마!" 볼론토프가 책상을 손으로 탁 쳤다. "내가 너 따위에게 이유를 말할 필요가 없잖아. 예고로바 요원에게 무슨 개소리를 하고 있건 중단해. 너의 그 유명한 냉소적인 태도와 세계관이 예고로바 요원에게 악영향을 미치고 있어. 예고로바 요원의 생산성이 떨어졌어. 맡은 임무를 잘 해내지 못하고 있다고. 예고로바 요원이 제출한 서면 보고서는 만족스럽지 못해. 앞으로 그 요원을 가까이 하면 가만두지 않겠어!" 볼론토프는 고래고래 소리를 질렀다.

소련 공무원들이 질러대는 고함 소리에 익숙해진 데다 전혀 아랑곳하지 않는 마르타는 침착하게 몸을 앞으로 기울이고 피우고 있던 담배를 볼론토프의 책상 위에 있는 재떨이에 대고 눌러 껐다. 볼론토프의 시선이 그녀의 벌어진 블라우스 사이로 내려갔다. 마르타는 그의 책상 가장자리를 두 손으로 잡고 몸을 더 앞으로 기울여 훨씬 더 잘 볼 수 있게 해줬다. "대령, 이거 하나는 꼭 말해야겠어. 당신은 징그러운 인간이야. 예고로바와 가까이하지 말아야 할 사람은 바로 당신이야. 그 역겨운 태도로 그녀를 더럽히지 마. 예고로바는 잘못한 게 없어." 마르타가 말했다.

"감히 내가 누군 줄 알고 이따위로 말해? 넌 한물간 창녀에 지나지 않아! 난 오늘 밤 너를 암퇘지처럼 꽁꽁 묶어서 모스크바로 돌려보낼 수 있다고! 넌 마그니토고르스크에 있는 관광사무소에 처박히게 될 거야. 거기서 하루 종일 여행 허가증을 확인하면서 이 빠진 늙다리 하키 선수들의 거시기나 밤새 빨게 될 거라고!" 볼론토프는 바락바락 소리를 질렀다.

"아, 그러셔. 그런 협박은 너무 많이 들어서 지겹거든." 마르타가 말했다. 그녀는 이런 부류의 역겨운 겁쟁이들을 아주 잘 알고 있었다.

"그럼 이런 협박은 어때? 내가 너보다 더 든든한 지원군이 있다고 하면 어쩔 건데? 내가 모스크바에 연락해서 한바탕 난리를 치면 마그니토고르스크까지 무릎을 꿇고 기어가는 건 네가 될 거야. 네가 책임지고 있는 이 첩보부가 쓰레기장이고 넌 아무 성과도 거두지 못했다는 말을 만약 예고로프가 들으면 좋아하지 않을걸. 그 사람은 네가 자기 조카딸을 어떻게 음흉한 눈빛으로 훑어 내리는지, 네가 얼마나 자기 조카딸 가랑이 사이에 얼굴을 처박고 싶어 하는지 알면 아주 재미있어할 거야. 개자식."

이것은 어마어마한 하극상이자 반역이었다. 볼론토프는 책상 뒤에 서서 마르타에게 소리를 꽥 질렀다. "당장 짐 싸! 당장 나가! 어떻게 가든 상관없어. 기차를 타든, 배를 타든, 비행기를 타든. 내일 밤까지 가지 않으

258

면,"

"개자식." 마르타가 돌아서서 볼론토프에게 등을 보이며 문으로 걸어 갔다. 격노로 부들부들 떨던 볼론토프가 책상 서랍을 홱 열어서 허둥지둥 그 속을 뒤지다가 작은 마카로프 자동권총을 하나 꺼냈다. 그가 평생 가지고 다녔던 권총이었다. 볼론토프는 한 번도 현장에서 그 총을 쏴본 적이 없었고, 화가 나서 쏜 적도 없었다. 그는 이제 부들부들 떨리는 손으로 총알을 장전했다. 마르타는 그 소리를 듣고 문가에서 돌아섰다. 볼론토프가 권총을 손에 들고 그녀를 똑바로 겨냥하고 있었다. "난 디미트리 유스티노프가 아니야, 볼론토프 대령. 너와 너 같은 족속들이 통제하지 못한다고 해서 모든 걸 파괴할 순 없는 법이야." 마르타의 심장이 쿵쿵 뛰고 있었다. 볼론토프가 방아쇠를 당길지 알 수 없었다.

유스티노프? 그 살해된 재벌? 자기 펜트하우스에서 피를 한 양동이 쏟은 채 도살됐잖아. 마피아의 복수라는 소문이 돌던데? 볼론토프는 이 계집이 하는 소리가 대체 무슨 소리인지 알 수 없었지만 그의 머릿속에 있는 1950년대식 소비에트 본능이 살아났다. 소금쟁이 같은 볼론토프의 본능이 그에게 수면 밑에 뭔가 아주 중요한 게 도사리고 있을 거라고 말해줬다. 그는 권총을 내렸다. 마르타는 문손잡이를 돌려서 밖으로 나갔다. 동료들은 복도에 몰려 있었다. 둘이 고함치는 소리를 모두 들은 것이다.

사무실에서 볼론토프는 담배를 피우며 마음을 진정하려고 애를 썼다. 그는 고주파라는 라벨이 붙은 크림색 전화기로 손을 뻗었다. "모스크바 대줘." 그는 교환수에게 말했다. 30초 동안 기다린 후에 그는 제1국 부국장 예고로프와 통화했다. 그리고 2분 후에 지시를 받았다. 엘레노바가 그에게 한 말은 무시하고, 아무에게도 그 말은 하지 말고, 아무 짓도 하지 말라는 지시였다. 볼론토프가 이런 종류의 항명 행위는 자신의 권위를 훼손시킬 수 있다고 항의하려고 했다. 지직거리는 소리가 나는 전화선을 타고 예고로프가 그에게 명심해서 들으라고 말했다.

"예스트 체로베크, 예스트 프로블레마. 니엣 체로베카, 니엣 프로블레미(Yest' Chelovek, yest' problema. Nyet cheloveka, nyet problemy)." 예고로프가 그렇게 말했다. 순간 볼론토프는 오싹해졌다. 그는 그 구절을 외우고 있었다. 스탈린 동지의 격언 중 하나였다. '사람이 하나 있으면 문제도 하나 있다. 사람이 없으면, 문제도 없다.'

네이트와 도미니카는 네이트의 아파트 소파에 앉아 있었다. 항구의 불빛이 창문으로 들어왔고 낮고 굵직한 뱃고동 소리가 만의 섬들 너머 어둠 속에서 들려왔다. 그의 아파트에서 저녁을 먹자고 도미니카를 초대할 수 있도록 수색 팀이 네이트의 아파트를 샅샅이 조사했다. 둘 다 지금 단계에서 누가 작전상 이점을 가지고 있는지 모르고 있었다. 둘 다 작전을 발전시키려는 서로의 노력이 이 작전을 어디로 끌고 가게 될지 모르고 있었다. 둘 다 이 게임이 얼마나 위험한지 완전히 이해하진 못했다. 둘은 그저 상대와 만나는 걸 학수고대하고 있다는 것만 알고 있었다. 네이트의 작은 거실은 램프 두 개에서 나오는 불빛으로 희미하게 밝혀져 있었다. 조용한 음악이 흐르고 있었다. 베니 모어(Beny More, 쿠바 가수-옮긴이)의 발라드였다.

네이트는 도미니카를 위해 송아지 피카타를 요리했다. 도미니카가 식탁에 기대서서 지켜보는 동안 네이트는 아주 얇고 동그란 고깃덩어리를 기름과 버터에 얼른 튀겨냈다. 도미니카가 난로에 더 가까이 다가가는 사이에 네이트는 와인과 레몬주스를 프라이팬에 한 번 두르고, 거기에 얇게 썬 레몬 조각과 케이퍼를 넣고, 그다음에 차가운 버터 조각들을 넣었다. 그러고 나서 송아지 고기 조각들을 팬에 넣고 데웠다. 그들은 소파에 앉아 무릎 위에 접시를 올려놓고 먹었다. 도미니카는 와인을 비우고 한 잔 더 따랐다.

그들은 몇 주 동안 헤어져 있다가 다시 만나 관계를 이어가는 중이었다. 어느 쌀쌀한 일요일에 오래된 요새 주위를 걸으며 그들은 그 익숙한 논쟁을 시작했다.

"당신은 러시아에 1년이나 살아놓고도 러시아에 대해 아무것도 몰라요. 러시아에 대한 당신의 시각은 이분법적이라고요. 당신은 러시아에 대해 배운 게 하나도 없어요." 도미니카가 말했다.

네이트는 미소를 지으며 풀이 우거진 성벽의 난간을 도미니카가 넘어올 수 있도록 손을 내밀어주었다. 도미니카는 그 손을 잡지 않고 혼자서 힘들게 올라왔다. "민족주의란 건 나쁜 게 아니에요. 당신에겐 자랑스러워할 게 많죠. 하지만 세상에 러시아의 적들만 살고 있는 건 아니에요. 러시아는 자국의 국민들을 돕는 일에 집중해야 해요." 네이트가 말했다.

"고맙지만 우린 아주 잘하고 있거든요." 도미니카가 말했다.

그들은 아파트에서 저녁을 먹은 후에 그 논쟁을 계속했다.

"난 그저 러시아가 옛날과 비교해서 근본적으로 바뀐 게 없다는 말을 하고 있는 거예요. 러시아는 자기 앞에 있는 큰 기회들을 놓치고 있어요. 익숙한 나쁜 습관들이 다시 돌아왔다고요."

"어떤 나쁜 습관들이요?" 도미니카가 말했다. 그녀는 싱크대에서 접시를 닦고 있었다.

"부패, 탄압, 투옥. 소비에트는 국민에 진 빚을 갚지 않고 있어요. 러시아의 민주주의를 목 졸라 죽이고 있는 거죠."

"그렇게 줄줄이 읊으니 기분이 좋아 보이네요. 미국엔 그런 게 하나도 없나 보죠?" 도미니카가 말했다.

"물론 우리에게도 우리만의 문제가 있죠. 하지만 우린 반체제 인사들을 감옥에서 죽게 하거나, 정권에 반대하는 사람들을 살해하지 않아요." 네이트는 도미니카의 표정이 변하는 걸 봤다. "세상엔 인간을 소중하게 생각하는 사람들, 어느 나라에서 왔건 상관없이 모든 인간에게 고유한 권리가 있다고 믿는 사람들이 있어요. 그런가 하면 같은 인간에게 아무 관심이 없고, 양심도 없는 사람들도 있죠. 소비에트 연방에 있던 사람들, 옛날 KGB에 있던 사람들이 그렇죠. 그중에서 아직까지 사라지지 않고 남아 있는 사람들도 있어요."

도미니카는 그들이 이런 대화를 하고 있다는 사실을 믿을 수 없었다. 우선 여기 이렇게 앉아서 이 젊은 미국인의 설교를 듣고 있는 게 모욕적으로 느껴졌다. 두 번째로, 도미니카는 그가 한 말이 대부분 맞다는 걸 알고 있었지만, 그걸 인정한다는 것은 생각할 수도 없는 일이었다.

"이젠 당신이 전문가군요." 도미니카는 접시를 내려놓고 또 다른 접시를 들었다. "KGB 전문가."

"뭐, 나도 KGB 요원 한두 명쯤은 아니까요." 네이트가 말했다.

도미니카는 접시를 닦으면서 계속 말했다. "당신이 KGB 요원들을 안다고요? 그럴 리가요. 그 사람들이 누군데요?" 그녀는 물었다. '이 사람이 말해주면 넌 뭐라고 할 건데?' 그녀는 생각했다.

"당신이 알 만한 사람은 없어요. 하지만 그보단 SVR 요원들을 더 알고 싶은데요. 그 사람들이 훨씬 더 좋으니까." 저 웃음, 저 깊은 초록색.

도미니카는 그 말에 대꾸하지 않았다. 대신 손목시계를 보더니 늦었다고 말했다. '발끈하긴.' 네이트는 그녀가 코트 입는 걸 도와주고, 코트의 깃 밖으로 머리를 꺼내는 것도 도와줬다. 그녀의 뒷목을 스치는 네이트의 손가락이 느껴졌다. "저녁식사 고마웠어요, 네이트." 도미니카가 말했다. 그녀는 지금이라도 폭발하려는 성질을 간신히 참고 있었다.

"내가 집까지 걸어서 바래다줄까요?" 네이트가 물었다.

"아뇨, 됐어요." 도미니카가 말했다. 그녀는 앞문으로 걸어갔다가 돌아서서 손을 내밀었지만 네이트는 그녀의 바로 뒤에 있었다. 그는 그녀의 어깨에 손을 올리고 가볍게 키스했다. "잘 자요." 도미니카는 그렇게 말하고 복도로 걸어 나갔다. 입술에 닿은 그의 느낌이 짜릿했다.

네이트의 송아지 피카타

작고 얇은 메달 모양의 송아지 고기를 탕탕 두들겨서 연하게 만든다. 거기에 양념을 하고 버터와 오일을 넣어 재빨리 노릇노릇하게 튀겨낸다. 튀긴 고기를 들어낸다. 프라이팬에 드라이 화이트 와인과 레몬주스를 두르고 끓여서 졸인다. 약한 불에 프라이팬을 올려놓고 얇게 썬 레몬, 케이퍼, 차가운 버터를 넣는다. 뭉근하게 끓여서 진한 소스를 만든다(절대로 펄펄 끓여선 안 된다). 아까 튀긴 소고기를 졸인 소스에 넣고 데운다.

15

자정을 지난 지금 헬싱키의 눈은 새로 온 봄비에 자리를 내주고 물러났다. 그 비가 인도에 후드득 소리를 내며 떨어지고, 헐벗은 나뭇가지에서 뚝뚝 흘러내리고, 창문을 두들겼다. 네이트는 잠자리에서 뒤척이고 있었다. 열두 블록 떨어진 곳에서 도미니카는 눈을 말똥말똥 뜬 채 누워서 빗소리를 들으며 네이트가 한 작별 키스의 짜릿한 여운을 느끼고 있었다. 그녀는 그를 구해준 게 기뻤고 다시 그렇게 하겠다고 결심했다.

마르타가 있어서 정말 다행이야. 도미니카는 마르타가 지지해준 덕분에 그 결정을 내릴 수 있었을 뿐만 아니라, 인생에 대한 마르타의 냉소적인 해석 덕분에 첩보부로부터 그 비밀을 지켜야 한다는 마음을 굳힐 수 있었다. 마르타는 국가에 맹목적으로 충성해야 한다고 믿지 않았다. 그녀는 도미니카에게 먼저 자신의 감정에 솔직하고, 자신에 충성한 그다음에도 여유가 있다면 러시아에 충성하라고 말했다. 도미니카 역시 침대에서 뒤척였다.

거기서 동쪽으로 다섯 블록 떨어진 곳에서 마르타 엘레노바가 러시아 대사관 직원들이 사는 주택단지에 있는 자신의 아파트 문을 조심스럽게 열었다. 아파트 복도에 삶은 쇠고기와 양배추 냄새가 깊게 배어 있었는데 그 냄새를 맡자 모스크바의 아파트가 떠올랐다. 그녀는 레인코트를 흔들어서 빗물을 털어내고 문 옆에 있는 고리에 걸었다.

마르타의 아파트는 방 하나에 구석에 부엌이 하나, 그 뒤쪽으로 아주 작은 욕실이 하나 있는 조그만 집이었다. 그 아파트는 러시아 대사관 직원들이 여러 세대에 걸쳐 살아서 칙칙하고 낡았고, 가구들은 여기저기 흠집이 나고 흔들거렸다. 마르타는 비틀거리면서 젖은 신발을 벗었다. 그러고는 혼자 킥킥 웃었다. 그녀는 작은 바에서 혼자 오랫동안 있다 와서 약간 취했다. 그녀는 바에서 스칸디나비아식 감자 요리인 피티판나를 먹고 빗속을 걸어 집으로 왔다. 볼론토프와 한판 붙고 나서 시간이 좀 지났지만, 모스크바로 소환당해서 질책을 받고 해고되는 일은 일어나지 않았다. 볼론토프는 신중하게 의도적으로 그녀를 무시했지만 그것 말고는 아무 일도 일어나지 않았다.

마르타는 지난 며칠 동안 도미니카가 네이트와 작전상의 만남을 더 자주 가지려고 스케줄을 짜는 걸 봤다. 그렇게 해야 볼론토프가 좋아하기 때문이기도 했지만 도미니카가 그 젊은 미국인과의 만남을 기대하고 있다는 걸 마르타는 알아챘다. 볼론토프는 도미니카도 자기 사무실로 불렀다. 도미니카는 자리로 돌아와서 마르타에게 윙크를 해 보였다. "그 자식은 아주 침착한 데다 거의 사과하는 것 같은 말투 던걸요." 도미니카가 퇴근 후에 같이 와인을 마시면서 말했다. "내게 계속 노력하라고 격려하면서 할 수 있으면 속도를 좀 내보라고 말했어요."

"난 그 해파리 같은 자식을 믿지 않아. 놈들에게 아주 열심히 작업하고 있고, 느리긴 하지만 확실히 진전이 있다고 보고해. 모두들 모스크바 본부에 성공을 보고하고 싶어 하니까 볼론토프는 계속 웃는 얼굴을 유지할 거야." 마르타는 그렇게 조언했다. 그날 밤 늦게 집으로 걸어오면서, 술에 취한 마르타는 도미니카에게 그들 둘 중에 하나라도 어느 정도 분별력이 있다면 둘 다 망명했을 거라고 말했다. 그거야말로 대단한 스캔들이 되겠지.

마르타는 침실로 들어갔다. 그녀는 침대에 털썩 주저앉아, 젖은 옷들을 벗어서 바닥에 무더기로 쌓아놨다. 그러고 나서 짧은 실크 파자마 셔츠를 입었다. 그것은 인도에서 온 얇은 베이지색 셔츠로 바람이 불면 부풀어 오르고, 초록색과 황금색 실로 자수가 놓여 있었다. 그리고 그에 어울리는 초록색 실로 매듭을 지은 단추들이 목부터 파자마의 옷단까지 있었다. 마르타는 가장자리에 금이 간 벽거울 앞에 서서 자신을 봤다. 그 셔츠는 인도 뉴델리에 있는 소련 대사관으로 발령받은 군사 정보국 장군이 준 선물이었다. 마르타는 인도의 국방 장관을 상대로 한 미인계 작전 중에 그 장군을 만났다. 그들은 8주 동안 격정적인 연애를 했지만 결국 그가 끝냈다. 그는 모스크바에서 퀸 스패로우와 잠깐 연애하는 것은 좋지만 '당신 같은 사람'과 정착하는 건 또 다른 문제라고 했다.

'나 같은 사람이라.' 마르타는 거울에 비친 자신의 모습을 보며 생각했다. 그녀는 잠옷을 들추고 거울에 비친 자신의 알몸을 바라봤다. 쉰을 넘긴 지 몇 년 됐지만 아직 탱탱하다는 생각이 들었다. 허리가 좀 굵어지고, 눈가에 주름이 약간 생겼지만, 가슴은 아직 쓸 만했다. 마르타는 몸을 살짝 돌리면서 거울을 잡고, 예전과 같은 곡선과 형태를 유지하고 있는 자신의 엉덩이를 봤다. 바로 그 엉덩이 때문에 1984년에 젊은 프랑스 정보 장교가 자신의 임무를 잊어버리고 레닌그라드 호텔 방에서 한 달 동안 매주 일요일을 그녀와 같이 보냈다. 아무 이유 없이 가끔 그가 생각났다.

마르타는 물을 한 잔 마시려고 맨발로 부엌으로 걸어갔다. 그러면 머리가 좀 맑아져서 잘 수 있을 것이다. 다시 침실로 돌아오는데 팔 하나가 뒤에서 뱀처럼 그녀의 목을 감는 게 느껴졌다. 그녀는 아무 소리도 듣지 못했다. 그 남자는 마르타의 숨통을 졸랐다. 마르타는 양손으로 그 남자의 팔을 꽉 잡고 목에 가해진 압력을 줄이려고 애를 썼다. 마르타의 뒤에 서 있는 남자는 덩치가 별로 크게 느껴지지 않았다. 사실 좀 마른 것 같았다. 마르타의 뒷목에 닿는 그의 호흡은 차분했다. 그는 두려워하지 않았다. 그는 그녀의 숨통을 과하게 조르고 있는 것도 아니었고 그냥 잡고 있었다. 마르타는 변태가 아닌가 하는 생각이 들었다. 그녀는 그의 고환을 쥐어뜯어버리려고 손을 밑으로 내렸다.

그때 마르타의 옆으로 펄쩍 뛰어 거울에 비친 그를 봤을 때 그녀는 그 남자가 앞치마에 정액이 스며 나온 핀란드의 배달 소년이 아니란 걸 알았다. 그 남자에게서 암모니아 냄새와 땀 냄새가 났다. 그리고 또 다른 게 있었다. 마르타의 귀에 들린 목소리는 마치 딱정벌레가 라이스페이퍼 위를 걸어가는 소리 같았다. 그는 러시아어로 단 한 마디 했다. "몰차트." 조용히 해. 순간 공포에 빠진 그녀는 알았다. 그들이 왔다.

그 남자가 마르타의 어깨 너머로 거울을 들여다봤다. 둘의 눈이 마주쳤다. 좀 더 구체적으로 말하면 마르타의 두 눈이 그의 외눈과 마주쳤다. 다른 하나의 눈동자는 눈구멍 속에서 뿌연 대리석처럼 움직이지 않은 채 비스듬히 그녀를 바라보고 있었다. 침실의 희미한 불빛 속에서 그의 몸은 볼 수 없었고, 단지 그의 팔과 여기저기 얽고 흉터가 진 그의 얼굴이 마르타의 어깨 위에 둥둥 떠 있는 게 보였다. 그의 목소리가 다시 들렸다.

"안녕하신가, 엘레노바 동지. 마르타라고 불러도 될까? 아니면 '나의 작은 스패로우'라고 부를까?" 마르타의 잠옷 셔츠는 살짝 벌어져 있었다. 덜덜 떨고 있는 마르타의 몸과 함께 셔츠에 놓인 황금색 자수가 흔들렸다. 조금 벌어진 셔츠의 틈 사이로 마르타의 음부가 보였다. 그 괴물이 그녀를 좀 더 위로 바짝 끌어당겨서 마르타는 발끝으로 섰다. "내 작은 스패로우." 그 남자가 속삭였다. "무슨 짓을 하고 있었던 거야?" 그는 까치발로 서 있는 마르타를 끌고 거울로 한 발자국 더 가까이 다가갔다. 마르타는 거울을 보고 겁에 질린 자신의 눈이 자신을 보는 걸 봤다.

"나랑 같이 침대에 눕지 않겠어? 내가 먼 길을 왔거든." 그 남자가 말했다. 검은 장갑을 끼고 손잡이가 구부러진 60센티 길이의 칼을 쥔 다른 손이 뒤에서 나와 마르타의 몸을 가로질렀다. 그 남자가 칼날로 마르타의 셔츠를 한쪽으로 더 벌렸다. 공포에 질린 그녀의 젖가슴이 들썩이고 있었다.

마르타의 뒤에 있는 얼굴이 미소를 짓더니, 그녀의 목 안쪽에 자신의 턱을 얹고, 그녀의 목을 더 세게 잡았다. 거울을 보고 있는 마르타의 시야가 회색으로 흐려지고 있었다. 그녀의 머릿속에서 밀려드는 소음이 더 커지고 있었다. 그녀는 그 악마가 하는 소리를 들었다. "가재가 겨울을 나는 곳을 보여줄게." 마르타는 그 표현의 치명적인 의미를 알고 있었다. 머릿속에서 들리는 소음이 더 커지면서 그녀는 정신을 잃었다.

마치 수면 위로 떠오른 것처럼 마르타가 갑자기 의식을 되찾았을 때 불빛이 보였다. 그녀는 발가벗은 채 자신의 좁고 작은 침대 위에 누워 있었다. 입에 테이프가 붙여져 있는 게 느껴졌다. 손은 등 뒤로 묶여 있었다. 손목에 묶은 매듭이 그녀의 등을 깊이 파고들었다. 침대 옆 탁자에 있는 얇은 핑크색 갓을 씌운 친숙한 램프에서 나온 불빛이 침대보 위를 은은하게 비추고 있었다. 마르타의 두 다리는 발목에서 한데 묶여 있었다. 그녀는 몸을 버둥거리면서 매듭을 잡아당겨봤지만 꿈쩍도 하지 않았다.

무슨 소리가 들려서 고개를 돌렸다가 마르타는 심장이 멎을 뻔했다. 그것은 그녀가 지금까지 본 것 중에서 가장 무서운 광경이었다. 그 남자가 마르타의 인도 잠옷 셔츠를 입고 있었다. 그는 그 작은 방 안을 춤을 추고 돌아다니면서 몸을 앞뒤로 흔들고 있었다. 손에는 그 칼을 들고 있었는데 가끔 칼을 머리 위로 올려 빙빙 돌리면서 피루엣을 했다. 마르타는 아무 소리도 내지 못하고 흐느껴 울기 시작했다.

세르게이 마토린은 여기서 4500킬로미터 떨어진 판사르 계곡에 있었던 기억을 떠올리고 있었다. 그는 마르타의 침대에 있는 작은 핑크색 램프가 드리우는 그림자들을 오랫동안 바라봤다. 그는 알파 팀이 언덕에 모래주머니들을 쌓아 만든 벙커에 있었다. 쉭쉭 소리가 나는 가스 랜턴에서 나오는 초록색 불빛이 벙커 구석으로 스며들었다. 마르타의 꽁꽁 묶인 몸이 그 마을 촌장의 아내의 몸으로 바뀌었다. 반군들을 숨겨준 벌로 새벽에 그

마을을 습격했을 때 인질로 잡은 여자였다. 창문 위로 후드득 떨어지는 헬싱키의 빗소리가 중동 북부 사막에 있는 모래들을 가져와서 뭉게뭉게 피어오르는 모래 구름을 뿌리더니, 벙커의 물결 진 양철 문을 흔드는 사막의 모래바람으로 바뀌었다. '카이버'가 다시 집으로 돌아왔다.

그 아프가니스탄 여자는 새벽에 죽었는데 아마 마토린의 부대원들이 끝도 없이 덤벼들면서 너무 흥분했거나 너무 거칠게 다뤄서 죽었을 수도 있고, 아니면 그녀의 목에 감겨진 탄띠가 너무 조여서 목이 졸려 죽은 것일 수도 있었다. 그 탄띠는 합판 벽에 스테이플러를 찍어서 고정해놓고 있었다. 그녀는 벽에 기대서, 자랑스러운 듯 턱을 빳빳이 들고, 탄띠에 목이 걸린 채, 서서 죽었다. 그녀의 죽은 눈빛은 랜턴의 불빛을 받아 초록색으로 빛났다. 그녀가 카이버의 옆에 있어줬다. 마토린은 앉아서, 카세트테이프 플레이어에서 나오는 아주 작은 아프가니스탄 음악 소리를 들으며 몸을 흔들고 있었지만, 건전지가 다 돼서 음악이 점점 느려지고 있었다.

마르타는 팔이나 다리를 풀어서 그와 싸워보려고 온몸을 이쪽저쪽으로 흔들며 몸부림을 치고 있었다. 그걸 본 마토린이 침대 발치로 올라와 무릎을 꿇고 그녀를 향해 조금씩 기어가기 시작했다. 그의 몸 주위에서 인도 셔츠가 펄럭였다. 마토린은 마르타의 위로 올라가서, 그녀를 내려다보면서, 그녀의 몸을 누르기 시작했다. 마르타가 계속 팔에 힘을 줘서 잡아당기자 손목을 묶은 줄이 팽팽하게 당겨졌다. 마토린은 마르타의 얼굴에 자신의 얼굴을 바짝 대고 그녀의 눈을 들여다보면서 헉헉거리는 숨소리를 들었다. 그는 마르타의 입에 붙인 테이프를 뜯어내고 그녀의 힘겹고 공포에 질린 숨소리를 한껏 음미했다. "신이시여." 마르타가 속삭였다.

마토린이 마르타의 얼굴을 빤히 보는 동안, 그의 보이지 않는 손은 칼자루 끝에서 가볍게 떨며 그녀의 횡격막 아래를 완만한 각도로 찔렀다. 심장에서부터 목구멍 위까지 거의 20센티미터나 베었다. 마르타는 등을 뒤로 굽히면서 경련했다. 그녀의 벌어진 입에선 더 이상 아무 소리도 나오지 않았고 그녀의 몸은 등 뒤에 묶인 밧줄 위로 뛰어올랐다. 마토린은 밑에 깔린 마르타의 몸이 전율하고, 그녀의 거친 호흡이 빨라지는 걸 느끼면서 찬찬히 바라봤다. 그렇게 마르타의 눈에서 빛이 스러지고 마침내 눈동자가 반쯤 뒤로 넘어가는 걸 계속 지켜봤다. 그녀의 콧구멍 한쪽과 입가 한쪽에서 피가 한 줄기 새어 나왔다. 마르타가 죽는 데 3분 걸렸다. 그녀는 마토린이 속삭이는 말을 듣지 못했다. "신이라고? 아니, 오늘 밤 신은 여기 올 수 없어."

도미니카는 다음 날 사무실에 와서 마르타의 빈자리를 봤다. '어제 늦게까지 아쿠아비트를 마셨나 보네.' 그녀는 생각했다.

마르타가 오전 중반이 넘어가도록 나오지 않자, 볼론토프가 자기 사무실 밖으로 고개를 쑥 내밀고 고함을 질렀다. "엘레노바는 어디 있는 거야? 병가 낸다는 전화 왔었어?" 아무도 그녀가 어디 있는지 몰랐다. "예고로바 요원, 엘레노바의 아파트로 전화해봐. 연락이 되는지 보라고." 도미니카가 서너 번이나 전화를 했지만 아무도 받지 않았다. 볼론토프가 보안 요원을 불러서 사무실에 그녀가 놔둔 여벌 열쇠를 가지고 그녀의 아파트로 가라고 지시했다. 문을 두드려보고 반응이 없으면 여벌 열쇠로 문을 열고 들어가 보라고 했다. 한 시간 뒤에 보안 요원이 돌아와서 아파트는 비어 있었지만 완벽하게 정상으로 보였다고 말했다. 옷장에 옷들이 있었고, 싱크대에 접시들이 있었고, 침대는 정리돼 있었다.

"본부로 보내는 짧은 메시지 초고를 작성해!" 볼론토프가 그 보안 요원에게 고함을 질렀다. 그 요원은 마치 수신호를 기다리는 로트와일러처럼 볼론토프를 봤다. "행정부 직원인 마르타 엘레노바가 출근하지 않았고, 소재 파악도 안 된다고 해. 병가 전화도 하지 않았어. 지금 그 여자를 찾고 있다고 알리고, 핀란드 경찰에도 수색해달라는 청원서를 제출해. 경찰에 연락해서, 우리 대사관에서 최대한 신중하게 즉각적인 조처를 취해달라고 했다고 전해."

볼론토프는 자기 사무실로 방첩팀장을 불러들이고 문을 닫았다. "문제가 생긴 것 같아. 마르타 엘레노바가 출근을 안 했어." 그는 벽에 걸린 SVR에서 지급한 시계를 봤다. "거의 다섯 시간이 됐어." 그가 말했다.

볼론토프의 라인 KR 부하로, KGB 국경 수비대 출신이며 상상력이라고는 눈곱만큼도 없이 짐을 나르는 마소처럼 단순한 남자가 볼론토프가 말한 시간이 맞는지 확인하려는 것처럼 차고 있던 손목시계를 봤다. "SUPO(핀란드 보안경찰국)로 가봐. 가서 선드키비스트와 약속을 잡아달라고 해. 그들에게 엘레노바에 대해 말하고, 납치된 것 같다고 해. 모든 터미널을 다 확인해달라고 부탁해. 공항, 기차역, 항구 전부 다." 볼론토프가 말했다.

"납치됐다고요? 누가 엘레노바를 납치합니까?" 그 부하가 물었다.

"멍청아. 핀란드 정보부에 엘레노바가 망명한 것 같다는 말은 할 수 없잖아. 그냥 놈들이 그 터미널들을 확인하게 만들란 말이야. 그들에게 엘레노바의 비자 사진이 있을 거야. 이 사건은 아주 신중하고 조용히 처리하는 게 매우 중요하다고 꼭 말하고. 너도 입단속 단단히 하고."

그 후 여섯 시간 동안 경찰에선 아무 성과가 나오지 않았지만, SUPO에서 엘레노바와 조금 비슷해 보이는 여자가 보트니아 만의 스웨덴 국경에 있는 하파란타 역에서 국경을 넘는 사진이 나왔다. 그 여자는 머리에 스카프를 두르고 짙은 선글라스를 써서 얼굴의 대부분을 가리고 있었지만 코와 턱이 엘레노바와 닮았다. SUPO는 그 여자가 리타 바이렌이라는 이름이 찍힌 핀란드 여권을 가지고 출입국 관리 시스템을 통과했는데 현재 핀란드 경찰이 그 이름을 추적하고 있다고 전했다. 그녀는 선글라스와 야구 모자를 쓴 신원 불명의 남자와 동행하고 있었다.

"그걸로 확인이 됐네요. 미국인들과 같이 간 거예요. 엘레노바는 CIA로 망명했습니다." 볼론토프의 부하가 말했다.

"병신. 그런 결론은 어떻게 내렸는데?" 볼론토프가 말했다.

"이 야구 모자를 보세요, 대령님." 그 부하가 러시아 대사관에 팩스로 들어온 SUPO 보안 비디오 사진을 손으로 가리켰다. "이 모자에 뉴욕이라는 글자가 보이잖아요." 볼론토프가 그 자에게 썩 꺼지라고 했다.

사무실에 여러 가지 소문들이 돌아다녔다. 살해됐을까? 납치됐을까? 아무도 감히 하지 못한 말. 망명했을까? 모두 마르타와 볼론포트가 몇 주 전에 악을 쓰며 싸웠던 걸 알고 있었다. 하지만 그렇다고 도망친단 말이야? 도미니카는 어찌할 바를 몰랐다. 마르타는 도망칠 사람이 아니지만 설사 도망쳤다 해도, 작별 인사도 안 하고 갈 사람이 아니었다. 그녀는 그저 둘이 같이 도망쳐야 한다고 농담을 한 것뿐이다. 아니, 뭔가 나쁜 일이 일어났다. 순간 도미니카는 그 자리에 그대로 얼어붙었다. 그들이 혹시 도미니카가 보고하지 않은 걸, 네이트와 진도가 잘 나가고 있다고 거짓말한 걸 어떻게든 알아낸 게 아닐까? 마르타가 사라진 건 그들의 경고일까? 터무니없는 소리. 이 사태를 설명해주는 아주 단순한 이유가 있을 것이다. 마르타는 금발 머리의 요가 강사와 함께 라플란드(Lapland, 유럽의 최북단 지역-옮긴이)로 한 주 휴가를 보내러 갔을 것이다. 반드시 무슨 이유가 있을 것이다. 하지만 도미니카는 도저히 확신이 서지 않았다.

엘레노바에 대한 수색은 며칠 동안 계속됐지만 아무 성과가 나오지 않았다. 볼론토프는 부하 직원 하나가 실종된 것이 자신의 경력에 치명적인 오점이 되어 모스크바 본부에 찍히지나 않을까 걱정돼서 제정신이 아니었다. 그러나 30년간 지속된 그의 경력이 태만, 부주의, 출세 제일주의로 점철된 것을 생각하면 당치 않은 집착이기도 했다. 러시아 대사관은 핀란드 외무부와 내무부에 자국의 대사관 직원 하나가 납치된 점에 항의하고, 그들의 안전은 핀란드 정부가 직접 책임을 져야 한다는 발언을 해서 핀란드인들의 마음을 불편하게 만들었다. K국에서 특수 수사관 하나가 헬싱키에 도착해 대사관 장교들, 레지던트와 면담을 하고 핀란드 수사관들과도 협의했다. 그는 나흘 후에 근엄한 목소리로 엘레노바 양이 실종됐다는 결론을 내리고 모스크바로 떠났다.

도미니카는 그 사실을 믿지 못해 SVR에서 제공한 아파트 침대에 얼굴을 묻고 친구를 위해 울었다. 마르타는 도미니카의 진정한 친구였고(도미니카가 평생 가질 수 없었던 큰언니였고), 그들이 그녀를 해쳤다는 건 도저히 말도 안 되고 생각도 할 수 없는 일이었다. 하지만 왜? 그동안 있었던 일을 떠올리다가, 마르타에게 유스티노프에 대해 말했던 기억이 음산하게 몰려왔다. 그들이 그것에 대해 알았을까? 마르타가 그걸 누구에게 말했을까? 내 말실수가 결국 나의 동료이자 첩보부 직원이 21세기의 문명화된 세계에 있는 나른하고 조용한 헬싱키에서 실종되는 결과를 낳았을까? 도미니카가 눈을 감자 침대가 빙글빙글 돌아가는 게 느껴졌다. 그녀는 유스티노프와의 밀회 장소에서 그의 피로 흠뻑 젖은 회전침대에 있었다. 돌이켜 생각해보자 볼론토프의 얼굴에 공포가 비치고 그의 오렌지색 후광이 불안하게 들쑥날쑥했던 게 기억났다.

도미니카는 일어나서 창가로 걸어가 밤하늘을 올려다봤다. 그녀는 자신을 비웃었다. 고도로 훈련된 정보 요원. 진짜 첩보원. 가차 없이 유혹하는 여자. 그들은 그녀를 이용했고, 지금도 체스 판의 졸병으로 이용하고 있었다. 네이트가 담당한 스파이가 누구든 그녀는 이제 그 스파이를 조금 더 이해하게 됐고 그를 지탱했을 증오심을 알아차리게 됐다.

도미니카는 전보다 더욱 더 네이트에 대해 보고하지 말아야겠다는 결심을 굳혔다. 마치 찬바람이 그녀의 몸을 쓸고 지나가는 것 같았다. 하지

273

만 내가 하고 있는 그 작은 게임은 극히 소극적이지 않나? 유리창에 마르타의 얼굴이 보였다. 그들이 마르타에게 한 짓을 속죄하게 만들려면 어떻게 해야 할까? 어떻게 내가 그들, 그러니까 볼론토프, 반야 삼촌과 나머지 인간들을 파괴할 수 있을까?

도미니카의 뺨에 눈물이 흘러내렸다. 그녀는 마르타를 위해, 아버지를 위해, 그리고 아마도 그녀 자신을 위해 울었다. 도미니카는 러시아를 위해 울었지만, 더 이상 자신이 러시아를 믿지 않는다는 걸 알고 있었다. 그녀는 눈을 감은 채 유리창에서 돌아섰다. 도미니카의 안에서 뭔가 풀려났다. 그녀는 팔로 탁자 위에 있던 작은 도자기 화병(마르타가 선데이 마켓에서 사준 것이다)을 바닥으로 밀어내버리고 이를 악물면서 주먹을 쥐었다.

러시아 대사관 첩보부에서는 두려움으로 가득 찬 볼론토프가 어떤 형태로든 공식적인 견책을 기다리고 있었다. 그러나 오히려 반야 예고로프로부터 동정적인 전화를 받았다. 반야는 첩보의 최전선에서 일을 하다 보면 위험이 따를 수밖에 없다며 볼론토프를 위로했다. 과거에도 배신자들이 있었고 앞으로도 있을 것이다. 그런 사실을 개탄하고 항상 방심하지 말아야 하지만, 그런 배신자들을 다 막는 것은 불가능하다. 예고로프는 볼론토프에게 작전들을 안전하고 탄탄하게 관리하는 데 집중하고, 특히 그의 조카딸과 그 젊은 미국인에 대한 '특수 작전'에 신경을 집중하라고 했다. "물론입니다, 부국장님." 안도한 볼론토프가 말했다. "그쪽으로는 현재 큰 진전을 보이고 있습니다."

'개소리.' 예고로프는 그렇게 생각하면서 전화를 끊었다. 반야는 조카딸이 그 엘레노바라는 여자에게 유스티노프의 이야기를 조금이라도 했을 거라는 걸 알고 있었다. 아주 심각한 실수를 저질렀지만 당분간은 눈감아줘야 했다. 사실 엘레노바가 그 얼간이 볼론토프 앞에서 말실수를 한 건 결과적으로 반야에게 행운이었다. 게다가 다행히도 볼론토프는 반야에게 전화해볼 만큼의 기지가 있었다. 그다음엔 마토린을 보냈고, 뒤이어 조사관을 보내서 한바탕 쇼를 한 다음 사건을 마무리 지었다. 상당히 쉽게 처리했다. 맙소사, 이 일이 만약 대통령의 귀에 들어가기라도 했다면…… 그건 생각하고 싶지도 않았다.

러시아 비야칠라 서쪽으로 3킬로미터 떨어진 핀란드와 러시아 국경, 울창한 소나무들과 구불구불한 언덕의 무인 지대에는 소련인들이 만든 비밀 통로가 있었다. 그들은 제2차 세계대전이 끝난 후 탑들과, 국경선의 철조망들과, 제설한 좁은 길 사이를 지나갈 수 있는 잠입 루트를 만들어놓았다. 핀란드 국경 쪽은 항상 경비가 허술했다. 수십 년 동안 정부에서 승인한 KGB 국경 수비대들이 그 지역에 정기적으로 배치돼서 소련 정부의 첩보 요원들이 아무 방해도 받지 않고 그 지역을 통과할 수 있게 해줬다. 기술들은 더 발전했지만, 변하지 않은 것도 많았다. 1953년에 지뢰밭들 사이로 만든 루트들은, 눈 속에 말뚝을 박고 헝겊을 묶어서 표시해두었다. 2010년 이후로 그 지뢰밭을 통과하는 길은 야간 투시경을 써야만 보이는 적외선 등이 달린 플라스틱 원뿔 표지판으로 표시됐다.

일주일 전, 마토린은 이 루트를 통해 핀란드로 침투한 다음 70번 비포장도로에서 S국이 파견한 불법체류자가 운전하는 차를 탔다. 그는 그 차를 타고 6번 국도로 400킬로미터를 달린 후 E75 주립 고속도로를 타고 마침내 시내로 들어왔다. 그 스페츠나즈 킬러는 곧바로 엘레노바의 아파트로 가서, 자정에 그녀를 살해하고, 시체를 고무로 된 군용 시체 부대에 넣었다. 그러고 나서 그녀의 아파트를 치우고, 불법체류자에게 연락했다. 그 체류자는 아침 일찍 마토린과 함께 마르타의 시체를 차에 싣고 북쪽으로 달려 비야칠라의 도피처로 갔다. 그 불법체류자는 헬싱키로 돌아갔고, 다음 날 아침에 진짜 핀란드 서류를 이용해서 그 불법체류자와 가볍게 변장한 그의 아내가 표면적으로는 스웨덴에서 즐거운 휴가를 보내기 위해 하파란타로 갔다. 그들은 이후 절대 핀란드로 돌아오지 않을 것이고 그로 인해 마르타 엘레노바의 실종 사건 수사는 더 혼란스러워질 것이었다. 이 작전을 완수하는 데 40시간도 채 안 걸렸다.

비야칠라의 소나무 숲 사이로 해가 떠올라 눈 덮인 언덕들을 기어오르는 듯한 길고 섬세한 그림자들이 드리워졌다. 러시아 연방보안국의 경비대원들이 높은 B30 탑 위에 서서 쌍안경으로 우듬지들을 살펴보고 있었다. 해가 탑 뒤에서 우듬지 위로 떠올라 이 지역 전체를 황금빛으로 감쌌다. "저기야." 경비원 하나가 말했다. 나무들 사이에서 마른 체격의 사람 하나가 나왔다. 그는 후드가 달린 흰색 방한복을 입고 스노슈즈를 신고 있었다. 경비대원들은 그가 눈 더미를 헤치면서 계속 걸어가자 그의 긴 그림자가 뒤따라오는 모습을 지켜봤다. 그는 밧줄에 맨 조그만 장비용 썰매를 끌고 있었다. 그 썰매 위에는 흰색 나일론으로 가려진 직사각형의 형체 하나가 있었다. 마르타 엘레노바가 조국으로 돌아온 것이다.

마르타의 마지막 식사, 피티판나

거품이 나면서 지글지글 끓는 버터 속에 깍둑썰기한 쇠고기, 감자와 같아놓은 양파를 따로따로 넣고 바삭바삭해질 때까지 튀긴다. 냄비 속에 있는 재료에 버터와 양념을 더 넣고 다시 데운다. 그렇게 섞은 재료들 속에 우묵하게 공간을 만들어서 달걀을 하나 깬다. 그 달걀을 휘저어 다른 재료들과 함께 해시(hash, 고기와 감자 등을 잘게 다져 섞어 요리한 것—옮긴이)로 만들어 마무리한다.

16

네이트는 칼리오에 있는 인디아 프란카리 뒤쪽 테이블에 게이블과 같이 앉아 창밖을 내다보고 있었다. 그 레스토랑은 텅 비어 있다시피 했다. 게이블은 향과 양념 맛이 강하고, 기름기가 있는 주홍색 양고기 스튜인 로간 조쉬를 주문하겠다고 고집했다. 그들은 그 스튜를 렐리시 소스와 함께 먹으면서 맥주를 어마어마하게 마셨다. 렐리시 소스는 부드러운 빵과 토마토와 생강으로 만들어서 입에서 불이 날 것처럼 매운 소스였다. 게이블은 로간 조쉬를 한 스푼 떠서 맛을 보더니 100년 전 다란의 모닥불 옆에서 먹은 네팔의 로간 조쉬와 비교했다. 그때 그는 티베트인 네 명을 중국으로 침투시켰던 필라투스 옆 간이 활주로에서 그들을 기다리고 있었다.

"망할 놈의 스칸디나비아 인간들은 인도 음식을 제대로 할 줄 모른다니까." 게이블이 음식을 씹으면서 말했다. "이 인간들은 순록하고 산딸기를 크림소스에 섞는 거랑 삶은 감자밖에 몰라. 요리에 파슬리를 넣으려고 하면 다들 뇌졸중을 일으킨다니까." 늘 그렇듯이 게이블은 엄청난 속도로 음식을 집어삼켰다.

"키 작은 남자 네 명이었어. 다들 차돌처럼 야무진 셰르파(Sherpa, 히말라야에 사는 부족으로 등반가들을 위한 안내나 짐 운반 같은 일을 자주 함-옮긴이)인데 내가 한 달 동안 훈련을 시켰지. 그 사람들이 글자 그대로 에베레스트와 칸첸중가(Kanchenchunga, 세계에서 세 번째로 높은 히말라야의 고봉-옮긴이)의 그늘에 있는 수목한계선에 중계 장치를 접합하고 나오기로 했거든. 거기야말로 세상의 끝이야. 그 사람들은 비행기를 타고 산 위를 날아서 들어갔다가 걸어서 나오기로 했는데…… 안 나왔어. 아마도 중국 공산당 순찰대에게 잡혔을 거야." 게이블은 잠시 아무 말도 하지 않다가 렐리시 소스를 더 달라고 손을 흔들고 나서, 어떻게 하면 디바 작전에 제대로 시동을 걸 수 있을지 이야기했다. 네이트는 그녀를 구속할 수도 없었고, 그녀와 함께 고비를 넘길 수도 없었다. 그녀는 전혀 긴장을 풀지 않았고, 그는 귀중한 시간을 낭비하고 있었다. 네이트가 그녀를 좋아하게 된 걸 인정했을 때 게이블은 음식을 씹는 걸 멈추고 그를 물끄러미 바라봤다.

"그녀는 기꺼이 나랑 만나려 하고 나와 토론도 하지만 여전히 이도 안 들어가요." 네이트가 말했다.

"네가 그녀에게 작전을 벌이고 있는 게 아니라 반대로 그녀가 너에 대한 작전에 들어갔단 생각은 해본 적 있어?" 게이블이 다시 먹으면서 말했다.

"불가능한 것도 아니죠. 하지만 내겐 그 여자가 작전을 할 만한 이유가 없어요. 내가 하는 일에 대해 이러쿵저러쿵 떠들지도 않았고, 돈을 주는 것도 아니고, 아무것도 없잖아요." 네이트가 말했다.

"그래, 그럼 그 여자가 레인코트 안에 아무것도 안 입고 나타나면 어떻게 할 건데? 널 포섭하려는 방법이라고 생각할 수 있겠어?"

네이트는 짜증스럽게 게이블을 봤다. "그런 접근 방법을 쓸 것 같진 않아요. 이건 그냥 내 육감이에요."

"그렇게 생각하고 싶은 거겠지. 뭐, 이야기를 들어보니 둘의 관계가 정체기인 것 같군. 이 정체기를 어떻게든 깰 방법을 생각해봐. 그녀를 흔들어봐, 사정없이 흔들어서 당황하게 만들어보란 말이야." 게이블은 잔을 비우고 두 잔 더 시켰다.

"그 여자는 전형적인 수법으론 먹히지 않아요, 선배. 러시아와 러시아의 문제들에 대해 그 여자가 더 말을 해 보게 하려고 애를 썼어요. 그렇다고 압력을 가한 것도 아니에요. 단지 이야기할 수 있는 기회를 주려고 했어요. 그녀의 눈빛에서 뭔가 보였지만 아직은 입을 열지 않고 있어요."

"다른 각도로 접근해봐. 서구의 안락한 삶이라든가, 명품이라든가, 은행 계좌 같은 거."

"그건 아니에요. 그런 사람이 아니에요. 그 여자는 이상적이고 애국심이 강하지만, 투박하고 촌스런 소련 여자는 아니라고요. 그녀는 발레, 음악, 책, 외국어들과 같이 성장했어요."

"크렘린에 대해선 이야기해봤어? 그 속에서 벌어지는 온갖 참사들에 대해 말해봤어?"

"당연히 했죠. 하지만 애국심이 너무 투철해요. 그녀는 모든 것을 로디나의 관점에서 보고 있어요."

"대체 그 망할 건 뭐야?" 게이블이 말했다.

"러시아의 국가적인 신화죠. 조국, 대지, 찬가, 대초원을 가로지르면서 나치를 쫓아내는 그런 신화들."

"아, 그렇지. 러시아군 소속 여군들 중에 섹시한 여자들이 좀 있지." 게이블이 천장을 올려다보면서 말했다. "그 튜닉(tunic, 경찰관, 군인이 제복의 일부로 입는 몸에 딱 붙는 재킷-옮긴이)들과 부츠들을 보면 마치······"

"이게 선배가 해줄 수 있는 작전 코치예요? 지금 우리 디바 작전 토론하고 있는 거 맞아요?"

"뭐, 그 여자를 흔들어서 그 갑옷 같은 방어막을 벗게 할 수 있는 방법을 찾아봐." 게이블은 의자에 등을 기대고 몸을 조금씩 흔들면서 손을 머리 뒤에 갖다 댔다. "너에 대한 그녀의 감정도 아무 쓸모없는 걸로 무시하지 말고. 어쩌면 그녀는 자네가 승진할 수 있게 돕고 싶어 할지도 몰라, 자네에게 주는 선물로 말이지. 그건 반역죄를 저지르는 걸로 느껴지지 않을 걸. 아니면 스릴을 추구하는 타입일 수도 있고. 아드레날린을 술처럼 마시는 요원들도 있어." 게이블이 말했다.

그날 밤, 네이트의 아파트 초인종이 울렸다. 도미니카가 문 앞에 서 있었는데 얼굴이 초췌했고 눈은 빨갰다. 그녀는 울고 있진 않았지만 입술이 떨리고 있었고 울음을 참으려고 하는 것처럼 입을 손으로 막고 있었다. 네이트는 도미니카를 안으로 들이면서 재빨리 복도를 살폈다. 그녀는 풀이 죽어서 그의 손길을 거부하지 않았다. 그가 그녀의 코트를 받아줬다. 그녀는 신축성이 있는 흰색 셔츠에 청바지를 입고 있었다. 네이트는 부드럽게 도미니카를 소파에 앉혔다. 그녀는 소파 가장자리에 걸터앉아 자신의 손을 내려다봤다. 네이트는 뭐가 잘못됐는지, 어떻게 해야 할지 알 수 없었다. 그녀의 근무 기간이 단축돼서 본국으로 돌아가게 됐을 수도 있고, 그녀에게 문제가 생겼을 수도 있었다. 이거야말로 전대미문의 작전이 되겠군. SVR 요원을 포섭하기도 전에 적진에서 탈출시키는 것.

'그녀를 진정시켜야 해. 이유가 뭐든 그녀는 지금 상심하고 있고, 몹시 약해져 있어.' 와인을 한 잔 줄까? 스카치 혹은 보드카? 도미니카가 한 모금 마실 때, 그녀의 이가 잔에 딱딱 부딪혔다.

"당신이 러시아어 하는 거 알고 있어요." 도미니카가 갑자기 러시아어로 말했다. 그녀의 목소리는 지칠 대로 지친 데다 생기가 하나도 없었다. 그녀는 아직도 고개를 숙이고 있었고, 양 볼 옆에 머리카락이 드리워져 있었다. "당신만이 내가 이야기할 수 있는 유일한 사람이에요. CIA 요원인 당신이 말이죠. 이거 미친 거죠, 그렇죠?"

'CIA 요원?' 네이트는 생각했다. '젠장, 대체 지금 무슨 일이 일어나고 있는 거야?' 네이트는 꼼짝도 하지 않고 앉아서 눈만 깜박였다. 도미니카는 또다시 힘겹게 한 모금 마셨다.

도미니카는 천천히 낮은 목소리로 이야기를 시작했다. 그에게 마르타에 대해, 마르타의 실종에 대해 말했다. 마르타가 실종된 이유에 대해 네이트가 묻자 유스티노프에 대해 말했다. 네이트가 어떻게 그럴 수 있었냐고 묻자 그녀가 받은 훈련에 대해 말해줬다. '4 국립학교에 대한 소문이 사실이었구나, 세상에.' 그는 생각했다.

도미니카는 네이트의 얼굴을 보면서 자신이 스패로우 학교에 다녔다는 말을 듣고 그가 어떻게 반응하는지 알아내려고 애를 썼다. 동정하거나 무시하는 눈빛은 전혀 없이 그는 그녀의 눈을 바라봤다. 그는 항상 그런 식이었다. 그의 주위를 둘러싼 보라색 망토가 강하게 고동쳤다. 도미니카는 너무나 간절하게 그를 믿고 싶었다. 그는 그녀에게 또 한 잔 따라줬다. "뭐가 필요해요? 당신을 돕고 싶어요." 네이트가 영어로 말했다.

도미니카는 그 질문을 무시하고 영어로 바꿔서 말했다. "난 당신이 미국 대사관 경제부에서 일하는 외교관이 아니란 걸 알고 있어요. 당신이 CIA 요원이란 걸 알고 있죠. 내가 우리 대사관 첩보부에서 첩보 요원으로 일하고 있는 걸 당신도 잘 알고 있을 거예요. 적어도 내가 당신에게 볼론토프가 내 상사라고 했을 때 알아차렸겠죠. 그리고 우리 삼촌이 SVR 제1국 부국장인 반야 예고로프라는 것도 알고 있을 테고요." 네이트는 움직이지 않으려고 애를 썼다.

"난 모스크바에서 AVR을 졸업한 후에 제5부서에서 프랑스 외교관을 상대로 한 작전을 실시했어요. 그 작전은 성공하지 못했죠. 그다음에 헬싱키로 발령받았어요." 도미니카는 고개를 들어 네이트를 봤다. 그녀의 얼굴은 울어서 부어 있었다. 도미니카가 네이트의 얼굴에서 뭔가를 찾으려는 것처럼 빤히 쳐다보자, 그가 손을 뻗어 그녀의 손을 잡았다. 그녀의 손은 차가웠다.

"마르타는 내 친구였어요. 마르타는 평생 국가에 충성했어요. 훈장도 여러 개 받고, 연금도 받고, 해외 근무를 하게 됐죠. 마르타는 강인하고 독립적인 사람이에요. 그녀는 자신의 인생에 대해 후회하는 것도 없었고, 모든 걸 즐겼어요. 마르타와 알고 지내기 시작하면서 그녀는 나 자신이 어떤 사람인지 눈을 뜨게 해줬죠." 도미니카는 네이트의 손을 살짝 쥐었다.

"마르타에게 무슨 일이 일어났는지 모르겠지만 그녀는 내게 한마디도 없이 사라졌어요. 난 마르타가 죽은 걸 알아요. 마르타는 그들에게 아무 짓도 하지 않았어요. 삼촌은 진실이 폭로될까 봐 두려운 거예요. 자신을 보호하려고 하겠죠. 삼촌 밑에 악몽에 나오는 괴물 같은 놈이 하나 있어요. 삼촌은 그런 일에 그 놈을 쓸 거예요."

"당신이 지금 위험한 상황인가요?" 네이트가 물었다. 그의 머릿속에서 여러 생각들이 정신없이 돌아가고 있었다. 그녀는 과거의 작전들, 정치적 암살, 그들의 직원 중 하나가 제거된 사실, SVR 최고위층에서 일어난 스캔들에 대해 말하고 있었다. 그녀는 바로 이 소파에서, 적어도 보고서 여섯 장은 넘어갈 정보들을 불러주고 있었다. 네이트는 감히 노트에 필기를 하려고 하지 못했다. 계속 이야기를 시켜야 했다.

"당신은 유스티노프 사건에 관련돼 있어요. 그러니까 당신 삼촌은 당신에 대해서도 불안해할 겁니다." 네이트가 말했다.

도미니카는 고개를 흔들었다. "삼촌은 내가 자신을 해칠 수 없다는 걸 알아요. 우리 엄마가 모스크바에 계세요. 삼촌은 옛날 방식대로 우리 엄마를 인질로 쓰고 있어요. 게다가 삼촌이 날 훈련시킨걸요. 날 학교에 집어넣고, 해외로 보냈죠. 난 그 괴물처럼 삼촌의 작품이에요." 도미니카가 말했다.

"난 당신을 만나기 위해, 당신과 친구로 발전하기 위해 헬싱키로 파견됐어요. 삼촌은 나를 자신의 첩보 요원으로 생각한다고 하지만 사실은 나를 자신의 스패로우로 보고 있어요. 완전 1960년대 사고방식이죠. 지금 그들은 내가 당신을 상대로 하는 작전에서 진전이 없어서 초조해하고 있어요. 그들은 내가 당신을 어떻게 침대로 데려갔는지 듣고 싶어 해요."

"그건 내가 도와줄 수 있는데." 네이트가 말했다. 도미니카는 그를 마주 보다가 힘없이 코를 훌쩍거렸다.

"이 상황에도 농담을 할 수 있어 좋겠어요. 하지만 내가 당신의 과거 모스크바 행적에 대해, 당신이 거기서 만났던 정보원에 대해 알아내는 임무를 띠고 왔다고 하면 더 이상 재밌지 않을걸요. 반야 삼촌이 날 여기로 보낸 건 당신을 감시하고, 당신이 또 작전을 벌이진 않는지 알아보기 위해서예요. 이를테면 지난달에 당신이 2주 동안 벌였던 작전 같은 거 말이죠."

'당신이 만났던 정보원?' 네이트는 선로 옆에 서 있다 바로 옆에서 고속 화물 열차가 굉음을 내며 지나가는 바람에 휩쓸려 들어갈 뻔한 아이가 된 것 같은 기분이었다. 그는 반응하지 않으려고 노력했지만 도미니카가 자신의 표정을 본 걸 알았다.

"난 그 역겨운 볼론토프에게 아무 말도 하지 않았어요." 도미니카가 말했다.

"그때 마르타는 아직 살아 있었어요. 그녀는 내가 어떤 결심을 했는지 알고 있었죠." 네이트는 그녀의 말에 집중하려고 애를 쓰면서 동시에 마블과의 만남들이 얼마나 아슬아슬했는지 멍하니 생각했다. 그들은 그런 위험이 닥치고 있었는지 전혀 몰랐다. 도미니카가 상부에 보고하지 않기로 한 결정이 아마도 그의 목숨을 살렸을 것이다.

"수영장에서 당신과 우연히 마주친 후로 나는 당신과 친구가 되려고 노력했어요. 많은 면에서 우리는 서로에게 같은 짓을 하고 있었죠. 당신이 내 약점들을 파악하려고 하고, 취약한 면들을 알아내려고 시도했던 거 알고 있어요."

"당신의 그 매력적인 작전 덕분에 우리는 더 많은 시간을 함께 보내게 됐어요. 아마 처음부터 그게 삼촌의 계획이었을 거예요. 내가 놀란 건, 당신이 내게 작전을 벌이게 내가 계속 놔두고 있었다는 거예요. 난 당신이 계속 내게 작전을 벌이길 바라고 있다는 걸 깨달았어요. 난 당신과 같이 있는 게 좋았어요."

네이트는 아직 도미니카의 손을 잡고 앉아서 꼼짝도 하지 않고 있었다. 맙소사, 게이블이 생각했던 것처럼 그녀는 나를 상대로 작전을 하고 있었어. SVR이 마블을 찾고 있었어. 도미니카가 그런 결정을 내려서 정말 다행이야. 그리고 '마르타가 어디 있건 그녀에게 신의 가호가 있기를.' 네이트는 생각했다.

네이트는 도미니카가 이미 포섭의 시작 단계에 있다는 걸 알고 있었다. 대단히 중요한 단계였다. 그녀의 생기 없는 목소리에 분노, 두려움과 보복하고 싶은 욕망이 배어났다. 그녀는 이미 그에게 그녀를 세 번은 너끈히 요리하고도 남을 정보를 말해줬다. 이제 그녀가 뒤로 물러나서 내뺄 것이냐 아니면 CIA 정보원이 될 것이냐는 결정을 내려야 할 아주 미묘한 순간이 왔다.

"도미니카, 난 이미 당신을 도와주고 싶다는 말을 했어요. 당신에게 뭐가 필요한지도 물었고, 당신은 어떻게 하고 싶어요?" 네이트가 말했다.

도미니카는 그의 손에서 자신의 손을 뺐는데 얼굴이 붉어져 있었다.

"난 아무것도 후회하지 않아요." 도미니카가 말했다.

"당신이 후회하지 않는다는 거 알아요." 네이트가 말했다. 방은 아무 소리 없이 조용했다. "뭘 하고 싶어요?" 네이트가 부드럽게 물었다.

도미니카는 그의 마음을 읽을 수 있는 것처럼 말했다. "당신은 아주 영리해요, 그렇지 않나요, 네이트 내쉬 씨?" 그녀가 말했다. "난 당신의 어깨에 기대서 울려고 왔어요. 당신을 상대로 내가 하고 있는 작전에 대해 말해주러, 내가 당신을 도왔다는 말을 하려고요."

"난 그 모든 것에 정말 고마워하고 있어요." 네이트는 그녀의 말을 듣고 자신이 얼마나 창피할 정도로 안도했는지 보여주고 싶지 않아서 그렇게 만 말했다.

말하지 않아도 도미니카는 그의 표정을 보고 짐작할 수 있었다.

"하지만 당신은 내게 마르타의 죽음에 복수하자거나, 삼촌이나 볼론토 프 같은 인간들에게 복수하기 위해 당신과 같이 일하자고 요구하지 않는 군요. 내가 사랑하는 조국을 개혁하기 위해 같이 일하자는 말도 안 하고."

"난 당신에게 그런 말을 할 필요가 없어요." 네이트가 말했다.

"물론 그럴 필요가 없죠. 당신은 그런 말을 하기엔 너무 신중한 사람이 니까." 도미니카가 말했다. 네이트는 그녀를 보면서 아무 말도 하지 않았 다. "당신은 그저 내게, 내가 뭘 하고 싶은지 묻고 있군요."

"맞아요." 네이트가 대답했다.

"그럼 당신은 내가 뭘 했으면 좋겠는지 말해봐요."

"난 우리가 같이 일해야 한다고 생각해요. 비밀들을 훔치는 일." 네이트 는 곧바로 그렇게 말하고 불안해했다.

"복수하기 위해, 마르타를 위해, 우리 조국을 위해."

"아니요. 그런 이유가 아니에요." 네이트가 끼어들었다. 게이블의 말이 떠올랐다. 도미니카는 그를 보고 있었다. 네이트의 보라색 후광이 떠오르 는 해의 빛처럼 주위로 퍼져갔다. "당신, 도미니카 예고로바에게 그게 필 요하기 때문이에요. 당신이 가지고 있는 그 기질 때문에 필요해요. 이번만 은 당신 인생에서 처음으로 당신이 하는 작전이니까."

도미니카는 그를 빤히 쳐다봤다. 네이트의 눈은 침착하고 솔직했다. "그건 아주 흥미로운 말이군요." 그녀가 말했다.

'가장 좋은 포섭은 정보원이 스스로 포섭되는 것이다.' 팜의 교관들은 우렁차게 외쳤었다. '그걸 잊지 마. 포섭 상대를 놀라게 하지 말고, 자연스럽게 그렇게 되도록 차근차근 발전시키는 거야.' 교관은 그렇게 말했었다. 흠, 이건 차근차근 단계를 밟아 자연스럽게 포섭된 거라곤 볼 수 없겠군. 네이트는 방금 욕조에서 격렬하게 래프팅을 한 것 같은 기분이었다.

이야기를 시작한 지 한 시간이 지났지만 도미니카는 실제로 "그래요, 하겠어요" 같은 말은 한 마디도 하지 않았다. 그 어떤 정보원도 악수하고 나서 바로 서명하는 식으로는 결정하지 않는다. 대신 네이트는 그냥 그녀가 그 문제에 대해 이야기를 시작하게 만들었다. 그가 말했다. "당신이 어떤 결정을 내리든 우린 안전하게 일할 거라고 내가 약속할게요." 그건 기본적으로 정보원에게 하는 교과서적인 말이었다. 진심으로 하는 말이긴 하지만 모두(정보원과 그 정보원을 관리하는 핸들러 둘 다) 정보원이 장수할 수 없다는 걸, 특히 그 정보원이 러시아에 있을 때는 그럴 수 없다는 걸 알고 있었다. 하지만 그런 무미건조한 말에 도미니카가 반응했다.

"이 일을 제대로 하려면 위험을 피할 수 없어요. 우리 둘 다 그걸 알잖아요." 도미니카가 장난스럽게 말했다. 그녀가 '우리'라고 말했어, 네이트는 생각했다.

"그리고 우리는 천천히, 조심스럽게 시작할 겁니다…… 만약 우리가 시작한다면 말이죠." 네이트가 말했다.

"바로 그거예요. 우리가 결정한다면 말이죠." 도미니카가 말했다.

"우리는 당신이 원하는 속도에 맞출 겁니다." 네이트가 말했다.

"당신들은 시간이 있을 때 내 동기를 조사해볼 수 있겠죠. 우리의 협력 관계가 만족스럽지 못한 걸로 드러나면 내가 당신에게 말해서 그 관계를 종료시키도록 하죠." SVR에서도 같은 교과서로 요원을 훈련시키나 보군.

도미니카는 첫 단계를 통과하고 있었다. 시간이 점점 늦어지고 있었다. 그녀가 일어서서 코트로 손을 뻗었다. 네이트가 도와주면서 그녀의 눈, 입매, 손을 봤다. 이게 지속될 수 있을까? 그들은 잠시 서서 서로를 바라봤다. 도미니카는 문가에서 네이트를 향해 돌아서서 그에게 손을 내밀었다. 그는 그 손을 잡고 말했다. "잘 자요." 그녀는 계단에서 아무 소리도 내지 않고 재빨리 떠났다.

도미니카가 아파트를 나간 후에 네이트는 그녀가 한 이야기들을 떠올리며 밤새 적었다. 그는 대사관으로 걸어가서 헬싱키 지부 사람들을 다 깨워 본부로 메시지를 보내고 싶은 바보 같은 충동과 싸웠다. '포섭, SVR 첩보 요원, 스패로우 학교 졸업생, 그녀의 삼촌이 첩보부를 운영하면서 저지른 수많은 암살…… 이건 완전 스파이 영화잖아, 맙소사.' 네이트는 어서 내일 아침이 돼서 출근하고 싶어 좀이 쑤셨다.

한없이 들떴던 마음이 순식간에 가라앉았다. 네이트는 이불을 걷어차 내고 침대에서 뒤척였다. 그의 입 속에서 화려하기 그지없던 소돔의 사과가 재로 변했다. 그는 그 포섭 작전을 확실히 굳히고, 도미니카가 그 약속을 지키도록 만들어야 했다. 그녀가 막판에 발을 빼버릴 수도 있었다. 그런 정보원들이 많았다. 그녀를 확실하게 포섭하면 그때부터는 워싱턴 본부에서 그의 일거수일투족을 주시할 것이다. 그녀의 동기가 뭐지? 봉급은 얼마나 받나? 그녀는 어떤 정보에 접근할 수 있지? 그녀가 비밀 계약서에 서명하지 않았다니 그게 무슨 말이야? 이건 아주 갑작스러운데? 그 여자가 혹시 자네 간을 보려고 그런 거 아니야?

성과. 그들은 성과를 원할 것이고, 그것도 빨리 내라고 재촉할 것이다. 그들은 먼저 그녀가 구할 수 있는 최고의 정보를 요구할 것이고, 그렇게 되면 위험해진다. 의심으로 반짝거리는 작은 눈의 작은 남자들이 작은 방에 모여 그녀가 진짜 정보원인지 확인하고 싶어 할 것이다. 모든 것을 시험하면서, 그녀의 정보가 맞는 걸로 입증되고 그녀가 거짓말탐지기 검사를 통과하기 전까지는 만족하지 않을 것이다. 도미니카에게 너무 큰 압박을 가하거나 엉뚱한 방향으로 밀어붙이면 그녀를 잃게 될 거라는 걸 네이트는 알고 있었다. 그리고 그녀를 포섭했다고 큰소리 쳤다가 놓치면 본부 사람들은 다들 그럴 줄 알았다는 표정으로 그를 볼 것이다. 처음부터 사기였다니까.

그것은 시작에 불과했다. 도미니카가 잡히면 SVR이 그녀를 죽일 것이다. 어떻게 잡히는지는 중요하지 않다. 워싱턴 본부에 러시아 스파이가 있을 수도 있고, 그녀를 관리하다 실수할 수도 있고, 감시나 미행을 당하다 들킬 수도 있고, 그냥 재수가 없어서 그렇게 될 수도 있다. 도미니카가 열린 금고 서랍 앞에서 카메라를 들고 있는데 갑자기 그녀 머리 위에 있는 전등이 확 켜질 수도 있는 것이다. 네이트는 침대 위에서 계속 뒤척였다.

도미니카는 심문을 받고 재판을 받겠지만, 그들은 사실 여부는 개의치 않을 것이다. 반야 삼촌은 그녀를 구하려 하지 않을 것이다. 그들은 맨발에 죄수복을 입은 그녀를 데리고 루비안카나 레포르토포나 부티르카 감옥 지하로 갈 것이다. 그들은 그녀의 등을 떠밀어 여기저기 이가 빠진 철문들을 지나 기울어진 바닥에 배수구가 있고, 천장 대들보에 고리들이 달려 있고, 왁스를 칠한 골판지를 스테이플러로 찍어 만든 관이 방구석에 서 있는 감방에 처넣을 것이다. 그들은 도미니카가 감방 안으로 제대로 들어가기도 전에 어떤 경고도 하지 않고 그녀의 오른쪽 귀 뒤를 쏴버릴 것이고, 그녀가 바닥에 얼굴을 박고 쓰러진 걸 본 후에 그녀의 손목과 발목을 잡고 들어서 그 골판지 관에 넣을 것이다. 그렇게 간단하게. 그걸로 끝이다.

로간 조쉬

막자사발에 잘게 썬 양파, 생강, 고추, 카르다몸(carudamon), 정향, 고수, 파프리카, 커민과 소금을 넣고 갈아서 부드러운 반죽으로 만든다. 거기에 월계수와 계피를 넣는다. 그다음 데운 버터를 넣어 향기로운 냄새가 날 때까지 익힌다. 거기에 깍둑썰기한 양고기를 넣고, 요구르트, 따뜻한 물과 후추를 넣어 젓는다. 중간 온도로 맞춘 오븐에 넣어 한 시간 동안 굽는다. 고수를 고명으로 위에 뿌린다.

17

도미니카의 포섭은 어느 모로 보나 평범하진 않았다. 그녀는 고도로 훈련된 첩보 요원이었지만 이제 정보원이 되는 법을 배워야 했다. 이건 자연스런 변화가 아니었다. "유대 관계를 강화해." 포사이스가 말했다.

그래서 헬싱키 지부가 제일 처음 한 일은 극히 조심스럽게 마르타의 소재를 조사함으로써 그들이 그 일에 관심이 있다는 걸 도미니카에게 보여주는 것이었다. 게이블은 CIA에 협조적인 SUPO 직원과 만나서 사정을 알아봤다. 그 러시아 여자는 흔적도 없이 사라졌다. 하파란타에서 국경을 넘는 보안 카메라 사진만으로는 확실한 결론이 나지 않았다. 도미니카는 눈물 한 방울 흘리지 않으며 네이트에게 애써줘서 고맙다고 말했다.

그들은 이 작전에 대한 기록을 읽을 수 있는 헬싱키 지부 요원들의 숫자를 최대한 줄였지만 워싱턴 본부 쪽으로는 어떻게 손을 쓸 수 없었다. 이 사건은 이미 제한된 관리 채널로 넘어갔다고 했지만 그건 다 헛소리라고 게이블이 말했다. "그렇게 추리고 추려봤자 이 건에 관련된 메시지를 읽는 사람들이 100명은 되겠지." 그래도 그들은 계속 정보의 배포 범위를 줄이려고 노력했다. 포사이스와 게이블은 전에도 이런 작업을 해 봤기 때문에 작전을 좀 더 신중히 시작할수록 정보가 더 오랫동안 들어온다는 걸 알고 있었다. 네이트는 자신의 결심이 점점 더 확고해지는 걸 느낄 수 있었다. 그는 어떤 대가를 치르고라도 그녀를 보호할 것이다. 절대 실패하지 않는다. 절대 '도미니카를' 잃지 않는다.

네이트는 램지 스트랜드와 정박지 사이에 있는 문키니에미에서 방 두 개짜리 아파트를 발견했고, 신분을 위장한 쥐새끼같이 생긴 첩보원이 돌아와서 데인이라는 이름으로 그 아파트를 비즈니스에 쓰기 위해 언제고 들락거릴 수 있는 용도로 12개월 동안 임대했다. 흡족해진 집주인은 그러든 말든 아무 상관 없었다.

봄비가 내리는 밤, 인도에 헤드라이트 불빛들이 반사됐다. 도미니카는 역광을 받으면서 틸리마키의 초록색과 노란색이 섞인 4번 전차에서 내렸다. 두 블록이 지나간 후에 네이트가 그녀를 따라잡아 그녀와 팔짱을 끼었다. 도미니카는 SVR 작전 모드로 들어가 인사 한마디 나누지 않고, 등을 꼿꼿이 세운 채 초조해하고 있었다. 정보원으로서 첫 안가 미팅을 하게 된 그녀는 두려움보다는 수치심을 이겨내려고 애를 쓰고 있었다. 그들은 아무 말 없이 아파트 단지에 있는 좁은 길을 걷고 있었는데 창마다 텔레비전 게임 쇼에서 나오는 은색 불빛이 비치고 있었다. 그들은 급히 정문으로 들어가 삶은 순록 고기와 크림소스를 요리하는 냄새를 맡으며 조용히 2층으로 올라갔다.

그 밤은 그들에게 남은 인생의 첫날 밤이었다. 램프 두어 개가 켜져 있었다. 게이블이 기다리고 있다가 도미니카에게 다가와 코트를 받았다. 도미니카는 게이블의 강철 솔 같은 머리에서 눈을 뗄 수 없었다. 그의 외모, 그의 눈, 그를 둘러싼 보라색 안개가 마음에 들었다. '네이트처럼 진한 보라색이야.' 도미니카는 생각했다. 안경을 이마에 꽂은 포사이스가 코르크 마개와 씨름을 하면서 부엌에서 나왔다. 우아하고, 현명하고, 침착한 그의 주위를 둘러싼 공기는 하늘색으로 물들어 있었다. 그는 섬세한 사람일 것이다. 도미니카는 소파에 앉아서 세 남자가 방 안에서 움직이는 걸 봤다. 그들은 자연스럽고 가식이 없었지만, 그녀가 평가받고 있다는 게 그들의 시선에서 느껴졌다.

도미니카는 이 상황이 환상이 아니라 현실이란 걸 알고 있었고, 그들과 한방에 있게 되자 그 현실감이 차오르기 시작했다. 그녀가 지금까지 CIA 에 대해 아는 건 젊은 요원인 네이트가 전부였지만, 침착하고 진지한 이 두 남자에게서는 연륜이 느껴졌다. 마치 코르치노이 장군이 돌아온 것 같 았다. 그때 게이블이 잔을 들고 건강을 기원하는 건배를 얼토당토않은 러 시아어로 했다. 도미니카는 미소가 나오려는 걸 참고 계속 심각한 태도를 유지했다.

오늘 밤 아무도 일 이야기는 하지 않았다. 그들은 그 정도로 실력이 좋 았다. 그냥 이야기를 나눴는데 그것도 네이트가 주로 이야기하게 놔뒀다. 그것 역시 그들의 뛰어난 실력을 보여주는 예였다. 그렇게 그들은 모든 이 야기를 들었다. 이야기를 마치고 그녀가 먼저 나가(이렇게 하는 것이 그들 에게도 전통적인 관례라는 걸 그녀는 알아챘다) 물가를 걸었다. 봄이 왔지만 아직 보트들은 물가에 다 나와 있지 않았다. 이제 아까 같은 수치심은 느 껴지지 않았다. 그들이 그 정도로 뛰어났다는 뜻이다.

두 번째 미팅에서, 도미니카는 아파트를 둘러볼 시간이 있었다. 작은 부 엌에는 물을 끓일 수 있을 정도의 버너가 두 개 달린 가스레인지가 있었 고, 얼음을 꺼낼 수 있는 트레이가 있는 냉장고도 있었다. 가구가 갖춰진 안전 가옥답게 소파와 의자와 테이블 들은 얄팍한 싸구려 소재에 색조도 천박한 아보카도 색과 황금색이었다. 아직도 스칸디나비아에서 인기가 좋 은 색이라고 게이블이 말했다. 부서지는 파도와 달빛을 받고 서 있는 엘크 (elk, 큰 사슴의 일종-옮긴이)를 그린 복제화들이 벽에 걸려 있었고, 바닥에 있는 깔개들은 모두 라플란드산이었다. 첫 번째 침실에는 양쪽 벽 사이를 꽉 채우는 커다란 더블베드가 하나 있었는데, 그 침대에 들어가려면 발치 에서 기어 올라가야 했다. 두 번째 침실은 환한 붉은색의 벽걸이 하나 빼 고는 아무것도 없었다. 욕실엔 욕조 하나와 비데가 있었는데, 어느 날 밤 에 게이블은 그걸 변기로 착각했다. 도미니카는 눈에 눈물이 맺힐 정도로 웃고 나서 그때부터 게이블을 브라톡(오빠라는 뜻이다)이라고 부르기 시작했다.

고도로 훈련된 첩보 요원을 정보원으로 관리하는 것은 땀을 줄줄 흘리면서 필사적으로 돈을 벌고 싶어 하는 은행가를 다루는 것보다 훨씬 더 어렵다. 그 은행가에겐 킹콩 같은 마누라도 있고, 산 지 2년 된 BMW도 있고, 고질라 같은 정부도 있다. 그러나 도미니카는 AVR 졸업생이다. 그래서 그들은 스파이 기술("여기를 적절한 곳으로 생각했다니 믿을 수 없어요")이나 안전 문제("안 돼요, 도미니카. '안전하다'는 신호는 난간에 깔개를 거는 겁니다. 거기서는 '긍정적인' 신호에 대해 가르치지 않나 봐요?") 같은 것들로 서로 빈정대며 입씨름을 벌여야 했다. 네이트는 자신이 대체 이 말을 몇 번이나 했는지 의아해했다. "내 방식대로 합시다." 그러면 도미니카는 그의 심기를 불편하게 하려고 "당신이 틀리면 날아가는 건 내 머리예요"라고 응수했다. 그녀가 이렇게 극적으로 말하면 네이트는 움찔하곤 했다.

CIA 요원들은 이내 도미니카가 아주 뛰어난 직감을 가지고 있다는 걸 알아차렸다. 그녀는 그들의 말이 다 끝나기도 전에 무슨 말인지 알아차렸고, 그들이 신중하게 하는 제안이 끝나기도 전에 고개를 끄덕였고, 언제 그들의 이야기를 들어야 할지 귀신같이 알고 있었다. 첩보 요원으로 잘 훈련된 똑똑한 여자야, 포사이스는 생각했다. 하지만 도미니카에겐 그가 전에 보지 못했던 면이 있었다. 예지력이라고 하면 정확한 표현은 아니었지만 어쨌든 비슷했다.

도미니카의 일부는 아주 먼 곳에서 그 과정을 지켜보고 있었다. 그녀는 그들이 자신을 존중하고, 그동안 자신이 받은 훈련을 높이 평가하면서도 어떤 것도 당연하게 받아들이지 않는 걸 봤다. 도미니카는 그들이 자신을 소소하게 테스트하고 있는 걸 알고 있었다. 가끔 그들은 도미니카의 뜻을 존중해서 그녀가 하자는 대로 할 때도 있었지만 또 가끔은 자기들 방식대로 하자고 주장하기도 했다. 그들은 아주 철저하다고 그녀는 생각했다.

매주 안가에서 만나 그들과 함께 하는 작업들이 도미니카를 바꿔놓기 시작했다. 처음에 결정하느라 고통스러웠던 날들은 잊어버리고, CIA에 포섭됐다는 사실이 그녀의 머릿속에서 환하게 빛나는 보석이 됐다. 도미니카는 그 보석을 가지고 다니면서 음미했다. 볼론토프에게 이야기를 할 때 특히 달콤했다. '당신은 내가 무슨 짓을 하고 있는지 짐작이나 할까?' 도미니카는 식은땀을 흘리는 볼론토프가 그녀의 일에 대해 웅얼거릴 때마다 그 생각을 했다. 네이트의 말이 맞았다. 이것은 그녀의 것, 그녀만 가지고 있는 것이었다.

포사이스는 도미니카가 첩보부에서 어떤 기밀들을 훔칠 수 있는지 의논해야 될 때가 오면 찾아와서 극히 조심스럽게 이야기했다. 그들은 마치 바닥이 아주 큰 블록들로 구성된 이글루를 만들 듯이 이야기했는데, 그녀가 개인적으로 다루는 서류들이 어떤 서류들인지부터 시작해서, 그녀가 안전하게 훔칠 수 있는 서류들, 그녀가 거기 있다는 건 알지만 접근 권한이 없는 보물들에 대해 차근차근 대화해나갔다. 그들은 도미니카에게 서두르지 말라고 말했다. 정보원으로 훈련된 스파이들은 항상 처음에 스스로를 무리하게 밀어붙이면서 너무 많은 걸 하려고 애를 쓴다. 도미니카는 그들에게 카메라와 통신 장비를 줄 것인지 물었다. 그녀는 자신이 이글루를 지을 수 있는 재료들을 얼마나 많이 가지고 있는지 보여주고 싶은 마음에 그렇게 말했지만, 그 말을 듣자 CIA 요원들의 머릿속에서 경고음이 울렸다. 도미니카는 그들의 얼굴 표정과 후광이 변하는 걸 보고, 자신이 실수했다는 걸 깨달았다. 포사이스는 장비는 좀 있다가 얘기하자고 말하고 나서 다음 날, 검사관을 보내달라는 메시지를 본부에 보냈다. 기왕 할 거빨리 해치우는 편이 나았다.

거짓말탐지기 검사였다. 심장 박동 소리를 듣는 검사관이 왔다. 네이트는 작은 침실에 앉아 거실에서 들리는 작은 목소리들을 듣고 있었다. 하나는 굵은 목소리, 하나는 사랑스런 목소리였다. 도미니카는 하얀 에쉬 의자에 앉아, 손가락이 굵고 콧수염을 기른 검사관이 하는 질문에 "네" 혹은 "아니오"로 대답하고 있었다. 그 남자는 게이블이 전에 했던 거짓말탐지기 검사에서 알게 된 사람인데 게이블은 그를 별로 좋아하지 않았다. "저 인간은 20년 전에 바닥을 치고 땅굴을 파고 들어가기 시작했지." 게이블이 말했다. 도미니카는 이것이 중요한 테스트라는 걸 알고 그 남자의 마음을 읽지 않으려고, 건방지게 굴지 않으려고, 그 남자를 가지고 놀지 않으려고 의지력을 발휘했다. 그녀는 검사관의 질문에 정신을 집중했다. 그 질문들은 여러 색깔로 허공을 떠돌다 그녀의 뺨을 스쳐갔다.

네이트는 한 시간 동안 초조해하다가 테스트가 끝나는 소리를 듣고 거실로 나왔다. 도미니카는 그에게 고개를 끄덕여 보였지만 손가락 대장은 눈 하나 꿈쩍하지 않았다. 그들은 항상 그랬다. '차트들을 검토하기 전까지는' 아가씨처럼 내숭을 떨면서 결과를 알려주지 않았다. 결국 포사이스가 그를 지부 사무실로 데려가 앉힌 다음, 절차고 뭐고 다 필요 없고 이 건은 아주 중요하니까 검토 전에 나온 결과부터 말해보라고 다그쳤다. 조금 화가 난 검사관은 자신이 SVR의 요원이라고 말한 도미니카의 말은 사실이고, 가장 중요한 점은 그녀가 CIA에 역으로 허위 정보를 흘리거나, 비밀 요원들의 정체를 밝히거나, 현재 미국 첩보부의 정보를 알아내기 위해 SVR에서 보낸 이중 첩자는 아니라고 생각한다고 분명히 말했다.

이제 비밀을 털어놓은 검사관은 도미니카가 그녀를 포섭한 요원인 네이트에 대한 질문에 대답할 때는 항상 차트의 그래프가 펄쩍펄쩍 치솟았다는 말을 슬쩍 했다. 그래서 이 증상이 체코나 쿠바에서 거짓말 탐지 검사를 속이기 위해 쓰는 전형적인 수법이 아니라는 사실을 확인하기 위해 또 다른 시리즈의 질문을 해야 했다고 그가 심각하게 말했다. 그렇게 그래프가 치솟을 때마다 그녀의 호흡은 달라지지 않았고, 주먹을 쥐거나 항문에 힘을 주지도 않았다고 검사관이 말했다. 포사이스가 네이트에 관련된 질문에 대한 도미니카의 반응을 게이블에게 전했을 때 게이블은 이렇게만 말했다. "그거야 뭐 오르가즘으로 인한 경련이지." 그러고는 사무실을 나갔다.

'사기가 아니라는' 검사 결과가 나왔기 때문에 그들은 이 작전을 계속 진행시킬 수 있게 됐다. 이제 그들은 도미니카의 안전, 위장, 행동, 처신, 속도 조절을 관리하는 방법에 대해 이야기를 나눠야 했다.

"평소 하던 행동 패턴을 유지해야 해요. 본부에 네이트와의 접촉 보고를 계속하면서 조금씩 진전이 있다는 걸 보여줘요. 한 달에 한 번은 별로 좋지 않아요. 2주에 한 번이라든지 매주 보고하는 게 더 나아요. 그래야 당신이 움직일 수 있는 자유가 생겨요." 하늘색 포사이스가 말했다.

"그래야 한다는 거 알고 있어요. 제출할 보고서의 내용들도 이미 머릿속에 다 있어요. 지금부터 겨울까지 보낼 것들이죠." 도미니카가 대답했다.

"보고서는 당신이 항상 쓰던 용어로 써야 해요. 우리가 도와줄 순 있지만 반드시 당신이 쓰는 용어와 당신이 묘사하던 세부적인 내용들이 꼭 들어가야 합니다." 포사이스가 말했다.

도미니카는 고개를 끄덕였다. '이 여자는 이 게임을 제대로 알고 있어. 아주 몸에 배어 있어.' 포사이스는 생각했다.

"네이트를 허영심이 많고, 허풍도 세지만 조심성이 많은 사람으로 묘사하겠어요. 조종하기 쉽지만 의심도 잘 하고, 산만한 남자로." 도미니카가 네이트를 보면서 한쪽 눈썹을 찡긋해 보였다.

"그걸 다 알아내는데 겨울까지 걸린다는 건 믿기 힘들어요." 네이트 옆 소파에 앉아 있던 게이블이 네이트를 가운데 손가락으로 툭 치면서 말했다.

"이런 식으로 얼마나 더 할 수 있을지 모르겠군. 야세네보는 조만간 인내심을 잃게 될 텐데." 포사이스가 말했다. 그는 이미 도미니카가 모스크바로 소환될 날을 생각하고 있었다. 그녀가 모스크바 안에서 작전을 펼칠 준비가 돼 있을까? 우리들이 그때까지 그녀를 준비시킬 수 있을까? 지금 문제는 도미니카가 아니라 시간이라고 포사이스는 생각했다.

"접촉을 계속하면서 내가 자유롭게 행동할 수 있는 한 가지 방법이 있어요. 그러면 야세네보는 시간을 좀 더 투자하게 해줄 거예요. 반야 삼촌이 기대하고 있는 일이기도 하고." 도미니카가 말했다.

"그게 뭔데요?" 포사이스가 물었다.

"시간이 흐른 후에 내가 네이트와 연인이 됐다고 보고하면 모스크바는 흐뭇해할 거예요. 자기들의 기대가 충족됐으니까. 그게 말도 되고요. 그들은 4 국립학교를 떠올릴 거예요."

게이블이 소파에서 일어났는데 얼굴에 고통스런 표정이 떠올라 있었다. "연인이라고? 맙소사. 상대가 누구든 네이트에게 그런 일을 시킬 순 없어요. 그건 선을 넘어도 한참 넘은 거라고요."

바람이 거센 일요일이었다. 소형 보트들과 오늘 하루 요트를 타러 나온 사람들이 작은 만에 있는 수상 플랫폼에 묶여 있는 줄을 풀었다. 도미니카는 안가에서 마르타 이야기를 조금하다 멈추더니 네이트에게 그 뉴스를 전했다. 그 징그러운 볼론토프는 최근에 사무실의 행정 직원이 하나 부족하다는 걸 깨닫고 도미니카가 그 업무를 맡아줬음 했다. 도미니카는 볼론토프가 본부의 눈 밖에 나는 꼴을 보고 싶어서 거절하고 싶었지만 네이트와 포사이스와 브라톡을 생각해서 기꺼이 돕겠다고 답했다. 그녀가 보석처럼 품고 있는 비밀이 이제 마음 깊은 곳에서 불타오르고 있었다. 도미니카는 점점 커져가는 욕구를 충족시키기 위해 기회를 찾아가는 법을 배우고 있었다.

그렇게 해서 도미니카는 첩보부 장교들의 근무시간 기록 카드와 작전에 들어가는 경비들을 서류로 작성하는 업무를 맡았다. 이 두 번째 업무엔 장점이 하나 더 있는데 네이트가 짐작할 수 있을까? 각각의 경비는 관련된 작전을 참조하거나 그 작전 활동을 묘사한 보고서 번호와 같이 올려야 했다. "그건 볼론토프와 그 밑의 장교들이 직접 해야 하는 일이지만 그냥 내게 다 떠맡기고 있어요. 사실 볼론토프 외에 다른 사람들은 본인의 작전 보고서 외에 다른 보고서는 읽어선 안 되거든요. 보안상 철저하게 구분돼 있어요." 도미니카가 말했다. 도미니카의 파란 눈이 이글거렸다. "다만 이 제부터 내가 그 경비 처리를 하게 된 거죠." 그녀는 잠시 뜸을 들였다. "그래서…… 볼론토프가 내게 작전 보고서들을 볼 수 있는 권한을 줬어요. 전부 다 볼 수 있어요."

도미니카가 수집한 정보들이 들어오기 시작했다. 포사이스가 먼저, 그리고 랭글리의 우두머리들이 먼 곳에서, 혹시 음이 맞지 않은 선율이 있는지, 너무 부자연스러운 게 있는지, 너무 약삭빠르게 구는 건 아닌지 살펴봤다. 도미니카는 세세한 내용까지 놀라울 정도로 기억하면서 하나씩 꼬리에 꼬리를 물고 토해냈다. 그녀는 암호로 그 내용을 적기 시작했는데 그들이 확인해 보니 괜찮은 수준이었다.

도미니카는 라인 N이 매달 지원하는 활동 보고서의 내용 전문을 거의 다 외워서 헬싱키에 있는 라인 S 소속 불법체류자들, 수십 년 동안 핀란드에서 핀란드인으로 살아왔던 사람들의 정체를 밝혔다. 하나는 이미 마르타가 실종된 후에 연막을 치기 위해 하파란타에서 핀란드를 빠져나갔다. 다른 두 명은 에스보라는 지방 근교에서 살고 있지만 도미니카를 보호하기 위해 그 불법체류자들은 그냥 놔두었다.

다음번 미팅에서 도미니카는 볼론토프의 서류함에서 몰래 빼낸 서류

원본을 가져와서 그들을 두렵게 만들었다. 그녀는 그 서류를 나머지 쓰레기들과 함께 분쇄기에 넣지 않고 주머니에 쑤셔 넣었다. 그것은 라인 PR에서 나온 기밀 서류로, 에스토니아와 라트비아 의회에 대한 4쪽짜리 보고서였다. 그 두 나라는 이제 나토(NATO, 북대서양 조약 기구) 동맹국이기 때문에 CIA 본부에서는 그 정보를 국가안전보장회의와 대통령에게 보고했다. 게이블은 도미니카에게 다신 그런 짓을 하지 말라고 소리를 질렀다.

본부에서도 게이블의 의견에 동의했다. 이제 서류들을 훔쳐오는 대신 그녀에게 몰래 카메라를 주라고 했다. 네이트는 그것도 위험하긴 마찬가지였기 때문에 마음에 들어 하지 않았지만 포사이스는 도미니카가 그것에 익숙해져야 한다고 말했다. 그는 도미니카가 그 정도는 감당할 수 있을 것이라고 생각했다.

"도미니카가 그걸 쓸 준비가 됐는지 확신이 서지 않아요." 네이트가 말했다. 어떤 첩보 장비건 일단 사용하게 되면 위험이 세 배로 커졌다. 그는 이 작전이 망하는 것도 원치 않았고, 그렇지 않아도 위험한데 지금보다 더 위험한 상황에 도미니카를 몰아넣고 싶지 않았다. "어쨌든 빨리 준비시키는 게 나을 거야. 모스크바에서 내일이라도 도미니카를 불러들이면 이 작전은 끝나는 거야." 게이블이 말했다.

"말이 나왔으니 모스크바 내부 작전 요원을 훈련시킬 시간이 됐군. 그건 자네 전공이잖아." 포사이스가 네이트에게 말했다.

위험 지역에서 써야 할 스파이 기술에 대한 교육이 시작됐다. 헬싱키의 위로 뾰족하게 솟은 지붕들과 구리 돔들 위에 여름이 자리를 잡았다. 황혼의 색깔이 점점 짙어져가면서 어둠이 찾아왔고, 수십 명의 칙칙한 핀란드 사람들이 에스컬레이터를 타고 지하철역 플랫폼으로 내려갔다. 스카프를 두른 도미니카, 베레모를 쓴 도미니카, 코트를 입은 도미니카가 걸음걸이를 세면서, 지하철역의 개찰구를 향해 사람들 속으로 들어갔다. 그녀는 개찰구를 통과해 통로의 모퉁이를 돌면서 진홍색 공기를 뚫고 그를 스쳐 지나갔다. 도미니카가 허리에 댄 손가락 두 개 사이에 단단하게 낀 담뱃갑을 들고 있는 동안 스쳐간 네이트의 냄새를 맡을 수 있었고, 그의 스웨터 소맷자락을 느낄 수 있었다. 네이트는 그 담뱃갑을 잡아채서(완벽한 브러시 패스였다) 사람들 속으로 들어갔다.

상쾌하고 가벼운 여름비가 내리면서 차가 막혔고 불빛들이 보도에 반사됐다. 도미니카는 진열창에 비친 불빛에 시계를 확인했다. 미행은 없었고, 그녀는 기분이 좋았다. 도미니카는 자신이 타이밍을 잘 맞출 거라는 걸 알고 있었다. 네이트가 이제부터 뭘 해야 할지 설명했을 때 그녀는 웃었다. "우린 그런 드라마에 의존하지 않아요." 도미니카가 말하자 네이트가 대꾸했다. "SVR이 워낙 민주적인 방식으로 운영되니까 그렇겠죠." 도미니카는 그 말에 씩씩거렸지만 어쨌든 네이트가 하는 말을 신중하게 들었다.

도미니카가 화강암 벽에 몸을 바싹 붙이고 걸어가는 동안 차들이 쉭쉭 소리를 내며 비에 젖은 거리를 달려갔다. 그녀는 모퉁이를 돌아 비계 그늘 밑에서 멈췄다. 그로부터 1시간 38분 후에 네이트의 차가 갑자기 모퉁이를 돌아오더니 조수석 창문이 열렸다. 도미니카는 연석에서 내려와 머리를 조수석 창문에 넣고, 의자 위에 비닐봉지를 떨어뜨리고, 네이트의 손에 있던 대체용 카세트를 집고 비계 뒤로 물러섰고, 네이트는 차를 몰아서 가버렸다. 그는 도미니카를 보지 않았지만 그녀는 그의 손이 핸드브레이크를 잡아당기는 걸 봤다. 브레이크 등은 들어오지 않았다. 달리는 차에서 하는 배달 작전인 것이다. '이거야말로 엄청난 드라마군.' 도미니카는 생각했다.

그들 모두 원래 페이스를 되찾았고, 필연적으로 본부에서는 어서 성과가 나오길 바라는 조급한 인간들이 독수리처럼 주위를 맴돌기 시작했다. 본부는 도미니카가 SVR 첩보부에서 자리를 확실하게 잡은 잘 통제된 정보원이라고 평가했고, '또 다른 가능성들도 모색해보길' 원한다고 전했다. 포사이스가 그들을 몇 주 동안 차단했지만 제안이 먹혀들지 않자 명령이 내려왔다. 게이블은 비행기를 타고 본부로 날아가서 한바탕 해주고 싶은 마음이었지만 포사이스가 참으라고 했다.

광기가 시작됐다. 본부의 과학 기술부서 엔지니어들은 디바가 헬싱키 첩보부의 모든 컴퓨터 네트워크에 있는 서류들을 다 다운받고, 암호 시스템을 공격하고, 첩보부 내에 오디오와 비디오를 설치하길 원했다. 그 기술자들은 그들이 제안한 장비 중 일부가 어쩌면, 어쩌면 남부 헬싱키의 전등들을 희미해지게 만들지도 모른다는 점을 유쾌하게 인정했다. 한번은 그런 얼간이들 중 하나가 디바에게 러시아 대사관 지붕에 방사성 선원(방사성을 방출할 수 있는 물질-옮긴이)을 설치하라고 요구하기도 했다. 그러자 본부에서 하는 모든 신기술 개발을 지배하는 '6의 법칙' 때문에 그런 장비를 현장에 배치하기까지 너무 많은 시간이 걸릴 것이라는 반박이 나왔다. 그런 장비를 연구하려면 6년은 걸릴 것이고, 추가로 6백만 달러가 들어갈 것이며, 예비 테스트를 해 본 결과 어떤 장비는 무게가 600파운드가 나간다고 했다. 정말 모두 정신이 나가 있었다.

은밀하게 수행해야 할 작전이 계속 확대되면서 네이트와 도미니카는 볼론토프와 러시아 본부를 만족시키기 위해 표면적으로 지지부진한 만남을 계속했다. 저녁식사들, 시골 여행, 콘서트들. 네이트는 도미니카가 '네이트 내쉬'라는 조개의 입을 얼마나 잘 벌리고 있는지 입증해주기 위해 러시아 본부에서 따로 확인할 수 있는 자신의 신상 정보들을 제공했다. 하지만 포사이스가 예측한 대로 볼론토프는 더 많이, 더 빠른 발전을 원했다. 그래서 도미니카는 시간을 더 벌기 위해 게이블의 열성적인 도움을 받아 메시지의 초안을 작성했다. 모스크바 본부에서 그렇게 열렬하게 기대하고 있는 보고인 네이트와 육체적인 관계를 시작했다는 내용의 메시지였다. 게이블은 이렇게 하면 시간을 더 끌 수 있다고 하면서 그 보고서에 '발기 불능이라는 스토리'를 집어넣자고 했지만 얼굴이 벌게진 포사이스가 묵살했다. 네이트는 게이블에게 가운데 손가락을 들어 보였다.

도미니카는 지갑, 전자 열쇠, 립스틱에 설치한 다양한 몰래카메라를 이용해 헬싱키 첩보부 안에서 러시아 기밀 서류들을 찍기 시작했다. 그녀는 기다려야 할 때를 알고 융통성 있게 대처해가면서 최고 기밀 서류들을 선별해서 찍었다. 게이블은 그녀를 칭찬했지만 네이트는 항상 걱정스러워했다. 그는 도미니카가 지고 있는 위험 부담을 생각하며 우울해했다.

어느 일요일 오후, 도미니카는 안가에서 네이트의 그런 걱정을 듣다 지쳐버렸다. "당신은 지금 내 걱정을 하는 거예요, 아니면 이 작전과 당신의 평판을 걱정하는 거예요?" 도미니카가 물었다. 방이 조용해졌고 게이블이 헛기침을 해서 목을 가다듬었다.

네이트는 당황하기도 했고 화가 나서 도미니카에게 천천히 몸을 돌렸다. "우리 정보를 보호하려고 그런 겁니다." 네이트는 그렇게 말하면서 그녀의 얼굴이 굳어지는 걸 지켜봤다. "난 그저 당신이 속도를 좀 늦춰야 한다고 생각하는 것뿐이에요."

"네 생각이 그렇다면 다음번 작전은 마음에 들어하겠는걸." 게이블이 말했다.

본부에서 온 메시지는 다섯 쪽에 달했다. 그들은 도미니카가 특수 제작된 썸 드라이브(thumb drive, 컴퓨터의 USB 포트에 꽂아 사용할 수 있는 휴대용 데이터 저장 기기-옮긴이)를 첩보부 컴퓨터, 그중에서도 할 수 있다면 파일 보관실에 있는 컴퓨터에 꽂았으면 했지만 볼론토프 책상에 있는 컴퓨터도 괜찮다고 했다. 그렇게 해서 14초만 다운로드를 하면 랭글리는 상업용 전화선을 통해 야세네보에서 헬싱키를 오가는 SVR의 모든 암호화된 메시지 속에 숨어 있는 내용을 볼 수 있게 된다. 암호가 아닌 일반용어로 작성된 메시지를 읽는 것이 항상 변하는 암호 알고리즘을 해독하려고 하는 것보다 훨씬 쉽다. 하지만 이것은 도미니카가 지금까지 한 일 중에 가장 위험한 일이었다. 포사이스는 네이트의 표정을 보고 안가에서 하는 미팅에 나오지 말라고 지시했다. 게이블이 도미니카를 지휘할 것이었다.

이틀 후에 도미니카는 파일들과 소각 폐기할 기밀문서 자루들, 장부들이 잔뜩 쌓여 바퀴가 흔들거리는 카트를 끌고 파일 보관실로 들어갔다. 세상에, 카트라도 잡고 있을 수 있어서 정말 다행이었다. 그녀의 다리가 덜덜 떨리고 있었던 것이다. 파일 보관실 관리자가 기대에 찬 얼굴을 들었다. 거대한 안경을 쓴 스베츠는 중년의 사내로 목에 맨 넓적한 모직 넥타이는 배의 중간까지밖에 안 왔다. 그는 예고로바가 매일 저녁마다 근무를 마치고 파일들을 다시 원래 있던 자리에 두기 위해 몸을 쭉 뻗어 높이 있는 안전 서랍에 파일을 넣으려고 하는 모습을 보는 걸 학수고대했다. 도미니카가 그 카트를 끌고 문 안으로 재빨리 들어왔을 때 스베츠의 딱정벌레 같은 눈이 그녀의 움직임을 쫓았다.

도미니카는 게이블과 함께 그 무언극을 연습했다. 게이블은 멈추지 말고 물 흐르듯이 자연스럽게 하라고 말했다. 그녀는 그 카트를 스베츠의 책상 모서리에 박아 카트가 엎어지면서 서류들이 폭포수처럼 바닥으로 떨어지게 했다. 스베츠는 화가 나서 일어났고, 도미니카는 그의 책상 옆에 무릎을 꿇고 앉았다. 그의 책상 위 컴퓨터 USB 포트에 초록색 불빛이 반짝이고 있었다. 그녀는 그 썸 드라이브의 핀을 맞는 방향으로 쥐었는지 확인하고 얼른 꽂은 후에 시간을 재면서 9장, 10장, 11장 종이를 계속 집었다. 그때 스베츠가 허리를 펴고 일어났고 도미니카가 저쪽 구석에 떨어진 또 다른 파일을 가리키면서 12장, 13장, 14장 종이를 집은 다음에 썸 드라이브를 꺼내고 일어서서, 흘러내린 머리카락을 귀 뒤로 넘겼다. 도미니카의 스커트 주머니에 넣은 플라스틱 조각이 마치 '고자질하는 심장(『The Tell-Tale Heart』, 에드거 앨런 포의 소설 제목이기도 함-옮긴이)'처럼 스커트 속으로 쿵 떨어졌다. 그녀는 바닥에 떨어진 파일들을 정리해서 서랍에 넣었고, 일부러 그에게 보여주기 위해 한쪽 다리까지 들고 까치발로 서서 높은 서랍에 넣기도 했다.

퇴근하려면 아직 두 시간이 남았는데 도미니카는 모두가 자신만 쳐다보는 것 같았고, 모두 그 비밀을 알고 있는 것처럼 느껴졌다. 로비로 나오자 어서 빨리 퇴근하고 싶어 안달이 난 대사관 직원들이 툴툴거리면서 양쪽으로 여닫는 정문 앞에 줄을 서 있었다. 그 옆 테이블 뒤에 볼가 강 출신의 대사관 경비원 두 명이 있었다. 머리 위에 갈색 구름이 떠다니는 그들이 직원들의 지갑과 주머니를 조사하고 있었다. '맙소사, 많고 많은 날 중에 하필 왜 오늘 무작위로 가방 검사를 하는 거야⋯⋯' 도미니카는 땀이 등으로 죽죽 흘러내리는 게 느껴졌다. 이미 줄을 서버려서 다른 직원들이 보고 있는데 다시 위층으로 후퇴할 수도 없었다. 그녀는 코트를 단단히 여미고 그 썸 드라이브를 스커트의 허리 밴드 속으로 슬쩍 밀어 넣어 팬티 속으로 들어가게 했다. 그 경비에게서는 보드카의 악취가 났고 그의 빨간 눈은 도미니카가 그걸 팬티에 숨기고 있다는 걸 알고 있었다(알고 있는 게 분명했다). 하지만 그녀 차례가 왔을 때 그는 그녀의 지갑 속에 있는 내용물들을 테이블 위에 쏟아놓고 뒤적였다가 다시 쓸어 넣더니 가라고 손짓했다.

그날 밤 도미니카는 그들에게 그 사건을 말했다. 그 위험한 상황으로 인해 치솟은 아드레날린이 아직도 뱃속에서 뜨겁게 느껴졌다. 네이트는 저만치 떨어진 작은 부엌문 앞에 서 있었다. 포사이스는 이마에 잔을 대고 조용히 얘기를 들었다. 게이블이 병맥주를 따더니 한 번에 마셨다. "이제 왜 그걸 썸(thumb, 엄지손가락-옮긴이) 드라이브라고 하는지 알겠군." 그는 그렇게 말하더니 네이트를 부엌 안으로 밀어 넣고 치즈 퐁뒤를 만들기 시작했다.

도미니카는 그걸 한 번도 먹어본 적 없었고, 그게 뭔지도 몰랐다. 치즈 퐁뒤가 다 됐을 때 그들은 테이블 주위에 둘러앉아 와인 향기가 나는 녹인 치즈에 빵을 찍어 먹으면서 이야기를 나누고 좀 웃었다.

포사이스와 게이블은 저녁을 먹은 후에 돌아갔다. 네이트는 와인을 두 잔 따라서 도미니카와 같이 거실로 걸어갔다.

"오늘 당신이 한 일은 너무 위험했어요. 당신이 그런 일을 하게 놔두지 말았어야 했는데." 네이트가 말했다.

"다 잘됐잖아요. 우리 둘 다 이 일에 위험이 따른다는 건 알고 있었고요." 도미니카가 고개를 돌려 네이트를 보며 말했다.

"어떤 위험들은 감수할 만하고, 그중 몇 개는 피할 수 없는 것도 있지만, 대부분은 어리석은 겁니다." 네이트가 말했다.

"어리석다고요? 걱정하지 말아요, 네이트. 당신의 스타 정보원을 잃는 일은 없을 테니까." 어리석다는 말에 그녀는 발끈했다. 네이트도 서서히 열이 받기 시작했다.

"당신은 아드레날린 말고 다른 것에 취하는 방법을 배울 필요가 있다는 말이에요." 네이트가 말했다.

"와인 같은 거 말이에요?" 도미니카는 그렇게 말하고 와인 잔을 벽에 대고 던졌다. "아뇨, 사양할래요. 난 아드레날린이 더 좋아요." 고요한 방에서 와인이 뚝뚝 떨어지는 소리만 크게 들렸다.

네이트가 도미니카에게 바짝 다가서서 그녀의 팔꿈치 위쪽을 움켜쥐었다.

"대체 당신은 뭐가 잘못된 겁니까?" 네이트가 낮고 분노한 목소리로 말했다. 그들은 서로 얼굴을 바짝 들이댄 채 노려보고 있었다.

"당신은 뭐가 잘못된 건데요?" 도미니카가 속삭였다. 방의 초점이 맞지 않았다. 네이트는 보라색 안개가 낀 것처럼 흐릿해 보였다. 그녀는 그의 입술을 보면서, 어디 더 가까이 올 테면 와보라고 도발하고 있었다. 1초가 더 흐르자 분위기는 다시 원래의 상태로 돌아갔다. "놔줘요." 도미니카가 말하자 네이트가 그녀의 팔을 놨다. 그녀는 코트를 들고 그를 보지도 않고 아파트 문을 열고 (자동적으로 복도와 층계를 조심스런 시선으로 훑고) 조용히 문을 닫고 나갔다.

네이트는 닫힌 문을 보고 있었는데 입 속의 혀가 무겁게 느껴졌고, 가슴속에서 심장이 쿵쿵 뛰고 있었다. 그가 바라는 건 그저 이 작전을 순조롭게 유지하고 싶은 것뿐이었다. 내가 바라는 건 그저 도미니카를 안전하게 보호하는 건데. 내가 바라는 건……

게이블의 치즈 퐁뒤

화이트 와인과 으깬 마늘을 넣고 졸이다가, 강판에 간 그뤼에르 치즈와 에멘탈 치즈를 넣고 중간 불에 올린 후에 치즈가 녹을 때까지 젓는다. 계속 저으면서, 맛을 내기 위해 와인을 더 넣고, 퐁뒤가 걸쭉해지면서 크림처럼 될 때까지 계속 익힌다(끓이지는 말 것). 살짝 구운 네모 모양의 빵과 함께 낸다.

18

짧은 소매의 옷을 입어야 하는 날씨가 됐다. 인도에 서서 신호등이 바뀌길 기다리는 핀란드 사람들은 모두 해바라기처럼 태양을 향해 고개를 들고 눈을 감고 있었다. 카이보푸이스토의 넓은 잔디밭과 벤치에는 점심시간을 맞아 브래지어 바람으로 고개를 치켜들고 햇볕을 받으며 일광욕을 하는 비서들이 앉아 있었다.

그의 사무실 문에 쪽지가 붙어 있었다. 네이트는 포사이스의 사무실로 가서 앉았다. 게이블은 소파에 앉아 있었다. 포사이스가 네이트에게 본부에서 온 메시지를 건넸다. 새로 부임한 CIA 국장이 신분을 숨기고 코펜하겐에서 헬싱키로 와서 여섯 시간 동안 디바와 만나며, 지금까지 애써준 그녀의 노고를 CIA를 대표해서 치하하겠다는 내용의 메시지였다. 네이트는 고개를 들어 포사이스를 보다가 게이블을 봤다.

"국장이 어떻게 신분을 숨기고 여행할 수 있어요. 이미 온갖 뉴스에 얼굴이 다 팔린 마당에." 네이트가 말했다.

"국장님은 나토 관련 업무 때문에 코펜하겐에 머무를 거야. 덴마크에서 어떻게 슬쩍 빠져나오겠다는 건지는 나도 모르지. 앨런 덜레스(Allen Welsh Dulles, 1953년~1961년 CIA 장관-옮긴이)도 그랬고, 앵글턴(James Angleton, 1954년~1974년 CIA 방첩부장-옮긴이)도 이런 적이 있었어. 아무에게도 알리지 않고 비행기에 타서 예고도 없이 불쑥 나타나는 거지." 포사이스가 덧붙였다.

"그거야 빌어먹을 1951년에 한 거고. 거기다 그 사람들은 혼자 여행했다고. 혼자 비행기 계단에서 내려와 활주로를 지나 택시를 타고 호텔에 들어가서 숙박계에 서명을 했지. 하지만 그 모자 쓴 승무원들이……"

포사이스는 게이블이 하는 말을 무시했다. "내가 어젯밤에 안 오셔도 된다고, 말씀만이라도 감사하다는 공손한 답장을 보냈지만 30분 전에 유럽 지부장이 전화해서 날 어마어마하게 갈궜어. 이건 요청이 아니야. 국장은 이 건에 자기도 끼고 싶어 해."

"폭탄이 하나 더 있어. 그 유럽 지부장이란 화상. 자기가 무슨 트라팔가르 해전에 참전한 함장인 줄 알아. 크리스마스 때 그자가 직원들 앞에서 했던 축복의 기도 들어봤어?" 게이블이 말했다.

포사이스는 계속 게이블이 하는 말을 무시했다. "우리가 통제할 수 있는 건 오직 국장이 비행기에서 내린 그 순간부터야. 국장이 VIP 게이트에서 나오면 그를 차에 태우고 돌아다니면서 미행들을 다 따돌리고, 아파트 밖에 있는 밴에 국장의 경호원들을 숨겨놓고, 국장을 데려와서, 도미니카와 악수시키고, 다시 국장을 내보내는 거야. 제발 FAPSI(러시아 비밀 정보 수집부서)가 국장의 비행 계획을 알아내지 못하게 기도를 드리는 수밖에 없어." 포사이스는 본부에서 온 메시지를 다시 봤다. "최근에 본부에서 국장에게 디바에 대한 브리핑을 한 게 분명해. 뭐, 어쨌든 적어도 이 작전에 대한 홍보는 잘되겠어."

"홍보라고요? 그것 때문에 도미니카가 죽게 될 판이에요. 차라리 도미니카를 차 트렁크에 넣고 기나긴 주말을 즐기러 스웨덴으로 넘어가는 게 더 안전하겠어요. 도미니카가 시간이 안 된다고 말하는 건 어때요?" 네이트가 말했다.

"안 돼." 포사이스가 말했다.

"그럼 도미니카가 만남을 거부한다고 하시든가요."

"안 돼. 이걸 도미니카에게 알려주고 대비시켜. 도미니카에게 국장을 만나면 미소를 지으라고 해. 그 파란 눈이 나머진 다 처리해줄 거야. 가서 밥도 먹고, 술도 한잔 하자고."

"근처에 도주용 차량도 세워놓을 거야." 게이블이 말했다.

"도미니카는 어쩌고요? 만약 일이 잘못되면 그걸 누가 다 감당하는데요?"

"너지." 게이블과 포사이스가 말했다.

층계참에서 발소리가 들리더니 문이 열리고 도미니카가 일어서는 사이에 미국 중앙정보국 국장이 코트를 벗으면서 방을 가로질러 와서 그녀의 손을 덥석 잡고 흔들면서 만나서 기쁘다고 했다. 그러고 나서 네이트의 손을 잡고 흔들면서 이 아가씨와 함께 대단히 잘해주고 있다고 치하했다. 국장은 활짝 미소 지은 얼굴로 도미니카를 보면서 둘 다 미국을 위해 하고 있는 일들을 자랑스러워해도 된다고 말했다. 도미니카는 그 말에 고개를 조금 숙였다가 모두 앉았다. 도미니카와 국장이 소파에 같이 앉았다. 국장은 행정부에서 근무했던 시절의 손버릇을 모두 방출해서 무슨 의견을 강조하고 싶을 때마다 도미니카의 무릎을 손으로 톡톡 쳤고, 가끔은 그렇게 톡톡 친 손을 그녀의 무릎에 계속 올려놓기도 했다. 상원 의원 휴게실에 있을 때, 그리고 의원의 보조 견습생 시절부터 생긴 버릇이었다.

국장은 키가 크고 마르고 다람쥐처럼 생긴 눈에 뺨은 홀쭉하고 검은색으로 염색한 머리에선 윤기가 흘렀다. 국장을 본 도미니카는 어렸을 때 아버지가 읽어준 신화에 나오는 악당 코셰이를 닮았다고 생각했다. 도미니카는 그를 열심히 봤지만 기운이 희미해서 얼굴과 귀 주변에 옅은 초록색의 빛만 보였다. '초록색이야, 아주 감정적인 사람이군. 언뜻 봐서는 그렇게 안 보이는데. 연기력이 좋구나.' 도미니카가 생각했다. 반야 삼촌과 아주 다르면서도 같아. 서로 다른 첩보부에서 일하지만 도마뱀처럼 징그러운 건 똑같군.

국장은 포사이스에게 스칸디나비아의 '작전 분위기'에 대해 묻고 있었는데, 그건 정보원 앞에서 할 이야기가 아니란 걸 모두가 알고 있었다. 그래서 도미니카가 일어나 부엌으로 가서 펠메니를 꺼냈다. 속에 고기와 양념을 다져 넣고 사워크림을 듬뿍 바른 만두 요리였다. 펠메니는 방금 냄비에서 꺼내 김이 모락모락 피어올랐다. 도미니카는 러시아 관습에 따라 손님을 대접하기 위해 자신이 요리를 하겠다고 고집을 피웠다. 네이트는 헬싱키의 전통 과자인 호밀 크래커 몇 개와 미지근한 크림소다나 한잔 주면 된다고 생각했다.

"아주 맛있어요." 칭찬하는 국장의 입가에 사워크림이 묻어 있었다.

국장이 입술을 스윽 문질러 닦고 자기가 앉아 있는 소파 옆을 토닥여서 도미니카는 다시 그 자리에 앉았다. 네이트와 게이블과 포사이스가 도미니카를 지원해주려고 옆에 있는 의자에 앉아 그녀를 지켜보는 동안 국장은 그녀가 무슨 미국의 유권자라도 되는 것처럼 고향이 어디냐고 물었다. 게이블은 오래전 시절을 생각했다. 그때는 늦은 밤이었다. 모두가 말로다 표현할 수 없는 위험을 지고 다니면서, 악취가 코를 찌르는 호텔 방에 용기를 내서 나와 있었다. 그들은 긴장해서 땀을 흘리는 정보원들과 함께, 천천히 하지만 막힘없이 말하는 게이블의 얼굴을 보며, 보드카나 마오타이주나 아라크주를 따르면서 그의 말을 열심히 들었다. 그건 이제 옛날이야기가 돼 버렸다. 이 요원들은 햇빛이 흘러 들어오는 아파트에서 유쾌한 만남을 이어가고 있었다.

러시아인들에게 미래의 성공을 이야기한다는 건 불운을 불러들이는 짓이었다. 그러느니 차라리 입을 다물고 있는 게 나았다. 국장은 도미니카의 옆에 바짝 다가가서 앉았지만 그녀는 몸을 떼지 않았다. '아주 좋아, 도미니카는 이 상황을 어떻게 다뤄야 할 지 알고 있어.' 네이트는 생각했다. 국장은 모두들 도미니카의 노고에 찬사를 퍼붓고 있으며, 그녀의 활동에 자신이 '개인적으로 관심을 가지고' 지켜보고 있으니 '낮이고 밤이고 주저하지 말고' 언제든 그에게 '직접' 연락하라고 했다. 네이트는 베데스다에 있는 그의 집 전화번호를 물어보고 싶은 유혹을 받았다. 포사이스가 그의 생각을 읽고 의자를 긁어서 망할 놈의 입을 다물라고 했다.

끝도 없이 수다를 떠는 진초록 색 악당 국장이 비밀 계좌에 대해 무슨 말을 하고 있었다. 도미니카가 포섭되어 보너스로 계좌에 상당한 액수의 돈이 예치됐으며, 매달 더 많은 돈이 입금될 것이라고 했다. 그 계좌는 물론 전적으로 도미니카가 관리하겠지만 돈을 인출하거나 물 쓰듯 쓰는 건 현명하지 못한 일이라고 했다. 국장은 도미니카가 모스크바에서 일을 시작하면 추가로 자금이 예치될 것이라고 계속 떠들어댔다. 도미니카는 고개를 들어 네이트를 보다가 포사이스를 봤다. 두 사람 다 무표정했다. 코셰이는 눈치도 없이 계속 떠들어댔다.

모스크바 내부에서 2년간 더 활동하면 추가로 25만 달러가 도미니카의 계좌로 입금될 거라고 국장이 말했다. 그리고 최종적으로 쌍방이 합의한 그녀의 은퇴 날짜가 되면 CIA가 그녀의 안전을 염두에 두고 지정한 서구의 한 곳에 정착하게 도울 것이며, 적어도 90평은 되는 집을 제공할 것이라고 했다.

방이 조용해졌다. 도미니카의 표정이 변하면서 방 안에 있는 사람들 하나하나를 둘러보다가 다시 국장을 봤다. 그녀는 눈부시게 환한 미소를 지었다. 네이트는 생각했다. '아, 망했다.'

"국장님, 저를 보러 이렇게 먼 곳까지 와주시다니 감사합니다. 전 포사이스 씨, 게이블 씨와 네이트 씨에게(그녀는 그들의 이름을 부르면서 하나나 손으로 가리켰다) 어떤 식으로든 제가 할 수 있는 식으로 돕겠다고 했습니다. 전 저의 조국, 러시아를 돕기 위해 헌신하고 있는 겁니다. 제게 하신 제안은 모두 감사하게 생각합니다. 하지만 전 돈을 보고 이 일을 하고 있는 게 아닙니다." 도미니카는 이 촌놈 같은 허수아비를 차분하게 보며 말했다.

"아, 당연히 아니시겠죠. 하지만 우리 모두 돈이 얼마나 '유용할' 수 있는지 알고 있잖아요." 그 악당이 도미니카의 무릎을 토닥이며 말했다.

"네, 국장님. 국장님 말씀이 맞습니다." 도미니카가 말했다. 네이트는 그녀가 화가 났다는 걸 알 수 있었다. 그녀의 쇄골이 붉게 물들어 있었다. 포사이스도 그걸 봤다. 게이블이 코트들을 집어 방 주위를 돌아서 왔다.

"국장님, 안타깝지만 여기서 30분 정도 더 드라이브를 하신 후에 공항으로 가셔야 합니다." 포사이스가 일어서면서 말했다.

"좋아요, 좋아. 만나서 즐거웠어요, 도미니카. 이렇게 끔찍한 위험을 무릅쓰다니 당신은 정말 용감한 여자예요." '맙소사, 그녀가 앞으로 얼마나 살 수 있을지도 말해주지 그래?' 네이트는 경악했다.

"잊지 말아요." 국장이 도미니카의 가슴을 스치면서 그녀를 안았다. "언제든 내 도움이 필요할 때 꼭 전화해요."

'아, 그러면 국장이 당신의 손을 잡고 철조망이 쳐진 국경을 따라 걸어가겠지. 그 길 사이사이에 대인지뢰가 묻혀 있고 뒤에선 개들이 쫓아오고 있는 그런 곳에서.' 게이블은 생각했다.

포사이스가 국장을 코트 속으로 마구 욱여넣고 모자를 씌우는 동안 게이블은 아래층으로 내려가서 경호원들에게 미리 알렸다. 국장이 따라 나갔다. 포사이스가 문 앞에 멈춰 서서 윙크를 했다. "곧 만나서 이야기합시다." 그러고 그는 사라졌다. 도미니카와 네이트는 마치 일요일에 저녁을 먹으러 온 성질 더러운 삼촌에게 작별 인사를 하는 신혼부부처럼 문간에 어색하게 서 있었다.

네이트는 조용히 문을 닫았다. 안가는 쥐 죽은 듯 조용했고, 그들은 차의 문들이 쾅쾅 닫히는 소리를 들었고, 그들이 차를 타고 가는 소리를 들었다.

"흠, 국장은 맘에 들었어요?" 네이트가 말했다.

황혼이 내리면서 항해등이 작은 만을 따라 소리 없이 움직였고, 행복해하는 목소리들이 물 위를 건너 열린 창문으로 들어왔다. 테이블에 있는 와인 두 잔은 손도 대지 않은 채 두 사람은 어둠 속에 앉아 있었다. 도미니카는 소파에, 네이트는 의자에. 주위의 불빛에 그녀의 머리카락과 오른쪽 눈을 덮고 있는 속눈썹이 반짝였다. 그녀는 오늘 국장과의 만남을 위해 상체가 딱 붙는 여름용 원피스에 면접을 보러 온 사람처럼 하이힐까지 신고 있었다. 도미니카는 말할 기분이 아니었고, 네이트는 지난번엔 말다툼을 하고 이번에는 국장이 주책을 떨어서 그녀가 실망하고 이만 빠지겠다고 말할까 봐 걱정이 돼서 뭐라고 해야 할지 몰랐다. 네이트는 그녀를 맡은 담당 요원이었다. 이 작전이 계속 진행되게 유지시키는 건 그의 책임이었다.

'망할, 아무리 설득해도 거부당할 수 있고, 비밀 요원들이 목숨을 잃기도 하지. 운이 없거나 타이밍이 안 좋아서 30분 차이로 기차를 놓치고, 그것 때문에 모든 게 변해버리기도 해. 하지만 담당 요원들이 하나같이 병신 같다고 생각하게 만들어서 정보원을 잃는 요원이 어디 있을까?' 네이트는 생각했다. 그는 워싱턴 본부 구내식당에서 모두 한데 머리를 모으는 광경을 상상할 수 있었다. 아, 그래, 그 얼간이가 바로 헬싱키에 있는 내쉬였구나. 떠도는 소문이 맞았던 거야. 대개 그런 소문은 틀리지 않더라니까. 랭글리에서는 이렇게 메시지를 보낼 것이다. '본토 근무를 할 때가 됐음. 한동안 가만히 있을 것. 귀하의 미래는 향후에 논의하겠음.' 아버지는 이런 편지를 보내겠지. '환영한다, 아들아. 다 용서해주마.' 그는 칠흑같이 깜깜하고 깊으면서 공기도 통하지 않는 갑갑한 수직 갱도로 추락할 것이다. 네이트는 도미니카가 일어서서 그를 향해 걸어오는 걸 알아챘다.

누에고치같이 어두운 방이 도미니카에게 보이지 않는 영향력을 행사했다. 그녀도 그게 뭔지 잘 몰랐지만 네이트 앞에 서서 그를 내려다봤다. 그의 배경에 항상 떠 있는 진보라 색 후광은 그 자리에 그대로 있었지만 기이하게도 거기서 고요하고 차분한 열기가 발산되는 걸 느낄 수 있었다. 그녀는 그가 고통스러워하고 있는 걸 알고 있었다. 자신의 경력이 손상될까봐 심각하게 고민하는 프로의 모습이 보였지만 그런 면모 밑에 상처 받기 쉬운 연약한 면이 비쳤다.

그가 그녀를 개인적으로 어떻게 생각하든(짐작은 잘 안 되지만) 그렇게 애를 태우면서 걱정하는 모습이 사랑스러웠다. 항상 얼음처럼 차가운 비밀을 품고 살아가는 그녀 자신도 그런 압박을 느끼고 있었다는 걸 깨달았다. 도미니카는 처음엔 화가 나서 전과 완전히 다른 새로운 역할에 빠져들었다. 그녀는 이 미국인들을 위해 지나칠 정도로 애를 썼다. 그녀는 그들을 믿고, 그들은 그녀를 아끼고, 그들이 프로기 때문이었다.

하지만 도미니카는 무엇보다 네이트를 위해 그렇게 했다. 그녀는 자신이 이 일을 하는 이유 중 하나는 네이트를 위해서였다는 걸 불현듯 깨달았다. 만약 네이트가 묻는다면 그녀는 그만둘 생각이 없다고 말했을 것이다. 도미니카는 굳게 결심했고 이 일에 집중하고 있었다.

하지만 지금 이 순간 도미니카는 자신이 남들보다 강한 의지로 괴물 같은 러시아 관료들을 속이는 상황에서 느끼는 강렬한 흥분 이상의 것이 필요했다. 그녀는 누군가 자신을 필요로 한다는 느낌을 받고 싶었다. 네이트에게. 그녀는 자신의 은밀한 면이 폭풍의 문을 열고 밖으로 나오는 걸 느낄 수 있었다. 도미니카는 네이트가 앉아 있는 의자의 팔걸이를 손으로 잡고, 허리를 숙여, 네이트의 입술에 키스했다.

도미니카는 이런 일이 일어날 거라고 예견하지 못했다(네이트도 분명 그럴 줄 몰랐을 거라는 걸 알고 있었다). 네이트를 위해서나 그녀 자신을 위해서나 요원과 육체적인 관계를 맺는 것은 엄격하게 금지돼 있다는 걸 도미니카는 알고 있었다. 비밀을 엄수해야 하는 작전에서 정서적으로 얽히게 되면 그 작전은 사실상 파멸한다. 미인계가 끝난 후 그들이 스패로우를 방에서 얼른 빼내고 그다음에 '사샤 삼촌'이 와서 사업 이야기를 시작하는 게 괜히 그런 게 아니다. 작전을 하다 생기는 감정이 작전을 망칠 수 있기 때문에 그런 것이다. 모스크바에서 그녀를 가르쳤던 그 할아버지 교관들은 아랫도리만 생각하는 요원과는 아무 일도 할 수 없다고 하며 자기들끼리 낄낄거려서 도미니카의 얼굴을 붉어지게 만들었다.

도미니카는 네이트의 품에 안겨 키스하고 있었는데 격렬한 키스가 아니라 느리고 부드러운 키스였다. 그녀는 그의 따뜻한 입술을 마시고 싶었다. 그녀는 자신의 몸속에서, 머릿속에서, 가슴속에서, 다리 사이에서 압력이 점점 커지는 걸 느꼈다. 네이트의 손이 도미니카의 등을 눌렀는데 땀에 젖어 축축한 그 손에서 불안해하는 게 느껴졌다. 이건 마치 어렸을 때부터 친구였던 두 남녀가 몇 년이 지난 후 서로를 이성으로 발견하는 그런 순간 같았다. 네이트가 그녀의 귓속에 짙은 보라색 열기를 불어넣자 그 기운이 척추를 따라 내려가는 게 느껴졌다.

"도미니카." 네이트는 속도를 늦추고 싶어서 그녀의 이름을 불렀다. 며칠 전에 말다툼을 해놓고 이런 식으로 관계를 맺는 건 어리석은 짓이었다. 안정적인 작전을 실시하려면……

"입 다물어요." 도미니카가 그렇게 속삭이면서 네이트의 뺨을 보드라운 입술로 쓸어내렸고 그를 더 꽉 끌어안았다.

네이트의 머릿속에서 망설임과 경보음과 점점 커져가는 예상치 못했던 욕망이 엉켜 빙빙 돌고 있었다. 네이트는 자신이 도미니카를 원하고 있다는 걸 알았다. 그것은 정신 나간 짓이고, 경솔한 짓이고, 금지된 일이었다.

그다음에 무슨 일이 벌어졌는지 기억할 수 없었다.

그들은 작은 침실에서 한참 뜨거워진 몸으로 다 벗고 있었다. 도미니카는 네이트의 다리 사이를 손톱으로 가볍게 긁어서 그녀를 따라오게 했다 (그녀는 방금 막 함께 놀 수 있는 새로운 테크닉을 발명했다는 생각이 들었다). 그들은 침실 양쪽 벽 사이에 끼어 있는 침대 발치를 우스꽝스럽게 기어 올라가고 있었다. 도미니카는 네이트의 몸을 조금 더 세게 손톱으로 긁으면서 웃었다. 그녀의 입 속은 욕망으로 바짝 말라 있었다. 처음으로 네이트의 살결을 만지면서 입술로 그의 배를 쓸어내리는 것은 비현실적이면서 아찔한 경험이었다. 도미니카가 네이트를 침대 위로 밀어버리고 그의 가슴에 두 손을 올려놨을 때 그가 놀라서 그녀를 올려다봤다. 색정적이면서 부드럽고, 수줍으면서 난잡한 그녀는 그의 맛을 보고 음미했다. 마치 둘이 평생 연인이었던 것 같은 느낌이었다. 그 순간 스패로우 학교나 번호가 붙은 테크닉 같은 건 전혀 떠오르지 않았다. 도미니카는 그저 네이트를 원했다.

상황이 점점 더 긴박해지면서 도미니카의 은밀한 일면이 계속 더 커져서 머릿속을 가득 채우고, 목구멍을 죄어왔을 때 다행히 네이트가 그녀를 잡고 안아서 침대에 눕혔다. 도미니카는 떨리는 발가락들을 천장으로 향했다. 항구 주변의 섬들 위로 떠오른 풍만한 달빛이 유리창으로 들어와 도미니카의 눈에 비쳤다. 그녀는 밤과 달빛에 눈이 어두워졌다. 네이트는 이제 그녀 위에서 윤곽만 보였고, 이어서 엄청난 무게가 느껴졌다. 도미니카는 갑자기 견딜 수 없이 달콤하게 자신의 모든 감각이 커지는 걸 느꼈다. 달빛이 그녀의 감은 눈꺼풀 뒤에서 사정없이 흔들렸다. 도미니카는 자신의 들썩거리는 몸이 종잇장처럼 날려 가지 않게 네이트가 잡아주길 바랐다. 그녀는 몸속에서 격렬하고도 뜨거운 흥분이 커지는 걸 느꼈다. 속에서 거친 파도가 계속 굽이쳤고 그녀는 목구멍 깊은 곳에서 환희에 찬 신음을 내뱉었다. 바람이 밀밭을 흔들고 가는 것처럼 하얀 눈을 한 달빛의 우아한 기운이 그녀의 전신을 쓸고 갔다.

그들은 환한 달빛 속에서 나란히 누워 있었다. 도미니카는 허벅지가 떨리는 게 멈춰질 때까지 기다렸다가 몸을 돌려서 달빛에 젖은 네이트의 몸을 바라봤다. "정보원을 아주 잘 다루시는군요." 그녀가 속삭였다.

밤바람이 아직 그들의 젖은 몸을 다 말려주지도 않았을 때 자물쇠에서 열쇠가 돌아가는 소리가 들렸다. 그들은 침대에서 벌떡 일어났다. 네이트는 허겁지겁 셔츠와 바지를 입고 신발을 신었고, 도미니카는 옷을 한 무더기 움켜쥐고 욕실로 달려갔다. 네이트는 거실로 나가, 부엌에서 냉장고 문을 열어놓고 그 속을 들여다보고 있는 게이블을 봤다.

"국장의 훌륭한 연기가 끝나서 내가 사고 수습차 왔어." 게이블이 말했다. "만두 남은 거 없어?"

"저기 아래 찬장에 있어요. 그리고 내가 그 허튼 수작에 대해 도미니카와 이야기했어요. 도미니카는 우리와 그 양복쟁이들 사이에 차이가 있다는 걸 이해한 것 같아요." 네이트가 말했다.

"도미니카가 그 늙은 공작새에게 발끈했을 때 웃겨서 죽는 줄 알았어. 도미니카는 기백이 있어." 게이블이 말했다. 그는 만두가 든 그릇을 조리대 위에 올려놓았다. "그래서 잘 진정시켰어?" 게이블이 물었다.

"네, 브라톡." 도미니카가 욕실에서 나와서 말했다. "이제 진정됐어요." 그녀는 옷을 다 입고, 머리도 빗고, 외모도 단정하게 하고 있었다. 네이트가 게이블의 얼굴을 봤다. "제가 펠메니를 다시 데워드릴게요." 도미니카가 말했다. 그녀는 버너에 불을 켜고, 프라이팬을 흔들었다. "펠메니는 두 번째로 데울 때가 제일 맛있어요. 특히 제 건 더 그래요." 도미니카는 프라이팬에 삶은 만두와 버터를 넣고 살짝 노릇노릇해질 때까지 골고루 튀겼다. "하지만 이렇게 먹을 땐 식초를 쳐서 먹는 게 제일 맛있어요." 그녀가 말했다.

그들이 부엌 조리대를 둘러싸고 서서 만두를 먹는 동안 요리에 대한 도미니카의 수다가 계속됐다. 아무도 입을 열지 않았고, 게이블이 가끔 도미니카를 보다가 네이트를 보다 다시 도미니카를 봤다. 네이트는 일부러 만두만 먹었지만 도미니카는 동요하지 않고 게이블을 마주 보면서 그의 머리 위에 활짝 피어오른 보라색을 읽었다. 만두를 다 먹은 게이블이 싱크대에 접시를 놓고 물을 트는 동안 도미니카는 코트를 입고 작별 인사를 했다. 그녀는 네이트를 돌아보지도 않고 계단을 내려갔다. 네이트가 문을 닫고, 겁을 잔뜩 집어먹은 채 돌아서서 게이블을 봤다. 게이블은 손가락 사이에 잔 두 개를 끼우고 다른 손에는 스카치 병을 든 채 거실 소파로 걸어왔다.

"흠, 우리의 프리아포스(priapus, 그리스신화에 나오는 번식와 다산의 신. 거대한 남근으로 상징된다—옮긴이)." 게이블이 테이블 위에 잔들을 내려놓으면서 말했다. "내가 얼음을 가져올 동안 잔이나 쓰다듬고 있어."

도미니카의 펠메니 만두

밀가루, 달걀, 우유, 소금으로 5센티미터 크기의 아주 얇은 만두피를 만든다. 쇠고기와 돼지고기 닭고기를 각각 갈아서, 강판에 간 양파, 마늘 퓌레와 물과 함께 섞는다. 만두피의 한가운데에 만두소를 넣고, 만두피 가장자리를 물로 축인 다음에 만두를 빚는다. 빚은 만두를 소금을 넣은 끓는 물에 넣고 만두가 둥둥 떠오를 때까지 삶는다. 사워크림과 같이 낸다.

옮긴이의 말

『레드 스패로우』를 한마디로 정의하면 '첩보 소설의 교과서'라고 할 수 있다. 이 소설의 작가인 제이슨 매튜스가 CIA에서 33년간 활약했던 베테랑 요원으로 은퇴 후 그때의 경험을 이 책에 아주 자세하고 실감나게 담아냈기 때문이다. 러시아와 미국 정보부의 실정, 푸틴 대통령이 철권을 휘두르는 러시아 정부의 권력 구조와 이에 대응하는 미국 CIA와 워싱턴 정계 등의 묘사가 같은 주제를 다룬 그 어떤 역사책이나 다큐멘터리보다도 쉽고 재미있으면서 상세하다. 소설을 읽다 보면 초강대국 첩보부들의 민감한 정보를 이렇게까지 까발려도 되는 것일까 싶어 내가 더 불안해지는 순간도 있었다. 대개 소설은 개연성 있는 허구의 세계를 바탕으로 하지만 『레드 스패로우』는 극히 사실적인 세계를 바탕으로 심장이 조여오는 스릴을 가미한 정통 스파이 소설이라고 할 수 있겠다.

이 소설을 읽는 재미는 크게 세 가지로 나눌 수 있다. 하나는 소설에 등장하는 매력적이고 생동감이 넘치는 캐릭터들을 보는 재미다. 그중에서도 가장 눈길을 사로잡는 캐릭터는 바로 여주인공 도미니카 예고로바다. 그녀는 남다르게 뛰어난 공감각 능력과 눈부신 미모를 타고나 정상급 바이올리니스트인 어머니와 저명한 학자이자 대학교수인 아버지 밑에서 유복하고 평화로운 유년기를 보냈다. 그러나 그녀를 둘러싼 시대적 배경은 그렇게 평화롭지 못하다: 1953년 스탈린 사망 후의 러시아가 외부에 보이는 것처럼 민주화되지 못한 것이다. 스탈린 시대의 주된 특징이었던 전체주의와 일당독재, 특권층 관료들의 부패와 타락은 그대로 계승됐고, 잔인하기로는 스탈린 못지않은 푸틴 대통령의 체제하에서 국민들은 끊임없는 감시와 빈곤에 시달리며 살아가고 있다. 이런 현실을 도미니카는 알아차리지 못한 채 국가에 대한 맹목적인 애국심을 품고 발레리나로서 승승장구하다가, 동료 발레리나의 음모로 다리를 다치면서 한순간에 발레리나의 꿈을 접게 되고 존경했던 아버지마저 하루아침에 목숨을 거둔다. 그때 정보부의 고위 관료인 삼촌이 그녀에게 접근하고, 잇따른 비극으로 한없이 무기력해져 있던 그녀는 어쩔 수 없이 첩보부에 발을 들이게 된다. 그러나 첩보부에 합류하면서 더욱 빛을 발하는 초능력에 가까운 공감각적 능력과 불같은 성격, 첩보부 안팎에서 수차례의 위기를 겪고 변화되는 그녀의 가치관이 이 소설의 흐름을 주도적으로 이끌어가고 있고 그 면면들을 지켜보는 재미가 상당하다.

도미니카의 상대인 남자 주인공 네이트 내쉬는 대대로 법률 회사를 운영해온 명문가의 막내로 태어나 항상 가족의 기대에 부응해야 하는 삶에 질려 법조인 대신 CIA 요원이 되기로 결정한다. 강압적인 가문에 반항한 그는 그 대가로 항상 자신의 가치와 능력을 증명해야 한다는 불안감에 시달리면서 나약한 모습을 보이기도 하지만, 일단 거리로 나오면 물 흐르듯 움직이며 거리를 느끼는 요원이다. 그런 그가 미국 정보부가 보유한 최고의 러시아 스파이 '마블'을 맡아 그를 보호하고 그가 제공하는 정보를 전달해야 하는 임무를 맡는다. 러시아 정보부는 마블을 잡기 위해 도미니카에게 네이트를 유혹해 마블의 정체를 밝히라는 임무를 내리지만, 이내 CIA가 도미니카의 정체를 알아내고 네이트에게도 그녀를 끌어들이라는 명령을 내린다. 그렇게 두 요원은 서로를 포섭하기 위해 치열한 공작을 벌이는데, 여기에 이 두 주인공을 막후에서 지원하며 첨예한 첩보전을 벌이는 러시아와 미국의 첩보원들이 있다. 네이트의 직속 상사인 유능하고 사람 좋은 포사이스와 게이블, 도미니카를 괴롭히는 악마 같은 삼촌 반야 예고로프, 지독한 사디스트이자 교활한 난쟁이 주가노프, 고결함의 화신과도 같은 러시아 첩보원 마블, 그 어떤 윤리나 책임감도 없는 사이코패스 간첩 바우처 상원의원, 아무리 때려도 죽지 않는 007 영화 속 악당을 떠올리게 하는 근육질의 러시아 여자 간첩 제니퍼, 무시무시한 살인마 마토린 같은 다양한 인물들이 저마다의 매력으로 독자를 유혹한다.

이 소설을 보는 두 번째 재미는 푸틴과 러시아의 정세와 미국 정보부의 운영 구조, 현실에서 쓰는 양국의 첩보 기술과 미행 수법들에 대한 지극히 사실적이고 세부적인 묘사다. 소설에서는 러시아 정보부와 미국 정보부가 신입 요원들을 훈련시켜 현장에 투입하는 과정이 아주 상세하게 그려져 있다. 도미니카는 '숲'이라는 학교에서 첩보와 미행과 심리전에 대한 모든 것을 배우고, 그것도 모자라 미인계를 가르치는 '스패로우 학교'에 입학한다. 네이트 역시 '팜'이라는 학교에서 첩보 기술과 러시아에 대한 지식을 전수받는다. 매일 새롭게 진화하는 기기와 인력을 동원해 알아낸 정보에 기술과 두뇌와 육체를 이용해 상대를 이겨야 하는 첩보의 세계에서 요원들을 훈련시키는 과정이 무척 흥미롭다. 한편 소설의 후반부에 등장하는 헬싱키의 베테랑 감시자 노부부와 미 정보부 미행팀의 전설인 오리온 팀의 이야기는 우리가 알던 스파이 세계를 새로운 눈으로 보게 만든다. 보통 '첩보'라고 하면 팔팔한 젊은 요원들이 화려한 액션을 선보이는 장면을 상상하기 쉽지만 기실 첩보란 현장에서 닳고 닳은 노익장들의 기량 싸움이기도 하다는 것을, 소설 속에 등장하는 은퇴한 요원들의 끝내주는 실력을 보면 깨달을 수 있을 것이다(젊은이들의 눈 돌아가는 액션은 어쩌면 영화에서 만들어낸 환상일지도 모른다). 또한 무엇보다 미행하는 자와 미행당하지 않으려는 자 사이의 피 한 방울 흘리지 않고 벌어지는 신경전은 실전 경험이 없는 사람이라면 이렇게까지 치밀하게 묘사할 수 없었을 것이다.

마지막으로 이 소설에서 느낄 수 있는 재미는 이렇게 극한으로까지 밀어붙이는 은밀한 첩보 세계에서 싹트는 사람들의 사랑과 믿음, 정의와 가치관의 충돌이 어떤 사건들을 낳게 되는지 지켜보는 재미다. 첩보 소설답게 배신이 난무하는 이 소설에서는 다양한 이유로 조국을 배신하고 상대국의 스파이로 활동하는 첩보원들과 정치가들, 관료들이 등장한다. 사랑 혹은 정욕 때문에, 약점을 들키고 협박을 받아서, 권력과 물욕에 눈이 멀어서, 정의를 추구하기 위해서 등과 같은 다양한 이유들로 소설 속 인물들은 조국을 배신하고, 동료를 배신한다. 마찬가지로 그렇게 돌이킬 수 없는 선을 넘은 스파이들을 관리하는 핸들러들과 그 뒤에 있는 정보부 요원들은 국가의 안위를 지켜야 한다는 이유로 때로는 동료나 정보원을 희생시켜야 하는 상황에 처하게 된다. 그런 극단적인 상황에서 사람들은 자연스럽게 본색이 드러난다. 치졸한 사람, 고결한 사람, 열정적인 사람, 불안하고 나약한 사람, 국익만을 생각하는 사람, 우정을 더 중요하게 생각하는 사람, 살인과 고문에 희열을 느끼는 사람, 배신과 술수를 즐기는 사람 등. 다양한 가치관이 충돌하면서 벌어지는 심장이 터질 것 같은 첩보전과 주도면밀한 미행, 최첨단 장비들을 이용한 감시와 잔인한 암살 작전, 격정적인 사랑과 목숨을 건 우정이 골고루 조합된 소설이 바로 『레드 스패로우』다.

'냉전은 진 전쟁이 아니라 끝나지 않는 전쟁'이라는 러시아 정보부 요원의 말을 곱씹어보며 지극히 사실적인 이 소설을 읽는 것도 또 다른 묘미일 것이다. 이 책을 통해 치열한 스파이의 현실 세계를 충분히 간접경험할 수 있기를 바란다.

박산호

레드 스패로우 1

초판 1쇄 인쇄 2015년 11월 11일
초판 1쇄 발행 2015년 11월 16일

지은이 | 제이슨 매튜스
옮긴이 | 박산호
펴낸이 | 정상우
주간 | 정상준
편집 | 이민정 정희정 심슬기
디자인 | 박수연 김인경
관리 | 김정숙

펴낸곳 | 오픈하우스
출판등록 | 2007년 11월 29일 (제13-237호)
주소 | 서울시 마포구 동교로13길 34(121-896)
전화 | 02-333-3705   팩스 | 02-333-3745
openhousebooks.com
facebook.com/vertigo.kr

ISBN 979-11-86009-35-2 04840
     979-11-86009-19-2 (세트)

VERTIGO는 (주)오픈하우스의 장르문학 시리즈입니다.

이 도서의 국립중앙도서관 출판예정도서목록(CIP)은 서지정보유통지원시스템 홈페이지(http://seoji.nl.go.kr)와
국가자료공동목록시스템(http://www.nl.go.kr/kolisnet)에서 이용하실 수 있습니다.
(CIP제어번호: CIP2015028928)